Digesteth harde yron

消化硬铁

玛丽安·摩尔诗论

倪志娟 著

·太原·

图书在版编目(CIP)数据

"消化硬铁":玛丽安·摩尔诗论/倪志娟著.—
太原:北岳文艺出版社,2022.1
　　ISBN 978-7-5378-6494-7

Ⅰ.①消… Ⅱ.①倪… Ⅲ.①玛丽安·摩尔—诗歌研
究 Ⅳ.①I712.072

中国版本图书馆CIP数据核字(2021)第245096号

"消化硬铁":玛丽安·摩尔诗论
倪志娟　著

//
出品人
郭文礼

选题策划
庞咏平

责任编辑
庞咏平

书籍设计
礼孩书衣坊

印装监制
郭　勇

出版发行:山西出版传媒集团·北岳文艺出版社
地址:山西省太原市并州南路57号
邮编:030012
电话:0351-5628696(发行部)　0351-5628688(总编室)
传真:0351-5628680
印刷装订:山西人民印刷有限责任公司

开本:787 mm×1092mm　1/16
字数:348千字　印张:29
版次:2022年1月第1版
印次:2022年1月山西第1次印刷
书号:ISBN 978-7-5378-6494-7
定价:79.90元

本书版权为本社独家所有,未经本社同意不得转载、摘编或复制

目录 | CONTENTS

引言 / 1
 一、摩尔的生平与创作历程 / 2
 二、摩尔诗歌在美国本土的接受与批评史 / 16

上编

第1章　克制 / 41
 一、现代诗歌的转向与自我概念的瓦解 / 41
 二、摩尔在四个层面的克制 / 51
 三、克制与"女性气质":摩尔与路易丝·博根 / 89

第2章　还原 / 115
 一、美国腔调与诗的"物性" / 115
 二、摩尔的"博物馆" / 128
 三、观照和拥有的艺术:摩尔与毕肖普 / 161

第3章　互文性 / 195
 一、反对结论的光滑和确定性 / 196
 二、"消化硬铁" / 207
 三、谈论无法被谈论的:摩尔与乔丽·格雷厄姆 / 234

下编

第4章 别处 / 265
  一、爱尔兰对摩尔和拉金的不同意义 / 265
  二、诗歌与生活的二律背反 / 278
  三、不同的起点和目的地 / 285

第5章 肖像诗 / 295
  一、四种肖像刻画法 / 297
  二、四个女士形象 / 316
  三、四种关系模式 / 324

第6章 想象 / 335
  一、想象与浪漫 / 336
  二、想象作为价值 / 346
  三、想象与非理性和理性 / 358
  四、想象与现实 / 370
  五、想象与自我 / 385

结语 / 399

参考文献 / 401
玛丽安·摩尔作品年表 / 421
索引 / 424

引 言

对玛丽安·摩尔（Marianne Moore，1887—1972）而言，1915年是意义深远的一年，这一年《诗刊》（Poetry）和《他者》（Others）杂志分别发表了她的五首诗。这两本杂志可谓美国先锋诗歌的代表性杂志，摩尔在这两本杂志的露面，意味着她开始进入美国先锋诗人群。不仅如此，摩尔在美国之外的诗歌圈也开始发生影响。这一年伦敦的《自我主义》（Egoist）杂志连续发表了她的七首诗，这本杂志由意象派（Imagism）女诗人H.D.（Hilda Doolittle，其笔名为H. D.）的丈夫理查德·阿尔丁顿（Richard Aldington）主持。H. D. 读到摩尔的作品后，大为倾心，给她写信，询问她是否是布林莫尔学院（Bryn Mawr College）的校友，两人由此相识并成为好友。1921年，在摩尔毫不知情的情况下，H. D. 夫妇和英国女作家布莱尔（Winifred Bryher）在伦敦筹划出版了摩尔的第一本诗集《诗集》（Poetry），这个集子收录了摩尔的二十四首诗。这一举动并没有取悦摩尔，反而让她有些微不快。对于一个喜欢咬文嚼字、反复修订自己作品的诗人而言，她更希望在自己的掌控下出版诗集。

1915年12月，受《他者》杂志的主编阿尔弗雷德·克林堡（Alfred Kreymborg）邀请，摩尔第一次前往纽约，拜访了克林堡夫妇，结识了一些艺术家朋友和编辑，参观了著名的"291"画廊（291 Gallery）。摩尔在给哥哥沃伦（Warren Moore）的信中，将这次纽约之行比喻为"寄居在鲸鱼中"，这个比喻来自《圣经》,先知约拿因违背上帝使命被鲸鱼吞噬三天后复活,喻示了基督将在死后三天复活,摩尔借这个故事表达了自己的迷茫和对未来的期待。

一、摩尔的生平与创作历程

"鱼腹"一般的未知处境,既是那个政治、经济、文化剧烈变革的时代给予摩尔的感受,也是纽约这个奇幻的大都市和陌生的诗人群体给予她的吸引力。面对理性主体的破碎,抒情诗镜像语言与依靠二元对立模式确立的写作立场的崩溃,摩尔以及她即将加入的美国现代诗群不得不另辟蹊径,探寻新的支点,这是一份严肃的责任。对于摩尔这样年轻的女诗人而言,这个问题更为严峻。

摩尔找到了一种合成性策略应对现代诗歌创作语境,"她在精神上是传统的,在风格上是现代的"[1],艾略特(T. S. Eliot)在1935年为摩尔写的序言中将她的这一策略称之为"新瓶装旧酒"[2]。摩尔的引语和音节诗的形式是新的。她和其他现代诗人一样,重视形式创新,借鉴了现代工业的复制技术、流水线上的装配流程,运用如科学家般精确的描述、晦涩坚硬的词语、别致的音节、对引语的拼贴等技巧塑造了矜持、拘束而又特立独行的诗歌风格。但摩尔的情感质地是传统、保守、宗教式的,她拥有坚定的信念,重视诗歌的价值担当,这使她不但没有经历个性的崩溃,反而实现了个性与诗歌的统一性,在创新的同时不失端庄

---

[1] Margaret Holley, *The Poetry of Marianne Moore: A Study in Voice and Value* (Cambridge: Cambridge University Press, 2009), p. 25.

[2] T. S. Eliot, "Introduction to Selected Poems by Marianne Moore," in *The Critical Response to Marianne Moore*, ed. Elizabeth Gregory (Westport: Praeger Publishers, 2002), p. 106.

的礼仪。她说"风格意味着作者将他的素材、技术与独特的个性特质融合在一起"[1],一个作者是词语的创造者,会用他自己的个性为词语盖上烙印。艺术的悖论在于,"一个作品只有植根于他的创作者最个性化、最独特的品质时,才可能是普遍性的。"[2] 1963年,七十六岁的摩尔在广播电台的发言中重申,诗人要用正直品性给诗歌带来光芒,"作家的个性和情感将超越形式"[3]。

摩尔的精神范式根源于她的天性以及成长的家庭氛围,亲密关系支撑着她的思考和写作。这种亲密关系首先来自她的原生家庭。1887年摩尔出生于美国密苏里州(Missouri)柯克伍德城(Kirkwood)的圣·路易斯(St. Louis)郊区。她并不拥有世俗意义上完整幸福的家庭,父亲在她的成长过程中是缺席的。摩尔尚未出生,她的工程师父亲约翰·汉密尔顿·摩尔(John Hamilton Moore)因为一项无烟锅炉设计失败而精神崩溃,住进了马萨诸塞州(Massachusetts)的精神病院。摩尔的母亲选择了独身,即使在摩尔的父亲精神恢复之后,也拒绝与之复合。她带着摩尔和沃伦(比摩尔年长十七个月)回到摩尔的外公身边,为其料理家事,一直到摩尔的外公于1894年去世。

摩尔的外公约翰·里德尔·沃纳(John Riddle Warner)是柯克伍德城长老会受人尊敬的牧师,与艾略特的祖父艾略特神父相识,但两个家庭没有交往。艾略特比摩尔小十个月,也出生在圣·路易斯,他们在家乡并无机会结识。外公对宗教的虔诚熏染

---

[1] Marianne Moore, "Idiosyncrasy and Technique," in *The Complete Prose of Marianne Moore*, ed. Patricia C. Willis (New York: Viking Penguin Inc., 1987), p. 514.

[2] Marianne Moore, "Idiosyncrasy and Technique," in *The Complete Prose of Marianne Moore*, p. 517.

[3] Grace Schulman, *Marianne Moore: The Poetry of Engagement* (Urbana & Chicago: University of Illinois Press, 1986), p. 17.

了摩尔的心性。在摩尔的诗歌中，我们经常可以听见宗教的回音，它扩散为严肃的使命感和本能似的道德诉求。

外公去世后，摩尔的母亲带着两个孩子移居到宾夕法尼亚州（Pennsylvania）的卡莱尔（Carlisle），在一所女子学校教授英语。据说她是一个优秀的教师，深受学生喜爱。

1905年，摩尔入读布林莫尔学院。大学期间，她探索了很多领域，对自己的未来有诸多设想。她想学医或者画画，对生物、文学等课程有浓厚的兴趣，并开始在学校的文学杂志上发表诗歌。摩尔曾将她的同学——现代作家亨利·詹姆斯（Henry James）的侄女、实用主义哲学家威廉·詹姆斯（William James）的女儿佩吉·詹姆斯（Peggy James）视为自己的榜样。这种青春期寻找偶像的热情持续一年多后，摩尔逐渐理清了自己的思路，超越这段友谊。佩吉很快结婚，创作才华遂消磨于平庸的家庭生活。

布林莫尔学院的院长凯丽·托马斯（Carey Thomas）对摩尔影响很大。托马斯倡导男女平等，鼓励在校女生与男性同等竞争，追求自我发展。摩尔后来回忆这段生活，认为大学经历让她获得了一种安全感，这种安全感很大一部分来自托马斯小姐传递给她的信念。她说："读大学时，女性主义还没有被视作理所当然；它是一个动机。它被托马斯小姐热心实施并加以鼓励……她为我们扫清障碍，也让我们直面困难……我记得她令人愉快的微笑……假如错过了早晨的礼拜课，我们会觉得这是一种严重的缺失……巴顿先生用严肃、平稳的音调朗读《圣经》选段，托马斯小姐则会评论政治、文学或者校园事件。你也许可以猜到，我们参与的热情并非冲着礼拜而去。它要归功于托马斯院长出人意料的原创性。"[1]

1909年,摩尔从布林莫尔学院毕业,获得文学学士学位。此时摩尔尚无工作打算,一心期盼投入她所向往的写作之中。哥哥沃伦提醒她,他们兄妹应该承担起家庭的责任,以减轻母亲的经济负担。摩尔报名进修了卡莱尔商业学院的秘书课程,学习了速记和打字等技能,随后应聘到普拉西德湖区(Lake Placid)一个度假村从事文职工作。三个月后,度假村由于财政状况不佳,解雇了她。摩尔回到卡莱尔,在卡莱尔的一所印第安学校教授速记、打字、家政等课程。她的教学成绩并不逊色——美国著名运动员詹姆斯·索普(Jim Thorpe)即是她的学生之一,但她对教书并无真正兴趣,她推崇母亲的教学能力,认为自己并不适合这一职业。

摩尔的哥哥从耶鲁大学毕业后,成为长老会的牧师,1916年被任命为新泽西州查塔姆(Chatham)奥格登纪念堂(Ogden Memorial Church)的牧师。在他就职之后,摩尔和母亲前去为他照料家务。

大学毕业后,摩尔对于诗歌的兴趣固定下来,开始在公开刊物上发表作品,结交了一些诗人朋友。在进入纽约先锋诗群之前,摩尔经历了隐忍和积淀的几年,她的诗歌常常被编辑退稿或否定。她后来在信中提及,初学写作时她有足够的韧性,可以投稿二十六次,直到稿件最终被接受[2]。

她的生活方式也固定下来。在短暂的外出就业三个月之后,摩尔选择了与母亲生活在一起,此后她们再没有分离过,直到她的母亲于1947年去世。在相对安稳的岁月中,她与母亲、哥哥

---

[1] Margaret Holley, *The Poetry of Marianne Moore: A Study in Voice and Value*(Cambridge: Cambridge University Press, 2009), p. 3.

[2] Margaret Holley, *The Poetry of Marianne Moore: A Study in Voice and Value*, p. 19.

三人组成了一个亲密的核心小团体，循环通信，分享自己的各种心得、见闻。

摩尔对自己的评价是内向。少女时期，她缺少自信，觉得自己如同世界的局外人。她不喜欢自己的脸，也不喜欢自己的服饰。她的哥哥则是一个外向的人，鼓励她参与社交活动，对她说："一头有爪子和牙齿的熊总要有机会去使用它们。"[1]这句话后来被摩尔写入一首描写猫的诗歌《彼特》（"Peter"）之中。当摩尔在社交上畏惧不前时，她的哥哥会推动她前行，比如当她犹豫是否要去拜访史蒂文斯（Wallace Stevens）时，她的哥哥会直接走进电话亭给史蒂文斯打电话，约好见面的时间地点，陪她一同前往。

在摩尔的生活中，母亲扮演了多重角色，既是母亲，也是摩尔的老师、朋友、读者和诗歌灵感的制造者。母亲独立的性格、虔诚的宗教信仰、不俗的文学品位以及对生活的无限热情，直接影响了摩尔。在相互陪伴的过程中，她们相互分享对书籍的兴趣、对动物以及外在世界的好奇，更重要的是，分享对诗歌的爱。摩尔享受来自女性长辈的激励，也愿意将这种激励延续下去，她在与比自己年轻许多的女诗人毕肖普（Elizabeth Bishop）的关系中扮演了类似于母亲与导师的角色。摩尔所理解的女性之间的精神承续，不同于弗洛伊德（Sigmund Freud）、哈罗德·布鲁姆（Harod Bloom）等人所分析的男性代际的弑父情结（patricide complex）或"影响的焦虑"（anxiety of influence），更多是带着关爱、奉献与彼此成就的正向价值，就像她在诗歌《纸鹦鹉螺》（"The Paper Nautilus"）中所描述的母爱，虽然其中有微妙的竞争，但爱会战胜一切。

---

[1] Marianne Moore, "If I Were Sixteen Today," in *The Complete Prose of Marianne Moore*, ed. Patricia C. Willis (New York: Viking Penguin Inc., 1987), p. 503.

因为有母亲和哥哥的情感支撑,父亲的缺席并没有给摩尔带来过多困扰,相反,为她免除了成长过程中必须面对的性别束缚和身份认同的困惑,使她得到了充分的独立空间。这不仅体现在生活上,而且体现在精神上——既然不曾有一个真实的父亲引领她获得个人身份和社会角色,她也不需要与父亲所代表的男性权威展开认同与背叛的成长游戏。

一战爆发后,摩尔的哥哥加入海军,成为随军牧师。1918年,摩尔和母亲移居纽约格林威治村(Greenwich Village),租住在公寓中。摩尔担任了一段时间的家庭教师后,受聘为纽约公立图书馆的助理管理员,从1921年到1925年,她都在这个岗位工作。

虽然在移居纽约之前摩尔已经展现了自己的诗歌才华,但她的诗歌风格与纽约以及先锋艺术圈的滋养不无关系。她与这个圈子的艺术家保持着相同的追求方向,纽约的都市风貌、先锋艺术圈、博物馆和艺术画廊,也开拓了摩尔的诗歌视野。当摩尔打算定居纽约、加入格林威治村的艺术家群体时,她的朋友对此感到担忧,摩尔自己却很坦然。她说:"首先,我不认为任何人想要伤害我;其次,即使他们真的伤害了我,也没什么大不了的。"[1]摩尔是一个思维敏捷的人,对许多问题都有自己的见解,谈话时能迅速转换话题,这种品质吸引了很多诗人并成为她的朋友。她交往的对象中,有毕肖普这样比她年轻的女诗人,也有比她年长的男诗人,包括艾略特、庞德(Ezra Pound)、史蒂文斯、威廉斯(William Carlos Williams)等。他们彼此通信,撰写评论,以诗歌为纽带建立起一种友好的私人关系,她可以肆意发展

---

[1] "Marianne Moore, The Art of Poetry," Interviewed by Donald Hall, *Paris Review* (Summer-Fall 1961), http://www.theparisreview.org/interviews/4637/the-art-of-poetry-no-4-marianne-moore.

自己的特性而"不必忍受粗暴无礼"[1]。克林堡曾在文章中提到,在美国先锋诗人群体中,有部分诗人极为欣赏摩尔,她悦耳流畅的多音节以及她对书籍的熟悉程度使格林威治村的许多男诗人感到敬畏,也从她那里得到了诸多教诲。

1924年,摩尔的诗集《观察》(*Observations*)出版,这本诗集收录了五十三首诗(有部分诗歌选自《诗集》),其中《坟墓》("A Grave")、《纽约》("New York")和《一条章鱼》("An Octopus")三首诗赢得第二届《日晷》(*The Dial*)杂志诗歌奖,这本杂志随后刊发了五篇关于摩尔诗歌的评论。

1925年7月,摩尔被任命为《日晷》杂志的执行编辑,她在这个岗位做了四年,直到1929年杂志停刊。摩尔接手编辑工作时,这本杂志的办刊宗旨正转向艺术领域,不仅刊发文学评论,也刊发音乐、戏剧、绘画、摄影、雕塑等评论,以小众品味对抗大众品味,在众多文艺杂志中脱颖而出。摩尔担任编辑期间,表现出很强的包容性。她推崇多元、共存、和谐的诗歌氛围,更愿意用一种感受性、体验性的方式去阅读诗歌。她的观点充满弹性,接近19世纪印象式的审美批评方法。同时,摩尔也强化了《日晷》杂志的艺术风格,使这本杂志相比于美国同时期的其他杂志(如《他者》等)更少政治性、先锋性和论战性,坚持了更纯粹的艺术趣味。

摩尔的编辑能力得到了许多人的认可,但也不乏批评之音。比如,文学批评家高汉姆·B.蒙森(Gorham B. Munson)批评摩尔作为编辑缺少"公正、自由的判断力"[2]。在与唐纳德·霍尔(Donald Hall)的访谈中,摩尔也谈到了哈特·克莱恩(Hart

---

[1] Robin G. Schulze, *Becoming Marianne Moore: The Early Poems, 1907–1924*(Los Angeles: University of California Press, 2002), p. 14.

[2] Elizabeth Gregory, "Introduction," in *The Critical Response to Marianne Moore*, ed. Elizabeth Gregory(Westport: Praeger Publishers, 2002), p. 6.

Crane）就编辑问题和她发生的争执。哈特抱怨摩尔武断，擅自修改自己的诗歌标题。[1]还有人认为，摩尔担任编辑期间，《日暮》杂志的风格趋于保守而非进步，摩尔的诗歌评论缺乏张力和有效性。

从事编辑的四年，摩尔的创作基本停滞。不过，随着她与诗歌界的交往逐渐深入，她受到的关注也日益增多，逐渐成为现代诗群的精神领袖之一。1929年之后，摩尔重新回归写作。1933年，她和母亲从格林威治村搬到了哥哥在布鲁克林海军基地（Brooklyn Navy Yard）的公寓，并在那里住到1966年。

1935年，摩尔的《诗选集》（*Selected Poems*）在美国麦克米兰出版社（Macmillan Publishing Co.）和英国费伯与费伯出版社（Faber & Faber）出版。这本诗集再次修订了《诗集》和《观察》中的部分诗歌，也收录了后来发表的部分诗歌。艾略特为这本书撰写了序言，再加上出版社的商业宣传，这本诗集的发行量很大。艾略特在序言中称赞摩尔是在世最伟大的诗人。他分析了摩尔诗歌的情感特征、主题和形式特征，精准概括了摩尔诗歌的主要成就，就评论界围绕摩尔诗歌进行的争议做出了肯定性回答。[2]这本诗集也受到了布莱克默（R. P. Blackmur）、肯尼斯·伯克（Kenneth Burke）、兰瑟姆（John Crowe Ransom）和克林斯·布鲁克斯（Cleanth Brooks）等评论家的关注，推进了摩尔诗歌在普通读者中的接受度。摩尔的研究者舒尔曼（Grace Schulman）认为，这些评论家对摩尔的关注有正面意义，也有负

---

[1] "Marianne Moore, The Art of Poetry," Interviewed by Donald Hall, *Paris Review* (Summer-Fall 1961), http://www.theparisreview.org/interviews/4637/the-art-of-poetry-no-4-marianne-moore.

[2] T. S. Eliot, "Introduction to Selected Poems by Marianne Moore," in *The Critical Response to Marianne Moore*, ed. Elizabeth Gregory(Westport: Praeger Publishers, 2002), p. 106.

面作用。他们固化了对摩尔诗歌的某些定义，导致读者对摩尔的误读。比如，舒尔曼认为，布莱克默对摩尔"音节诗"的定义，使得后来的评论家常常将关注点放在音节数，将诗行印刷排版的外观置于声音的节奏形式之上，使读者偏离了对更重要的形式问题的关注，哪怕摩尔后来的创作中降低了音节因素，也无法扭转成见。[1]

此后的几十年间，摩尔间隔性地出版诗集，先后出版了《穿山甲及其他的诗》（*The Pangolin and Other Verse*，1936）、《何谓岁月》（*What Are Years*，1941）、《然而》（*Nevertheless*，1944）等小册子。1951年，摩尔将这些小册子合为《选集》（*Collected Poems*）出版。这本诗集帮助摩尔赢得了普利策诗歌奖（Pulitzer Prize for Poetry）、国家图书奖（National Book Awards）和博林根奖（Bollingen Prize）。20世纪40年代中期，摩尔开始翻译《拉封丹寓言》（*The Fables of La Fontaine*）。这本书耗费了她大量的精力，出版过程却几经周折，直到1954年才得以出版。她之后又出版了《像一座堡垒》（*Like a Bulwark*，1956）、《哦，愿化身为龙》（*O to Be a Dragon*，1959）、《告诉我，告诉我：花岗岩，钢铁及其他主题》（*Tell Me，Tell Me: Granite，Steel，and Other Topics*，1966）等作品。

1948年，《文学评论季刊》（*Quarterly Review of Lierature*）举办了"玛丽安·摩尔专题研究"，史蒂文斯、毕肖普、兰瑟姆和路易丝·博根（Louise Bogan）等人就摩尔诗歌进行了赞赏性评论。她先后赢得了其他一些重要奖项，比如1940年的雪莱纪念奖（Shelley Memorial Award）、1944年的哈里特·门罗诗歌奖（Harriet Monroe Poetry Award）、1945年的古根海姆奖金（Guggenheim Fellowship）、1946年获得美国艺术文学学会以及国家艺

---

[1] Grace Schulman, *Marianne Moore: The Poetry of Engagement* (Urbana & Chicago: University of Illinois Press, 1986), p. 3.

文学所的联合资助。

摩尔不定期受邀到大学讲授创作课程或朗读诗歌，包括布林莫尔学院、瓦萨学院（Vassar College）、加州大学（University of California）、哈佛大学（Harvard University）等。1949年，她被威尔逊学院（Wilson College）授予文学博士学位，这是一长串荣誉学位的开端。

晚年的摩尔逐渐成为一个社会名流似的人物，频频出现在一些时尚报刊或社会活动上。《纽约客》（New Yorker）、《纽约周刊》（New York）等报刊时有发表她的报道，她的作品甚至出现在《VOGUE》和《时尚芭莎》（Harper's Bazaar）等杂志上；福特汽车公司邀请她为一款新型轿车命名，虽然最终没有采纳她的建议；1968年，摩尔在洋基体育场（Yankee Stadium）为棒球比赛开球。她对于生活的热情和好奇不曾随着年老而消减。

追溯摩尔的诗歌创作史是一件较为困难的事。在漫长的写作生涯中，她一直在修订自己的诗歌，最突出的例子是《诗》（"Poetry"）。这首诗曾一度被修订为只剩下三行，后来又恢复了长度。在不同阶段，摩尔修订的方向不同，她会强化音节特征或者减弱音节特征，会改变诗行断句方式，删减词语，从而改变节奏。不过，摩尔的诗歌风格在《观察》《诗选集》和《选集》三本诗集中已臻于成熟。摩尔的研究者玛格丽特·霍莉（Margaret Holley）将她的诗歌创作生涯细分为八个阶段：1907—1913年，主要在布林莫尔学院杂志发表诗歌；1915—1917年，她和母亲居住卡莱尔时期创作的诗歌；1918—1924年，创作或修订《观察》中的诗歌；1932—1936年，创作或修订《诗选集》中的诗作；20世纪40年代早期创作抒情诗；1946—1956年翻译拉封丹寓言时创作的诗作；1956—1966年，在布鲁克林居住期间创作的诗歌；1966—1970年，去世前创作的诗歌。[1]

与摩尔同时代的许多诗人离开了美国，如H.D.、艾略特、庞德等，他们不满足于美国的诗歌创作氛围，前往欧洲，寻求更有益的诗歌创作环境。但摩尔坚持留在美国，和史蒂文斯、威廉斯等人一起开拓美国现代诗歌传统。摩尔明白留在美国本土写作的困难，但她也理解美国文化的特质和优势。在《英格兰》（"England"）一诗中，摩尔将美国与几个主要欧洲国家进行比较，突出了美国实用主义的朴实传统，强调其粗糙的文化外观下包含着可能性和精神力量：

……以及美国，它的南方
有微弱而古老的摇摇欲坠的维多利亚传统，它的北方街道上缭绕着
  雪茄的烟雾；它没有校对者，没有蚕，没有胡扯；

它是野蛮人的土地；没有草，没有沙丘，没有语言的国度，它的文字不是
  西班牙语，不是希腊语，不是拉丁语，不是速写，
   而是朴素的美国式的，猫和狗都能读懂！[2]

南方维多利亚传统与北方粗犷雪茄烟雾中罗列的是一系列否定，摩尔的这种否定，如同一个雕刻家挖除雕刻材质上多余的部分：校对者、蚕、胡扯、语言等物件代表文化的过度装饰或精深，美国文化尚不具备这些品质。它的特点是文字和口语同一，

---

[1] Margaret Holley, *The Poetry of Marianne Moore: A Study in Voice and Value*(Cambridge: Cambridge University Press, 2009), p. X.

[2] Marianne Moore, "England," in *Observations* (New York: The Dial Press, 1924), p. 55.

准确、明晰、简洁，不会产生歧义，猫和狗都可以理解，摩尔暗示了这种语言对于诗歌创作的正向意义。此外，这首诗歌中运用的剥除式的、贴近事物本源的刻画方法，正是摩尔擅长的还原手法。

庞德曾在信中曾询问摩尔创作的影响源，摩尔只承认克雷格·戈登（Craig Gordon）、威廉·布莱克（William Blake）、托马斯·哈代（Thomas Hardy）等有限几个作家对她的影响。在庞德的提示下，她的阅读范围慢慢拓展[1]。后来在她的书信和随笔中，她提到的作家越来越多，包括培根（Francis Bacon）、康拉德（Joseph Conrade）、班扬（John Bunyan）、萧伯纳（George Bernard Shaw）、托马斯·布朗（Thomas Browne）、哈德逊（W. H. Hudson）等都是她关注的作家，在诗歌中她有时直接与引发她兴趣的作家进行对话。在美国本土作家中，她最推崇的是亨利·詹姆斯，她在大学时代和佩吉·詹姆斯的交往，使她与这个著名的美国家庭有机会往来。

布鲁姆在评论摩尔的诗歌时分析了摩尔的诗歌渊源。他认为摩尔的美国诗歌前辈不是艾米丽·迪金森（Emily Dickinson）和瓦尔特·惠特曼（Walt Whitman），而是稍弱一些的斯蒂芬·克莱恩（Stephen Crane），他的诗歌在摩尔早期的诗歌中回荡。同时摩尔更隐晦地模仿了爱伦·坡（Edgar Allan Poe），她最紧密的英国诗歌之父可能是哈代。从哈代那里，她学习在诗歌中如何控制不协调的东西，她的诗歌也近似于哈代带有圣经风格的、讽刺意味的世俗化诗歌。[2]也有评论家辨识出摩尔诗歌与文艺复兴时期或者17世纪文学传统的关联，比如霍莉在分析摩尔的象征模

---

[1] Victoria Bazin, *Marianne Moore and the Cultures of Modernity* (Farnham: Ashgate Publishing Limited, 2010), p. 31.
[2] Harold Bloom, "Introduction," in *Marianne Moore: Modern Critical Views*, ed. Harold Bloom (New York: Chelsea House Publishers, 1987), p. 1.

式时指出了乔治·赫伯特（George Herbert）对摩尔的影响。[1]

然而，对摩尔诗歌产生决定性影响的或许是她自己所说的个性因素。摩尔始终认为，将写作定为自己的人生目标是一种冒险。她在信中对母亲说："我不懂我为何如此迷恋写作。我知道这不是因为人们说了多么美好的事情，也不是因为写作这件事本身——我并不能表达我自己。"[2]因为迷恋写作，又因为"自我表达"的困难，她格外在意咬文嚼字，也愿意"屈从于"别人的写作成就。在带有实用主义风格的美国文化氛围中，摩尔诚恳地发展自己的诗艺，根据有用性选择她的生物主题、细节，将各式各样的典故和文字碎片运用拼贴、注解等方法引入她的诗歌；她展开想象，但更注重写实；她坦然地将其他作家对她的影响痕迹保留在诗歌中，由此创造了独特的个人风格。读者和评论家为了她古怪的个人风格争议不断，但对摩尔而言，这种风格只是基于一种朴实的写作态度。

摩尔貌似温驯，瘦小的身材、赤褐色的柔软头发和明亮的肤色使她如同她诗歌中的那些动物一样，对这个世界无害，可是在这种温驯的外表下却掩藏着深沉的情感和不可动摇的决心。[3]在关于摩尔的诗歌评论中，总有人提到她的外表和令人过目难忘的发色。摩尔抵触异性刻意关注她的容貌，认为外表与诗歌并无直接关联，不过她本人对外在形象非常在意。毕肖普在自己的文章中描写了摩尔对于服饰的在意，她去拜访时常常看到摩尔和母亲

---

[1] Margaret Holley, "Art as Exact perception," in *The Critical Response to Marianne Moore*, ed. Elizabeth Gregory(Westport: Praeger Publishers, 2003), p. 89.

[2] Margaret Holley, *The Poetry of Marianne Moore: A Study in Voice and Value*(Cambridge: Cambridge University Press, 2009), p. 3.

[3] Taffy Martin, *Marianne Moore: Subversive Modernist* (Austin University of Texas Press, 1986), pp. 11–13.

在从事服装改造工程,将朋友赠送的衣物改造成自己喜欢的样式。这种对外形的在意既遵循了老式的淑女准则,包含着明显的自我约束,也有展示个性的内在动机。

随着年岁渐长,摩尔将自己的形象定格在黑色斗篷和三角帽。她说,三角帽既可掩饰她头部的缺陷,又像一只跳动的蟾蜍——她对蟾蜍的喜爱,体现在《诗》中她化用其他诗人的名言:"跳跃着真实蟾蜍的想象花园"[1]。她的这一形象和她的诗歌一样,卓尔不群。作家罗伯特·麦克尔蒙(Robert McAlmon)在自己的小说中称她是一个古怪的理念而不是一个真正的人。[2] 年轻的普拉斯(Sylvia Plath)在1955年见到摩尔之后,对摩尔的母亲说,摩尔令她想起"童话中某个易容的教母"。[3]摩尔对自己的定义更为抽象,她说:"我只是一声快乐的咳嗽"[4],"我写的东西之所以被称之为诗,因为无法将它们归之于其他类别。"[5]这种幽默的自我调侃显示了摩尔面对这个世界的乐观、自信,为女诗人树立了一个正面楷模。

生命的最后几年,疾病缠绕着摩尔,但她仍然乐于与世界保持联系,她每天收到近五十封邮件,也尽可能回复这些邮件。1972年2月5日,八十五岁的摩尔去世,《纽约时报》(*New York Times*)头版配她的两张照片发布了讣告。

---

[1] Marianne Moore, "Poetry," in *Observations* (New York: The Dial Press, 1924), p. 31.

[2] Taffy Martin, *Marianne Moore: Subversive Modernist* (Austin: University of Texas Press, 1986), p. 12.

[3] Hilton Kramer, "Freezing the Blood and Making One Laugh," in *The Critical Response to Marianne Moore*, ed. Elizabeth Gregory (Westport: Praeger Publishers, 2003), p. 230.

[4] "Marianne Moore," https://www.poetryfoundation.org/poets/marianne-moore.

[5] Marianne Moore, "Subject, Predicate, Object," in *The Complete Prose of Marianne Moore*, ed. Patricia C. Willis (New York: Viking Penguin Inc., 1987), p. 504.

二、摩尔诗歌在美国本土的接受与批评史

当摩尔的诗歌进入读者视野时,引发了普遍的困惑。这种困惑来自两个层面,一是20世纪初诗歌正处于转型之中,人们对于诗歌的期待还停留于传统浪漫抒情诗模式,对新的诗歌形式是抗拒的,现代诗歌还没有培养起它自己的读者群,同时,诗人群体内部对于现代诗的发展方向也存在诸多分歧;二是摩尔独特的诗歌形式和语言风格带来的冲击。她的音节计算、干枯的词风、理智的论断、晦涩的诗意,使人们很难分辨这样的作品究竟是诗还是散文,摩尔能否被称为一个诗人。形式、语言和情感是人们围绕她的作品进行争论的几个焦点问题。

H. D. 是第一个严肃评价摩尔的诗人和评论家。1916年8月,H. D. 在《自我主义》杂志发表对摩尔的评论文章,她转述了读者对摩尔诗歌的普遍性质疑,然后对这种质疑做出了肯定回答。H. D. 赞美摩尔是一个"完美的手艺人",她的诗歌促进了英语语言的发展,其对美的追求是一种力量。H. D. 开启了摩尔诗歌批评的几个关键词:"古怪的"(quaint),"讽刺性的"(ironic),"坚硬的"(hard)等。[1]

有些期刊的编辑虽然愿意发表摩尔的诗歌,却并不认同她的诗歌,比如《小评论》(*The Little Review*)的编辑玛格丽特·安德森(Margaret Anderson)。她认为摩尔的作品是"理性的",是"令人难以忍受的散文混血儿",却不是诗。[2]她的观点几乎代表了当时质疑摩尔诗歌的绝大多数人的意见。《诗刊》的编辑门罗

---

[1] H. D., "Marianne Moore," in *The Critical Response to Marianne Moore*, ed. Elizabeth Gregory (Westport: Praeger Publishers, 2003), pp. 19-21.

[2] Grace Schulman, *Marianne Moore: The Poetry of Engagement* (Urbana & Chicago: University of Illinois Press, 1986), p. 2.

（Harriet Monroe）同样对摩尔的诗歌持质疑态度。摩尔的第一本诗集由 H. D. 等人在伦敦出版后，门罗在《诗刊》杂志举行了对摩尔作品的批评性研讨。在系列评论中，伊沃·文特斯（Yvor Winters）和 H. D. 一样，是摩尔诗歌的肯定者。他赞美摩尔是一个伟大的诗人。他说："除了华莱士·史蒂文斯之外，她是兰波以来唯一一个拥有丰富或复杂的知识、能指挥声音的人。"[1]其他人则对摩尔的诗歌持否定态度。比如，摩尔的朋友布莱尔认为，摩尔的诗是在物质外部的一种游戏，思想的内部则过于疲惫，无法感知到情感；摩尔的表达手法完美，但缺少生活经验，只是对一种高度进化的知识的静态研究。《诗刊》的副编辑马里昂·斯特罗贝尔（Marion Strobel）批评摩尔的诗歌是一种发育良好的心智的"扭曲"，她让人们意识到她有头脑、有见识，却没有学会简洁的创作。门罗针对摩尔的诗歌《黑色泥土》（"Black Earth"）表达了自己的观点。她认为摩尔的诗歌将坚硬的"几何式样"专横地强加于词语和句子结构之上，是一种闪闪发光的观念的连续，缺乏发展和高潮的起伏，更像是散文，而非诗歌。门罗将摩尔与史蒂文斯视作对立的诗人，她推崇后者而抵制前者。[2]

　　围绕摩尔诗歌展开的争议在一定程度上刺激了摩尔。在她的诗集《观察》中我们可以读到她有针对性的抗辩。她的《致一台蒸汽压路机》（"To a Steam Roller"）、《批评家与鉴赏家》（"Critics and Connoisseurs"）、《诗》等作品表达了自己的诗歌理念。

---

[1] Harriet Monroe, "A Symposium on Marianne Moore," in *The Critical Response to Marianne Moore*, ed. Elizabeth Gregory (Westport: Praeger Publishers, 2003), p. 36.

[2] Harriet Monroe, "A Symposium on Marianne Moore," in *The Critical Response to Marianne Moore*, pp. 35–40.

同时，现代派诗歌的开拓者和中坚力量——威廉斯、艾略特、庞德、史蒂文斯等人和H. D.一样，超前于时代肯定了摩尔的诗歌成就并做出了相对中肯的辩护。

威廉斯谈起格林威治村的作家群时，极力推崇摩尔，认为摩尔是"支撑着我们未竣工的建筑的橡子"[1]。他在评论中分析了摩尔诗歌的特征和语言成就，用瓷花园比喻摩尔诗歌的空间型结构，摩尔的措辞自然、清晰，将精神施加于物之上，创造了结晶体似的质地。

庞德在1918年发表了两篇评论文章推崇摩尔的诗歌。他将摩尔和米娜·罗伊（Mina Loy）并置，认为她们和威廉斯一样都是当代诗歌的核心人物。庞德是最早提出摩尔作品中的情感问题并对此进行肯定的评论家之一。他写道："在摩尔的诗歌中我分辨出了情感的踪迹。"[2]庞德最初给摩尔的信中就表达了对她的认可，为她的诗歌提出了系列修改意见，并且愿意为摩尔推荐出版诗集的机会。他们之间寥寥数次见面，但却保持着长久通信，在信中分享了日常生活的兴趣和对诗歌的信仰。1972年2月摩尔去世时，庞德打破了沉默，在意大利举行的摩尔追思会上背诵了摩尔的诗歌《何谓岁月》（"What Are Years"），九个月后庞德去世。[3]

艾略特读到摩尔的作品后对她也极为赞赏。1923年发表于《日晷》杂志的评论中，他评价了摩尔的《诗集》和《婚姻》（"Marriage"）一诗，指出了其中的三种新要素：新的韵律，

---

[1] William Carlos Williams, "The Caryatid," in *The Critical Response to Marianne Moore*, ed. Elizabeth Gregory (Westport: Praeger Publishers, 2003), p. 77.

[2] Ezra Pound, "Marianne Moore and Mina Loy," in *The Critical Response to Marianne Moore*, ed. Elizabeth Gregory (Westport: Praeger Publishers, 2003), p. 22.

[3] Grace Schulman, *Marianne Moore: The Poetry of Engagement* (Urbana & Chicago: University of Illinois Press, 1986), p. 24.

独特、卓越而又带讽刺性地使用术语，素朴简洁的措辞。他看到了摩尔的创新性力量，将摩尔推崇为当代最优秀的几位诗人之一："此刻我只能想到五位当代诗人——英国，爱尔兰，美国，法国，德国——的作品和玛丽安·摩尔的诗歌一样或者更好地激发了我。"[1]在1935年为摩尔的诗集《诗选集》撰写的序言中，艾略特更为全面地分析了摩尔诗歌的情感特征、主题和形式特征。他认为摩尔的动物诗最直接反映了摩尔的情感特征，"摩尔小姐的部分诗作——例如有关动物或鸟的主题的诗歌——有非常广泛的联想。很难分辨《跳鼠》（'The Jerboa'）的主题是什么，对一种如此敏捷的精神、一种如此含蓄的情感而言，这样微小的主题——例如一只快乐的、沙色的、跳跃的小动物——也许是对重要情感最好的释放。只有咬文嚼字的学究才会将这样的主题归为琐碎；因为他自身就是琐碎的。我们必须选择能让我们最有力地、最隐秘地抒发情感的主题，无论它是什么；这是一种个人的喜好。"[2]艾略特肯定摩尔的诗歌成就，他说："摩尔小姐的诗构成了我们这个时代所创作的、具有长久生命力的少数诗作中的一部分；在诗的仿冒品中，这少数作品，其独特的感受、敏锐的智力和深沉的情感结合在一起延续了英语语言的生命。"[3]艾略特的评论如同破译了摩尔诗歌的"阅读密码"。

史蒂文斯也是摩尔诗歌的支持者，他多次撰文评论摩尔的诗歌，认为摩尔作为"想象的写实者"拥有"消化硬铁"的力量，能将客观事实变形为带有个人风格、表达了自我态度的诗

---

[1] T. S. Eliot, "Marianne Moore," in *The Critical Response to Marianne Moore*, ed. Elizabeth Gregory (Westport: Praeger Publishers, 2003), p. 44.

[2] T. S. Eliot, "Introduction to Selected Poems by Marianne Moore," in *The Critical Response to Marianne Moore*, p. 107.

[3] T. S. Eliot, "Introduction to Selected Poems by Marianne Moore," in *The Critical Response to Marianne Moore*, p. 109.

歌现实。

这些诗人同行更为精准的阅读和具有穿透力的肯定对摩尔来说是重要的，既激励了她的写作，也逐步赋予了摩尔在美国现代诗歌史上的地位。不过，海伦·文德勒（Helen Vendler）、舒尔曼等评论家在分析摩尔诗歌的早期发展状况时指出，庞德、艾略特、史蒂文斯等男性诗人对摩尔的认同包含着一个陷阱，他们更重视的是摩尔和他们在诗歌理念或方法上的相似性，倾向于将摩尔塑造成现代派（Modernism）的信徒而非一个原创性的天才。比如，理查德·奥尔丁顿将摩尔评价为一个意象派诗人，庞德赞扬摩尔的"理诗"（Logopoeia）[1]成分，史蒂文斯将她评价为新浪漫主义者，艾略特将她评价为古典主义者，威廉斯赞美她净化了的语言。文德勒指出，这些诗人在努力将摩尔纳入自己的诗歌理念时，也觉察到了摩尔无法被归类的异质性，并对此感到不安。[2]

在摩尔创作生涯的后期，评论界对她的争议依然存在，但她的原创性逐渐得到认同，越来越多的普通读者适应了现代诗歌并且愿意承受诗歌中的智力挑战，开始克服障碍进入摩尔的诗歌，理解她怪异的主题、咬文嚼字带来的晦涩、过于精细的形式主义结构、她的自负和自我克制的谦逊等相互矛盾的特质，能够在她的主题与词、意象与隐喻构成的迷宫中感受其坚硬的诗歌质地与

---

[1] 伊兹拉·庞德：《庞德诗选·比萨诗章》，黄运特译，漓江出版社，1998，第227—228页。庞德在《诗的种类》中对诗进行了分类：声诗（Melopeia），即词语在其普遍意义之外、之上，还有音乐的性质，且音乐引导意义的动态与倾向；形诗（Phanopoeia），即把意象浇铸在视觉想象上；理诗（Logopoeia），"语词间智慧之舞"。也就是说，理诗不仅使词语的直接意义，还特别考虑词语的使用习惯和我们期待它所在的语境，包括它的常用搭配，正常变化以及反语修辞。这种诗包含着那些语言表达所特有的，无法为造型或音乐艺术所包容的美学内容。它出现得最晚，也许是最巧妙，最不可捉摸的形式。

[2] Helen Vendler, "Marianne Moore," in *Marianne Moore: Modern Critical Views*, ed. Harold Bloom (New York: Chelsea House Publishers, 1987), p. 85.

内在丰富性。对摩尔较为系统的阐释和研究开始涌现。

1964年，本纳德·F.恩格尔（Bernard F. Engel）出版了第一本全面分析、评价摩尔诗歌作品的专著《玛丽安·摩尔》（*Marianne Moore*）[1]，介绍了摩尔的生平，分析了摩尔的诗歌特征，特别突出了摩尔借助伦理原则对抗世界无序的诗歌宗旨。恩格尔认为，摩尔倡导的价值是一种道德主义，她强调作为一个共同体成员的正直品质，包括勇敢、独立、责任、真诚和热情等，这种正直品质能带来个体的尊严；关注伦理和"物"使摩尔变成了一个类比诗人：她呈现物是为了暗示或者表达一个伦理观点。

1965年，简·格里圭（Jean Garrigue）出版了一本小册子《玛丽安·摩尔》（*Marianne Moore*）[2]；1969年，乔治·W.尼奇（George W. Nitchie）出版了《玛丽安·摩尔：诗歌引论》（*Marianne Moore: An Introduction to the Poetry*）[3]。这两本书或繁或简地介绍了摩尔，从整体上分析了摩尔的诗歌特征。

1961年，维京出版社（The Viking Press）结集摩尔的代表性诗歌、随笔、访谈、书信等出版了《摩尔读物》（*A Marianne Moore Reader*）[4]。1967年，麦克米兰出版公司出版了她的《诗全集》（*The Complete Poems of Marianne Moore*）[5]。不过，这本集子并非真正意义上的全集。尤金·希亥（Eugene Sheehey）和肯尼斯·罗和福（Kenneth Lohf）编辑出版了《玛丽安·摩尔的成

---

[1] Bernard Engel, *Marianne Moore* (New York: Twayne Publisher, 1964), pp. 1–3.

[2] Jean Garrigue, *Marianne Moore*, *Pamphlets on American Writers 50* (Minneapolis: University of Minnesota Press, 1965).

[3] George W. Nitchie, *Marianne Moore: An Introduction to the Poetry* (New York: Columbia University Press, 1969).

[4] Marianne Moore, *A Marianne Moore Reader* (New York: The Viking Press, 1961).

[5] Marianne Moore, *The Complete Poems of Marianne Moore* (New York: Macmillan Publishing Co., 1967).

就，一份文献目录，1907—1957》(*The Achievement of Marianne Moore，A Bibliography，1907–1957*)[1]，罗列了摩尔的诗歌、随笔、评论的发表时间和杂志以及有关摩尔的评论条目。查尔斯·汤姆林森（Charles Tomlinson）编辑出版了关于摩尔的研究论文集《玛丽安·摩尔：评论文集》(*Marianne Moore: A Collection of Critical Essays，1969*)[2]。

1969年，摩尔曾向罗森巴赫博物馆暨图书馆（Rosenbach Museum & Library）捐献了比任何一位重要的美国作家都要丰富的文档材料，其中包括她的通信、手稿、藏书以及阅读日记、交谈记录本、诗歌工作手册等。摩尔的少部分文档收藏于耶鲁大学藏书馆（Beinecke Rare Book and Manuscript Library at Yale University）、芝加哥纽伯瑞图书馆（Newberry Library in Chicago）、得克萨斯大学奥斯汀分校（University of Texas at Austin）、哈里·兰瑟姆人文研究中心（Harry Ransom Humanities Research Center）等机构。这些材料汇编为后来的研究和批评提供了有力支撑。

摩尔于1972年去世之后，美国学术界对她的研究逐渐深入，并且一直持续到今天，大体可以分为三个阶段，每一阶段的研究主题和侧重点都有所不同。

第一阶段，20世纪70年代初期至80年代初期。

这一阶段的研究主要围绕两个问题，其一是分析摩尔诗歌的形式特征，其二是探讨摩尔诗歌的现代性特征，确定摩尔在现代诗歌中的地位。

作为摩尔研究最有影响的学者之一，邦妮·科斯特洛（Bonnie Costello）的《想象的所有物》(*Imaginary Possessions*)一书用新

---

[1] Eugene Sheehey and Kenneth Lohf, *The Achievement of Marianne Moore, A Bibliography, 1907–1957* (New York: The New York Public Library, 1958).

[2] CharlesTomlinson(ed.), *Marianne Moore: A Collection of Critical Essays* (Eaglewood Cliffs: Prentice-Hall, 1969).

批评(New Criticism)的方法阅读摩尔的诗歌,比较全面地分析了摩尔诗歌的形式特征。她分析了摩尔对多种视觉艺术,包括对雕塑、刺绣、绘画艺术资源以及中国传统象征艺术的吸收和运用,指出"摩尔的想象是一种象征性想象"[1]。

唐纳德·霍尔[2]、帕梅拉·怀特·哈达斯(Pamela White Hadas)[3]、梅里亚·巴罗夫(Marie Borroff)[4]、加里·莱恩(Gary Lane)[5]等结合摩尔的作品,撰文分析了摩尔诗歌的发言主体、主题、技巧、情感因素以及语言风格,探索了阅读摩尔诗歌的正确路径。

关于摩尔诗歌的现代性特征,这一时期的部分文学史家,例如大卫·帕金斯(David Perkins),M. L.罗森塔尔(M. L. Rosenthal)和阿尔伯特·戈尔皮(Albert Gelpi)等沿袭了艾略特等人的看法,将摩尔的诗歌归属于由男性主宰的现代派文学运动。

20世纪60年代以来,随着女权主义(Feminism)运动的蓬勃发展,女性主义文学批评异常活跃。女性主义文学批评家深入文学史,挖掘被遮蔽的女作家,梳理女性主义文学传统。摩尔的研究者苏珊娜·尤哈金(Suzanne Juhasz)[6]和女诗人艾德丽安·

---

[1] Bonnie Costello, *Marianne Moore: Imaginary Possessions* (Cambridge: Hardvard University Press, 1981), p. 202.
[2] Donald Hall, *Marianne Moore: The Cage and the Animal* (New York: Pegasus, 1970).
[3] Pamela White Hadas, *Marianne Moore: Poet of Affection* (New York: Syracuse University Press, 1977).
[4] Marie Borroff, *Language and the Poet* (Chicago: University of Chicago Press, 1979), p. 101.
[5] Gary Lane, *A Concordance to the Poems of Marianne Moore* (New York: Haskell House, 1972).
[6] Suzanne Juhasz, "'Felicitous Phenomenon': The Poetry of Marianne Moore," in *Naked and Fiery Forms: Modern American Poetry by Women, A New Tradition* (New York: Harper, 1976), pp. 33-56.

里奇(Adrienne Rich)[1]都属于其中的成员。她们面对摩尔的作品时,发现自己颇有些无能为力,因为摩尔并不需要她们。她们倾向于将摩尔定义为一个由"男性游戏规则"所主导的诗歌事业的牺牲者,认为摩尔在写作中以男性话语模式进行写作,采取了无性的、自我压抑的、刻意回避自己女性身份的立场,这种通过性别压抑进行的写作,未能直接表达自我意志和欲望,只是对男性诗歌创作原则和诗歌评价标准的迎合。

女性主义批评家劳伦斯·斯泰普顿(Laurence Stapleton)提出了与尤哈金和里奇相对立的观点。斯泰普顿是一位富有同情心的读者,她详细整理了罗森巴赫图书馆收藏的摩尔资料,撰写了《玛丽安·摩尔,诗人的发展》(Marianne Moore, The Poet's Advance)[2]一书,结合摩尔的生平为摩尔的诗歌进行了辩护。斯泰普顿认为,摩尔的诗歌并非只是对男性诗歌游戏规则的迎合,还存在纠正和自我表达。她将摩尔的想象和诗歌策略看作力量的体现,认为摩尔在诗歌创作生涯中不断发展这一力量,在生命的最后二十年依然具有充沛的创造力。斯泰普顿分析了摩尔诗歌受到的多种影响,她的诗歌与中国传统文化、多种视觉艺术、她阅读的诗歌前辈以及她对拉封丹的翻译之间存在紧密关联,正是对多种资源的吸收、领悟,促成了摩尔诗歌艺术的上升途径。

在这一时期,克雷格·史蒂文斯·阿伯特(Craig Stevens Abbott)编撰了摩尔的文献目录《玛丽安·摩尔:一种描述性的文献目录》(Marianne Moore: A Descriptive Bibliography, 1977)[3]。

---

[1] Adrienne Rich, "When We Dead Awaken: Writing as Revision," in *Lies, Secrets, and Silence: Selected Prose, 1966-1978* (New York: Norton, 1979), pp. 33-49.

[2] Laurence Stapleton, *Marianne Moore, The Poet's Advance* (Princeton: Princeton University Press, 1978).

[3] Craig S. Abbott, *Marianne Moore: A Descriptive Bibliography* (Pittsburgh: University of Pittsburgh Press, 1977).

第二阶段，20世纪80年代中期至90年代末期。

这一阶段，学者们对摩尔的研究逐渐全面深入。研究者们继续发掘、整理、编辑、出版摩尔的诗歌、随笔、书信、笔记，追述其生平、交往和诗歌创作史细节，运用女性主义批评理论、新批评理论、精神分析学等多种批评理论对其作品展开了批评，出版了大量研究成果。

以1987年纪念摩尔百年诞辰为标志，女性主义学者对摩尔的批评有了微妙的转向。她们开始纠正早一代评论家的偏激，注重对摩尔诗歌文本的分析，试图从摩尔看似回避性别政治的诗歌中寻找她的性别书写策略，以更客观的视角理解摩尔作为一名女诗人的成就。

海伦·文德勒和斯泰普顿一样，对摩尔的诗歌策略和语言模式做出了肯定性评价。她结合摩尔的创作背景分析摩尔的诗歌特征，认为摩尔和同时代的男诗人构成了对抗和较量。她也分析了摩尔对于美国流行诗歌风格的超越，肯定了摩尔的锋芒和机智。[1]

珍妮·荷尤文（Jeanne Heuving）对摩尔的性别立场提出了与70年代的女权主义评论家截然不同的看法。荷尤文指出，考虑到摩尔作为一名女性在既有文化中不得不面临的写作困境，她的诗歌不能被简单定义为是对男性诗歌创作原则和评价标准的迎合。摩尔在回避自我经验的表达时，也拒绝易装书写。她没有伪装成一个男性的普遍性主体，也拒绝表达女性的依附性生存体验——诸如"苦难、忧郁、离弃"等作为文化他者的经验。摩尔最终希望创作一种涵盖了女性视角的普遍性诗歌。荷尤文的研究更强调摩尔的诗人身份，认为摩尔始终注重将观念、文化态度，

---

[1] Helen Vendler, "Marianne Moore," in *Marianne Moore: Modern Critical Views*, ed. Harold Bloom (New York: Chelsea House Publishers, 1987), pp. 73-88.

尤其是隐含的性别政治引向诗歌本身。[1]

由于摩尔诗歌涉及大量典故、素材、文学人物,探索这些出处成为这一时期研究者关注的重点问题之一。同时,研究者们也注重分析摩尔与诗歌传统,与同时代诗人以及后辈诗人之间的关系。在探讨摩尔和其他女诗人、诗歌传统的关系时,绝大多数女性学者都否定了布鲁姆所谓的"影响的焦虑",认为布鲁姆提出的男性诗人和他的诗歌父亲之间构成的竞争关系并不适用于女诗人,女诗人之间的关系更倾向于桑德拉·M. 吉尔伯特(Sandra M. Gilbert)和苏珊·古巴(Susan Gubar)提出的"闺蜜情结",女诗人与传统的关系更强调滋养与继承。

西尔克(Sabine Sielke)提出了阅读女诗人文本的互文性(intertextuality)方法。她打破线性时间限制,让不同时代的三位美国女诗人——迪金森、摩尔和里奇——彼此交谈,建立起一种互文性,揭示她们文本中被隐藏、被忽视的意义。西尔克并不对这三个诗人的作品进行细读和技巧分析,甚至也不探讨三个女诗人之间的相互关系,而是寻找三个女诗人文本中的对话性表征,运用克里斯蒂娃(Julia Kristeva)提出的"互文性"概念对之进行分析。与此同时,西尔克也让这三位女诗人与克里斯蒂娃、伊利格瑞(Luce Irigaray)和西苏(Helene Cixous)等法国女性主义的书写理论构成了一种对话,借此修正这一理论。最终西尔克将主体性定义为一个过程,一个既不连贯亦无历史持续性的过程,在解构与建构、过去与当下的话语之间摇摆,它依托于迪金森的践行性、摩尔式的盔甲、里奇的建构性认知。主体性是互文网中的一件事物,它并非被语言实施,而是被那些在语言中行动

---

[1] Jeanne Heuving, *Omissions Are Not Accidents: Gender in the Art of Marianne Moore* (Detroit: Wayne State University Press, 1992).

的人实施，这种行动一直持续到未来。[1]

迪尔（Joanne Feit Diehl）借助弗洛伊德、吉尔伯特和古巴、梅兰妮·克莱因（Melanie Klein）等人提出的创造发生学观念以及写作者与其文学前辈之间的承继模式，试图建立一种结合了心理学、诗学和美学理论的普遍阅读模式，分析摩尔与毕肖普的关系。迪尔聚焦于毕肖普纪念摩尔的《情感的努力》（"Efforts of Affection"）一文，认为毕肖普在文章中呈现的与摩尔这位写作上的女性前辈的关系是模棱两可、摇摆不定的。迪尔将克莱因创建的嫉妒与感恩的双重情感模式对应于摩尔-毕肖普的关系，分析了毕肖普所刻画的摩尔肖像如何在这双重的情感交织中呈现。结合作品分析，迪尔指出毕肖普打开了摩尔的封闭形式，建立了一种更具有实验性、临时性和不确定性的主体。毕肖普和摩尔的文本中存在的交叉性反映了毕肖普如何细致地阅读摩尔，并且修改了摩尔的词语以讲述自己的故事。[2]

克里斯蒂娜·米勒（Cristanne Miller）在《权威问题》（*Questions of Authority*）一书中结合后结构主义（Poststructuralism）和斯皮瓦克（Gayatri Chakravorty Spivak）的后殖民主义理论分析摩尔的诗歌文本，讨论摩尔的引语与传统以及多元文化的对话和冲突，指出摩尔在运用碎片化引语的同时使这种形式具备了抵制力量，在破坏统一、强大的权威话语模式的同时又避免建构类似的单一权威，在冲突中展示了自己的观点和立场。[3]

罗宾·G.舒尔茨（Robin G. Schulze）以科斯特洛和古德里

---

[1] Sabine Sielke, *Fashioning the Female Subject: The Intertextual Networking of Dickinson, Moore, and Rich* (Michigan: The University of Michigan Press, 1997).

[2] Joanne Feit Diehl, *Elizabeth Bishop and Marianne Moore: The Psychodynamics of Creativity* (Princeton: Princeton University Press, 1993).

[3] Cristanne Miller, *Marianne Moore: Questions of Authority* (Cambridge: Harvard University Press, 1995), pp. 179.

奇（Celeste Goodridge）的论述为基础，追溯了摩尔和史蒂文斯在各自的诗歌创作生涯对对方诗歌的关注和回应，这段友谊持续了五十年左右。舒尔茨尤其强调，摩尔和史蒂文斯建立了一种有关诗歌的复杂对话。这种对话是动态的，而非静态的，对彼此都产生了重要影响。摩尔需要史蒂文斯帮助自己坚定对想象的高贵性和精神力量的信仰，史蒂文斯需要摩尔帮助他维持与现实世界的联系。当然，最终他们二者都没有按照对方的设想而改变，都坚持了自我的独立性。[1]

布鲁姆将摩尔评价为20世纪上半叶最具原创性的美国诗人，与罗伯特·弗罗斯特（Robert Frost）、史蒂文斯、艾略特、庞德、威廉斯、艾肯（Conrad Aiken）、兰瑟姆、卡明斯（E. E. Cummings）、H. D.、哈特·克莱恩等诗人并列，指出了摩尔对后现代诗人的影响。当然，布鲁姆也有所保留，他认为摩尔并不如弗罗斯特、史蒂文斯、克莱恩那样耀眼。[2]

摩尔生物主题的诗歌在这一时期得到了重点关注。对于摩尔的生物诗，评论家们的观点基本可分为四派。

一派以查尔斯·莫尔斯沃思（Charles Molesworth）、理查德·霍华德（Richard Howard）、艾丽西亚·奥斯特里克（Alicia Ostriker）、杜普莱西斯（Rachel Blau DuPlessis）、荷尤文等人为代表。他们和早期的艾略特、布莱克默、里奇、尤哈金的观点相似，认为摩尔的动植物诗是表达自我经验的载体，是遮盖着面纱的传记。摩尔通过动物这一客观性的面具，沉思自己的境遇或者释放禁忌的情感。她的生物诗并不是真正的生物诗——它们是有关诗人自身的诗歌，甚至能通过这些生物诗分析摩尔

---

[1] Robin G. Schulze, *The Web of Friendship: Marianne Moore and Wallace Stevens* (Ann Arbor: Michigan University Press, 1993).
[2] Harold Bloom, "Introduction," in *Marianne Moore: Modern Critical Views*, ed. Harold Bloom (New York: Chelsea House Publishers, 1987), p. 1.

的性别立场。

布莱克默指出了摩尔将明晰与陌生并置以理解生命这一写作方法。他认同摩尔的动物诗,认为摩尔以这些动物为伪装,借此避免直接表达个人经验,摩尔的生活是遥远的,所做的一切都是为了保持它的遥远性。[1]艾略特将摩尔的生物诗同样归类为现代主义的面具美学,莫尔斯沃思认为摩尔的生物诗保持了一种"寓言化的、隐蔽的自我表达的模式"[2]。霍华德指出,摩尔在生物世界中为她自己发现了一种词汇,一种类似的术语。她使用这种非凡的、精确的描述方式表达了一个弥漫着自我陈述的世界,我们可以称其为一个动物语汇园,它通过拒绝自传式的书写而变成了最具个人化的诗歌。[3]奥斯特里克强调,摩尔的动物寓言,尤其是那些盔甲动物的寓言,不仅是一种自我保护,也是在男权社会中的必要伪装。摩尔诗歌中的生物作为自我的替身,成为一种文化的他者形象,反映了摩尔在一个父权制社会中的无权地位。[4]杜普莱西斯强调摩尔对那些掠夺而残忍的动物的认同,暗示了女诗人和作为他者的动物之间的交融。[5]荷尤文强调摩尔的动物诗是复杂的沉思,摩尔借助这些动物试图表达一种更带有普遍性的女性经验,寻求在男性文化中"建立身份的一致形

---

[1] R. P. Blackmur, "The Method of Marianne Moore," in *The Critical Response to Marianne Moore*, ed. Elizabeth Westport Gregory (Praeger Publishers, 2003), p. 122.

[2] Charles Molesworth, *Marianne Moore: A Literature Life* (New York: Atheneum, 1990), p. 256.

[3] Richard Howard, "The Monkey Business of Modernism," in *Marianne Moore: The Art of a Modernist Master*, ed. Joseph Parisi (Ann Arbor: University of Michigan Research Press, 1990), p. 3.

[4] Alicia Ostriker, *Stealing the Language: The Emergence of Women's Poetry in America* (Boston: Beacon, 1986), p. 52.

[5] Rachel Blau DuPlessis, "No Moore of the Same: The Feminist Poetics of Marianne Moore," *William Carlos Williams Review* 14.1 (Spring 1988), pp. 6-32.

式"[1]。

第二派评论家,包括梅林(Jeredith Merrin)、卡佩尔(Andrew Kappel)等人倾向于将摩尔的生物诗与她的宗教信仰结合起来,认为这些诗是摩尔从长老教会教义的立场出发,将自然看作上帝旨意的象征性记录。她们指出,摩尔的自然观更多来源于对17世纪诗歌、散文的阅读,尤其是对清教沉思集和象征性抒情诗的阅读。这些作者沉思自然之书的主体,以找到道成肉身的象征。比如梅林就将摩尔的动物诗和17世纪的英国作家托马斯·布朗以及爱德华·托普塞尔(Edward Topsell)联系在一起,认为摩尔对自然的研究是一种宗教行为,摩尔的诗集《观察》可以定义为一本宗教诗集。[2]

第三派评论家,包括科斯特洛、霍莉等人认为,虽然摩尔诗歌中的生物的确具有象征意义,但摩尔的动物仍然是动物。

科斯特洛指出,摩尔的诗歌参与了一个持续变化的、长老教的象征文学传统,但是当摩尔建立动物象征时,她也创造了意象和它的传统意指之间的张力,摩尔在她的动物诗中(以一种后现代的姿态)加上了自然主义(naturalism)的细节(例如,蜗牛的枕角)。这种细节并不支持对一种既定生物的象征阅读,反而衬托了传统的象征诗人强加于自然物之上的想象和语言系统的矫揉造作,从而暴露了符号(自然)和所指(意义,象征,语言)之间的鸿沟。[3]因此,摩尔的动物诗绝不只是象征,这些卓越的诗歌首先是对自然细节的呈现。

---

[1] Jeanne Heuving, *Omissions Are Not Accidents: Gender in the Art of Marianne Moore* (Detroit: Wayne State University Press, 1992), p. 150.
[2] Jeredith Merrin, "Marianne Moore and Elizabeth Bishop," in *The Columbia History of American Poetry*, ed. Jay Parini and Brett C. Millier (New York: Columbia University Press, 1993), pp. 343-369.
[3] Bonnie Costello, *Marianne Moore: Imaginary Possessions* (Cambridge: Harvard University Press, 1981), p. 70.

霍莉指出，对摩尔的动物进行纯粹的象征性阅读从表面上看就忽视了她对自然细节卓越的呈现。"动物王国，是那些诗歌的领域，其中空间的想象——象征的静态，象征动荡中的静止——经常让位于运动、姿态、临时的摇摆"[1]。霍莉最后断定，摩尔对于动物行为细节的关注成为一种修辞性的伪装设施——一种转移，柔化并实施了道德理念，摩尔的生物被挑选来描绘这种理念。[2]

舒尔茨则不同于以上这些评论家，她以摩尔一则有关蛇的评论开始，导向了对摩尔的动物诗和植物诗的分析。以往的评论家都过于偏激地从自己的立场出发去理解摩尔的生物诗，而忽视了摩尔的这些动物诗所揭示的人类与自然之间的关系这一最基本的视角。摩尔的自然并不只是象征或隐喻，它始终拥有自己的存在意义和精神价值。从这个意义而言，摩尔可以被视为一个自然诗人，她始终在沉思自然与文化的关系。[3]

摩尔与宗教、道德、艺术等领域的关系，也是学者们追踪的一个论题。

霍莉在《玛丽安·摩尔的诗歌：声音与价值研究》一书中按时间线索梳理了摩尔的创作发展历程，她给自己的研究设定的主要问题是：在20世纪中叶作为一个道德主义者意味着什么？霍莉认为摩尔具有古老的虔诚信仰，并且将这种虔诚信仰带入了一个充满不确定性和暴力的世纪。霍莉指出，摩尔的诗歌从早期主体断言似的表达逐渐转向了回避私人化的声音，追求价值的客观

---

[1] Margaret Holley, *The Poetry of Marianne Moore: A Study in Voice and Value* (Cambridge: Cambridge University Press, 1987), p. 131.

[2] Margaret Holley, *The Poetry of Marianne Moore: A Study in Voice and Value*.

[3] Robin G. Schulze, "Marianne Moore's 'Imperious Ox, Imperial Dish' and the Poetry of the Natural World," *Twentieth Century Literature* 44.1 (Spring 1998), pp. 1–33.

具象化，事实的呈现与价值判断紧密相连。摩尔的诗歌创作生涯是现代意识煞费苦心追寻精神立足之地的过程，对这一立足之地的希望渗透在摩尔的世界观中，她对诗歌技艺的选择无不暗示了这一追求——她的空间性想象，她对象征和格言的展示，她明显或隐晦的引用，她的音节诗，她对韵律和封闭性的偏爱。[1]

琳达·莱维尔（Linda Leavell）系统分析了摩尔的诗歌形式及其对视觉艺术的吸收和利用。她以编年史的方式接近摩尔的作品，揭示了其诗歌的变化如何反映现代主义内部的不同美学运动，包括立体主义（Cubism）、功能主义和直接摄影。琳达认为，摩尔早期的动物肖像诗主要呈现了形式和主题之间的张力。[2]

摩尔与现代性的关联，在塔菲·马汀（Taffy Martin）的作品中得到了比较深入的分析。马汀认为，摩尔以幽默的讽刺和具有侵略性的乐观主义回应20世纪，她混杂的理论在其时代是独一无二的。她既处于现代主义的中心又在其疆域之外，她是一个信守清教信仰的怪人，但她同时也拥有20世纪现代主义异教徒式的独特个性。摩尔既忠诚于美国现代主义对机器的迷恋和对偶像的追寻，同时也创造了具有后现代文学风格的作品。摩尔诗歌的一些形式特征，她的音节押韵形式、她的拼贴法（collage method）、她反复修订导致的诗歌文本的不确定性，都指向了后现代主义（Postmodernism）文学特征。马汀认为，摩尔终其一生都在有意识地、主动地建构自己独特的、不可被规约的个性化诗歌风格，改变了美国诗歌进程，并且留下了鲜明的诗歌标志。摩尔的诗歌虽然得到了她同时代诗人的欣赏和认可，其后却被诗

---

[1] Margaret Holley, *The Poetry of Marianne Moore: A Study in Voice and Value* (Cambridge: Cambridge University Press, 1987), p. 32.

[2] Linda Leavell, *Marianne Moore and the Visual Arts: Prismatic Collor* (Baton Rouge: Louisiana State University Press, 1995).

歌评论家所忽视或误读。她同时代的诗人认识到了她的诗歌作品外在的光芒以及对现代主义的颠覆性，她的后一代诗歌评论家却总是急于将她树立为他们所建构的现代主义的典范，将摩尔塑造成一个神秘诗人。马汀认为评论家制造的摩尔的神秘形象遮蔽了摩尔的诗歌。[1]

约翰·M.斯拉汀（John M. Slatin）在现代诗歌的语境中论述了摩尔的诗歌形式、结构、语言以及技巧等问题。斯拉汀强调摩尔的诗歌形式作为一种统一、连贯的结构，一种非理性要素，具有独立的美学意义；同时，诗歌形式与价值传递之间也存在紧密联系，严格的形式特征，包括音节、引语等就像"语言学大厦"，包容并控制着诗歌的主题与情感。斯拉汀否认摩尔的创作生涯是一个持续进步的过程，认为摩尔1940年以后的诗歌质量下滑，逐渐丧失了趣味性，其晚期作品和个人形象都在退步。[2]

莫尔斯沃思出版了摩尔的批评性传记《玛丽安·摩尔：一种文学生活》（*Marianne Moore: A Literature Life*，1990），这本传记通过外部事实和细节展示摩尔的形象，从文学性而非心理视角阐释摩尔的性格，将摩尔定义为一个自觉的艺术家，努力达成对这个世界的独特认识，她的艺术成就建立在高度理智和个性化的自我表达基础上。[3]

威利斯（Patricia C. Willis）编辑出版了《玛丽安·摩尔散文全集》（*The Complete Prose of Marianne Moore*，1986）；科斯特洛和克里斯蒂娜·米勒编辑出版了《摩尔书信选》（*The Selected Letters*

---

[1] Taffy Martin, *Marianne Moore: Subversive Modernist* (Austin: University of Texas Press, 1986).

[2] John M. Slating, *The Savage's Romance: The Poetry of Marianne Moore* (University Park: The Pennsylvania State University, 1986).

[3] Charles Molesworth, *Marianne Moore: A Literature Life* (New York: Atheneum Macmillan Publishing Company, 1990).

of Marianne Moore, 1997);阿伯特编辑出版了《玛丽安·摩尔,参考指南》(Marianne Moore, A Reference Guide, 1987),收集整理了有关摩尔的主要参考材料。

第三个阶段,是21世纪以来,对摩尔的研究仍在持续,且更加深入细致。

休斯敦大学的伊丽莎白·格雷戈里(Elizabeth Gregory)教授组织了摩尔诗歌学会,每年为有关摩尔研究的优秀成果颁发奖金,在美国文学年会上也设立了摩尔研讨专题。克里斯蒂娜·米勒教授创办了摩尔数字档案网(Marianne Moore Digital Archive)、年刊等。摩尔的主要研究者如科斯特洛、琳达、舒尔茨等学者仍在进行追踪研究,拓展新的议题,时有新作。

科斯特洛继续深化对摩尔诗歌与视觉艺术之间的关系研究。在《玛丽安·摩尔和古老的大师们》("Marianne Moore and the Old Masters")一文中她详细探讨了摩尔与丢勒(Albrecht Durer)、达·芬奇(Leonardo da Vinci)等画家之间的关系。她指出,摩尔对以往艺术家的借用,不仅是为了提升一个主题或者意象,还是为了用之表达自己对当代文化的看法,对她所处的历史环境提供一种全新的"看"的方式。[1]

琳达在这一时期的文章以及新著《保持倒立:玛丽安·摩尔的生活和作品》(Holding On Upside Down: The Life and Work of Marianne Moore)在已有的研究基础上重新梳理了摩尔的生平,对摩尔做出了更具肯定性的评价,以摩尔为例探讨了女性创作主体身份的建构问题。[2]

克里斯蒂娜·米勒的《玛丽安·摩尔和现代纽约的女人们》

---

[1] Bonnie Costello, "Marianne Moore and the Old Masters," *Genre* 45.1 (Spring 2012), pp. 57–86.

[2] Linda Leavell, *Holding On Upside Down: The Life and Work of Marianne Moore* (New York: Farrar, Straus & Giroux, 2013).

("Marianne Moore and the Women Modernizing New York")[1]、《玛丽安·摩尔和一首希伯来（新教）预言诗》("Marianne Moore and a Poetry of Hebrew〔Protestant〕Prophecy")[2]、《不信任：玛丽安·摩尔1940年代的情感和战争观》("Distrusting: Marianne Moore on Feeling and War in the 1940s")[3]等文章探讨了摩尔对纽约社会、城市景观和时尚的关注；阐释了希伯来宗教寓言对摩尔诗歌的影响，这种影响最突出表现在1914年至1924年间的诗歌中，构成了摩尔诗歌的道德特征；分析了摩尔40年代的诗歌对战争的态度和情感特征。她的这一系列文章对摩尔的研究更为细化，以断代形式分析了摩尔不同时期的创作经验和作品特色。

舒尔茨探讨了摩尔的编辑才能和倾向，从侧面揭示了摩尔对美国现代诗歌的影响。[4]

怀特（Heather White）编辑出版了《玛丽安·摩尔，与意义一起微颤：玛丽安·摩尔1932—1936》（*A-Quiver with Significance: Marianne Moore 1932-1936*）一书，重点分析了摩尔诗歌中的浪漫特质和情感因素。[5]

维多利亚·巴赞（Victoria Bazin）的《玛丽安·摩尔和现代

---

[1] Cristanne Miller, "Marianne Moore and the Women Modernizing New York," *Modern Philology* 98.2 (Nov 2000), pp. 339-362.

[2] Cristanne Miller, "Marianne Moore and a Poetry of Hebrew (Protestant) Prophecy," in *Twentieth-Century American Women's Poetics of Engagement*, ed. Giorcelli Cristina, Cristanne Miller and Shira Wolosky. Special issue, *Source: Revue d'etudes Anglophones* 12 (Spring 2002), pp. 9-47.

[3] Cristanne Miller, "Distrusting: Marianne Moore on Feeling and War in the 1940s," *American Literature* 80.2 (June 2008), pp. 353-379.

[4] Robin G. Schulze, "How Not to Edit: The Case of Marianne Moore," *Textual Cultures* 2.1 (2007), pp. 119-135.

[5] Heather Cass White (ed.), *A-Quiver with Significance: Marianne Moore 1932-1936* (Victoria: ELS editions, 2008).

性文化》(*Marianne Moore and the Cultures of Modernity*)是一本带有综述性的著作。巴赞详细梳理了研究者围绕摩尔诗歌的现代性特征提出的主要观点,试图定义摩尔诗歌的现代性。巴赞将摩尔的诗歌置于美国现代性话语框架中进行分析,探寻摩尔与时代之间的政治、伦理关联。作为一个生活在一战后的"现代"女性,作为一个"机械复制时代"的创作者,作为现代诗歌潮流中的一名诗人,摩尔的诗歌既形成于她的这一生存经验,也是对这种经验的回应。摩尔对现代性的诗性回应,具体表现在它既带有现代性物质过剩的愉悦,在其逻辑结构中又有"掠夺"性的继承。摩尔坚硬的、雕塑般的、断裂的诗歌形式刻画了现代性的内在冲突,反映了摩尔自身模糊的、自相矛盾的历史主体地位。[1]

　　这一时期新出现的评论家选择了一些边缘化主题进行研究。年轻的博士布里克曼(Bartholomew Brinkman)分析了摩尔制作剪贴簿与创作拼贴风格的诗歌这两种行为之间的关联。[2]惠斯亨特(Eloise Arnold Whisenhunt)从摩尔的诗歌修订史这一问题展开了研究。[3]金德利(Evan Kindley)分析了摩尔作为诗人和作为评论家两种角色的不同表现,指出摩尔的诗歌极具批判性,但摩尔的评论则充满了诗性,金德利分析了这两种角色差异产生的原因:摩尔想避免一种公开的敌意姿态,同时又保持与否定判断

---

[1] Victoria Bazin, *Marianne Moore and the Cultures of Modernity* (Farnham: Ashgate Publishing Limited, 2010).

[2] Bartholomew Brinkman, "Scrapping Modernism: Marianne Moore and the Making of the Mdoern Collage Poem," *Modernism/Modernity* 18.1 (2011), pp. 43–66.

[3] Eloise Aenold Whisenhuni, "It is a Privilege to See So Much Confusion," *Marianne Moore And Revision*, A Thesis Submitted for the Degree of Doctor of Philosophy at the University of Alabama, 2009.

相联系的评论权。[1]

司维格（Richard Swigg）[2]、左拉（Kirstin H. Zona）[3]、大卫·杨（David Young）[4]、肖瓦尔特（Elaine Showalter）[5]等人的著作分别研究了摩尔在现代诗歌中的影响和独特地位。

不断有女诗人向摩尔致以敬意，称她为导师似的人物，比如莱维托芙（Denise Levertov）、瑞安（Kay Ryan）[6]等。

从总体上看，摩尔同时代的诗人，如庞德、艾略特、威廉斯、史蒂文斯等重在理解摩尔的诗歌特色和成就；70年代的女性主义批评重在分析摩尔创作的性别立场，试图将她的诗歌与男性主宰的现代派文学运动分离；八九十年代以来的批评家对摩尔的诗歌进行了全景式研究；进入21世纪后对摩尔的研究更为客观，主题更分散，性别政治的硝烟逐渐淡化，摩尔诗歌的美学意义以及文化衍生意义更为突出。各个时期研究的侧重点不同，但评论家逐渐形成了一些共识，普遍认同摩尔是一个卓有成就的现代诗人。她跻身于由男性占据话语权的现代派诗歌潮流中，以独特的诗歌形式和语言风格保持了自己的独立性；她漫长的创作生涯、反复的修订和诗歌实验表明她具有革命的姿态，建立了一种基于对话、肯定他者、充满好奇的诗学。

---

[1] Evan Kindley, "Picking And Choosing: Marianne Moore among the Agonists," *English literary history* 3(2012), pp. 685-713.

[2] Richard. Swigg, *Quick, Said the Bird: Williams, Eliot, Moore and the Spoken Word* (Iowa City: University of Iowa Press, 2012).

[3] Kirstin Hotelling Zona, *Marianne Moore, Elizabeth Bishop, and May Swenson: The Feminist Poetics of Self-Restraint* (Ann Arbor: University of Michigan Press, 2002).

[4] David Young, *Six Modernist Moments in Poetry* (Iowa City: University of Iowa Press, 2006).

[5] Elaine Showalter (ed.), *The Vintage Book of American Women Writers* (New York: Vintage, 2011).

[6] Kay Ryan, "Poetry in Review," *Yale Review* 2 (2004), pp. 164-177.

摩尔的诗歌批评史生动展示了一个原创性诗人被艰难接受的过程。这个过程，需要诗人的野心、才华、个性的支撑与刻意的自我经营，更需要诗人同行、读者以及研究者们耐心细致的阅读、梳理和阐释。它不仅是某一个体诗人的成功，更是文学传统的正向建构与延续。

上编

> 对此,我们最初■有渴与耐心,■艺术,犹如一阵波浪凝结,供我们欣赏■其本质性的直
>
> ——玛丽安·摩尔《一个拉制的埃及鱼形玻璃瓶》

第1章 克 制

"坦率的艺术家……必定是有所拒绝的艺术家。"
——玛丽安·摩尔

写作中的克制,是一个自带锋芒的动作,首先针对的是诗人自我,是决定自我在诗歌中是否出场、出场后留下何种痕迹的动作。这是现代诗歌转向的核心问题之一。

1909年2月,二十二岁的玛丽安·摩尔在笔记本上写道:"不可或缺的是克制,一方面它带来了简洁……当你拥有了简洁和克制时,你就拥有了朴实——这可以过滤掉我们大多数的朋友。"[1]这段宣言似的话,呼应了现代诗歌的主流方向,成为摩尔终身遵从的创作原则和诗歌评判标准。其结果如她所料:克制创造了简洁、朴实的风格,使她过滤了大部分诗人,在现代派诗人中脱颖而出。

一、现代诗歌的转向与自我概念的瓦解

在《诗歌与压抑》一书中,布鲁姆探讨了维科(Giambattista Vico)关于诗歌起源的观点:"维科……揭示了诗歌起源真正的荒诞性。根据维科的分析,诗歌开始于异教巨人的无知和致命

---

[1] Margaret Holley, *The Poetry of Marianne Moore: A Study in Voice and Value* (Cambridge: Cambridge University Press, 2009), p. 5.

恐惧，这些巨人通过对预言的阐释，通过占卜，努力回避危险和死亡……"[1]对维科而言，有两种侵蚀模式始终威胁着人类心智，其一是神圣洪水的意象，其二是自然的吞噬。布鲁姆认同爱德华·萨义德（Edward Said）对维科洪水意象的阐释：这种洪水事实上是维科内在自我认知危机的意象，是维科自己的影响焦虑，是每个人在任何有意识的事业开端都必须面对的，是对自我异化、自我被他人（物）覆盖、吞噬以至消亡的恐惧。生命是必死的，而人总是渴望建立不朽的记忆丰碑，因此诗歌与自我的建构、显现、记忆、延伸密切相关，是人类对预言的阐释，是抵制毁灭的工具。自我铭记和延续的冲动构成了诗歌创作的内动力，从这个意义上说，诗歌是反自我克制的，它要在有限的篇章中铭刻并延续个体。传统诗人，从但丁（Dante）到浪漫主义（Romanticism）诗人，无不竭力在诗歌中嵌入一个不朽的自我，希望通过神性的迷狂抵达永恒，其实质是达成自我完整、永恒、绝对的在场。

这种追求在浪漫主义诗歌中近乎偏执。浪漫主义先驱卢梭（Jean Jacques Rousseau）鼓励诗人摆脱各种社会准则的束缚，遵从想象与创造力，让心灵"自由漫游，而不受任何主题的约束"[2]。浪漫主义诗人跟随这个方向，无不追求个体精神的扩散、自我对外在事物的渗透，济慈（John Keats）将这种追求称为"自我的崇高"。为了实现这一"崇高"境界，柯勒律治（Samuel Taylor Coleridge）和德·昆西（De Quincey）等人甚至借助鸦片的致幻效用进行创作，体验狄德罗（Denis Diderot）所说的"一架有感觉的钢琴发疯的时刻"，将自己视为世界上独一无二的钢琴，"宇宙的全部和谐都发生在它身上"[3]。

---

[1] Harold Bloom, *Poetry and Repression: Revisionism from Blake to Stevens* (New Haven: Yale University Press, 1976), p. 3.
[2] 欧文·白璧德:《卢梭与浪漫主义》,孙宜学译,河北教育出版社,2003,第45页。
[3] 狄德罗:《狄德罗哲学选集》,汪天骥等译,商务印书馆,1959,第130页。

自我作为"充满无限可能的储藏所"[1]由此成为浪漫主义的基点,而诗歌就是"情感的喷射器"。[2]诗人如同一个王者,凭借想象和热情,可以拥有一个无限国度。意象派理论家休姆(Thomas Ernest Hulme)说:"如果你愿意,你可以说:整个浪漫主义的态度在韵文中好像把情感奔放的完美隐喻都具体化了。雨果总是在飞翔着,飞过了深渊,高高飞入永恒的大气之中。他的诗每隔一行就出现'无限'这个词。"[3]

以赛亚·伯林(Isaiah Berlin)在《浪漫主义的根源》(Roots of Romanticism)中分析,有两种因素构成了浪漫主义运动最深刻的部分,"其一是自由无羁的意志及其否认世上存在事物的本性;其二是试图破除事物具有稳固结构这一观念"[4];其实质是对两种传统——古典主义传统和基督教传统的背离,以感情的扩张、自我的想象、天才的创造力取代以道德、准则或信仰为基础的精神生活,"是自然的人对于生活丰富的感知……是大写的'我是'的合一"[5],即一种过分夸大的人类个体意志。

浪漫主义运动的消退,除了文学史内部发展的逻辑,还有一个重要动因,即对这种无限放大的自我意识的质疑或否定。

自我概念从古希腊时代起就是一个包含着内在冲突的概念。苏格拉底(Socrates)曾质疑"做自我的主人"一语。他说,"做自己的主人"这个短语看起来很荒谬,因为一个人是自己的主人当然也是自己的奴隶,反之亦然,无论怎么表达,说的都是同一个人。接着他分解了"自我"这个概念。他说,这句话的含义其

---

[1] 戴维·洛奇编:《二十世纪文学评论》上,上海译文出版社,1987,第172页。
[2] 特雷·伊格尔顿:《二十世纪西方文学理论》,伍晓明译,北京大学出版社,2007,第38—41页。
[3] 戴维·洛奇编:《二十世纪文学评论》上,第175页。
[4] 以赛亚·伯林:《浪漫主义的根源》,吕梁等译,译林出版社,2018,第118页。
[5] 以赛亚·伯林:《浪漫主义的根源》,第23页。

实是指"一个人的灵魂里面有一个比较好的部分和一个比较坏的部分，而做自己的主人这种说法意味着这个较坏的部分受到天性较好的部分控制"[1]，较好的部分从属于节制与正义，较坏的部分从属于无节制与放纵。苏格拉底因此将节制定义为"某种美好的秩序和对某些快乐和欲望的控制"[2]，人要做自己的主人，就必须服从理性和智慧，必须懂得节制。

近代哲学家笛卡尔（Rene Descartes）和康德（Immanuel Kant）强调"我思故我在"（I think；therefore，I am）以及人为自然立法，进一步巩固了理性对自我的定义功能，自我等同于一个理性主体。卢梭等人开创的浪漫主义运动包含着对这一理性主体的反抗，他们对想象、天才创造力、情感的弘扬，其实质是将自我内部被"节制"、被否定的非理性成分推上主位。抛开这种对立，古典主义的理性自我与浪漫主义的感性自我其实有一个共同前提，即肯定一个确定、稳固、自足而透明的先验自我的存在。这个先验自我在现代主义思潮中逐渐被瓦解。

现代思想家尼采（Friedrich Wilhelm Nietzsche）、弗洛伊德、帕格森（Henri Bergson）、拉康（Jacques Lacan）以及后结构主义者都否定自我的先验自足性，"不变的自我并不'存在'，且不被后续状态替换的不变精神状态也不'存在'"[3]，自我是一个不确定概念，是在行动中等待被建构的对象。尼采说，"肉体是一个大理智……它不言'我'而实行我"[4]，去成为一个人吧，不必理解人是什么。帕格森说："我们自己在某种程度上就是我们的所作所为，我们正是在不断地自我创造。"[5] 主体处于生命的

---

[1] 柏拉图：《柏拉图全集·国家篇》，王晓朝译，人民出版社，2003，第406页。
[2] 柏拉图：《柏拉图全集·国家篇》，第405页。
[3] H.帕格森：《创造进化论》，王离译，新星出版社，2019，第9页。
[4] 尼采：《查拉斯图特拉如是说》，尹溟译，文化艺术出版社，1991，第31页。
[5] H.帕格森：《创造进化论》，第11页。

过程之中，是自由漂泊的，是不断重构的，是一个流动主体[1]，具有未完成性，"正当我们觉得我们把握住了个人的统一体时，它却溜之大吉"[2]。

爱尔兰诗人叶芝（William Butler Yeats）在《库勒和巴里利，1931》（"Cool and Ballylee, 1931"）一诗中将自己归为最后的浪漫主义者，"我们是最后的浪漫主义者……"[3]他意识到进入20世纪之后，浪漫主义运动，连同它激昂的英雄主义、它的自我肯定，开始走向终结，被新的自然主义运动所取代。叶芝对自然主义运动颇有微词，认为这一运动遗弃了人及其精神内涵，难免令人惆怅。

自然主义运动以福楼拜（Gustave Flaubert）和左拉（Emile Zola）为代表，他们提出了客观性原则，开始清算"自我"，要求作家的"自我"退出作品，消隐在叙述和情节中。福楼拜认为作者的叙事姿态应该是"没有呐喊，没有激动，只有深思的目光盯着前方"[4]。左拉说："作为一个作家，他唯一的工作是把真实材料放在读者眼前。"[5]真实素材和客观事物开始取代作家的自我，成为创作中稳定的基点。

事实上，在自然主义兴起之前，浪漫主义内部已产生了客观化诉求。济慈感受到放纵想象和自我膨胀的危险而希望有所约

---

[1] Zac Schnier, "Between 'Location' and 'Things': Barbara Guest, American Pragmatism, and the Construction of Subjectivity," *Canadian Review of American Studies* 45.3 (2015), p. 362.

[2] Maud Ellman, *The Poetics of Impersonality: T.S. Eliot and Ezra Pound* (Cambridge: Harvard University Press, 1987), p. 28.

[3] W. B. Yeats, *The Collected Poems of W. B. Yeats* (Hertfordshire: Wordsworth Poetry Library, 2008), p. 207.

[4] 福楼拜：《通讯录》（二），载于奥尔巴赫《摹仿论：西方文学中所描绘的现实》，吴麟绶等译，百花文艺出版社，2002，第550页。

[5] Emile Zola, "Naturalism in the Theatre," in *Documents of Modern Literary Realism*, ed. George J. Becker (Princeton: Princeton University Press, 1963), p. 208.

束,提出了"消极感受力"(negative capability)的概念,要求诗人排除自我,让想象力以"非主观化"的方式运作,建立与外在世界无障碍的关联、交融。他在信中写道:"一个诗人是存在物中最无诗意的……他没有身份——他持续不断地为了其他的身体——并充实了其他的身体——……"[1]诗人能"想象一个弹子球,也许从自己的圆满、光滑、流畅以及迅捷的转动中感受到了愉悦"[2]。在"非主观化"的状态中,诗人维护了世界的丰富性,也适当克制了自我的无限扩张,维护了读者的感受力。

济慈或福楼拜等人提出的客观性原则主要针对创作过程提出,希望通过改变作家的创作态度或叙事立场以纠正浪漫主义的偏执,用客观事物限制主观情感的过度宣泄和自我意识的膨胀,追求叙述(言说)的有效性。到现代派诗人波德莱尔(Charles Pierre Baudelaire)、艾略特等人那里,客观性原则或非个人化(impersonality)原则成为一个更宽泛的概念,涉及作者与创作、文学传统、时代的共建关系。

现代诗歌的开创者波德莱尔对浪漫主义展开了激烈批判。他抵制激情,在文章中,他说:"文学的有害激情摧毁了它的准确性。"[3]他提倡诗歌要依赖数学的精确性和严密逻辑,诗人要让自我退隐,通过自己的语言,凸显一种风格化的存在,否定所谓偶然和灵感的宿命论,推崇"我诗歌中有意为之的非个人化"[4]。

---

[1] John Keats, *The Letters of John Keats*, vol.1., ed. H. E. Rollins (Cambridge: Harvard University Press, 1958), p. 193.
[2] John Keats, *The Letters of John Keats*, vol.1., p. 193.
[3] 夏尔·波德莱尔:《浪漫派的艺术》,郭宏安译,上海译文出版社,2011,第46页。
[4] 胡戈·弗里德里希:《现代诗歌的结构——19世纪中期至20世纪中期的抒情诗》,李双志译,译林出版社,2010,第23页。

艾略特认同波德莱尔非个人化的主张，并结合时代背景与创作实践对这一观点进行了深入思考。面对世界的动荡格局，艾略特深感生活或传统的连贯性难以为继，每个个体都被卷入了一场毁灭性的悲剧之中，现实中的无力感与文学和思想领域自我概念的崩溃呼应，"暗示了传统的自我话语在当代诗歌价值生产中的坍塌"[1]。他提出的非个人化宗旨不仅仅针对诗歌创作而言，更是针对时代性的迷茫和颓废，从根本上说，是为了重建人的精神世界，而重建的途径，是将个人融入传统之中，将自我视为一个行动者。

非个人化主张否定了"灵魂有真实统一性的形而上学的说法"[2]，即否定所谓稳定、统一的主体概念，对浪漫主义诗人毫无节制的个性表达、自我情感宣泄起到了很好的纠正作用。韦姆萨特（William K. Wimsatt）和布鲁克斯在他们的《文学批评简史》（Literary Criticism: A Short History）中概括："这样一种'无我'的艺术观，几乎是战斗的'反浪漫主义的'。它将注意力集中于'诗而非诗人'"[3]，诗歌创作从作者中心转向了文本中心。

在艾略特等人的非个人化主张中，包含着一种积极的行动导向，对自我的排斥反而使不断被否定的个体有可能重回公共领域。我们可以从阿伦特（Hannah Arendt）的相关论述中清晰地看到这一点。阿伦特虽然不是针对诗歌创作发言，但她对历史的反思与艾略特等人有内在的契合。阿伦特始终在探讨个体的公共

---

[1] David Kellogg, "'Desire Pronounced and / Punctuated': Lacan and the Fate of the Poetic Subject," *American Imago* 52. 4 (1995), p. 405.
[2] T. S.艾略特:《传统与个人才能》，卞之琳译，载于陆建德主编《传统与个人才能：艾略特文集·论文》，卞之琳、李赋宁等译，上海译文出版社，2012，第8页。
[3] William K. Wimsatt and Cleanth Brooks, *Literary Criticism: A Short History* (Chicago: The University of Chicago Press, 1957), p. 665.

显现形式，她提供的途径亦是去私人化或去个人化。她认为，个人化和私人化反而导致了个体被遮蔽的历史传统。"不可见的历史过程吞没了我们见到的每一个具体可感的事物，每个个别的存在，把它们通通贬为整个过程的工具"[1]，只有通过行动，通过积极生活，才能让被遮蔽的个体回到公共领域之中，成为关照和被关照的主体。"即使亲密生活的最大力量——心灵的激情、精神的思想、感性的愉悦——造成的也是不确定的、阴影般的存在，除非它们被转化成一种适合公共显现的形式，也就是去私人化（deprivatized）和去个人化（deindividualized）。"[2]

阿伦特看到了社会发展过程中，个人化和个体的公共显现之间的冲突，阿伦特将这种冲突视为沉思生活与积极生活之间的冲突——"在柏拉图那里，关注永恒和过哲学家的生活，与追求不朽和过公民的生活、'政治生活'，才被看成是内在矛盾和相互冲突的了。"[3]哲学家对于永恒的体验，是不可言说的，是个人化的，与作为公民的责任是冲突的。这种冲突在苏格拉底之死以及自我放逐的赫拉克利特身上体现出来。

阿伦特分别论述了这两种生活的表现和存在价值，以及它们在现代世界的丧失。对于积极生活，阿伦特认为，它最重要的是提供了一个空间，以抵御个人生活的空虚，使必死之人具有一种持久性。但是随着现代社会的兴起，积极生活的追求被归为一种虚荣。而且现代人对永恒形而上学即沉思生活的丧失之痛，遮蔽了对积极生活之关切的丧失。阿伦特认为，思，即沉思生活，不会提供事实上的真假和价值上的对错判断，思对意义的寻求必然是徒劳的，但是思却能使我们按照自己的意愿去理解世界，保存

---

[1] 王寅丽：《"沉思生活"与"积极生活"——阿伦特对传统政治哲学的批判》，载于《华东师范大学学报》2006年第7期，第62页。
[2] 汉娜·阿伦特：《人的境况》，王寅丽译，上海人民出版社，2009，第32页。
[3] 汉娜·阿伦特：《人的境况》，第11页。

世界的多样性，这是一种"审美的方式"。

在艾略特提倡的非个人化主张中，他显然抱有和阿伦特相似的期待，希望通过诗歌创作——一种包含了沉思生活与积极生活的"审美方式"——弥补个体与公共显现之间的鸿沟，通过诗人的创作行为，思与行动交融，个体与传统交融，面向外在世界，干预外在世界。就像他在乔伊斯（James Joyce）这样的作家身上看到的一种卓越典范，其作品是"一种控制的方式，一种构造秩序的方式，一种赋予庞大、无效、混乱的景象，即当代历史，以形式和意义的方式"。[1]诗歌变成一种可通约的形式，是人与人之间新的纽带，诗歌可以讲述我们共同的故事，它是一种高于诗人个体，高于现实，并支撑我们现实存在的精神建构。

从浪漫主义到现代派，诗歌不仅完成了对陈腐、软弱的抒情诗的清理，也完成了对唯我主义（solipsism）的解构。诗歌创作从自我表达、自我呈现转变成"在他之中而大于他自身"的外向行动，变成抵达他者、与他者建立关联的行为。自治（autonomy）概念和行动主义成为现代诗歌的中心概念。诗人不再将自我嵌入文本，不再执着地要在文本中勾画（实现）一个大写的自我，他退到了作品之外，成为尼采所谓的一种"认识论的建构"而不再是一种"本体论的赠予"[2]。

艾略特、庞德等人也提出了非个人化创作的具体路径。在《哈姆雷特》（"Hamlet"）一文中，艾略特说，"用艺术形式来表达情感的唯一方法是寻找一个'客观对应物'（Objective correlative）；换句话说，是用一系列实物、场景，一连串事件来表

---

[1] T. S. 艾略特：《尤利西斯：秩序与神话》，载于王恩衷编译《艾略特诗学文集》，国际文化出版公司，1989，第285页。

[2] Victoria Bazin, *Marianne Moore and the Cultures of Modernity*（Farnham: Ashgate Publishing Limited, 2010), p. 85.

现某种特定的情感,要做到最终形式必然是感觉经验的外部事实一旦出现,便能立刻唤起那种情感。"[1]

庞德对诗歌的要求是:"不反映个人经验",因为"它是非本质的"[2]。这意味着,诗人在创作中要与自我进行适度的分离,对于诗人具有重要意义的印象和经验,在他的诗里可能并不占据优先地位;而他诗里的重要印象和经验与诗人可能并无关联。

阿多诺(Theodor Wiesengrund Adorno)要求作者与自己的创作拉开距离,让作品更多依赖作者自身以外的东西,"个人化原则永远无法保证创造出让人信服的真诚"[3],诗人必须忘记自我,"最崇高的抒情诗是那种主体在不留个人生活踪迹的情况下,将自己内嵌于语言中,直至听到的是语言的声音"[4]。

与非个人化主张相对应,克制成为现代诗人普遍推崇的创作原则,"诗歌不是经验的直接再现"[5],准确描写成为诗歌的合法目的,想象中要有所保留,"写得好就是控制得恰到好处;作者所说的,正是他所要说的。他说得非常明确而简洁。"[6]诗歌创作不再是柏拉图所说的神灵显现或者转世记忆,而是创作者深思熟虑的理性谋划行为,具有明确的方向感,诗歌作品也可以像科学产品那样被归类、分析。艾略特的非个人化主张,正是为了

---

[1] T. S.艾略特:《哈姆雷特》,王恩衷译,载于陆建德主编《传统与个人才能:艾略特文集·论文》,卞之琳、李赋宁等译,上海译文出版社,2012,第180页。
[2] 埃兹拉·庞德:《严肃的艺术家》,载于伍蠡甫编《西方现代文论选》,上海译文出版社,1987,第267页、第264页。
[3] T. Adorno, *The Adorno Reader* (Malden: Blackwell, 2000), p. 213.
[4] T. Adorno, *The Adorno Reader*, p. 218.
[5] 雷内·韦勒克:《现代文学批评史》第5卷,章安祺、杨恒达译,中国人民大学出版社,1991,第265页。
[6] 庞德:《严肃的艺术家》,罗式刚、麦任曾译,载于伍蠡甫编《现代西方文论选》,上海译文出版社,1987,第264页。

让艺术近似于科学,"要做到消灭个性这一点,艺术才可以说达到科学的地步了。"[1]这意味着现代诗歌中智性、逻辑性等因素的加强,也意味着结构意识的加强。

二、摩尔在四个层面的克制

摩尔多次将诗歌创作比喻为战争,这一隐喻表明,对她而言,创作中包含着激烈冲突,而克制正是冲突的体现。克制,既是一种递减,是自我在作品中的消隐,是科斯特洛所定义的"诗人人性……缄默的一种标志"[2],也是一种增加,摩尔说"去构型,去修剪,压缩,删除,'会给另一个人心智的光谱增加一个色度'"[3]。在诗歌的战场,胜败不在"逞口舌之利"[4],创作过程中诗人对观念、策略、材料、主题、形式的取舍"要视宗旨而定"[5],是理智的权衡而非灵感的自现,是想象与技巧的打磨而非偶然的惯性,它归属于审美需求这一目的而非个人观念或立场的任性展示。摩尔的诗契合艾略特的观点,"诗不在说理——它本身就是理。"[6]

---

[1] T. S. 艾略特:《传统与个人才能》,卞之琳译,载于陆建德主编《传统与个人才能:艾略特文集·论文》,卞之琳、李赋宁等译,上海译文出版社,2012,第6页。
[2] Taffy Martin, *Marianne Moore: Subversive Modernist* (Austin: University of Texas Press, 1986), pp. 121-122.
[3] Marianne Moore, "Subject, Predicate, Object," in *The Complete Prose of Marianne Moore*, ed. Patricia C. Willis (New York: Viking Penguin Inc., 1987), p. 506.
[4] Marianne Moore, "In the Days of Prismatic Colors," in *Observations* (New York: The Dial Press, 1924), p. 49.
[5] Marianne Moore, "In the Days of Prismatic Colors," in *Observations*, p. 50.
[6] T. S. 艾略特:《从爱伦·坡到瓦莱里》,朱振武译,载于陆建德主编《批评批评家——艾略特文集·论文》,李赋宁、杨自伍等译,上海译文出版社,2012,第37页。

摩尔在四个层面——自我、情感、形式和词语——实施了她的克制。

（一）克制经验的自我：变色龙似的消隐与坚持

摩尔偏爱朴实内敛的动物，比如披着盔甲夜间行走的穿山甲、泥土渗进皮肤成为身体一部分的大象、脚缺席的蜗牛，还有可以随时变色消隐于环境的变色龙——她曾直接自喻为美国树叶上的一条变色龙。

她写过多首变色龙主题的诗。1915年春天，她在《灯塔》(The Lantern)杂志发表了《小蜥蜴》("Little Lizard")一诗。1916年，她创作了《致一条变色龙》("To a Chameleon")。1932年她发表了《双冠蜥》("The Plumet Basilisk")。1958年她在诗歌《圣尼古拉斯》("Saint Nicholas")中再次描写了变色龙，艾略特评价这首诗"令我们惊讶地进入了一种非比寻常的视觉图案意识中"[1]。此外，变色龙也会作为喻体出现在她的诗歌中，比如在《人的环境》("People's Surroundings")一诗中她写道："如一只温顺的变色龙消失在五十层紫红与淡紫之中……"[2]

在摩尔的诗歌中，变色龙体现的不是在场，但也不是真正的缺席，而是通过自我隐身体现的一种在场——与环境的共生、同构关系。她在《致一条变色龙》开头的第一个词是"隐藏"（hid），这意味着变色龙在树叶间的消隐不是消极的逃避，而是主动的选择，更重要的是它依靠一种内在能力实现自己的

---

[1] Margaret Holley, *The Poetry of Marianne Moore: A Study in Voice and Value* (Cambridge: Cambridge University Press, 2009), pp. 33-34.
[2] Marianne Moore, "People's Surroundings," in *Observations* (New York: The Dial Press, 1924), p. 68.

隐身——对色谱有意识、有目的地干扰，这实则是一种创造性力量：

隐藏在葡萄藤葳蕤的叶与果实之中，
你的身躯
　　盘绕着
　　　修剪光滑的藤茎，
　　　　变色龙。
　　　置于
　　一块翡翠——其与黑暗之王那块
巨大的翡翠同样长久——之上的
火，
也不能如你这样，为了食物粗暴地干扰色谱。[1]

和摩尔赞美的其他动物一样，变色龙的自我隐藏是显现而不是结束自己的存在意义，是一种"完善者，因而也是一种遮瑕剂"[2]。变色龙可以随着环境改变自己的颜色，既不执着于自我表面的一致性和完整性，也绝不会在所谓的迷狂中遗失自我。

摩尔在她诗歌中，亦是变色龙似的自我隐匿。她说，一个写作者"不应毫无计划，而应深思熟虑，他不应诱导你对被限定为隐私的事物感兴趣，而应呈现自我的肖像；他应刺入你的骨髓而不令你反感。"[3]自我在诗歌中，如同变色龙在叶丛中，依据环

---

[1] Marianne Moore, "To a Chameleon," in *Observations* (New York: The Dial Press, 1924), p. 11.

[2] Marianne Moore, "Then the Ermine," in *The Complete Poems of Marianne Moore* (New York: Penguin Books Ltd., 1982), p. 161.

[3] Marianne Moore, "Archaically New," in *The Complete Prose of Marianne Moore*, ed. Patricia C. Willis (New York: Viking Penguin Inc., 1987), p. 328.

境的变化改变自己的颜色,让自己与环境融合,以尽量客观的视角去观察、审视、呈现对象,并借此建立一种强有力的个人身份,以自我隐藏的方式显示自己的在场,展现的是一种高明的控制力和流变的主体性。

在自我隐匿中,摩尔对时代事件和物的处理便不是代言人或评论家的身份,而是收藏者、观察者、记录者的身份。评论家梅·史文森(May Swenson)以质问的方式肯定了摩尔的这一特征:"我们中有谁能够像她那样成为一种精确的仪器,捕捉到感性认知和精神状态的客观性,同时并不将自我强调为主体?"[1]她冷静地描写战争场景,将残酷的军事行为转变为生物性的客观行为,《致军事进步》("To Military Progress")和《援军》("Reinforcement")两首诗直接关涉了军事主题,摩尔的语调和视角却是中立的;《鱼》("Fish")一诗中在水底穿梭、处境微妙的鱼如战场中的潜水艇;《一条章鱼》一诗中从"'匍匐侦查'的军事演习中冷漠地立起"的水杉如同士兵;《穿山甲》("The Pangolin")开头的"盔甲"(armor)一词则让读者切实感受到20世纪上半叶全世界军备竞赛的火药气氛。

她在《纽约》一诗中同样借助对物的观察描绘了纽约这个商业大都市:

> 野蛮人的浪漫
> 附生于我们社交所需的空间场所——
> 皮草批发交易中心,
> 点缀着圆锥形貂皮帐篷,四处放养着狐狸,

---

[1] May Swenson, "A Matter of Diction," in *A Festschrift for Marianne Moore's Seventy-Seventh Birthday by Variou Hands*, ed. Tambimuttu (New York: Tambimuttu and Mass, 1964), p. 45.

其两英寸长的卫毛在奔跑的身体上飘扬；
地上散布着鹿皮——一个又一个白点，
"如同缎面上的刺绣，色调单一，式样却多变，"
枯萎的老鹰被风吹干的绒羽；
一片片海狸皮；防雪的白色皮毛。
它完全不同于"遍身珠宝的皇后"
和带着皮手笼的纨绔子弟，
不同于驶往莫农格西拉河与阿勒格尼河汇合之地的
形如香水瓶的镀金马车，
不同于荒野的教育哲学——
为了与之战斗，一个人必须置身其外并大笑，
因为进入就意味着迷失。
它不是无聊小说的外景，
尼亚加拉瀑布，杂色马和作战的独木舟；
它不是"假如所穿的皮草不如其他人的精美，
宁可不要穿它——"
用生牛肉和莓子估算，我们足以喂养宇宙；
它不是机智的氛围，
不是没有枪眼和狗牙印的
水獭，海狸，豹子皮；
它不是掠夺，
而是"经验的可接近性。"[1]

摩尔用一系列否定呈现了纽约难以被驯服、被定义的特征，却丝毫不呈现自己在这个城市的个体生活经验。对于这个"野蛮

---

[1] Marianne Moore, "New York," in *Observations* (New York: The Dial Press, 1924), p. 65.

人的浪漫"之城、"皮草批发交易中心"、现代化的商业场所，她的立场与爱默生（Ralph Waldo Emerson）相呼应，是一种开放的观望心态。爱默生说："由于这居无定所的市场的涌现，原始经验即将变得与那些去仪式化的商品交换碰撞、并存。现在，生活类似于一个无限开端的系列，一种与丰富而潜在的节奏或者机会成本相伴的经验，就类似持续不断的没有被接纳的自我暗示一样……为什么不？既然世界瞬间就是市场和驿站。"[1]摩尔和爱默生一样，既不沉湎于过去的金色年代，也不会毫无保留地欣赏当下，她更注重前景，即"经验的可接近性"。

涉及个人经验和兴趣时，摩尔也会借助一种客观化的方式去除素材的个人化特征，让素材与她相隔遥远，甚至貌似毫不相干。她最常用的客观化途径是更换主体，一种"伪装"，将某段对话、某种行动、某个事件的主角变成一类或者一个泛指的个体。比如，《援军》和《鱼》两首诗是将她自己感受到的一战氛围以及哥哥沃伦参加海军这一私人事件移植到鱼这样的生物群体。在《码头老鼠》（"Dock Rats"）中，摩尔将自己在曼哈顿的生活体验变成了一群老鼠的生活体验，间接表达了对纽约的喜爱。她说："我喜欢纽约，喜欢母亲和我居住的这个安静的小地方。我喜欢从我们门外驶过的桅杆顶端，喜欢去码头，看河上的船。"[2]这首诗最初发表在1919年的《他者》杂志，收录在《观察》中，诗人在漫不经心的观看中瞥见了世界的丰富性和愉悦：

---

[1] 康乃尔·韦斯特：《美国人对哲学的逃避：实用主义的谱系》，董山民译，南京大学出版社，2016，第31页。

[2] Grace Schulman, *Marianne Moore: The Poetry of Engagement* (Urbana & Chicago: University of Illinois Press, 1986), p. 10.

有些人似乎和我们一样狡猾地
    看待这个地方——似乎感到它是作为归属的
    好地方。在这样一条河流上;宽阔——如无常的大海,闪
        烁不定,世上
            一些最精美的船只

停泊其上:横帆四桅船,班轮,战舰,仿佛
    有三分之二没入水中的冰山;全力行驶的拖船,
    浸在水中,向前推进,抵达时就敲响钟声;汽艇,躺在
        激流之上,仿佛一柄新制的

箭矢;渡船——船头向前,一格一艘,排成
    一行准备出发的棋子。当风从东边刮来,
    空气中就有苹果的香味,干草的香味;风向变化时,香味
        会变浓或变淡;

此外还有绳子的香味;为花卉研究者预备的山叶的香味;假
    如风从西边刮来,
    空气中就满是盐的味道。偶尔一只从巴西飞来的
    马尾鹦鹉停下,张开爪子攀紧枝条;或者一只猴子——尾
        巴和脚
            准备开始一段序

曲。所有的手臂和尾巴;多么欢乐!而大海,用它的马力移动
    舱壁;各式各样的船舵
    和螺旋桨;信号声,刺耳,多疑,专断,彼此相异;

码头上的猫和游艇上的狗；很容易

过高估计诸类事物的价值。没有人
　　会基于方便的考虑居住在这样一个地方，
　　除非其已习惯，那么乘船
就是世上最惬意之事。[1]

　　这其实是摩尔在纽约享受到的日常景观，惬意地生活，偶尔写诗，做一种"想象的写实"，但是她本人拒绝在诗中出场，她将发自内心的慨叹——"似乎感到它是作为归属的/好地方"——赋予了码头老鼠。

　　这种客观化外表包裹个人经验史的写作诡计，是恪守非个人化主张的现代诗人喜欢施展的。即便艾略特本人，亦不例外。他的传记作家约翰·沃森（John Watson）正是用这样的视角阐释他的诗歌，揭示了他广阔而深刻的诗歌主题下凌乱潦倒的日常生活及隐秘心理，这种解读是一种无礼的冒犯，但也触及了诗歌创作的秘密之一：诗歌不可能避免诗人的个性与诗歌主题、形式、语言、意象等因素之间的关联，对客观事物的描写始终带有作者的倾向性，诗人一定会提供一幅自画像。然而，创作的个性、内驱力与艾略特的非个人化主张或摩尔的自我隐匿并不构成悖论。就像摩尔所说的，在诗歌创作中，本能大于理智，韵律就是人[2]，但诗人不应诱导读者对私人化的事物感兴趣，"他应该刺

---

[1] Marianne Moore, "Dock Rats," in *Observations* (New York: The Dial Press, 1924), p. 53.
[2] Marianne Moore, "Impact, Moral and Technical; Independence Versus Exhibitionism; And Concerning Contagion," in *The Complete Prose of Marianne Moore*, ed. Patricia C. Willis (New York: Viking Penguin Inc., 1987), p. 433.

入你的骨髓而并不让你反感。"[1]

这也是为什么艾略特坚决反对将摩尔的诗歌定性为"性冷淡"或"无我"风格的原因。在艾略特看来,这种武断的定义往往囿于读者的个人偏见,摩尔的感知方式是克制中的自我呈现,使得讽刺性的交谈与高度的修辞性两者相互交融。[2]这种自我克制的方式,是诗歌干预现实的力量所在。摩尔在晚年创作的《坎伯当的榆树》("The Camperdown Elm"),以惯有的客观立场描写了布鲁克林景观公园里濒临死亡的老榆树。这首质量平平的诗,既无我,又指向真实,最终引发了人们对公园和老榆树的关注,促进了公园的复兴。这是一首诗内驱力外射的成功案例。

摩尔在诗歌中的自我隐藏,也是一种自我纠正。1908年,当摩尔还是布林莫尔学院三年级学生时,她的母亲写信提醒她:"你或许不知道你特别喜欢以自我为中心……热衷于自我分析和自我关注有一些好处:可以让你言行得体,衣着讲究,拥有良好的品位和细腻的感受——这些品质依据才能展示出来,使得个体可以取悦自己想取悦的人。但是以自我为中心也有坏处。他可能只展示他最想吸引的那些人所期待于他的最好特性,当人们发现这些闪光点背后存在诸多平庸素质时必然会失望。"[3]摩尔夫人不希望她的女儿一味温驯、无私,但也不希望她过于自我、自私,她让摩尔正视以自我为中心可能存在的问题。自我是盲目的,会导致一个人的软弱和对他人的过分依赖,她希望摩尔超越自我中心主义的狭隘,培养独立的判断能力。

---

[1] David Kalstone, *Becoming a Poet: Elizabeth Bishop with Marianne Moore and Robert Lowell* (New York: Farrar, Strauss, Giroux, 1989), p. 41.
[2] T. S. Eliot, "Introduction to Selected Poems by Marianne Moore," in *The Critical Response to Marianne Moore*, ed. Elizabeth Gregory (Westport: Praeger Publishers, 2003), p. 107.
[3] Letter from Mrs. Mary Warner Moore to Marianne Moore, January 7, 1908. MMC 14.02. Rosenbach's Collection.

母亲的提示帮助摩尔更深刻理解诗歌中自我消隐和在场之间的辩证关系。在给何塞·加西亚·维拉（Jose Garcia Villa）的评论中，摩尔引用了查尔斯·毛罗恩（Charles Mauron）的话："一个人假如很少提及过于私人化的经验，容易变得晦涩。"[1]但是，这种晦涩，这种客观化，又能让一首诗保持神秘，这种神秘性是不可或缺的诗歌要素。摩尔说，"只有愚钝才会妄图解剖一朵玫瑰以辨别它的香味，或者解剖一首诗以探寻它的秘密。一首诗假如被剥夺了神秘性，就不再是一首诗。"[2]在担任《日晷》杂志编辑时，摩尔给一个投稿的诗人回信说："在这组诗中，诗歌的生动性被写作诗歌的自我的生动性扼杀了。"[3]所谓克制或者自我消隐，意味着诗人要聚焦于诗的生动性而非自我表达，这是创作过程中自我内部的抗争——如何平衡自我的隐和显。

苏珊·巴克－莫斯（Susan Buck-Morss）在纪念本雅明（Walter Benjamin）的论文《看的辩证法》（"The Dialectics of Seeing"）中提出了"识别的震惊"这个概念，这是本雅明独特的美学体验，因为震惊而将梦的集合变成了一种政治的"觉醒"。巴赞运用这个概念描述摩尔在诗歌中对客体的"看"，她把这个过程视为摩尔自我冲突的辩证过程。"她认同作为商品的客体，因为她认识到自我的客体化。她在客体中看到自我的形象，在某种意义上比现代主义的高雅艺术和大众媒体文化中被出卖的新女

---

[1] Marianne Moore, "Who Seeks Shall Find," in *The Complete Prose of Marianne Moore*, ed. Patricia C. Willis (New York: Viking Penguin Inc., 1987), p. 370.

[2] Marianne Moore, "Who Seeks Shall Find," in *The Complete Prose of Marianne Moore*, p. 370.

[3] Margaret Holley, *The Poetry of Marianne Moore: A Study in Voice and Value* (Cambridge: Cambridge University Press, 2009), p. 25.

性形象更为真实。"[1]巴赞"识别"了摩尔的客观化策略,然而,她坚持在现代商业文化的语境中解读摩尔的诗歌,过于偏狭地定义了摩尔的这一策略。摩尔的确在体验"识别的震惊",然而,她识别的对象——文字与对话的碎片、细小的情节、家常或特别的动植物等——不是作为商品的客体,而是包含了真理与美德的物。这些物独立于人,拥有自己的生命价值。她没有借助物显现自我,而是通过洞察并尊重物拥有的内在生命价值而显现自我。客体与她作为诗人的自我是分离的,她不在客体中注入自我形象,也不让客体做自己的代言人。如此,自我才能成为诗歌中隐匿的变色龙,是诗歌表意系统中不可或缺的存在,是飞速变化的自然与文化的记录者。她的自我,"与其说是谦和,不如说是好斗"[2]。

摩尔诗歌发展的方向,亦是树叶中变色龙的成长方向,意味着"私人化的自我被视为更具客观性的事物,存在于公共世界,而外在于自我的公共世界却与他者受到限制的观点、迷信和寓言故事所具有的主观性完全交融"[3]。早期诗歌中矜持的自我、表达的冲动、淑女情怀逐渐让位于一个拥有掌控力和设计感的稳重诗人。在《他制作这座屏风》("He Made This Screen")一诗中,摩尔展示了自己的控制力和设计感。诗歌如同一座屏风,是一个设计的产品而非自发的产物。诗人是一个制作者,他不直接呈现自我,他设计自己的产品,通过成就产品而间接成就自我:

---

[1] Victoria Bazin, *Marianne Moore and the Cultures of Modernity* (Farnham: Ashgate Publishing Limited, 2010), p. 7.
[2] Cristanne Miller, *Marianne Moore: Questions of Authority* (Cambridge: Harvard University Press, 1995), p. 32.
[3] Margaret Holley, *The Poetry of Marianne Moore: A Study in Voice and Value* (Cambridge: Cambridge University Press, 2009), p. 96.

他制作这个屏风

　　不是用银也不是用珊瑚，
　　而是用沧桑的月桂树。

　　他引来了一片海，
　　平展如织毯；

　　这里，种一棵无花果树；那里，放一张面孔；
　　一条龙盘绕在空中——

　　此处，建一座凉亭；
　　彼处，开一朵醒目的西番莲。[1]

　　诗歌作为一种语言艺术与其他艺术形式——美术、雕塑、工艺制作等——之间的区别在于，语言艺术可以借助语言直接抒发主观情感，而其他艺术形式只能借助形象、故事或者材质间接表达。作为诗人的摩尔，却在其他非语言艺术形式中找到了呼应：她通过设计或者摆放细节间接地表达自我。

　　摩尔对自我的克制，并非出于自我保护主义的宗旨，并非如有些评论家所言，是为了建构一个穿着盔甲的自我（恩格尔在其书中就分析了摩尔"带着盔甲的"的自我[2]），而是一种主动的美学策略。摩尔对尼采的话做了修正，她说："当自我将自我实

---

[1] Marianne Moore, "He Made This Screen," in *The Poems of Marianne Moore*, ed. Grace Schulman (New York: Penguin Group Inc., 2003), p. 11.
[2] Bernard Engel, *Marianne Moore* (New York: Twayne Publisher, 1964).

现作为其最执着的目标时，它无法彻底实现自我。"[1]摩尔也引用过艾略特对安德鲁斯大主教（Lancelot Andrewes）的评价以及亨利·布克莱德（Henry McBride）对伦勃朗（Rembrandt Harmenszoon van Rijn）的评价，强调作者创作时的专注与纯粹。[2]这种专注与纯粹意味着诗人必须忘我，沉浸在主题中，遗忘其他，仿佛不曾期待被他人阅读或理解，担心不足等同于不足，担心不准确则可以促成严格。

（二）克制情感：对情感的证明不是通过健谈

摩尔肯定情感之于诗歌的重要性，但她也强调，情感之于创作，是必须经过修订的，是浓缩、克制的，"热情生发自由，而自由在艺术中，就像在生活中那样，是我们强行约束的结果"[3]。

二战期间，摩尔写过一首带有当时流行的感伤风格的诗《不信任美德》（"In Distrust of Merits"）。她后来对这首诗进行了自省式评价："我喜欢它；它是真诚的，但我不会称它是一首诗……（它是）无序的；就形式而言，它有什么？它只是一种抗议——支离破碎，只是感叹。情感征服了我。最初的想法变成了诗。"[4]摩尔肯定这首诗中的真诚，却否定其中的情感模式，"情

---

[1] Marianne Moore, "Idiosyncrasy and Technique," in *The Complete Prose of Marianne Moore*, ed. Patricia C. Willis (New York: Viking Penguin Inc., 1987) pp. 509−510.

[2] Marianne Moore, "Feeling and Precision," in *The Complete Prose of Marianne Moore*, p. 401.

[3] Marianne Moore, "Humility, Concentration, and Gusto," in *The Complete Prose of Marianne Moore*, p. 426.

[4] Helen Vendler, "Marianne Moore," in *Marianne Moore: Modern Critical Views*, ed. Harold Bloom (New York: Chelsea House Publishers, 1987), p. 75.

感征服了我",无节制的情感抒发破坏了诗中的现实,让它变得无序、支离破碎,如同一种感叹或抗议。

她对艺术的定义很明确,"艺术只是对我们需求的表达;是情感,被作者的道德和技术洞见修正。"[1]在评价其他诗人的作品时,她反复强调这一原则。她偏爱晦涩的作品,因为在这样的作品中情感必然是克制的。她在1964年发表于《纽约书评》(*New York Review of Books*)上纪念史蒂文斯的文章中,极力推崇史蒂文斯的控制力,她引用了伦敦《泰晤士报·文学副刊》(*The Times Literary Supplement*)中的一个句子——"对情感的管理"——来赞扬史蒂文斯对情感的修订。[2]在评论艾略特的文章《沉默的坦率》("Reticent Candor")中,摩尔使用了她偏爱的矛盾修辞法描述艾略特与史蒂文斯共同的特点,说他的诗中有沉默的坦率和有节制的腔调,"他们不信任修辞,如同在潜伏中发言"[3]。

摩尔欣赏一个写作者遵从自己自然而然的沉默倾向,"对情感的证明不是通过健谈"[4]。《沉默》("Silence")这首诗最直接表达了摩尔对情感的态度。

我的父亲常说,
"上等人从不做长久的拜访,

---

[1] Marianne Moore, "Feeling and Precision," in *The Complete Prose of Marianne Moore*, ed. Patricia C. Willis (New York: Viking Penguin Inc., 1987), p. 402.

[2] Marianne Moore, "Impact, Moral and Technical; Independence Versus Exhibitionism; And Concerning Contagion," in *The Complete Prose of Marianne Moore*, p. 436.

[3] Marianne Moore, "Reticent Candor," in *The Complete Prose of Marianne Moore*, p. 453.

[4] Marianne Moore, "Conjuries That Endure," in *The Complete Prose of Marianne Moore*, p. 349.

以免被引向朗费罗的坟墓
也不做哈佛大学的玻璃花。
要像猫那样独立——
将它的猎物带到隐蔽处,
老鼠柔软的尾巴像一根鞋带从它的嘴中垂下——
它们有时享受孤独,
可能被那些令它们愉悦的话
夺去自己的语言。
最深的情感总是在沉默中显现;
不是沉默,而是抑制着。"
他也不无诚意地说,"将我的房子当作你的旅馆。"
旅馆不是安居之所。[1]

诗歌开头引用了一位父亲的话,这位父亲当然不是摩尔的父亲(她的父亲在她出生前就处于缺席状态,自是没有机会对她进行教诲)。诗集《观察》收录这首诗时,摩尔在后面添加了注释,表明诗中引用的父亲这段话来自A.M.霍曼斯(A.M.Homans)女士。

霍曼斯是韦尔斯利学院(Wellesley College)的卫生学荣誉教授。她致力于促进女性和男性的体育训练,于1889年与人合作创办了波士顿体育师范学校(Boston Normal School of Gymnastics)。在那个体育运动对女性而言还是一种禁忌的时代,霍曼斯的行为无疑是超前的。

摩尔在1917年见过霍曼斯女士。她在这一年6月17日的日记中提到了这位女士,并记录下女士的一些言语。霍曼斯在谈话

---

[1] Marianne Moore, "Silence," in *Observations* (New York: The Dial Press. 1924), p. 74.

中说起了自己的父亲、上等人、朗费罗的坟墓、玻璃花等细节，这些细节出现在这首诗中。[1]

如这首诗的标题一样，摩尔本人保持着沉默，她退到诗歌之外，只是转述一位父亲对女儿发出的谆谆教诲，而这段教诲散发着浓厚的实用主义气息，要求女儿遵从上等人的行为规范，举止恰当，要像猫一样独立而顺从。嘴中垂挂着老鼠尾巴的猫，这个意象很自然让我们想起上流社会沙龙或舞会上的女士形象，她们忍受着服饰带来的种种不适，努力保持优雅得体的微笑，暗中物色自己的猎物，却常常在"令它们愉悦的话"中丧失了自己的立场。猫的意象中隐含的丧失（"被……夺去自己的语言"）使后面的两句话变得尤为尖锐："最深的情感总是在沉默中显现；/不是沉默，而是抑制着。"

摩尔没有直接评价这位父亲冗长的教诲，然而，当我们将这一教诲与霍曼斯教授本人的叛逆之举联系起来，就可以体会到这首诗对以父亲为代表的父权制文化的嘲讽，被教诲的女儿以及摩尔本人在诗歌中的沉默也具有了反抗意味。她在沉默中显现了最深的情感，抑制变成了一种策略，不再是消极的"被……夺去"。通过沉默表达出来的抗议，比直接抗议更深刻、更犀利。

"抑制着"的情感这一没有加引号的引语来自亨利·詹姆斯，克制个人情感是他最突出的文化品质之一。庞德曾评价亨利·詹姆斯："情感对亨利·詹姆斯而言，是其他人或多或少拥有的事物，他本人则并不在其中。"[2]摩尔欣赏亨利·詹姆斯的这一文化品质，她在《一条章鱼》中也提到了詹姆斯的这一品质："就

---

[1] "Silence and Miss Homans," https://moore123.com/tag/silence/ September 2, 2011.
[2] Marianne Moore, "Feeling and Precision," in *The Complete Prose of Marianne Moore*, ed. Patricia C. Willis (New York: Viking Penguin Inc., 1987), p. 401.

像亨利·詹姆斯那样因拘谨而受到公众的诅咒，/并非拘谨，而是自我克制"[1]。

根据摩尔的注释，《沉默》这首诗结尾一句"将我的房子当作你的旅馆"引用的是爱尔兰政治家埃德蒙·伯克（Edmund Burke）的话。伯克曾在英国下议院担任数年辉格党议员，他反对英王乔治三世和英国政府，支持美国殖民地以及后来的美国革命。伯克的原话是："将你自己丢进一辆马车，来，将我的房子当作你的旅馆。"这句话是真诚的邀请，却也包含着明确的疏离，是一种有距离的热情。摩尔对后半句的孤立引用，去除了其语境，让这句话包含的拒斥意味凸显出来，她又将这个句子归属于一个父亲身份的发言人，制造了强烈的反讽。诗歌最后一句归属不明的话直接点明了父亲邀请之中包含的拒斥："旅馆不是安居之所。"我们无法分辨这句话究竟是诗中女儿对父亲的回应，还是摩尔本人的回应，但这句话包含着明显的反抗情绪。这是对一个强势的父亲所进行的克制而又有态度的回应。

有趣的是，亨利·詹姆斯本人与旅馆渊源颇深，他在童年时代即被送到欧洲各地旅居，素有"欧洲旅馆儿童"之称。后来他将美国现代文明定义为一种"旅馆文明"。这一定义暗含了一种漂泊感，而包括亨利·詹姆斯在内的现代美国人面对这种漂泊命运不再像《荷马史诗》中的奥德修斯那样为之焦虑，急于摆脱，他们接受它、享受它，让它成为他们生存的必要条件。这是"一个躁动不安和流动的社会，旅行、位移、追寻、探索等弥漫在现代社会的文学中，现代作家也在借助这些行为的古老功能来激发

---

[1] Marianne Moore, "An Octopus," in *Observations* (New York: The Dial Press. 1924), p. 89.

个体和道义的想象"[1]。旅馆文明包含了冷与热、激进与保守、妥协与舒适、迎合与拒斥等彼此矛盾的特质。

因为对亨利·詹姆斯以及埃德蒙·伯克的引用,这首诗的内在含义被扩大了,家庭内部父女之间的冲突同时也暗示了爱尔兰文化与英国文化、美国文化与欧洲文化之间的冲突,而这种冲突完全在沉默与克制中呈现。

摩尔克制(修订)情感的方法是强调精确和真诚。在《情感和精确性》("Feeling and Precision")一文中,她开头即提出:"情感,在最深刻时——我们有理由知道——倾向于表达不清。如果它努力想表达清楚,它可能会显得过分浓缩,作者会因神秘、不合作或傲慢而受到抵制。"[2]精确与浓缩或者说克制是互为因果的。摩尔对精确的衡量标准之一是自然,她强调,情感要远离任何矫揉造作的东西。摩尔赞同伏尔泰的观点,反对以神秘方式讲述别人已经自然而然讲述过的那些事物。不过,摩尔认为我们应该有坚持独特性的勇气,她把乔叟(Geoffrey Chaucer)和亨利森(Robert Henryson)视为完美自然性的典范,他们作品携带完整感情时具有无艺术的艺术性。

相应的,诗歌中的情感必须真诚,这种真诚在诗歌素材以及素材处理过程中呈现出来。她在《诗》中写道:

我也,不喜欢它:有些事比这种胡言乱语更重要。
    然而,以十足轻蔑的态度去读它,你会发现,真诚

---

[1] Mordon Dauwen Zabel(ed.), *The Art of Travel: Scenes and Journeys in America, England, France and Italy from the Travel Writings of Henry James* (New York: Doubleday & Company, 1958), p. 12.

[2] Marianne Moore, "Feeling and Precision," in *The Complete Prose of Marianne Moore*, ed. Patricia C. Willis (New York: Viking Penguin Inc., 1987), p. 396.

在其中终有一席之地。
能紧握的手,能
瞪大的眼睛,必要时能竖立的
头发,这些东西之所以重要,并非因为

高调的阐释能加诸其上,而是因为它们
有用;当它们变得歧义丛生,难以理解时,
我们会一致认为,我们
不欣赏
我们所无法理解的事物:倒挂
或正在觅食的

蝙蝠,前进的大象,打滚的野马,一棵树下不知疲倦的
狼,像一匹马感觉到跳蚤时轻轻抽动皮肤的铁石心肠的
评论家,棒球
迷,统计学家——
歧视"商业文书和
教科书"

是无效的;所有这些现象都很重要。不过人必须进行
区分:被末流诗人所推崇的,并不是诗。
除非,我们之中的诗人能成为
"想象的
写实者"——克服
傲慢与琐屑,呈现

跳跃着真实蟾蜍的想象花园,供人们审视,我们才创造了
　　诗。同时,如果你既要求
　　诗歌的素材
　　　　保持原味,
　　　　又要求它
　　　　　真诚,你就对诗产生了兴趣。[1]

摩尔反对诗歌故弄玄虚,总是描写人们无法理解的事物。她认为各种事物都可以入诗,包括那些看似缺乏诗意的"商业文书与教科书"。这些素材几乎排斥了情感,但是在处理这些素材的态度和方式中,诗人的情感间接流露出来。所谓真诚是让诗歌的素材"保持原味",不用过多的阐释覆盖其上,不让它们变得歧义丛生。

艾略特在《但丁于我的意义》("What Dante Means to Me")一文中表达了与摩尔相似的观点。他坦言从但丁那里学会了处理诗歌素材的方法,"新诗的源头可以在以往被认为不可能的、荒芜的、绝无诗意可言的事物里找到。我实际上认识到诗人的任务就是从未曾开发的、缺乏诗意的资源里创作诗歌,诗人的职业要求他把缺乏诗意的东西变成诗。"[2]将诗歌素材拓展到日常生活的全部领域,是现代诗歌的特征之一,摩尔用真诚这一原则包括了它。

《情感和精确性》一文本身可以作为摩尔克制情感的范本。在这篇文章中,她用格言式的句子推进文章,在格言式的句子后

---

[1] Marianne Moore,"Poetry," in *Observations* (New York: The Dial Press, 1924), pp. 30-31.
[2] T. S. 艾略特:《但丁于我的意义》,陆建德译,载于陆建德主编《批评批评家:艾略特文集·论文》,李赋宁、杨自伍等译,上海译文出版社,2012,第153页。

不是观点的铺陈，而是以具体诗句作为例证。这些例证是细节，间接释放了情感，但不过度显示情感的全貌，因为"外露是简洁的敌人"[1]。

对于诗人因追求精确，因"浓缩"情感而显得严苛、傲慢，从而受到抵制的命运，摩尔的建议是漠视评价或者保持沉默："任何对其作品是否能被很好接受的顾虑都会腐蚀效果。"[2]沉默始终是摩尔的自我辩护原则，是摩尔反抗世界的武器。她完全理解乔治·布莱（George Bly）的观点："寂静乃是一种等待的寂静，一种思想的张力……"[3]她可用沉默的锋芒"挡开太阳之剑"[4]，"而不必忍受粗暴无礼"[5]。

（三）克制形式：适宜决定了形式

诗歌作为一种语言艺术形式，包括韵律、节奏、句式、意象等要素。这些要素并非语言的原始属性，它们是人为的，是诗人对语言的逻辑结构，是对词语有意识的挑选、排列、整合。布罗茨基（Joseph Brodsky）说："诗歌作为人类语言的最高形式，它并不仅仅是传导人类体验之最简洁、最浓缩的方式；它还可以为任何一种语言操作——尤其是纸上的语言操作——提供可能获得的最高标准。"[6]

---

[1] Marianne Moore, "Feeling and Precision," in *The Complete Prose of Marianne Moore*, ed. Patricia C. Willis (New York: Viking Penguin Inc., 1987), p. 397.
[2] Marianne Moore, "Feeling and Precision," in *The Complete Prose of Marianne Moore*, p. 401.
[3] 乔治·布莱:《批评意识》，郭宏安译，广西师范大学出版社，2002，第9页。
[4] Marianne Moore, "An Egyptian Pulled Glass Bottle In the Shape of a Fish," in *Observations* (New York: The Dial Press, 1924), p. 20.
[5] Marianne Moore, "Injudicious Gardening," in *Observations*, pp. 30–31.
[6] 约瑟夫·布罗茨基:《怎样阅读一本书》，载于《文明的孩子》，刘文飞、唐英烈译，中央编译出版社，1999，第68页。

形式对于人，始终具有拯救功能，其根源在于亚里士多德（Aristotle）的净化说（catharsis），形式化的语言唤起人们的恐惧、痛苦等情感，并使这些情感得以净化。现代诗人的先行者波德莱尔也说过："艺术的神奇特权就在于，可怕之物经过艺术性的表述，会成为美；节奏化了的、分段表述出的痛苦能让头脑充满一种宁静的欢乐。"[1]因而，传统诗的格律法则作为一种严苛的形式要求，并非盲目的语言专制，而是诗人作为精神有机体本身所要求的规则，它们从来没有阻止原创实现自身，反过来说要正确得多：它们始终在帮助原创走向成熟。在现代派诗人那里，形式对于心灵的拯救意义相比于传统格律诗似乎减弱了，因为现代诗首先是对传统格律形式的反抗，诗的形式法则趋向自由。然而，这种反抗并不是否定乃至抛弃形式，而是对旧格律形式的变革，即是说，现代诗自有其形式，而且这种形式与其不安宁的内涵构成了不谐和音。[2]

1942年在格拉斯哥大学（Glasgow University）的演讲中，艾略特将现代诗歌的形式变革描述为两种因素的结合，其一是对死去形式的厌恶，其二是对新形式的期待或者对旧形式的变革期待；它是对每一首诗中独一无二的内在统一性的坚持，反对典型的外在统一性。[3]在现代诗歌这里，形式的重要性仍然存在，只是其内涵发生了变化。它在不同诗人的作品中呈现出不同面目，从一种外在表现转变为一种内在表现。史蒂芬·库什曼（Stephen Cushman）曾指出，任何一个强势的美国诗人在本质上都是

---

[1] 胡戈·弗里德里希：《现代诗歌的结构——19世纪中期至20世纪中期的抒情诗》，李双志译，译林出版社，2010，第27页。

[2] 参见胡戈·弗里德里希：《现代诗歌的结构——19世纪中期至20世纪中期的抒情诗》，第26页。

[3] T. S. Eliot, *On Poetry and Poets* (New York: Farrar Straus & Cudahy, 1957), p. 37.

形式主义者,"正统诗人(在美国)不会只满足于他们说什么,他们高度关注他们说的方式。他们不仅仅是或者主要是陈述性诗人,他们更是风格和形式诗人。"[1]这个定义不止契合美国诗人,也契合任何一个优秀的现代诗人。库什曼将形式与生活的虚构等同,形式的虚构是对现代生活与文学形式之间关系的虚构,诗人应该为现代生活找到正确的形式。他解释说,虚构这一术语,并不简单地指向真理价值的匮乏,形式的虚构作为一种强有力的认知框架与诗歌同时发挥作用,发展或延伸了"原初看似是分析或解释但事实上是合成了需要被分析或解释的。"[2]

在摩尔身上,我们觉察不到心灵拯救的必要性,她拥有坚强、稳定、平和的心性,她的诗歌"不安宁的内涵"不是个体心灵的痛苦、冲突或者虚无,而是传统、时代、现实投射的阴影,是追求精确性过程中难以预料的歧义,是为了保证适宜而对形式的约束,她在《过去是此刻》("The Past Is the Present")中写道:

如果外在的活力衰竭
　　而韵律过时了,
　　　我将回到你,
哈巴谷[3],正如在最近一次课上,讲授
　　无韵诗的XY鼓励我做的。
这个人说——我想我重复了
　　他的原话:

---

[1] Stephen Cushman, *Fictions of Form in American Poetry* (Princeton: Princeton University press, 1993), p. 8.
[2] Stephen Cushman, *Fictions of Form in American Poetry*, p. 4.
[3] *Habakkuk*: 希伯来《圣经》(即《旧约全书》)中的所谓十二小先知书之一。据说是先知哈巴谷所作。

> "希伯来人的诗
> 是具有清醒意识的散文。'迷狂提供了
> 情境，而适宜决定了形式'。"[1]

这是一首为诗歌寻找皈依的诗，"外在的活力"与"韵律"过时之后，摩尔不介意诗歌向散文靠近。对于体裁的混沌意识，亦是摩尔的特点之一。她经常引用其他文体的句子，不设界限，就像她在《诗》中对各类诗歌素材的宽容。不过，摩尔也不曾忘记，诗歌终究是诗歌，既然现代无韵诗将外在的形式约束转变为内在的形式约束，那么这种约束要以"适宜"为标准。当她将各种文体、各种风格的句子引入诗歌时，这些引语并非仅仅跟随分行排列的变化，它们还遵从了一种内在的形式变动以适应诗歌的文本。就像在《过去是此刻》中，最后一句引语借助分行，将"清醒意识""迷狂""适宜"三种诗歌要素鲜明地突出，彼此之间因语义上的不同指向构成了张力。这种张力，正是"不安宁的内涵"，不依赖外在的活力或过时的韵律，使一首诗成其为诗。

在访谈中，摩尔对唐纳德说："我写的东西之所以只能被称之为诗歌，是因为没有其他类型可以归纳它。"[2]这个否定句式，是摩尔对诗歌之独特性的理解，同时也表明了自己的诗与其他文体的差异。

"适宜"具有多元纬度，它既指向道德或信仰的精神诉求，

---

[1] Marianne Moore, "The Past Is the Present," in *Observations* (New York: The Dial Press, 1924), p. 14.
[2] "Marianne Moore, The Art of Poetry," Interviewed by Donald Hall, *Paris Review* (Summer-Fall 1961). http://www.theparisreview.org/interviews/4637/the-art-of-poetry-no-4-marianne-moore.

是摩尔坚持的自我克制或礼仪教养——"精神创造了形式"[1]，也指向语言和结构的简洁、准确、文雅。这些诉求在诗歌中不会单一呈现，必须合成为一种与主题呼应的美学质地。"适宜决定了形式"意味着形式直接指向诗人的精神世界，它展示的是稳定的信念，形式与内容并无鸿沟，形式是对内容的规约，并且就是内容的一个要素。她在给朋友布莱尔的信中说过，以诗歌的形式排列她的话语，如同穿着泳装跳米奴哀舞，形式与内容相辅相成，形成了诗人与众不同的面目。

摩尔的形式因此可定义为评论家斯拉汀所说的"一种确定的内在信念外在的等价物"[2]，形式具有自我限定的意义，抑制自己的侵略性、无限外延的趋向，同时又保护自己的有效性。斯拉汀借用《黑色泥土》一诗阐释摩尔对诗歌形式的理解。一首诗的形式，如同大象粗糙的皮肤，是"一种必要的/实质，如同物质的/不灭性；它/承受了电流和地/震，却仍然/存在"；它包含着"非理性的美丽成分"[3]，使一首诗区别于其他诗。形式也是一种自我强加的限制，一种"无意识的/挑剔"[4]，是一首诗的保护装置，使一首诗能经受其他文本，特别是其他诗歌的"创造力"的碾压，顽强地保存自己的"颗粒性"，即异质性。[5]

从动机而言，形式的约束——强加的限制——是为了自由，

---

[1] Marianne Moore, "Rose Only," in *Observations* (New York: The Dial Press, 1924), p. 41.
[2] John M. Slatin, "The Forms of Resistance: Syllabics and Quotation," in *The Critical Response to Marianne Moore*, ed. Elizabeth Gregory (Westport: Praeger Publishers, 2003), p. 95.
[3] Marianne Moore, "Black Earth," in *Observations*, p. 47.
[4] Marianne Moore, "Critics and Connoisseurs," in *Observations*, p. 35.
[5] John M. Slatin, "The Forms of Resistance: Syllabics and Quotation," in *The Critical Response to Marianne Moore*, ed. Elizabeth Gregory (Westport: Praeger Publishers, 2003), pp. 97–98.

在韵律的约束过时之后，现代诗对语词的排列方式运用了一种新的控制方式，诗人要依赖个体才能和洞察力让语言内部的声音层次感和逻辑显现出来。现代诗的形式不再具备普遍性和客观性，而是既呈现了"与日常语言的本质差异"[1]，又呈现了诗人的个体差异。一个诗人的节奏必须是可解释的，最终又是属于他自己的，独一无二，不可模仿。摩尔和庞德等现代诗人都坚信，形式或者技巧，是一个诗人真诚的方式。[2]

在早期诗歌中，计算音节是摩尔采取的个性化形式之一。她在诗行中刻意计算音节，用音节形式制约并修正情感与想象。例如，诗集《观察》中的《鱼》这首诗，每一节的诗行音节数分别为1、3、8、1、6、8。史蒂文斯特别欣赏这首诗的音节排列，认为这样的安排无意识中使人感到愉悦。[3]《致一台蒸汽压路机》一共有三节，每一节四行，音节数分别为5、12、12、15。摩尔偏爱奇数音节，每一节的诗行音节数错落有致，这种不对称的音节形式彻底突破了英语诗歌传统——英语格律诗的韵律基本是由偶数组成，比如抑扬格、对句、四行诗、十四行诗等。

音节诗存在于句法结构中，产生的是视觉效果而不是声音效果，人们不是通过倾听韵律而是计算音节理解她的诗歌。在英语中，耳朵对诗歌声音的感受是直接的，眼睛看诗歌则是间接的，因为看的不是直接的图像或物体，而是文字的组合，透过文字再去想象看、理解物，多种感官（而非单一感官）凝聚，将接收的

---

[1] Mary Oliver, *A Poetry Handbook: A Prose Guide to Understanding and Writing Poetry* (Orlando: Houghton Mifflin Harcourt Publishing Co., 1994), p. 16.

[2] Jorie Graham, "Some Notes on Silence," in *By Herself: Women Reclaim Poetry*, ed. Molly Mcquade (Saint Paul: Graywolf Press, 2000), p. 168.

[3] Wallace Stevens, "A Poet That Matters," in *Wallace Stevens: Collected Poetry and Prose*, eds. Frank Kermode and Joan Richardson (New York: The Library of America, 1997), p. 774.

信息取舍、汇总，最后在脑海中呈现，在时间的延宕过程中，删减了多余的信息。音节形式如同房子外的栅栏或者护栏，具有分割、划界的功能，因而，计数音节的诗，也是诉之于理性的诗。为了计算音节，诗句的逻辑会出现断裂，或者颠倒，造成诗意的晦涩，比如，摩尔喜欢"跨行"或"跨字"，让一个句子跨分两行或多行，或者让一个词跨越两行。布莱克默对此评价："音节形式的事实有一种心照不宣的兴趣，但我们无法分辨我们能否欣赏它，因为我们不知道哪怕是受到过训练的耳朵是否能捕捉到这种秩序变化的分量。"[1]

在访谈中说起诗歌的音节原理时，摩尔说她从未"设计"过一个诗节，句子的推动力主宰着她对音节的排列，如同一栋建筑被重力主宰，词群就像染色体，决定了过程。她或者干扰它的排列顺序，或者稀释它，然后努力写出与开头一致的其他诗节。最初自发的原创性——可以说是写作的动力——很难被刻意复制。这种观点在许多艺术家那里可以得到共鸣，比如作曲家斯特拉文斯基（Igor Fedorovitch Stravinsky）谈论定调时也说过："如果我出于一些原因变换了它的秩序，我就处于丧失最初的新奇感的危险之中，很难再体验到它的吸引力。"[2]

摩尔警惕因过度追求形式而沦入技巧的窠臼，她认同柏拉图的观点："只做技艺的展示，是一种野蛮的噪音。"[3]她说："诗

---

[1] R. P. Blackmur, "The Method of Marianne Moore," in *The Critical Response to Marianne Moore*, ed. Elizabeth Gregory (Westport: Praeger Publishers, 2003), p. 120.

[2] "Marianne Moore, The Art of Poetry," Interviewed by Donald Hall, *Paris Review* (Summer-Fall 1961). http://www.theparisreview.org/interviews/4637/the-art-of-poetry-no-4-marianne-moore.

[3] Marianne Moore, "Feeling and Precision," in *The Complete Prose of Marianne Moore*, ed. Patricia C. Willis (New York: Viking Penguin Inc., 1987), p. 398.

歌中传递的精致技艺使我们与诗歌疏离,那种精致的技艺是矫揉造作的、显摆的,我们遗忘了自己的思考和自发的兴趣。"[1]与诗歌自发的原创性相对应,她并不排斥迷狂,迷狂作为一种非理性因素,是难以辨析的,是诗歌大于其语言实体的必要前提。诗歌作为一种艺术形式,是"一种精神魅力"或者"魔力"或者"灵魂的魔法"[2]。诗歌的精确性或者"适宜"必然是不可拆分、不可量化的概念。摩尔在《情感和精确性》中举了一个例子说明这点,当一个杂志请她分析自己的句子结构时,她做出了貌似专断的回答:你不能设计一种节奏,节奏是人,句子只是个性的X光片。[3]精确或者"适宜"是一种内在的微妙平衡。

然而,摩尔的诗从整体上遏制迷狂。她在写作中采用独到的方式将自发的原创性导向一种清醒的控制。她说:"我极迅速地用红、蓝或者其他颜色的铅笔标出不同的韵——有几种韵,我就标几种颜色。然而,如果再出现的短语与整体不协调——如同印刷那样——我留意到某些词听起来不准确。我也许写出一小部分,就感到窒碍,难以为继,那么我会谨慎地停下来,一年或数年都不完成它。我在一个小笔记本上记下所有可能有用的句子。"[4]这对于其他写作者而言,或许是一种可以学习的

---

[1] Marianne Moore, "Impact, Moral and Technical; Independence Versus Exhibitionism; And Concerning Contagion," in *The Complete Prose of Marianne Moore*, ed. Patricia C.W illis (New York: Viking Penguin Inc.,1987), p. 433.

[2] Marianne Moore, "Feeling and Precision," in *The Complete Prose of Marianne Moore*, p. 398.

[3] Marianne Moore, "Feeling and Precision," in *The Complete Prose of Marianne Moore*, p. 396.

[4] "Marianne Moore, The Art of Poetry," Interviewed by Donald Hall, *Paris Review* (Summer-Fall 1961). http://www.theparisreview.org/interviews/4637/the-art-of-poetry-no-4-marianne-moore.

方法。

音节计算作为一种清醒的理智活动，中断了光滑如激流的迷狂，强化了"机器般的精确性"[1]。强烈的、非理性的情绪被音节的精确性需求所抑制，导向一种思考，一种"清醒意识"，这也是罗伯特·弗罗斯特描述的，诗歌可能开始于"喉咙中的块垒，一种乡愁或者一种相思。它是实践这种情感的努力。在一首完整的诗中，一种情感找到了它的思考——而这种思考找到了词语。"[2]摩尔的诗歌风格更接近阿波罗的宁静和理性，与史蒂文斯诗中散发的酒神醉态相异，体现了波德莱尔所说的"美是理智与计算的产物"[3]。摩尔在分析史蒂文斯的诗歌时，也特别留意其中的迷狂因素以及迷狂与形式约束之间的冲突。

音节结构制造了语意的冲突、断裂与扭曲，呈现出现代绘画中的拼贴效果，构成了斯拉汀所谓的语言学堡垒，或者巴赞描述的生物学意义上的身体相似之物，一个语言学的视觉物体，借助机械零件似的拼贴完成，"断裂的诗行作为暴力制造的伤痕累累的呈现"[4]。

从影响源上分析，摩尔的音节形式受到了俳句的影响。一战前，美国实验主义诗人阿德莱德·克拉珀西（Adelaide Crapsey）、米娜·罗伊等一些女诗人都写过音节诗，这种现象与日本俳句的

---

[1] Victoria Bazin, *Marianne Moore and the Cultures of Modernity* (Farnham: Ashgate Publishing Limited, 2010), p. 75.

[2] Louis Untermeyer, "Poetry or Wit," in *The Critical Response to Marianne Moore*, ed. Elizabeth Gregory (Westport: Praeger Publishers, 2003), p. 49.

[3] 胡戈·弗里德里希：《现代诗歌的结构——19世纪中期至20世纪中期的抒情诗》，李双志译，译林出版社，2010，第27页。

[4] Victoria Bazin, *Marianne Moore and the Cultures of Modernity*, p. 67.

影响不无关系。[1]

俳句重视音节数量。俳句的三个句子以5、7、5的音节数排列，俳句内部需要切字（或停顿），切字带来的转折、断裂、空白，制造了意象与意象的并置、叠加、分离，产生了诗意或意境。

格雷格·麦克拉伦（Greg Mclaren）指出俳句形式与英语诗歌存在冲突。英语可以很容易地再现俳句的十七个音节、三行诗，然而这样一行接一行呈现的却是散文形式，听起来几乎没有节拍和音调。英语诗歌的基础不是音节计数，而是既相互冲突又彼此合作的重音。[2]不过，深受东方诗歌影响的庞德建议，现代诗人可以将诗歌作为散文来写，因而摩尔青睐具有散文气质的音节诗并不让人感到意外，只是她采用了其他形式与音节形式搭配，以防过度的散文化倾向。史蒂文斯曾敏锐洞察到摩尔诗歌独特的声音效果，这即是摩尔淡化散文性的方式之一。史蒂文斯以《鱼》一诗为例，指出，字母群ext、ks、phys以及defiant和edifice中的i构成了声音关联，形成了一种独特的节奏感，有助于诗意产生。[3]

摩尔注重诗歌的排版设计。第一次为自己的诗集《何谓岁月》排版时，她认真设计了诗歌的版式，做了注释，甚至做了注释的注释。[4]她喜欢用排版的视觉形式呼应诗歌主题或描写对

---

[1] Bernard F. Engel, *Marianne Moore* (East Lansing: Michigan State University Press, 1989), p. 6.

[2] Greg MClaren, "'Some Presence Inevitably Shows through': Harold Stewart's Haiku Versions," *Australian Literary Studies* 22.4 (2006), p. 462.

[3] Wallace Stevens, "A Poet That Matters," in *Wallace Stevens: Collected Poetry and Prose*, eds. Frank Kermode and Joan Richardson (New York: The Library of America, 1997), p. 774.

[4] Catherine Paul, "'Discovery, Not Salvage': Marianne Moore's Curatorial Methods," in *The Critical Response to Marianne Moore*, ed. Elizabeth Gregory (Westport: Praeger Publishers, 2003), p. 165.

象，包括每一行诗起首的不同空格、字母的大小写、诗句的长短等。比如诗集《观察》中的《致一条变色龙》一诗，利用每一诗行起首不同的空格缩进形成了一条变色龙似的视觉效果。《鱼》一诗，诗歌的进程跟随涉过海水的鱼，共分八节，每一节有六行，每一节的开头两句起始不空格，第三行起始空一格，第四行、第五行空两格，第六行空一格，这种排列形式结合诗歌的音节数，制造了海上波浪般的起伏效果。有评论家比较了摩尔对这首诗的修订过程，指出，《观察》中收录的版本，每一诗节的每一行音节分别为1、3、8、1、6、8，押韵形式是a，a，b，c，c，d，在后来的修订版中，摩尔将每一诗节修订为五行，每一行的音节分别为1、3、9、6、8，押韵形式修订为a，a，b，b，c，从修订的方向看，摩尔强化了诗歌的形式感，使它在视觉与听觉上都更接近波浪起伏的节奏。[1]

摩尔的诗还有一个明显的形式特征是她常常将诗歌标题作为诗歌第一行，这意味着很多诗没有标题。比如她的《一条章鱼》、《英格兰》、《赫拉克勒斯的劳作》("The Labors of Hercules")、《猴子》("The Monkeys")以及《双冠蜥》等诗歌。胡戈·弗里德里希（Hugo Friedrich）分析过现代诗的标题，认为标题的重要性开始下降，但依然值得给予特殊关注。"作为语言层面，更准确地说，作为与诗的其他部分的关联（或者也可能是无关联），标题同样可能成为'新语言'的载体。按照传统，一个标题会指出诗的主题、对象、情感，而诗本身则会展开或者实现标题所提示之物，而反过来，在诗中展开之物在第二次阅读标题时又会汇聚起来。这种呼应在现代诗歌中当然依旧存在。但是这种呼应比其他现象出现得更为稀少，以至于标题和诗之间的指涉发

---

[1] Rae Annon Fairlie, "The Hidden Meanings of Marianne Moore," http://www.public.coe.edu/~theller/English/struthers/RFairlie.pdf.

生了推移。"[1]摩尔无标题的处理手法显然解构了诗歌传统中标题与内容的二元对立结构。诗歌的第一个句子作为标题,无法聚焦主题,无法揭示诗歌的线索,一首诗从临时占据了标题位置的第一个句子开始,一直到结尾,仿佛一个无主的句子集合体突兀地滑入时空,没有标题在空间、语义上画出一道分界线、一个起始、一个停顿,作者借此退到了更远的距离之外。

(四)克制词语:"辞达而已矣"

在诗歌中,词语是辨识诗人独特性的有效路标,诗人通过"孕育词语"创造现实。波德莱尔说:"要看透一个诗人的灵魂,就必须在他的作品中搜寻那些最常出现的词。这样的词会透露出是什么使他心驰神往。"[2]

诗歌并无特定的词汇范围,然而,相对于其他体裁的作者而言,诗人对于词语的运用有特定的偏向,他们注重突出词语的诗性。所谓诗性,是一个暧昧的词,它有时被庸俗化为唯美与抒情性,但它的内涵,用法国语言学家克里斯蒂娃的"符号态"(semeion)概念来定义或许更为准确,我们也可以将它等同为美国语言学家爱德华·萨丕尔(Edward Sapir)描述的"情调"。

克里斯蒂娃认为,语言的意指作用可以分为两类,一是"符号性生成"(le sémiotique),一是"象征性生成"(le symbolique)。这两种生成方式在语言的意指作用中缺一不可。言说主体的形成同时包括这两个方面,他所制造的任何意义系统都是两者共同作用的结果。

"符号"一词源自希腊语,可以追溯到柏拉图。柏拉图在

---

[1] 胡戈·弗里德里希:《现代诗歌的结构——19世纪中期至20世纪中期的抒情诗》,李双志译,译林出版社,2010,第146页。
[2] 胡戈·弗里德里希:《现代诗歌的结构——19世纪中期至20世纪中期的抒情诗》,第31页。

《蒂迈欧篇》(*Timée/Timaeus*)中用"semeion"定义语言的一种特殊状态,它先于词语、句子,甚至先于音节;它先于父亲,而被比作母亲、功能,它始终处在运动中;它是可辨的印记、迹象、征兆、见证、刻写符号、烙印、图像等等,符合弗洛伊德精神分析法中的"痕迹"(frayage)、冲动的分布组构、移动中并聚集能量的"原始过程",亦即汇聚着我们的感觉、情感需要、性冲动的无意识世界。所以,"semeion"指已经在生成过程之中,但还没有到达语言与意识层面的意义。同时,它还是一个空间概念,是希腊语所称的"khoreia"(拉丁语写作"chora"),即一个开放的、供人舞蹈的空间,这个词里包含着空间与舞蹈两个元素。柏拉图所说的这种"前语言"特征,也是我们所要表达的"符号性生成"的特征,即一个既在运动中又被制约着的未经语言表达的暂时性构成。

克里斯蒂娃用法国象征主义的诗歌文本为例阐释符号性概念,它是诗意生成中的无意识,是诗歌超越内容的东西,它的路径是音韵、修辞或语调,它让读者产生联想,而这些联想加入了意义的多声部。透过语言的象征生成层面(句子直接所指的意义),符号性生成指向的是孩子在还不会说话之前的"前语言"阶段,而诗人努力想呈现的正是语言的这种古老特征。[1]它指向语言的无限性、发散性、暗示性这个层面。

萨丕尔则从另一个角度阐释了语言的无意识层面。他说:"绝大多数的词,像意识的差不多所有成分一样,都附带着一种情调,一种由愉快或痛苦化生的东西,通常是温和的(然而是实在的),也有时突然变得强烈。"[2]这种情调并非一个词本身固有

---

[1] 朱莉娅·克里斯蒂娃:《主体·互文·精神分析——克里斯蒂娃复旦大学演讲集》,祝克懿、黄蓓编译,生活·读书·新知三联书店,2016,第23—25页。
[2] 爱德华·萨丕尔:《论语言、文化与人格》,高一虹等译,商务印书馆,2002,第35页。

的价值，它依据不同的语境而变化。不过，萨丕尔认为，"许多词是有社会公认的情调或公认的情调范围的，不受个人联想的支配"。[1]每个优秀诗人都喜欢有情调的词，但倾向于回避公认的情调。他们使用生僻词，追求独特的情调，或者尽量挖掘常用词冷僻的情调。

用克里斯蒂娃的符号学视角和萨丕尔的"情调"概念审视摩尔的诗歌，我们可以看到，她的诗歌显然在抑制词语的符号性层面或者说无意识成分，努力缩小意义的多声部，降低词语的情调。她追求的是明晰（Explicity）[2]，认同孔子的观点："辞达而已矣。"[3]（《论语·卫灵公篇》）这可谓一种反诗性的词语追求，这一追求既带有先天的语言个性特征，又有后天的偏执。

摩尔的文论和书信风格足以证明她对自己的认知是准确的——她的确不会流畅、清晰、外向地表达。她常常站在诗歌之外尽可能中立地寻找合适的词，带着哲人般的质朴和谦和，追求直白和坦率，却往往适得其反，促成了晦涩抽象。清晰表达的愿望和晦涩抽象的特质在摩尔的诗歌中意外地互为因果。艾略特、毕肖普、罗伯特·洛威尔（Robert Lowell）、唐纳德·霍尔等现代诗人并不抵触她的晦涩，反而赞叹她的别具一格。威廉斯说："她的词边界清晰，不拖泥带水，不带任何附件，甚至没有一种香味。"[4]

---

[1] 爱德华·萨丕尔:《论语言、文化与人格》,高一虹等译,商务印书馆,2002,第35页。
[2] Marianne Moore, "A Burning Desire to Be Explicity," in *The Complete Prose of Marianne Moore*, ed. Patricia C. Willis (New York: Viking Penguin Inc., 1987), p. 607.
[3] Marianne Moore, "Impact, Moral and Technical; Independence Versus Exhibitionism; And Concerning Contagion," in *The Complete Prose of Marianne Moore*, p. 435.
[4] William Carlos Williams, "Marianne Moore," in *The Critical Response to Marianne Moore*, ed. Elizabeth Gregory (Westport: Praeger Publishers, 2003), p. 72.

摩尔偏爱低调的词或者偏爱降低词语的情调，坚信由语言构造的艺术，必须能承受情感的踩踏，就像一艘船承受顺时针旋转的风。她不惮以教科书似的语言写诗，大量运用哲学、自然科学或者机械制造的词语，以形而上学的思辨排斥诗歌中的浪漫主义倾向，每个词必须毫无挂碍地站立，如水晶一般清晰。就像《致一台蒸汽压路机》中的"形而上学"（metaphysical）、"适应性"（congruence）、"补充物"（complement），《一个拉制的埃及鱼形玻璃瓶》（"An Egyptian Pulled Glass Bottle in the Shape of a Fish"）中的"本质性"（essential）、"直立"（perpendicularity），《穿山甲》中的"第一机械"（the first machine）等词，这些词内涵和外延明晰、坚硬，具有力度，为她的诗制造了骨骼与锋芒，却因缺乏发散性和温润感，呈现出说明书或者教科书似的刻板抽象气质。

摩尔也回避因过度使用而变成"陈词滥调"的词，努力恢复词"赤裸裸的概念意义"[1]，让词语在不同配置中产生新颖的效果。布鲁姆说："语言在相当程度上是隐蔽的修辞——讽喻和提喻，转喻和隐喻，只有我们对其敏感增强的时候，才会辨认出它们。真正的诗既能觉察又能开发这些荒废掉的修辞，其语言历经岁月而成为比喻的财富，尽管对一个传统中晚出现的诗人而言，它既是资源又是负担。"[2]摩尔始终在探索词源上的新意，更新词语中的修辞。

相比于动词、形容词和副词，摩尔偏爱名词，这也加强了诗歌的冷淡和低调。布罗茨基在细读奥登（W. H. Auden）的诗歌时指出：（在一首诗中）"你最好的朋友就是名词"，"你要试着将

---

[1] 爱德华·萨丕尔：《论语言、文化与人格》，高一虹等译，商务印书馆，2002，第36页。
[2] 哈罗德·布鲁姆等：《读诗的艺术》，王敖译，南京大学出版社，2010，第5页。

形容词的数量压缩到最低限度。"[1]和动词、形容词、副词相比，名词天然带有诚实与朴素的特性；名词本身是客观的，无动于衷；名词与名词常常构成离心力而非向心力，在互相确证身份的同时也保持着分散的方向；名词与名词的组合保持着嫌隙和拼贴性；名词如鳞片，如手术刀，带着锋芒，却不张扬。在《九桃盘》（"Nine Nectarines"）一诗中，摩尔用"衍生物"这样的词形容瓷盘上的油桃，在《诗》中用"蟾蜍"指代诗歌中的现实……"衍生物""蟾蜍"这样的名词，保持着赤裸裸的概念意义，其情感值近乎零度。

摩尔喜欢用一种事实（名词）来隐喻另一种事实，用一种生物（名词）来比喻另一种生物，使对象始终保持生动性和具体性。比如《彼特》的开头：

强壮又狡猾，为了防备午夜草地晚会上即将遭遇的四只猫，
　他一动不动，在沉睡中消磨时光——前肢分开的第一个爪子
　对应着大脚趾，缩进趾端；每只眼睛上的
　　小丛蕨类或蚱蜢腿，清晰可数；
　　　对称性地装饰着嘴的鲱鱼骨，能同时

垂下或立起，像豪猪的刺。他任由自己
　被重力摊平，像一棵海草暴露于阳光下，变得驯服，
　蔫软；伸展时不得不静静地

---

[1] 约瑟夫·布罗茨基：《析奥登的〈1939年9月1日〉》，载于《文明的孩子》，刘文飞、唐英烈译，中央编译出版社，1999，第166页。

躺下。[1]

摩尔用蕨类、蚱蜢腿、鲱鱼骨、豪猪的刺来形容猫的面部特征，用海草来形容猫的体态，使这只猫的形象变得异常鲜明。

史蒂文斯在评论摩尔1935年的《诗选集》时特意提到了摩尔的词语特点，指出，在《鱼》一诗中，摩尔用傲慢的大厦（defiant edifice）形容大海是一种冒险，用黑玉（black jade）形容大海是突兀的。"jade"作名词使用时意指一种矿物质——软玉或硬玉中的一种，作为动词使用时，意指疲倦不堪、厌倦，摩尔用这个词形容大海，暗示了鱼在大海中的游动不是自由欢畅的，而是一种艰难的斗争，这个词和诗中形容贝壳的词"一把受伤的扇子"呼应，暗示了大海中隐藏的残酷和危险。[2]这些词和细节强化了这首诗中两个冲突性的概念：忍耐和毁灭。

名词携带的物质性与抽象性几乎构成了一种悖论。就像文特斯所说的，形而上学依赖物质术语表达，获得了形象存在，产生了最大可能的强度，形而上学转移进物质术语，这是摩尔小姐引人注目的成就之一。[3]在这一点上，摩尔亦达成了布罗茨基对诗歌的期待。布罗茨基说，诗歌"教授给散文的不仅是每个词的价值，而且还有人类多变的精神类型、线性结构的替代品、删除不言自明之处的本领、对细节的强调和突降法的技巧。尤其是，诗歌促进了散文对形而上的渴望，正是这种形而上将一部艺术作品

---

[1] Marianne Moore, "Peter," in *Observations* (New York: The Dial Press, 1924), p. 51.
[2] Rae Annon Fairlie, "The Hidden Meanings of Marianne Moore," http://www.public.coe.edu/~theller/English/struthers/RFairlie.pdf.
[3] Yvor Winters, "Holiday and Day of Wrath," in *The Critical Response to Marianne Moore*, ed. Elizabeth Gregory (Westport: Praeger Publishers, 2003), p. 65.

与单纯的美文区分了开来"[1]。

对音节的要求以及对名词的偏好增强了诗歌中词语的离心力。词因为承担计算音节的功能，具有了"颗粒性"，这些颗粒性的词抵制蒸汽压路机似的倾轧，拒绝被整合为一个光滑的整体，保持着各自的不规则姿态，保持着自由运动的不同方向，"都是分离的，每个词都不愿意与其他词为伍，除非是向着同一个方向前进"[2]。

除了名词之外，摩尔也关注副词、形容词和连词的用法。她反对在两个并列的、修辞名词的形容词之间加上连接词，那样会使句子变得拖沓。她喜欢运用对偶，比如"批评家与鉴赏家""缄默与饶舌""恐惧是希望"等。她欣赏隐韵和内在化的高潮，但她可能更欣赏去高潮化，以及无重音的韵律。她抵触过分的描述、夸张法或者"非常"之类的副词，她赞同培根的观点，"只有在爱情中夸张才是美好的"[3]。

摩尔对于句式也有特定的偏好。她为了追求清晰，大量使用"that"从句，作为一种限定格，有时她也省略连接词，通过并置，从一个句子前进到下一个句子。她认为，句式的制约意味着诗人承担了义务，有权期望读者运用自己的智力和想象。[4] 摩尔在人称上大量使用非限定性的"某人"（one），模糊或者泛化了所指，用精确的细节描写刻画一个种类，泛指与细节之间的对立如同胡戈所描述的现代诗中限定助词的特殊运用，"在常规的语

---

[1] 约瑟夫·布罗茨基：《怎样阅读一本书》，载于《文明的孩子》，刘文飞、唐英烈译，中央编译出版社，1999，第68页。

[2] 爱莲娜·拉马洛·桑托斯：《玛丽安娜·穆尔——贪婪的沉思》，载于萨克文·伯科维奇主编《剑桥美国文学史》第5卷，马睿、陈贻彦、刘莉译，中央编译出版社，2009，第263页。

[3] Marianne Moore, "Feeling and Precision," in *The Complete Prose of Marianne Moore*, ed. Patricia C. Willis (New York: Viking Penguin Inc., 1987), p. 401.

[4] Bernard F. Engel, *Marianne Moore* (East Lansing: Michigan State University Press, 1989), pp. 4–6.

言使用中,定冠词的任务是描述一件众所周知的或者在一个文本中已经事先提到之物。它用以证实已知者或者一个刚刚被传达者以及一个人的语言工具,由此含有一种指示代词的残余。在现代诗歌中,它却被如此使用,以至于它虽然作为决定性工具引起了关注,但立刻又被由它引入的全新事物解除了定向作用……限定助词总是与被言说者的不确定性同时并置,造成了一种反常的语言张力,由此也造成了一种工具,在听起来熟知之物上刻印陌生感"[1]。在摩尔的生物诗中,带有普遍意义的、不确定的所指对象与精确的细节描写,繁复的句式与清晰的音节,摇曳的诗行排版形式与坚硬的词语,既构成了"反常的张力",也构成了和谐。她抵制刻意的精细和复杂,不过她并不回避思考的细致和锋芒,一切要视宗旨而定。

摩尔克制的词语风格制造了冷静、果断的节奏,尽管她终身都在修订她的诗歌——删减词句、变化句式的长短、调整音节,但她果断的节奏感从未改变。她的诗歌最终成就的是一种文本性,一个语言客体,一种"充满了技艺"的创作,她的诗歌,其文本性大于述行性(performativity)。

三、克制与"女性气质":摩尔与路易丝·博根

在讨论克制这一技巧时,摩尔作为女诗人的性别身份和性别立场是一个敏感问题,这与现代诗歌的整体语境相关。

现代诗歌否定浪漫主义对自我的神化和镜像式书写模式,也否定浪漫主义诗人普遍具有的柔弱的"女性气质"。胡戈·弗里德里希即指出,现代诗歌弘扬了男性气质,"现代诗歌可能带来

---

[1] 胡戈·弗里德里希:《现代诗歌的结构——19世纪中期至20世纪中期的抒情诗》,李双志译,译林出版社,2010,第147—148页。

的迷咒受到了阳刚气概的规束。在诗歌的不谐和音和晦暗之上是阿波罗在统治"[1]。现代派诗人非个人化的主张，离弃了浪漫主义诗歌中抒情的、私人化的"我"——一个完整、自足的主体概念，但并没有消灭"作者"这个存在，反而强化了诗人在诗歌中的支配地位。诗人不是作为私人化的人参与自己的构造物，而是作为诗歌创作的智者、语言的操控者，他们"在任意一个其自身已有意味的材料上验证着自己的改造力量，也即专制性幻想或者超现实的观看方式"[2]，其对事物的直接介入、对传统素材的使用、其表达的现时代的疏离、荒诞、虚无、破碎等生存体验，折射着一个男性写作者的世界经验，如兰波所言："这怪异的受苦具有一种让人不安的权威。"[3]

在这种语境下，有些女性主义学者把摩尔的克制视为一个女诗人对现代诗歌男性气质的被动迎合并不令人意外。他们强调摩尔在写作中遇到的障碍。例如，西尔克指出："对摩尔而言，她在书写中的颠覆实践与她不能说或者拒绝说的东西有关。"[4]西尔克认为，摩尔不能采取艾略特诗歌中J.阿弗雷德·普鲁弗洛克那样的人物形式，她不能呈现讽刺；她能谈论她的文化，但不能作为它的代表；她不能刻画一个他者，并且建立她对他的统治地位。摩尔既不能假设一个男性的普遍性主体，也不能依赖女性作为他者的意义。她拒绝采纳这些立场和形式，进行易装书写。同

---

[1] 胡戈·弗里德里希：《现代诗歌的结构——19世纪中期至20世纪中期的抒情诗》，李双志译，译林出版社，2010，第148页。
[2] 胡戈·弗里德里希：《现代诗歌的结构——19世纪中期至20世纪中期的抒情诗》，第3页。
[3] 胡戈·弗里德里希：《现代诗歌的结构——19世纪中期至20世纪中期的抒情诗》，第56页。
[4] Sabine Sielke, *Fashioning the Female Subject: The Intertextual Networking of Dickinson, Moore, and Rich* (Ann Arbor: The University of Michigan Press, 1997), p. 85.

样地，摩尔也拒绝在她的诗歌中表达女性——一个附属主体的经验。因而摩尔只能克制经验的自我和情感，只能隐藏或回避性别身份与性别立场，像塔菲·马汀所说的那样，"以密码的形式呈现她的自我定义，将热情伪装成虔诚，反抗伪装成服从"[1]，阅读摩尔的关键即在于揭示其伪装之下的真实含义。还有些女性主义评论家直接否定摩尔的克制。比如，女诗人里奇将摩尔的克制解读为处女般的单纯、优雅和谨慎，不会对男性诗人构成威胁，这才使得她在其生活的年代受到了男性诗人的欣赏。

一些男性评论家面对摩尔的自我克制时态度更为微妙，他们在认可的同时又不自觉地表达出一种担忧或不安。比如庞德，倾向于将摩尔在诗歌中的克制理解为老处女似的厌憎态度，强调这种态度损害了她的创作努力。兰德·贾雷尔（Randall Jarrell）指出，摩尔的诗歌完全切除了身体的纽带，将感觉、情感、仁慈与性征彻底分离。新批评理论家普遍将摩尔无性、中立的自我形象视为她诗歌的首要特征，对这一特征的评价却并不高。布莱克默认为，摩尔的诗中没有性，没有诗人像她这样贞洁。[2]史蒂文斯将摩尔对情感的态度定义为"柏拉图似的禁欲主义"[3]，她就像柏拉图那样用思想而非感官理解客体，暗示了摩尔对情感的排斥，而他对此并不完全赞同。

这些带有否定性的评价揭示了部分事实，却忽视了一个重要前提，即摩尔最想认同的是诗人身份，而不是性别身份。她的确感受到了性别身份对创作的制约，并且想超越这种制约。摩尔并

---

[1] Taffy Martin, *Marianne Moore: Subversive Modernist* (Austin: Unuiversity of Texas Press, 1986), p. 120.

[2] See Jeanne Heuving, *Omissions Are Not Accidents: Gender in the Art of Marianne Moore* (Detroit: Wayne State University Press, 1992), p. 18.

[3] Wallace Stevens, "About One of Marianne Moore's Poems," in *Wallace Stevens: Collected Poetry and Prose*, ed. Frank Kermode and Joan Richardson (New York: The Library of America, 1997), p. 700.

不认为"女性气质"与抒情模式之间是等式关系。在她看来，在浪漫主义诗歌中得到共鸣和抒发的"女性气质"是狭隘的，就像她对自己身份的认同是一个"他"而非"她"，所谓的女性气质本身是一个需要重新定义的概念，智性、客观性和反抒情等要素都可以容纳其中。摩尔的写作立场，类似于维吉尼亚·伍尔芙（Virginia Woolf）所提倡的双性同体立场。她的克制，更大程度上是遵从创作规律的主动选择而非被动的迎合。她不是现代诗歌的信徒，而是现代诗歌法则的缔造者之一，和艾略特、庞德等诗人一起构建了现代诗歌的风貌。她的写作带来的启示之一是，女诗人必须重塑自己的情感模式、心智模式和语言模式，重新定义"女性气质"，以与男性平等的方式进入写作，女诗人和传统刻板而狭隘的"女性气质"的对抗是创作中的必然使命。

将摩尔与她同时代的女诗人相比，摩尔的成就不言而喻，她和现代诗歌的相遇可谓适得其所，而其他女诗人，比如露易丝·博根，则要承受更多的挑战和挫折。

（一）博根的个体遭遇与身份认同

博根出生于1897年，比摩尔年轻十岁，两人的交集不多。博根在信中写到了她与摩尔的两次相遇。第一次是1922年，她离开美国去维也纳前一年的冬天，精神正处于混乱状态，她记得摩尔在图书馆工作的情景，记得摩尔的微笑、红头发和待人的友善态度。第二次是1944年的一次聚会上，博根以白描的方式描述了摩尔的外表，没有更多评价，但她的语言是赞赏性的，甚至有一种仰视。[1]

---

[1] Louise Bogan, "The Letter to Morton D. Zabel," in *A Poet's Prose: Selected Writings of Louise Bogan with the Uncollected Poems*, ed. Mary Kinzie (Athens: Swallow Press, 2004), p. 168.

博根和摩尔在身世上有隐秘的相似之处。她们都是爱尔兰后裔，与自己母亲的关系影响了各自的生活和写作；她们对诗歌评论投入了大量时间和精力，尽管原因不同——摩尔是因为编辑职责，因为兴趣，而博根更多是为了生计。博根也是一个观察者，只是她的观察覆盖着抒情的外衣。她们的诗歌理念有某些契合，博根和摩尔一样推崇简洁与自我克制，这在她的评论文章中可以看到。比如，她评价布莱克默时，批评他的写作过于放纵自我，不能做到简洁；评价艾略特时，说他实现了"一种整合，彻底的自我控制"[1]；博根也以亨利·詹姆斯为榜样，她说，一个人的进步是在思想和表达上逐步变得复杂，而詹姆斯却付出了更多努力学会如何简洁地表达，他是一个真正伟大的诗人和深刻的心理学家。[2]

和摩尔清简的人生经历相比，博根的生命历程更为曲折，也更贴近那个时代大多数女诗人的实际状况——她们始终在尝试跨越"女性气质"与现代写作宗旨之间的鸿沟。

博根出生于美国缅因州（Maine），在缅因州、新罕布什尔州（New Hampshire）和马萨诸塞州的磨坊小镇度过了她的童年。她的父亲在工厂工作，只是一个名义上的白领，介于清教徒特权阶级和不那么体面的爱尔兰天主教阶层之间。博根的母亲美丽、聪慧，性格作风大胆叛逆，拥有多段婚外恋情，与博根父亲的关系处于动荡之中。尴尬的出生以及混乱的家庭环境给博根带来伤害，使她形成了一种怨恨心态。这种心态有时针对父母，有时针对"上流"阶层的教养和财产，更多的时候针对她自己。

---

[1] Marianne Moore, "Selected Criticism," in *The Complete Prose of Marianne Moore*, ed. Patricia C. Willis (New York: Viking Penguin Inc., 1987), p. 485.

[2] Louise Bogan, "The Letter to Allen Tate," in *A Poet's Prose: Selected Writings of Louise Bogan with the Uncollected Poems*, ed. Mary Kinzie (Athens: Swallow Press, 2004), p. 162.

在一个女慈善家的帮助下，博根进入女子拉丁学校学习了五年，并获得入读波士顿大学的机会。念完大一，博根即放弃学业，嫁给了一名士兵。结婚的冲动既来自两人之间性的吸引，也来自博根逃离家庭的急迫感。两年之后，这段婚姻破裂，博根将女儿留给父母照顾，她本人移居纽约，开始写作。这段仓促而失败的感情导致博根只接受了有限的正规教育，她为此感到遗憾。

1920年，博根的前夫去世，她获得一份寡妇抚恤金。她用这笔钱离开美国去往维也纳，在那里孤独地生活了几年，逐渐认同了自己的诗人身份。二三十年代，是博根诗歌创作的爆发时期，也是她情感最波动的时期。

1923年，博根的第一本诗集《死亡的身体》（*Body of This Death*）出版，受到诗歌界的关注，被誉为"引人注目的美国女诗人"之一。1925年，她与诗人兼小说家雷蒙德·霍顿（Raymond Holdon）结婚。四年后，她出版了第二本诗集《黑暗的夏季》（*Dark Summer*）。历史再次重演，霍顿的放纵声色使两人之间冲突不断，两人最终于1937年离婚。这段感情对博根的影响很大，导致她沉陷在嫉妒、愤怒、失控等种种负面情绪之中，逐渐患上抑郁症以及轻微的强迫和偏执症，于1931年和1933年两次进入精神病院。疾病的治愈过程同时也是情感平复的过程，她慢慢走出了灰色地带。

婚姻纵然不幸，博根也未逃避生活的重负，她承担着照顾父母以及第一次婚姻生下的女儿的职责。因为这份责任，她努力从事各种能够带来收益的工作，在《纽约客》持续担任了三十八年的诗歌评论员，一直到去世前不久她才辞去这份工作，远远超过了理应退休的年纪。辞职之后，博根说自己终于不用再对"讨厌的诗歌"发言，可见她多么厌倦这份工作。被经济需求所驱使的评论工作虽然拓展了博根的文化视野，但对她的诗歌创作而言并非完全是正向的助力。博根说："做了多年批评之后，创造性的一面变得非常胆怯。"[1]她的专栏文章后来结集为《评论选集——随笔，诗歌》（Selected Criticism-Prose, Poetry）出版，这些评论几乎涵盖了当时所有重要的诗人以及与诗歌相关的学者。摩尔为这本集子撰写了评论，对博根的大胆创新和洞察力表示了赞赏[2]。

与摩尔和母亲缔结的和谐支撑关系不同，博根与母亲的关系充满纠结、矛盾和痛苦。她总在试图理解她的出生和她的母亲，想从母系家谱中寻找自己的根源，以此理解和约束自己。博根继承了母亲的美貌、天赋和热情，也和她的母亲一样拥有常常失控的激情，不过她也从母亲的经历中看到了激情的可怕，在生活中自觉以母亲为参照不断进行反思和自我纠正。她的母亲能让生活中某一种用品的匮乏成为永远的匮乏，哪怕这种用品很容易就可以买到。博根以母亲的这一缺点提醒自己，决不让某种事物及其匮乏扰乱心境。她拒绝让事物成为困境的象征，无论是精神还是环境的困难。她倾向于立刻克服它，坚持对生活采取行动，做主体，而不是客体。

虽然博根的出生和热烈的个性常常让她陷入泥沼，她却喜欢优雅的生活。她喜欢绘画、弹钢琴，喜欢纯粹的音乐，愿意被这些艺术引领以逃避生活的不如意。她的阅读涉猎广泛，她读菜谱，也读钢琴教程，书能让她的心情放松。博根在意自己的容貌，对衰老有一种自怜，试图保持"一幅有趣的面孔"[3]到老。这些特征，既来自母亲的影响，也来自对母亲影响的自我纠正。

---

[1] Louise Bogan, "The Letter to Morton D. Zabel," *A Poet's Prose: Selected Writings of Louise Bogan with the Uncollected Poems*, ed. Mary Kinzie (Athens: Swallow Press, 2004), p. 176.

[2] Marianne Moore, "Selected Criticism," in *The Complete Prose of Marianne Moore*, ed. Patricia C. Willis (New York: Viking Penguin Inc., 1987), pp. 484-487.

[3] Louise Bogan, "The Letter to Modon D. Zabel," in *A Poet's Prose: Selected Writings of Louise Bogan with the Uncollected Poems*, p. 149.

1936年，母亲生病后，博根在写给朋友的信中提到了她对母亲的复杂情感。她理解母亲的骄傲和美丽，母亲和生活的斗争，母亲的傲慢，她将自己的艺术天分归之于母亲家族的遗传，敬畏她身上的美和令人难以置信的精力。博根爱她，却又必须和这份爱抗争。[1]

　　同作为爱尔兰后裔，当摩尔在文字中温和而不乏幻想地构想爱尔兰时，博根因自己的真实体验抵触爱尔兰，她对爱尔兰身份并无认同感。博根曾到访爱尔兰，她的旅行记忆并不愉快。都柏林餐馆里带着拇指印或落有头发的餐盘，没有床头灯的旅馆房间，喧闹的人群，"爱尔兰镜子"中映现她老去的容颜，这些都令人沮丧。她在信中仔细描写了火车上与她交谈的旅客，他的病容、他贫穷的外表与他智慧的谈吐构成了一种反差，这些给博根留下深刻印象。[2]

　　博根对日常的观察可谓细致，她说都柏林不是一座城市，而是一个阴谋，因为那么多无动于衷的面孔在周围游走，她无法忍受"爱尔兰糟糕的品位"。都柏林的景象让她联想到爱尔兰诗人叶芝的诗句：

　　狂热者在这盲目而苦涩的小镇
　　发明的，
　　幻想或插曲……

——叶芝《老年的争吵》[3]

---

[1] Louise Bogan, "The Letter to Modon D. Zabel," in *A Poet's Prose: Selected Writings of Louise Bogan with the Uncollected Poems*, ed. Mary Kinzie (Athens: Swallow Press, 2004), pp. 146–147.

[2] Louise Bogan, "The Letter to Modon D. Zabel," in *A Poet's Prose: Selected Writings of Louise Bogan with the Uncollected Poems*, pp. 147–148.

[3] Louise Bogan, "The Letter to Modon D. Zabel," in *A Poet's Prose: Selected Writings of Louise Bogan with the Uncollected Poems*, p. 150.

她试图通过一个城市的景象理解叶芝，都柏林滋养了叶芝，正如佛罗伦萨滋养了但丁，博根却无法感知一个城市滋养伟大文学的秘密。

在漫长的写作生涯中，博根对身份的认同是摇摆的。她欣赏母亲家族凯尔特式的（Celtic）语言天分和活力，但她又拒绝认同这一身份，因为这一身份在美国属于少数族群，受到轻微的歧视，博根总在努力加入更"体面的"阶层。她也在和自己的天性做斗争，努力摆脱性别身份以及她自身无法遏制的浪漫冲动对写作的局限，在固守女性传统形象规范与反抗这种规范之中摇摆。

在她的早期写作生涯中，博根拒绝评论女诗人。她理解女性在生存与写作中的局限性，但一味批评只会强化女性写作的困难。随着她个人的阅历增长，她看到了诸多女诗人在情感、天分和创作成就方面的多样性，也理解社会文化以及生理在女性创作过程中制造的强大阻碍，"女人"和"诗人"这两种社会身份常常是彼此冲突的。她在1962年说："社会和宗教变革给女性的打击是真实的，在某些特定的时间和地点，使女性变得残缺不全。"[1]然而博根坚持女性的独立，她的文章和诗歌流露的叛逆观点表明她拥有敏锐的性别意识。她强调个性原则——在女性身上，这个原则既包含不同于别人的个性，也包含不同于男性的女性形象：女人不是男人的对立面或平等者，而是男人的补充，拥有独一无二的价值。在1963年的一篇书评中，博根写道，无论是在艺术还是在生活中，女诗人扮演着"不能"的角

---

[1] Jeanne Larsen, "Lowell, Teasdale, Wylie, Millay, and Bogan," in *Columbia Literary History of the United States*, ed. Emory Elliott (New York: The Columbia University Press, 1988), p. 228.

色,这应该是激动人心的事实而非令人沮丧的事实,有些事,女人不能做,或者不愿意去做,还有些事,她们做不好。[1]女性特质,是一种差异,而不是一种限制,女人的艺术必须与她所理解的女性特质保持一致。她对女作家发出忠告:要戒除谎言与虚荣,要恪守真理和自己的原则,要摆脱传统的性别刻板角色,她尤其批评"荡妇"和女人身上的"小女人气"。[2]博根不赞成女诗人描写生活中的隐私问题,不认同诸如罗伯特·洛威尔和约翰·贝里曼(John Berryman)那样的自白派(Confessional Poetry)诗人。

爱情在博根的生活中扮演了重要角色,也干扰了她的写作和独立思考。不过,博根在诗歌中对爱情进行了质疑和批判。在《一个浪漫女人的墓志铭》("Epitaph for a Romantic Woman")、《理解》("Knowledge")等诗中,她描写了爱情的幻灭:

她得到了
她梦想的永恒,那里,古老的石头躺在阳光下。
杂草轻抚着她,
节奏平稳而迅捷,像年轻男人正在奔跑。

她总是真诚地爱着
其他活着的人,——她听到了他们的笑声。
她躺在无人躺过的地方,

---

[1] Jaqueline Ridgeway, "The Necessity of Form to the Poetry of Louise Bogan," *Women's Studies* 5 (1977), p. 140.

[2] Jeanne Larsen, "Lowell, Teasdale, Wylie, Millay, and Bogan," in *Columbia Literary History of the United States*, ed. Emory Elliott (New York: The Columbia University Press, 1988) p. 227.

当然,也无人跟随。

——《一个浪漫女人的墓志铭》[1]

现在,我知道
热情极少温暖
泥土中的肉体,
而珠宝是脆弱的,——

我将躺在这里,理解
树,如何在它们的土地
投下长长的阴影,
和一种轻柔的声音。

——《理解》[2]

《离别之言》("Words for Departure")一诗描写了爱情悲剧性的结局:

……
从我走向其他人。

在一起;吃,跳舞,绝望,
睡,被威胁,承受。
你将明白那种方式。

---

[1] Louise Bogan, "Epitaph for a Romantic Woman," in *A Poet's Prose: Selected Writings of Louise Bogan with the Uncollected Poems*, ed. Mary Kinzie (Athens: Swallow Press, 2004), p. 357.
[2] Louise Bogan, "Knowledge," https://www.best-poems.net/louise_bogan/knowledge.html.

但最后,是无礼;
是荒唐——突然删除一切;
是疯狂——只是不许谈话
佩戴沉默中绽放的花。

离去,没有火把或灯笼,
使你的告别充满了某种不确定性。[1]

博根理解爱情是一种约束,不能成就一名女性的幸福,唯有孤独才能保证一名女性成为独立的人。然而,她却无法像摩尔那样克服激情的诱惑,也无法直面或处理两性关系中的压力或冲突。她对爱情始终有期待,对男性有哀怨,这使得博根对自身作为女性的事实既不甘,也无奈。

和博根相比,摩尔对个体身份的认同直接而坚定。她不信任情感。但令人惊讶的是,她能够屏蔽情感——摩尔对情感的排斥不仅表现在独身这种生活方式上,也表现在她的外在形象上。她晚年的斗篷和三角帽与其说是一种装饰,不如说是一种宣示。她在坚持个体独立性的同时,实现了博根所谓的性别"差异",做一名女性似的女性,而非男性似的女性。《观察》中的有些诗歌呈现了摩尔作为一名女性被"冒犯"的时刻,摩尔在反击的同时,维持着教养,并未流露博根诗歌中的那份感伤。诗集开头第一首诗《致一只墙壁里的老鼠》("To an Intra-Mural Rat"),讽刺某些自以为是的"男人"如"墙壁里的老鼠",在诗人的意

---

[1] Louise Bogan, "Words For Departure," in *A Poet's Prose: Selected Writings of Louise Bogan with the Uncollected Poems*, ed. Mary Kinzie (Athens: Swallow Press, 2004), p. 356.

念中一闪而过；在《被你喜欢是一种灾难》（"To Be Liked by You Would Be a Calamity"）中，"出鞘的手势"是武器，尖锐地指向那样道貌岸然的男性。在必须回击的时刻，摩尔毫不犹豫，这种反抗，如同"当障碍物阻碍/进程时——水就自动上升"那样自然。摩尔在坚持自我——认同自己的爱尔兰血统、诗歌前辈、性别身份以及她与母亲的关系——和反抗社会对女性的敌意之间，达成了一种健康的平衡。

博根理解摩尔的自我克制和反抗，只是她自己难以实现。她缺少一个可以提供助力的母亲，更缺少摩尔冷静疏离的天赋，她常常在激情中迷失。博根知道自己需要突破的是"记忆"以及"欲望"，这两种事物使她没有自由可言。在经历了苦涩的童年、两段不甚美好的婚姻之后，博根理解了自由的珍贵。然而，三十九岁时，博根再次陷入一场持续八年的爱情。她爱上了一名比自己年轻的工程师，好在这份介于情人、母亲和导师之间的爱，是令人愉悦的，她可以轻松地给予和接受。

自由最终随年龄而来，五十多岁的时候，博根可以从容地谈论自由、爱，谈论那些令她着迷、又逐渐被遗忘、被埋葬的人。她对事物——包括自然之物与艺术品——的爱开始取代对人的爱。晚年的博根，恢复了孩子似的心性，爱自然与艺术，爱钢琴与刺球，爱烹饪和家庭主妇角色，这些事物让她快乐而充实。除此之外，她对于诗歌创作，永远保持着独一无二的、不可取代的热情。

1970年，博根在纽约死于心脏病。随后，大量传记出版。其中伊丽莎白·弗兰克（Elizabeth Frank）撰写的《路易丝·博根：一幅肖像》（*Louise Bogan: A Portrait*）赢得了1986年的普利策奖。

（二）抒情冲动与形式约束

博根对摩尔的评价是准确的。她认为摩尔继承了两种传统，一方面，摩尔受到文艺复兴运动中洛可可艺术的滋养，具有好奇心和审美的包容性，"对其而言没有什么是异己的，对其而言人是一切的尺度"[1]。另一方面，摩尔又受到新教教义的确定影响，"摩尔小姐并非瑞士或苏格兰后裔，而是爱尔兰长老的后裔。因此，她是一个道德家（虽然是温柔的一个）和苛刻的——当然也是灵活的——技巧者。"[2]博根看到了摩尔的融合力量，她能够以一种"朴素的风格"携带"宏大的雄辩"，将博物馆和寓言中的物与自然的生物并置，专注于将这个世界的善——自然的，或者人为的——与想象融合在一起。博根将摩尔推崇为美国诗歌的精神领袖，或者始祖母的角色——"短暂与粗野在她的手上变得长久而文雅。她是一个漫长过程的延时产品。她同时成为一个当代美国诗人，一个17世纪的幸存诗人，以及那些永恒的、纯粹的精神领域的土著：那里，没有尘土，生命就像一片柠檬叶，/一片结实的、半透明的绿色羊皮纸。"[3]

博根也像摩尔一样，努力让自己归属于一种传统。在访谈中，博根说起她的诗歌与一个"有用的过去"的关联。这个"过去"建立在古典文学基础上，包括拉丁文学、色诺芬和《荷马史诗》……[4]但博根更重视的是与她时代相近的女诗人蒂斯代尔（Sara Teasdale）、吉尼（Louise Imogen Guiney）、里斯（Lizette

---

[1] Louise Bogan, "American Timeless," in *The Critical Response to Marianne Moore*, ed. Elizabeth Gregory (Westport: Praeger Publishers, 2003), p. 143.
[2] Louise Bogan, "American Timeless," in *The Critical Response to Marianne Moore*, p. 144.
[3] Louise Bogan, "American Timeless," in *The Critical Response to Marianne Moore*, p. 145.
[4] Jaqueline Ridgeway, "The Necessity of Form to the Poetry of Louise Bogan," *Women's Studies* 5(1977), pp. 137–138.

Woodworth Reese）等女诗人的诗歌。博根站进了这些前辈女诗人的行列，她认可从萨福（Sappho）到现代女诗人的成就，相比于男诗人，女诗人更多的贡献在于抒情诗歌，女诗人的才能也主要在抒情，在女性那里，精神中最珍贵的是情感的强烈。在这一点上，博根与摩尔的分歧开始显现。

摩尔自觉接受了一种更古老、更深厚的文学传统的熏陶，注重培养自己的力量和控制，运用复杂的语法与形而上学思辨增强诗歌的深度，却刻意忽略了过去时代的女性诗歌传统。她在拒绝浪漫主义诗歌的抒情模式和韵律追求时，也在摆脱传统女性诗歌的刻板模式。博根则借助前辈女诗人，接近了抒情诗，她强调情感对诗歌的重要性，没有情感灌注生命的诗歌，是暗淡无光的，就像一个人造的"雏形人"，不是激情孕育的产物，而是博学的炼金术士在狭长的试剂瓶中制造出来的，缺少一种虽然危险但必不可少的身体的——也许特指女性的——力量源泉。[1]女性不仅是一个主体，还是一种形式原则，可以振兴并强化抒情性语言。在1947年的一篇重要论文《心灵和七弦琴》（"The Heart and the Lyre"）中，博根写道，女性如果"由于时代的压力或错误的自我意识"而放弃情感，必将导致一种"匮乏"。[2]在对凯特琳·托马斯（Caitlin Thomas）的著作《扼杀多余生命》（*Leftover Life to Kill*）一书的评论中，博根说，人类社会的法则总是强迫所有的青年人学习如何压制情感，走向冷静与成熟，从古希腊起，就习惯于采取种种方式净化人的情感，让理智约束人的灵

---

[1] Elizabeth P. Perlmutter, "A Doll's Heart: The Girl in the Poetry of Edna St. Vincent Millay and Louise Bogan," *Twentieth Century Literature* 23.3 (Oct.1977), pp. 157–179.

[2] Jeanne Larsen, "Lowell, Teasdale, Wylie, Millay, and Bogan," in *Columbia Literary History of the United States*, ed. Emory Elliott (New York: The Columbia University Press, 1988), p. 230.

魂,让狂放不羁受到严厉的惩罚,使所有人都明白"单纯与狂热是可怕的"[1]。然而,事实却是,单纯的心与狂热的情感是取得任何超人成就所必不可少的;没有这两者,就没有艺术,只是这种艺术人格必然与现实生活产生痛苦的抵牾。

因为重视抒情,博根的诗相比于摩尔更依赖身体的性征,"冲动、倾听、歌唱的身体,比任何一种特征都有助于我们去理解艺术"[2]。在《炼金术士》("The Alchemist")一诗中博根写道,"毫无神秘可言的肉体——/并非精神的狂热本质——仍然/充满了不受意志约束的热情。"[3]肉体经受了精神和意志的炼炉之火,仍然存活着,并保有自己的热情。在《孤独的人》("Man Alone")[4]一诗中,"孤独的人"通过镜子和书页寻找自己的眼睛、头发、面容和笑声,通过"所有其他人的身体"证明自己的存在,肉体感受到的生命起伏最直接呈现了抒情诗的节奏与情感冲突。

博根对抒情的偏好导致了她的诗歌中普遍弥漫的感伤与哀怨情绪,她常常以个人的痛苦遭遇为出发点,营造诗歌的真诚氛围和感染力。

博根也不无克制意识,她的克制来自两个层面。一方面,和摩尔一样,博根出生的家庭宗教氛围浓厚,信奉罗马天主教,信

---

[1] Louise Bogan, "Caitlin Thomas," in *A Poet's Prose: Selected Writings of Louise Bogan with the Uncollected Poems*, ed. Mary Kinzie (Athens: Swallow Press, 2004), p. 331.

[2] Jeanne Larsen, "Lowell, Teasdale, Wylie, Millay, and Bogan," in *Columbia Literary History of the United States*, ed. Emory Elliott (New York: The Columbia University Press, 1988) p. 231.

[3] Louise Bogan, "The Alchemist," https://www.best-poems.net/louise_bogan/the_alchemist.html.

[4] Louise Bogan, "Man Alone," https://www.best-poems.net/louise_bogan/man_alone.html.

仰与礼仪表现在日常生活的各个方面。家庭的宗教信仰、她在女子拉丁学校受到的教育皆在强调自我约束，她母亲对美与逻辑的热爱也对她产生了深刻的影响，这些影响汇聚为对形式的尊重——形式是内在的，也是外在的，是具体而有形的。它如同情感的外衣，是装饰，也是约束。

博根青睐的是外在的传统抒情格律形式，她不排斥抽象的理念，但抽象的理念在进入诗歌之前必须经受情感的浸润，最有意味的诗歌是技巧在其中担当了情感重负的诗歌。"情感重负"这一说法附和了蒂斯代尔1919年的文章。诗歌技巧承担"情感重负"的方式是创造恰当的形式，她利用传统抒情诗的形式法则锻造情感，展示英语诗歌的音乐性。抒情格律形式制造了博根诗歌的音乐性、韵律、轻重音的和谐，同时也将狂热的情感导向一种理性的宣泄。

另一方面，博根始终在对自己的生活进行艰难的反思和自救。她欣赏母亲在情感上的放纵和叛逆，但又仇恨这种放纵和叛逆。她极力在自己的人生道路上把控叛逆的幅度和方向，努力将自己的叛逆导向一种合理性。她意识到，叛逆必须受到适当的约束，否则就是可怕的堕落。抒情的肆意与约束两种相反的力在博根的诗歌中异常突出，她的评论家珍妮·拉森（Jeane Larsen）将这种冲突描述为"生存的心理学策略与艺术策略分别为她的诗歌形式和内容设置了不同的限制"[1]。的确，博根克制意识的生成，并不像摩尔那样，完全出于美学的考量，而更多来自生存层面的领悟。

和摩尔一样，博根亦通过诗歌表达自己的诗歌理念，她的第

---

[1] Jeanne Larsen, "Lowell, Teasdale, Wylie, Millay, and Bogan," in *Columbia Literary History of the United States*, ed. Emory Elliott (New York: The Columbia University Press, 1988), p. 227.

一本诗集《死亡的身体》中收录的《我的声音并不骄傲》("My Voice Not Being Pround")一诗定义了女性诗歌,否定诗歌中的声音要像一个强悍的女人那样肆无忌惮地叫喊。她在这首诗中向读者示范了她的克制,用整饬的形式约束了任性的"叫喊"。在《单独的十四行诗》("Single Sonnet")中,她将情感描述成一种"可怕的质量",需要诗歌形式——可靠的韵律和结构去承担。里奇韦(Jaqueline Ridgeway)指出,这首诗的打印稿标明这首诗是在克伦威尔·霍尔精神疗养院(Cromwell Hall)期间写的,博根于1931年曾在那里接受治疗[1],是博根在病痛之中的反思。

博根与摩尔由此形成了一种鲜明的反差:摩尔的诗歌带有老式的淑女教养和端庄的礼仪,但她的形式摆脱了传统韵律形式,哪怕是她引用的经典诗句,进入她的诗歌时也经过了变形,韵律、重音、格式的规律性在她的诗歌中趋向于消失。她对自我经验、情感的克制与对形式、语言的克制,在诗歌中结合为一种风格,就像蜗牛脚的缺席,不是一种残缺,而是一种隐藏的法则。博根的诗歌拥有狂放的情感和叛逆主张,但她的形式却拘谨而保守,她不曾将克制引向现代诗歌的形式创新,而是简单地寄托于传统格律诗的外在规范约束。

在她们主题相似的两首诗——博根的《罗马喷泉》("Roman Fountain")和摩尔的《没有天鹅这般精致》("No Swan So Fine")中可以看到这种差异:

从青铜座向上,我看见

---

[1] Jeanne Larsen, "Lowell, Teasdale, Wylie, Millay, and Bogan," in *Columbia Literary History of the United States*, ed. Emory Elliott (New York: The Columbia University Press, 1988), p. 229.

水,毫无瑕疵
在空中喷涌至静止,
抵达它的静止,再落下。

漆黑的阴影似的青铜座,
一个人造物件,
塑造了空中直立的
透明清澈的水流。

哦,如同拥有武器和锤子,
它仍然擅长努力
敲打出完整的形象,
回荡吼叫与结巴的话语,
当全力奔涌的水,活泼地
跟随夏日的空气
跃入喷泉池。

——博根《罗马喷泉》[1]

Up from the bronze, I saw
Water without a flaw
Rush to its rest in air,
Reach to its rest, and fall.

Bronze of the blackest shade,
An element man-made,

---

[1] Louise Bogan, "Roman Fountain," https://www.best-poems.net/louise_bogan/roman_fountain.html.

Shaping upright the bare
Clear gouts of water in air.

O, as with arm and hammer,
Still it is good to strive
To beat out the image whole,
To echo the shout and stammer
When full-gushed waters, alive,
Strike on the fountain's bowl
After the air of summer.

我们可以感受到,在这首诗中博根有意降低了抒情的调子,塑造意象的意图极为清晰。她把阴影一般沦陷在时间中的青铜座与活泼喷涌的水并置,静与动互相牵制,似乎在暗示古老的文化不断生发生动的现实。博根用了多个词形容青铜座的力量:"塑造"(shaping)、"敲打"(beat out)、"回荡"(echo)。这是一个努力与不可遏制的遗忘对抗的形象。这种对抗,展现了存在与时间、文明与衰落等现代性幽微意识。然而,这样的意识只能在抒情诗的刻板模式中闪烁,陈旧的韵律形式弱化了诗意的张力。

"没有水如同凡尔赛宫
干枯的喷泉这般平静。"没有天鹅——
带着阴郁盲目的斜视
和威尼斯船夫似的腿——如同
这只彩瓷天鹅这般精致,它有
浅棕色的眼睛和象征主人身份的
锯齿状金项圈。

被安置于路易十五
装饰着鸡冠状按钮,
大丽花,海胆,以及蜡菊
的枝状大烛台之上,
它栖息在斜逸而出的
雕刻精美的
花的泡沫中——优雅,高大。
而国王已死去。

——摩尔《没有天鹅这般精致》[1]

"No water so still as the
dead fountains of Versailles." No swan,
with swart blind look askance
and gondoliering legs, so fine
as the chintz china one with fawn-
brown eyes and toothed gold
collar on to show whose bird it was.

Lodged in the Louis Fifteenth
candelabrum-tree of cockscomb-
tinted buttons, dahlias,
sea urchins, and everlastings,
it perches on the branching foam
of polished sculptured
flowers – at ease and tall. The king is dead.

---

[1] Marianne Moore, "No Swan So Fine," in *The Poems of Marianne Moore*, ed. Grace Schulman (New York: Penguin Group Inc., 2003), p. 189.

和博根的诗相比，摩尔这首《没有天鹅这般精致》中的意象更为突出。两节诗具备音节的对称性，词语与词语之间有隐韵的呼应，构成诗歌端庄而不失活泼的外部现实。静美的瓷天鹅与干枯的喷泉，分别代表古文化的永恒与断裂，矗立在时间深处。艺术与有限的个体生命、古老文明与现实的对立，引人深思。意义的"延异"与音节形式的节制之间保持着微妙平衡。

摩尔始终具有变革诗歌形式的自觉意识。她理解创新是现代诗歌的使命之一，赞成意象派诗人对于革新形式的主张，认为新的思想需要新的形式去表达，一个诗人的独特性在自由体诗中比在传统格律形式中能得到更好表达。因此，摩尔的缄默与克制有气质、教养、经历的缘故，但更多出于天赋展示和压力之下的技术考量。她果断放弃了传统抒情诗的形式，完成了形式创新，创造了包含音节形式、隐韵和内在张力的自由体形式，她的诗歌形式参与了塑造诗歌的深度。"对于摩尔而言，一首诗不是一种功能性的表达，相反它是一种语言秩序。诗人的作用不是去说什么，而是去创造性地排列秩序，将我们的所说再想象化。"[1]摩尔在写作中的克制，亦是一种反抗。她的诗歌作为"经验的语言学媒介"，可以"被视为无结论性地遭遇一种文学传统和更大的表达体系，修正并扰乱了这些秩序"[2]。

随着现代诗歌的影响扩大，传统抒情诗形式逐渐过时，博根也在努力靠近现代诗的自由形式，注重创造诗歌内部结构的张力，为情感寻找新的"外衣"和支撑物。她的现代性特征最突出表现在语词上。在写给凯蒂·洛凯姆（Katie Louchheim）的信中

---

[1] Taffy Martin, *Marianne Moore: Subversive Modernist* (Austin: University of Texas Press, 1986), pp. 121–122.

[2] Jeanne Heuving, *Omissions Are Not Accidents: Gender in the Art of Marianne Moore* (Detroit: Wayne State University Press, 1992), p. 25.

博根透露了自己的语言偏好。她告诉这位年轻诗人，要留意倾听名词和动词，以短句开头，让它们干脆。"留意倾听"是最好的写作技法实践。必须削减句子，用最小的形容词，争取不用副词。尽可能不带修辞（barely）地写，"全力冲刺"地去写，再逐渐放慢速度，保持感觉的新鲜和张力。[1]对待创作始终要苛刻，运用理性，注重遣词造句。博根说："不要担心时间或空间！我们总是可以切割或者修订。"[2]

同时，博根也在领悟摩尔那种客观性美学的力量所在，意识到私人化情感给诗歌带来的损伤，努力对此进行纠正。她不断吸收现代主义诗歌技巧，削减自己诗歌的个人化色彩，戒除矫揉造作和多愁善感等刻板女性特征。比如，在《肖像》（"Portrait"）一诗中，她能将个人化的痛苦遭遇推至一种普遍性的两性关系，揭示其中必然的痛苦和失落，最后又将这种关系放置在过去的时间中，让它作为一种记忆变成遥远的往事：

她不必担心收获
从果园的梯子尽头
落下，不必担心潮水
从陡峭的沙滩消退。

不任由痛苦蔓延
她身体的堡垒，刻板而荒凉，
也不做一面镜子，去预见

---

[1] Louise Bogan, "The Letter to Katie Louchheim," in *A Poet's Prose: Selected Writings of Louise Bogan with the Uncollected Poems*, ed. Mary Kinzie (Athens: Swallow Press, 2004), pp. 173–174.

[2] Louise Bogan, "The Letter to Josephine O'Brien Schaefer," in *A Poet's Prose: Selected Writings of Louise Bogan with the Uncollected Poems*, p. 193.

另一个人的蹂躏。

她已得到和失去的,
她不会再失去。
她,曾被男人所爱,现在
被时间拥有。[1]

只是,博根始终没有达到摩尔的那种高度,没有站进现代诗人的行列。她的诗过渡性特征明显,虽然她探索了现代诗歌中非个人化的自我克制和约束,但形式却停留于传统、外在的约束形式,无法成为诗意深化的助推器,反而弱化了她作为一名女性被现代精神所激发的反抗意识、愤怒和嘲讽。

摩尔和博根所处的现代诗歌语境,是男性诗人主导的时代。在艾略特等人纠正浪漫主义诗歌的自我主义偏执、提倡去除自我的非个人化写作风格时,也有些女诗人开启了相反的探索,诗人奥斯特里克将这种探索描述为女性"自发的自我定义"[2]。她们与现代诗歌潮流逆向而行,通过诗歌重新定义、揭示被文学传统遗忘或遮蔽的女性自我,其起点通常是女性的身体。她们不再回避展示自己作为一个女性的性征,反而以此作为反抗男性主导的文学传统的基点。

摩尔明确抵制这种"女性诗歌"。她依照自己对于诗歌的理解创作诗歌,与时代普遍蔓延的厌女主义心态进行持续较量,她坚持现代诗歌的美学方向——反镜像似表达,反对浪漫主义对自我的神圣化和神秘化,排斥稳定抒情的"自我",并不寻求在她

---

[1] Louise Bogan, "Man Alone," https://www.best-poems.net/louise_bogan/portrait.html.
[2] Alicia Ostriker, *Stealing the language: Emergence of Women's Poetry in America* (Boston: Beacon Press, 1986), p. 11.

所描述的文化中进行刻意的自我或性别身份的映照,在她的写作态度中包含着一句潜台词:努力做一名优秀的诗人即意味着成为一名真正的人和女人。

如博根自己所说,创作中如何选择是一种才能,正如品味也是一种才能,归根到底,作品中的得失是才能的较量。博根对诗歌的定义受制于她的性别意识,坚持"性别对经验和真理表达形式的塑造力量"[1],她缺少摩尔的创新意识和天然的理智,没能真正克服时代的局限性。批评家蒲柏(Deborah Pope)在《一种分离的愿景:当代女性诗歌中的孤独》(A Separate Vision: Isolation in Contemporary Women's Poetry)一书中说,"在博根的斗争后面,是唯我论的幽灵,这一幽灵比她试图逃避的孤独具有更隐秘的封闭性。"[2]博根对非个人化主张保持着质疑,抵制这一原则后的男性模式,抵制传统文学中女性的非个人化的客体身份,她未能从这种原则中看到女性诗歌的生长点,因而她的抵制反而束缚了她对诗歌形式的创新。作为一个个案,博根在创作上的欠缺正好说明了吉尔伯特和古柏在《无主之地》(No Man's Land)一书中所分析的,男性在现代主义中占据的主导地位,导致了女性抒情诗人要以自我表达的方式进行反抗。[3]

不应忽略的是,在博根的唯我主义倾向中,包含着一种清醒的现代意识和孤独感,是一名女性"精神上的异化或边缘化"[4]的生命体验,这也是为什么她并不接受自己的作品被简单归类为

---

[1] Jeanne Larsen, "Lowell, Teasdale, Wylie, Millay, and Bogan," in *Columbia Literary History of the United States*, ed. Emory Elliott (New York: The Columbia University Press, 1988), p. 231.

[2] Deborah Pope, *A Separate Vision: Isolation in Contemporary Women's Poetry* (Baton Rouge: Louisiana-State University Press, 1984), p. 40.

[3] Jeanne Larsen, "Lowell, Teasdale, Wylie, Millay, and Bogan," in *Columbia Literary History of the United States*, p. 228.

[4] Deborah Pope, *A Separate Vision: Isolation in Contemporary Women's Poetry*, p. 9.

女性诗歌的原因。博根虽然延续了女性诗歌"抒情式的忧伤"以及对爱情与死亡的思考，延续了传统抒情诗形式，但她也凭借一种艺术家的本能，让自己的诗歌有限地摆脱抒情诗的束缚，尽可能遵从其审美的有效性。在她的诗歌中，精致的韵律形式表达了突破禁忌的情感，携带着一种不可被驾驭的、不安的力，这股力强化了她诗歌的音乐感，在一定程度上突破了传统女性诗歌的刻板形象。

摩尔敏锐地辨识出博根的成就，她评价道，女性很少因简洁而闻名，但博根的艺术是"被压缩的紧凑"，"运用了一种伪造的修辞"[1]，博根能够将情感等同于形式，从内在强度出发建构外部形式的核心。在20世纪初诗歌转型时期，两位女诗人在思考方向上保持了内在的契合。

---

[1] Marianne Moore, "Compactness Compacted," in *The Complete Prose of Marianne Moore*, ed. Patricia C. Willis (New York: Viking Penguin Inc., 1987), p. 367.

第2章 还 原

摩尔对动植物的描写，坚持了一种还原法。所谓还原，主要有三层含义：一是她将这些物当作艾略特所谓的"客观对应物"或者史蒂文斯所说的"物自身"，物成为语言抵达的终点；二是放弃作者与这些事物之间反映与被反映、刻画与被刻画的对应关系，摹写物而非主观抒情，还原物的生命细节，让物自我呈现；三是尊重物本身的生命价值，让它们摆脱附加其上的各种象征，成为独立的主体。

这种还原式书写，用巴赞的话来说，是摆脱"权威主体对物质世界的殖民倾向"[1]。在技术高度发展的时代，摩尔的还原法，连同她的克制，界定了诗人无边的想象和自我意志，赋予诗歌一种客观性，通过维护物的尊严重建了人与物质世界的深刻关联。

这一创作方法，与美国实用主义哲学的影响密切相关。

一、美国腔调与诗的"物性"

19世纪末、20世纪初，欧洲各种思潮，包括新黑格尔主义、叔本华思想、达尔文进化论、马克思主义、尼采哲学、伯格森生

---

[1] Victoria Bazin, *Marianne Moore and the Cultures of Modernity* (Farnham: Ashgate Publishing Limited, 2010), p. 75.

命意志论、弗洛伊德学说等相继涌入美国，最后汇合成哲学的爆发：美国实用主义的兴盛。[1]

实用主义哲学普遍影响了美国现代派诗歌。美国现代派诗歌的主要创始人以及重要代表，如弗罗斯特、史蒂文斯、艾略特以及摩尔等人都与实用主义哲学家有很深的交集。弗罗斯特、史蒂文斯、艾略特等人在哈佛求学时，正是威廉·詹姆斯、桑塔亚纳（George Santayana）等实用主义大师任教哈佛之时。这些诗人要么听了后者的课程，要么与后者有密切的私人交往。摩尔虽然无缘进入哈佛，但她在布林莫尔学院求学阶段与威廉·詹姆斯的女儿佩吉·詹姆斯有过一段密切交往，她在家信中多次提到了詹姆斯家族和实用主义哲学演讲，对实用主义哲学表现出浓厚的兴趣。

安德鲁·艾普斯坦（Andrew Epstein）指出，就其对诗歌的影响而言，实用主义可以被视为一种美国腔调（idiom）——一种特定的音调、气质、接近世界的方式[2]，为美国现代诗人带来了新的启示。

在实用主义发端于美国之际，诗歌领域最有影响的是法国象征主义。然而，正如卡西尔（Ernst Cassirer）在《语言与神话》（*Language and Myth*）中所说的："所有的象征主义都承受着间接性的诅咒。"[3]象征阻碍人们接近现实，加剧了个体（人和客体）对体系的依附性。因为这种间接性，词无法抵达物，词被理念覆盖。实用主义哲学为美国现代诗人指出了突破象征、贴近物的新

---

[1] Thelma Z. Lavine, "Pragmatism and the Constitution in the Culture of Modernism," *The Culture of Modernism* 20.1(1984), pp. 1–19.
[2] Andrew Epstein, *Beautiful Enemies: Friendship and Postwar American Poetry* (New York: Oxford, 2006), p. 55.
[3] Michel Benamou, *Wallace Stevens and the Symbolist Imagination* (Princeton: Princeton University Press, 1972), p. xiii.

方向，这也是现代诗歌最具冲击力的方向。从总体上说，美国现代诗人抗拒"将谨慎的物读成任何事物的表达或象征而不是它们自身"[1]。

（一）摹写作为一种行动，要向物质世界敞开

实用主义哲学的宗旨之一在于糅合启蒙主义和浪漫主义，形成一种专属于美国的哲学，以突破工业化给社会生活带来的挫败感与沉闷感。这种哲学是开放的，不再像欧洲传统哲学那样试图建立一个中心或者一个统一标准。威廉·詹姆斯将实用主义比喻为旅馆里的一条走廊，这条走廊和许多房间相通，每个房间的人在做不同的事，思考不同的问题，但这条走廊属于大家，将所有人连接起来。"实用主义的方法，不是什么特别的结果，只不过是一种确定方向的态度。这个态度不是去看最先的事物、原则、'范畴'和假定是必需的东西，而是去看最后的事物、收获、效果和事实。"[2]它具有很强的包容性。

实用主义哲学"以拒绝寻求确定性的方式来反对认识论为主角的传统哲学"，[3]杜威（John Dewey）指出，哲学传统认为对确定性的寻求即是寻求可靠的和平，寻求一个没有危险、没有由动作所产生的恐惧阴影的对象[4]。然而，完全确定的寻求只能在纯认知活动中才能实现，这种哲学必然割裂人和物质世界的关联，"自我意识在先的观点导致了一种彻头彻尾的主观主义，因

---

[1] Victoria Bazin, *Marianne Moore and the Cultures of Modernity* (Farnham: Ashgate Publishing Limited, 2010), p. 29.
[2] 威廉·詹姆斯：《实用主义：一些旧思想方法的新名称》，陈羽纶、孙瑞禾译，中国青年出版社，2013，第42—43页。
[3] 康乃尔·韦斯特：《美国人对哲学的逃避：实用主义的谱系》，董山民译，南京大学出版社，2016，第2页。
[4] 约翰·杜威：《确定性的寻求——关于知行关系的研究》，傅统先译，上海人民出版社，2005，第5页。

禁在观念的帷幕之中，使得观念和事物之间、意识和实在之间、主体和客体之间没有可靠的桥梁。"[1]

实用主义哲学深受胡塞尔（Edmund Husserl）现象学（phenomenology）的影响，主张回到事物本身（to the things themselves）"，抑制主观主义，不追究事物是否真实，只观察眼前之物，让它自我显现，并不把事物硬塞进固有的观念框架中。实用主义充分肯定物质世界，认为物质是联结主体和客体的桥梁，可以解决形而上学的争辩，"物质确是无限而不可思议地精致的……物质总是和生命的目的合作并对生命的所有目的有用的"[2]，在对一个客体（物）的思考中有着完美的清晰。

威廉·詹姆斯倾向于将世界理解为由一个个分子式的微小个体组成的生动形式。他在1899年写给亨利·怀特曼（Henry Whitman）小姐的信中说："我反对巨大和伟大的所有形式，赞成不可见的分子式的道德力量，道德力量的有效从个人到个人，通过世界的缝隙偷偷进入，就像这么多柔软的小枝丫那样，或者像水中毛细状的软泥一般，可是却撕碎了坚硬的人们骄傲的纪念碑，如果你留给他们时日，你处理的单元越大，那么生活展示的东西就越空洞、越粗俗、越虚假。"[3]无数分散的个体彼此之间的聚散构成了物质世界的"情节"。

和威廉·詹姆斯一样，杜威也肯定个体的生动形式，"一切所知觉的对象都是个别的。它们本身是一些完备自足的整体。任何直接经历的东西都是具有独特性质的；各自有它安排题材的中

---

[1] 康乃尔·韦斯特：《美国人对哲学的逃避：实用主义的谱系》，董山民译，南京大学出版社，2016，第59页。
[2] 威廉·詹姆斯：《实用主义：一些旧思想方法的新名称》，陈羽纶、孙瑞禾译，中国青年出版社，2013，第66页。
[3] 康乃尔·韦斯特：《美国人对哲学的逃避：实用主义的谱系》，第81—82页。

心点,而这个中心点是永不确切再现的。"[1]在这个基础上,杜威肯定行动的意义,通过行动,我们可以从纯认知领域转向物质世界以追求确定性。行动与危险相关联,因为经验的结果是不确定的,它的后果悬而未决,但行动可以把危险的情境变成一个探究的对象,"有生命的意思即指一连串连续不断的动作,其中前面的动作为后面的动作的产生准备了条件"[2]。行动针对的必然是具体事物:"通常的人对于疑难不决的情况是不耐烦的;急于要排除这种情况。一个受过训练的人则喜欢有问题的东西,珍赏它,一直到发觉一个经过考验证明的解决办法为止。有问题的东西便变成了一种主动的疑问,一种寻求;这时已不再是确定感的一种想望,代之而起的是寻求一种对象,人们可以利用这种对象使晦暗不定的东西发展而成为稳定清晰的东西。"[3]

实用主义哲学将人的注意力从理论拉回到物质世界,从固定的原则、封闭系统和假设的绝对转向具体,转向事实和行动。[4]诗人的创作作为一种摹写行动,也要面向实在,而这个实在是"不断在创造的,其一部分面貌尚待未来才产生"[5]。摹写是与"实在"相互作用并促成"实在"生长、有效显现的一种方式。"真理根本就不是什么东西的摹本,而只是直接被知觉的、存在于两个人造的心理事物之间的一种关系。"[6]这种方式,是桑塔格(Susan Sontag)所描述的对感觉的挽救,现代文化变成了一

---

[1] 约翰·杜威:《确定性的寻求——关于知行关系的研究》,傅统先译,上海人民出版社,2005,第181页。
[2] 约翰·杜威:《确定性的寻求——关于知行关系的研究》,第173页。
[3] 约翰·杜威:《确定性的寻求——关于知行关系的研究》,第176页。
[4] David M. LaGuardia, *Advance on Chaos, The Sanctifying Imagination of Wallace Stevens* (Hano ver: University of New England, 1983), p. 11.
[5] 威廉·詹姆斯:《实用主义:一些旧思想方法的新名称》,陈羽纶、孙瑞禾译,中国青年出版社,2013,第158页。
[6] 威廉·詹姆斯:《实用主义:一些旧思想方法的新名称》,第244页。

种基于过剩、基于过度生产的文化,现代生活的所有状况——其物质的丰饶,其拥挤不堪——结合在一起,钝化了人们的感官,我们感性体验中的那种敏锐正在逐步丧失。"现在主要的是恢复我们的感觉。我们必须学会去更多地看,更多地听,更多地感觉。我们的任务不是在艺术作品中去发现最大量的内容,也不是从一件清楚明了的作品中榨取更多的内容。我们的任务是削弱内容,从而使我们能够看到作品本身。"[1]

摹写,不再是占有客观世界的行动,而是呈现客观世界的行动,是一种共生性的创造,是回到一个开放的、未完成的、有缺陷的世界,接受经验的不可追溯性和经验之为实在本质的不完全性。在这个世界中,事实不会以单一、完美的形式呈现,一个人因此有必要"去看他自己以及其他方面,去感知他的对手所感知的"[2]。因此,根本不在于摹写,而在于丰富原有的世界:"新来者必须考虑我的存在,必须这样地作用于我的存在,而使双方都得到好处。如果为此目的而必须摹写,那就让它摹写,否则就不必。"[3]摹写由此变成经验的一部分,一种不断延伸的过程,充实客观世界本身。"我们的经验的一个基本特点就在于它是一个转变的过程。在任何时刻对一个信仰者说来的真理,总好像一个人在雾中行进时的视野,或好像英小说家埃利奥特所说的'小鱼在大海之透视的极限'一样,是受到后一个时刻的扩大和鉴定的;经过扩大和鉴定,这客观视野或者是改变了,或者保持不

---

[1] 苏珊·桑塔格:《沉默的美学》,黄梅等译,南海出版公司,2006,第11—12页。
[2] Marianne Moore, "Henry James as a Characteristic American," in *The Complete Prose of Marianne Moore*, ed. Patricia C. Willis (New York: Viking Penguin Inc., 1987), p. 321.
[3] 威廉·詹姆斯:《实用主义:一些旧思想方法的新名称》,陈羽纶、孙瑞禾译,中国青年出版社,2013,第241页。

变。"[1]经验的故事可用狂热的诗章表述出来,"随着了解的增加,每一时刻的经验都变成是相因而生的,并能预知其余的经验。生活中寂静处充满了力量,而奋发处充满了机智"[2]。

实用主义哲学的导向与现代派诗歌乃至整个现代派艺术界盛行的"大范围的叛逆意识"[3]是一致的。在现代艺术(诗歌)这里,创作行为(摹写)本身与最终的作品一样重要,甚至更重要。

(二)清除"间接性的诅咒"

在实用主义哲学影响下,美国现代诗人不约而同开始了回归物质性的探索。

作为一个具有开创性的美国诗人,惠特曼的诗就表现出明显的物质性。他欣赏物质生命,歌唱"带电的肉体"。接着是庞德、弗林特(F. S. Flint)等人发起的意象派诗歌运动对物的聚焦。这一运动主要针对矫揉造作、华而不实的维多利亚诗风,旨在从根本上扭转诗坛的颓势。庞德和弗林特在《诗刊》发表意象派纲领的三个重要原则,其中之一即直接处理事物。意象派诗歌作为一个文学派别,虽然只持续了从1914到1917年的四年时间,但影响深远。郑敏评价:"意象派虽然只存在几年,但却像一块跳板,使得诗从以农业为主要生产手段、工业仍在萌芽状态的18—19世纪的历史时代,跃入了科技高度发达的现代化时代。"[4]诗歌开始脱离史诗的、田园牧歌的、抒情(形而上学)

---

[1] 威廉·詹姆斯:《实用主义:一些旧思想方法的新名称》,陈羽纶、孙瑞禾译,中国青年出版社,2013,第246页。
[2] 威廉·詹姆斯:《实用主义:一些旧思想方法的新名称》,第112页。
[3] Meyer Schapiro, "Rebellion in Art," in *America in Crisis*, ed. Daniel Aaron (New York: Alfred A. Knopf, 1952), pp. 205-206.
[4] 郑敏:《英美诗歌戏剧研究》,北京师范大学出版社,1982,第17页。

的领域，触及现实生活，让社会图景进入诗歌之中。

意象派将诗歌改革的重点定为意象塑造，而非形式建构。庞德批判传统诗歌，同时也批判软弱的自由体诗人。他说："自由体诗确实像它以前任何一种柔弱无力的诗歌一样，变得冗长、啰苏……就如我们的前辈们，甚至在没有任何理由的情况下也堆砌大量词汇，以填满格律，或完成一种'韵律——声音'的噪杂。"[1]他与艾略特的观点一致。对于要想写出好诗的人来说，没有任何诗是自由的。

意象派塑造意象的方法，受到了东方古典美学的影响。庞德读过曾到中国研究古典诗歌艺术的费诺罗萨（Earnest Fenollose）的遗稿，费诺罗萨说，"汉字乃绘画之速写，一行中国诗就是一行速写画"，"一个汉字就是一个意象（a image），一首诗就是一串意象"[2]。这些观点给了庞德启发。他将意象理解为理智和情感刹那间的复合体，具有思想的活力，蕴含了"主客相融""以物观物""物我两忘"等东方美学精神。意象贴近具体事物，建构的是准确的物质关系，具体的事物组成了语言。虽然意象派如艾普斯坦所指出的，具有固化意象的危险，与实用主义倡导的充满行动、转折、变化和流动性修辞的腔调并不完全一致[3]，但在将"物"作为核心因素这一点上，意象派的理念与实用主义哲学深深契合。

艾略特用"描述性"这一概念表达了类似于意象派诗歌的主张。在给摩尔1935年的《诗选集》撰写的序言中，艾略特归纳了两大类型的诗："描述性"（descriptive）的诗以及"抒情性"

---

[1] 庞德：《回顾》，载于伍蠡甫《西方古今文论选》，复旦大学出版社，1984，第421页。

[2] 谢谦：《庞德：中国诗的"发明者"》，载于《读书》2001年第10期，第77页。

[3] Andrew Epstein, *Beautiful Enemies: Friendship and Postwar American Poetry* (New York: Oxford, 2006), p. 55.

(lyrical）或戏剧性（dramatic）的诗。"描述性的诗可以追溯到某个时代，并且相应地受到了批评；但它的确是永恒的表达模式之一。18世纪——或者说产生了《库柏山》（'Cooper's Hill'）、《温莎森林》（'Windsor Forest'）和格雷的《挽歌》（'Elegy'）的时代——描述的风景背离了对一种或另一种事物的沉思。浪漫主义时代的诗，从拜伦最糟糕的诗到华兹华斯（William Wordsworth）最好的诗，都在反思和回忆之间摇摆；但那种描述，呈现在你面前的图画，总是出于同样的目的矗立在那里。"[1]在"描述性"的诗中，作者站在诗歌之外，重点是描述的对象，艾略特称之为客观对应物。

对物的关照使得现代诗与视觉产生了紧密关联。艾略特指出，"根据我的理解，'意象主义'的宗旨，或者就它所拥有的部分宗旨而言，是要对某种视觉图景引入一种特别的观照，由此激发层层扩散的、同心圆似的情感。"[2]威廉·詹姆斯也看到了这一点，他在《自传》中写道："（文学作品）据此始触及那些实实在在的东西。脱离开纯粹想法之上的文学表达使诗歌与绘画创作得以更紧密的结合。"[3]他们用客观性的视角摹写自然的、心智的思考依靠视觉形象得到框限和校正。爱默生细致地阐述了这种看和摹写："在阳光下，把它们的形象刻画在视网膜上，同样，分享着整个宇宙的抱负的客体，趋于将其本质的更精巧的副本烙在人的心智里。如同事物变形为更高级的有机形式，它们变成了旋律。每一件物上都有它的魔鬼或灵魂，就像事物的形式为眼睛

---

[1] T. S. Eliot, "Introduction to Selected Poems by Marianne Moore," in *The Critical Response to Marianne Moore*, ed. Elizabeth Gragory (Westport: Praeger Publishers, 2003), p. 107.

[2] T. S. Eliot, "Introduction to Selected Poems by Marianne Moore," in *The Critical Response to Marianne Moore*, p. 107.

[3] William Carlos Williams, *The Autobiography of William Carlos Williams* (New York: New Directions, 1967), p. 236.

所映照，事物的灵魂则为旋律所映照。大海、山脉、尼亚加拉大瀑布以及每一只花盆都'先在'或者'超存在'于'超前旋律'里，犹如飘溢空中的香味。一个听觉灵敏的人从旁走过，他会无意中听到这些超前旋律并会努力把这些音符忠实地记录下来——既不淡化也不使之走样。"[1]

摩尔和史蒂文斯不属于意象派诗人，诗歌风格也迥异，但在贴近物、清除"间接性的诅咒"的探索中，他们的方向是一致的，并且不约而同地突出了视觉对于诗歌创作的重要意义。

摩尔和史蒂文斯表达了相似的还原冲动，他们抵制现代文明屈从于黑暗、瘟疫一样蔓延的复杂性，象征如烟尘覆盖了物，这是前一代诗人如马拉美（Stephane Mallarme）等已领受过的语言的失败——苦恼于无法物质地呈现事物，而倾向于沉默[2]。摩尔和史蒂文斯以及其他同时代诗人渴望突破这种"视域性的绝望"（哈罗德·布鲁姆语），像马拉美一样追寻一种"未被修辞或偏离触及的"诗歌：马拉美绝望于无法将世界物质性地移入词语之中，而摩尔、史蒂文斯等人希望借助诗歌回到现实——"直接回到客体……在它是其所是的那个点上。"[3]

在《光谱原色时代》（"In the Days of Prismatic Color"）一诗中，摩尔明确提出了"还原"的意图。她运用否定句式回溯到一个原点，那是亚当孤身一人的时代，人与人的关系尚未建立，没有"早期文明艺术的／雕琢"，没有象征，没有话语笼罩物：

并非亚当和夏娃共同生活的时代，而是亚当
　　孤身一人的时代；没有烟尘，没有

---

[1] 哈罗德·布鲁姆：《影响的焦虑》，徐文博译，江苏教育出版社，2006，第136页。
[2] Michel Benamou, *Wallace Stevens and the Symbolist Imagination* (Princeton: Princeton University Press, 1972), p. xiv.
[3] Michel Benamou, *Wallace Stevens and the Symbolist Imagination*, p. xv.

> 早期文明艺术的
> 　雕琢，色彩只因它的本色
> 而美丽的时代；没有任何修饰，只有
>
> 雾升起，斜线不过是
> 　垂直线的变异，一切清晰可见
> 　　亦可明白解释……[1]

文明的发展带来了人与物之间的隔阂，这意味着"我们不是直接地，而是间接地去看，我们没法矫正我们所具备的这些有色的、歪曲的眼睛，或者说，我们无法去计算它们的错误。"[2]诗人看待物的目光混合着文明的杂质，由此而生的复杂性并非全是错误，摩尔可以分辨诗性的"复杂不是一种罪"，但过分复杂就会导致混乱和晦涩，如同一种瘟疫：

> 复杂不是一种罪，除非
> 它变得晦涩，
> 不再清澈。此外，
> 复杂已屈从于黑暗，却不承认
>
> 自己是一种瘟疫，到处弥漫，
> 　仿佛要以阴暗的谬误

---

[1] Marianne Moore, "In the Days of Prismatic Color," in *Observations* (New York: The Dial Press, 1924), pp. 49–50.
[2] 哈罗德·布鲁姆：《误读图示》，朱立元、陈克明译，天津人民出版社，2008，第16页。

迷惑我们……[1]

摩尔总在质疑那种刻意的、屈从于黑暗的复杂，比如她批评法国颓废的象征主义："其\作品中结构的神秘性使人忘记了它最初是人的/客体"[2]。在《批评家与鉴赏家》一诗中，摩尔批评"有意的挑剔"，以及将简单的装饰艺术复杂化而损害真诚的行为。

史蒂文斯在《朝向最高虚构的笔记》（"Notes toward a Supreme Fiction"）一诗中用"第一理念"（first idea）指称"是其所是"这一原点：

你必须再次成为一个无知的人，
再次用无知的眼睛去看太阳，
在它的理念中清晰地看见它。[3]

史蒂文斯偏爱哲学词汇，比如"理念"（idea）、"物自体"（the thing itself）、"存在"（being）等词汇，但史蒂文斯并非在纯粹哲学的意义上使用这些词。他回避传统哲学严格的逻辑和刻板的理性，偏爱哲学词汇的发散意义，尤其喜欢探索哲学词汇在词典中的偏僻含义，运用这种偏僻含义制造陌生化效果，如同一种语言的历险（摩尔也有相同的爱好，不过摩尔关注的常常是科学词汇）。

---

[1] Marianne Moore, "In the Days of Prismatic Color," in *Observations* (New York: The Dial Press, 1924), pp. 49-50.
[2] Marianne Moore, "England," in *Observations*, p. 57.
[3] Wallace Stevens, "Notes toward a Supreme Fiction," in *Wallace Stevens: Collected Poetry and Prose*, eds. Frank Kermode and Joan Richardson (New York: The Library America, 1997), p. 329.

"理念"一词在史蒂文斯的诗中出现了七十八次。这个词在希腊语中的原意是"看,相似性",史蒂文斯在这首诗中运用的正是理念的这一原意。[1]"第一理念"也即洗净一切既存言语后所见之景,一种挣脱话语史的过程,用"无知的眼睛"直接、透明、无成见地去看世界,与物直接相对。就像桑塔格定义的透明,"透明是艺术——也是批评——中最高、最具解放性的价值。透明是指体验事物自身的那种明晰,或体验事物之本来面目的那种明晰。"[2]这也是威廉·詹姆斯所谓的"当下直接领域"(instant field of the present),是经验尚未被语言修改时,朴素、不合格的实际或存在,一个简单的那种(that)。这个"当下直接领域"先于作为一种精神状态的经验,是一种原始方面,"总是真理在它的经过中,实践真理,某种起作用的事物,在它自己的运动中"[3]。它是普遍性的根源,万物从之而来,又回到那里,它作为一种行动,与摹写重合。作为一个抵达的过程,还原的目的是剥除陈旧的虚构,抵达现实。当想象无路可走时,它必须以最原始的形式面对现实,激发自己的生命力。

在实用主义哲学影响下,美国现代诗人领悟了"一切在场都意味着对存在的一种显示"[4],诗歌要直接处理事物,填平词与物之间的鸿沟。"批评家的思想为了达到物,就把诗人的思想作为中介,而诗人的思想则利用物的真实以达到精神之永恒的真实。没有物,没有物提供的支持和居所,任何精神居所将永远漂

---

[1] Bart Eeckhout, "Stevens and Philosophy," in *The Cambridge Companion to Wallace Stevens*, ed. John N. Serio (Cambridge: Cambridge University Press, 2007), p. 108.

[2] 苏珊·桑塔格:《沉默的美学》,黄梅等译,南海出版公司,2006,第11页。

[3] David M. LaGuardia, *Advance on Chaos: The Sanctifying Imagination of Wallace Stevens* (Hanover: University of New England, 1983), p. 78.

[4] 乔治·布莱:《批评意识》,郭宏安译,广西师范大学出版社,2002,第113页。

浮在思想的地平线上。"[1]朝向物或者"还原"的追求，构成了朴实、直率的美国现代诗风。

二、摩尔的"博物馆"

摩尔对物抱有收藏家的热情，她的朋友们常常给她送去奇异之物，迎合她这一喜好。毕肖普在旅行途中就给摩尔寄过许多明信片和别致的礼物，包括响尾蛇的牙齿、纸鹦鹉螺、盐渍的珊瑚蛇、古巴的树蜗牛等，这些礼物有时出现在摩尔的诗歌中。

1960年，唐纳德·霍尔前往摩尔在布鲁克林的寓所进行访谈，他看到的正是一个收藏家风格的寓所："书架的顶端，放着一个装饰扣，它标志着走廊尽头……成堆的书散放在各处。墙上悬挂着许多图画。其中一幅来自莫斯科，是梅布尔·道杰（Mabel Dodge）的礼物；其他的油画属于1914年之前美国人热衷的阴郁、茶色调的风格。家具是老式的黑色家具。"[2]

与居所的风格相似，摩尔的诗集亦如一个收藏家的小型博物馆，在其中，我们可以遇见许多怪异的展品以及类似于物的古怪主题：护身符，鸟的雕塑，小镇尼尼微，蒸汽压路机，埃及鱼形玻璃瓶，英格兰，图画，坟墓似的大海，手术刀，章鱼似的冰山，纽约，人的环境，碗……这些是无生命之物。

乔治·摩尔（George Moore），莫里哀（Moliere），萧伯纳，达·芬奇，学究似的咬文嚼字者，历史学家，战略家，批评家与鉴赏家，愚蠢的堂兄们，耍蛇者，新手，玫瑰，胡萝卜，老鼠，

---

[1] 乔治·布莱：《批评意识》，郭宏安译，广西师范大学出版社，2002，第127页。
[2] "Marianne Moore, The Art of Poetry," Interviewed by Donald Hall, *Paris Review* (Summer-Fall 1961), http://www.theparisreview.org/interviews/4637/the-art-of-poetry-no-4-marianne-moore.

变色龙，潜鸟，鱼，大象，猫，天鹅，蚂蚁，蜗牛，蛇，鸵鸟，穿山甲，驯鹿，猫鼬，大海的独角兽与陆地的独角兽……这些是特定的人或有生命之物。

"缄默与饶舌"，"军事进步"，"诗"，"不公正的园艺"，"恐惧是希望，勤劳是施魔法，而进步是飞翔"，"砖块倒塌了，我们将用凿好的石头重建。无花果被砍倒了，我们将改种雪松"，"没有什么能治愈生病的狮子，除非让他吃掉一只猿"，"在这艰苦奋斗的时代，无动于衷是好的，而……"，"不朽的治国之道"，"过去是此刻"，"被你喜欢是一种灾难"……这些则是令人一言难尽的主题。

在所有这些"客观对应物"中，最醒目的是摩尔的动物和植物。20年代之前，摩尔描写的基本是常见的动植物，例如猫，大象，天鹅，蚂蚁，胡萝卜，玫瑰等；20年代之后，她开始描写一些奇特的动植物，例如大海中的独角兽与陆地上的独角兽等；其原因可能在于她常去布鲁克林艺术科学院听自然史讲座，观看旅行纪录片。

（一）不在场的发言立场："拒绝站进事物的中心"

摩尔特别钟爱的是某一类生物——穿山甲、蜗牛、大象等，它们拥有相似的品质：沉默、朴实、自我意识蒙昧、埋首于大地，它们是实用主义哲学家所说的宇宙中"不可见的分子"，是卑微的个体，却又具有不该被忽视的气场。在它们晦暗不明的内在性中，包含着丰富的诗意，在固执与沉默中有一种与世无争的超然。

摩尔跳出了传统写作中发言主体与发言对象之间的二元对立框架。对读者而言，她不是物的代言人，更像一个引路人。她不试图捕获事物，在她和物的相互照面中，她有清晰的边界意识。

她渴望理解或接近，而非占有，辨识而非消费。在呈现的过程中，摩尔的诗歌发言者站在诗歌之外，"拒绝站进事物的中心"。她赋予核心地位的是诗歌所关涉的物、主题、理念以及诗歌的形式等，由此打破了自身作为认知主体与对象之间可能形成的等级制关系，使对象既作为一个认知对象被呈现，同时又保持其作为主体的完整独立性。

布罗茨基曾指出，语言中存在一种内在冲突，"人们为自己的思维习惯和分析习惯所累——也就是说，用语言去解剖体验，于是便剥夺了人们思想的直觉的特长。因为，一个清晰的概念固然美妙，但它所指的永远是斩去松散边角的含义的浓缩体。"[1] 摩尔并不回避"清晰的概念"，她甚至更偏爱"清晰的概念"。她就像史蒂文斯所说的用思想而非感官去认识事物，但摩尔的客观性立场和对物的尊重适当维护了对物的直觉认识，避免了如"蒸汽压路机"那样用概念塑造、压制客观事物，将物变成"含义的浓缩体"。

摩尔能够将诗歌与发言主体分离。她很少用第一人称发言，诗中出现的第一人称大多时候是在直接或间接引语中出现。即使采取第一人称的发言形式，也并不指向摩尔本人，更像一种普遍性的指代，取消了性别属性，不附带个体生命印记，不直接指向摩尔的个人经验，清除了作为经验自我所具有的"偶然性"。更多时候，这个第一人称扮演的并非主角，而是一个旁观者，站在别处，其引申出的人、物直至最终的主题才是诗歌的目的地。

例如，《沉默》一诗中发言的"父亲"是一个被引用的发言者，附属于沉默这一主题，其中的"我"是一个被动、沉默的倾听者，唯一能表明"我"在场的是最后一句暧昧不明的话："旅

---

[1] 约瑟夫·布罗茨基：《小于一》，载于《文明的孩子》，刘文飞、唐英烈译，中央编译出版社，1999，第28页。

馆不是居所。"这是对父亲言论发出的抗议，是对诗歌主题——"沉默"——的反抗，却是低音调的，如同一声含糊的嘟噜，其最大作用是强化了诗歌的张力。

《根基》（"Radical"）以一段客观的描述开始，诗歌中出现的"我"只是用于转换视角，起到过渡的作用：

……对于这个带着草帽，静静
　站立，又转身回顾它的人
　　而言，
　　　我最幸福的时刻与之相比
　　也是悲哀的，生命的境况

注定了
　受奴役容易，自由很难。[1]

《当我购买图画时》（"When I Buy Pictures"）的"我"是一个引子，引出被描述的事或人，如同电影中预设的观察者视角，当镜头随之展开，被观看的人与物作为诗歌中真正的"客观对应物"逐一涌现时，预设的"我"也就隐身了，并没有成为一个独立的发言主体凌驾于被描述对象之上：

或者，更准确地说，
当我看着我可以将自己作为其想象的占有者的事物时，
我流连于那些能在平常时刻为我带来愉悦的：
对于好奇心的讥讽与情绪的强度一样

---

[1] Marianne Moore, "Radical," in *Observations* (New York: The Dial Press, 1924), p. 48.

难以分辨；
或者正好相反——古董，例如，中世纪风格的帽盒，
上面画了鹿，鸟，坐着的人们……[1]

她的部分诗歌，主题是预设的，诗歌的进程即是主题的展开。为了凸显主题，摩尔喜欢引申出一类（个）人或者一类（个）物作为主题的承担者，这些承担者有抽象的面目，而主题本身又极其晦涩，往往依靠注释才能确立其语境，得以被理解。

比如《勤劳是施魔法，正如进步是飞翔》("Diligence Is to Magic as Progress Is to Flight")这首诗：

骑一头大象——"手戴戒指，脚挂铃铛，"
　她将远去，摆脱灾难。
速度在她的意念中并非与地毯密不可分。行动
　以大象的形象出现；她爬上去，选择了
艰难的旅行。至于被提及的魔毯，她明白
　虽然速度的表象也许依附于审美过程的
稻草人，其实质却体现于那些
　毛理粗糙的动物，它们超越了人视其为蜉蝣的
奇思妙想，赢得了它们抗打击能力的果实
　它们被戏称为乏味的必需品——而非珍品。[2]

这首诗的标题是预设的主题，理解这首诗需要依靠摩尔在注释中提到的童谣《骑木马》：

---

[1] Marianne Moore, "When I Buy Pictures," in *Observations* (New York: The Dial Press, 1924), p. 57.

[2] Marianne Moore, "Diligence Is to Magic as Progress Is to Flight," in *Observations*, p. 22.

骑木马,到班伯里·克罗斯,
看见一位贵妇骑白马;
手戴戒指,脚挂铃铛,
走到哪,音乐响在哪。[1]

摩尔重写了这首童谣。童谣中的贵妇变成诗中勤劳的骑手,她没有骑马,而是骑着一头大象,用克服灾难的能力替代了"音乐"。摩尔本人完全站在这首诗歌之外,没有出场。

在另外一些诗中,摩尔让客观对应物(某个人或物)担任"导游"引领诗歌的进程,遇到另外一种或更多的物。比如《护身符》("A Talisman")、《援军》、《鱼》、《英格兰》、《坟墓》、《婚姻》、《一条章鱼》等。在这类诗歌中,摩尔以冷静、自制的语调叙述一个事件,或描写一种对象,诗歌的进程由一些"客观对应物"引领,向事物的核心前进,诗本身似乎也成了一种前行的生物。

《坟墓》一诗中,这个"导游"是野心勃勃注视着大海的目光:

人注视着大海,
挡住了和你一样对它拥有权利的人观看的视角,
渴望站进事物的中心是人类的天性。
但你无法站进这样的中心:
大海所提供的,只是一座精致的坟墓。
冷杉排成一列,每棵树梢都有一只绿色的火鸡,

---

[1] Robin G. Schulze, *Becoming Marianne Moore: The Early Poems, 1907–1924* (Los Angeles: University of California Press, 2002), p. 192.

外形矜持,固守着沉默;
然而,压抑,并非大海最显著的特征;
大海是一个收藏家,迅速报以贪婪的一瞥。
除你之外,其他人已用旧了那一瞥——
他们的表情不再是一种抗拒;鱼亦不再探究他们,
因为他们早已尸骨无存:
人们撒下网,并未意识到他们正在亵渎一座坟墓,
船迅速划动——桨叶
共同摇摆如水蜘蛛的脚,仿佛根本没有死亡这回事。
水的波纹列着方阵行进——在泡沫的网下,美丽无比,
随即无声地消失了,只有海水在海藻间沙沙作响;
鸟飞快地掠过天空,同时发出猫一般的尖叫——
龟壳撞击着悬崖的底座,在它们脚下翻腾;
而海洋,在晃动的灯塔与喧闹的浮铃声中,
一如既往地前进,仿佛它不是沉沦之物注定沉没的那片海洋——
假如那些物体在水中旋转,挣扎,这既非因为意志也非因为知觉。[1]

跟随目光推进,大海呈现出真实面目——一座坟墓,拥有狂野、客观、难以被规约的存在特征,抹除了人们熟悉的大海印象。

摩尔的长诗常常转换叙述视角,从一个议题向另一个议题或相关隐喻过渡,在漫长的叙事进程中逐渐提升诗歌主题。她的《婚姻》一诗,以客观的描述开始,首先指出了婚姻作为一种社

---

[1] Marianne Moore, "A Grave," in *Observations* (New York: The Dial Press, 1924), p. 60.

会机制可能具有的歧义，再分别描述夏娃和亚当的性格特征，接下来依次是对婚姻之神的致词、婚礼的描述、亚当和夏娃的对峙、失败婚姻的特征和正确婚姻的教益。在叙述视角的多次转变中，借助与婚姻相关的具体细节，摩尔含蓄表达了对婚姻的理解，却成功阻止了携带自我经验的绝对观念出场。威廉斯最为赞赏这种流动的叙述特质。他说："它是一种愉悦，只有从一个事物迅速转向下一个事物，才能使这种愉悦得以稳固。"[1]

还有一类诗歌，包括《一个拉制的埃及鱼形玻璃瓶》、《光谱原色时代》、《挑拣和选择》（"Picking and Choosing"）、《纽约》、《人的环境》、《新手》（"Novices"）等诗歌中，第一人称复数"我们"在诗中一带而过，承担了模糊、泛指的发言者功能，回避了个体经验，传递的是一种普遍经验。比如，《一个拉制的埃及鱼形玻璃瓶》开篇是"最初，我们对此/有渴与耐心"，这个"我们"泛指整个人类，它确定的发言立场是一种普遍性立场。

隐喻也是摩尔保持中立、避免自我过度在场的方式之一。毕肖普认为摩尔在这一点上受到了爱伦·坡的影响。坡偏爱隐喻，他在详述《乌鸦》（"The Raven"）一诗的创作过程时说，他总在"仔细地使用隐喻"[2]。摩尔将隐喻作为展示诗歌主题的主要媒介，连绵不断的隐喻赋予她的诗"光晕"，柔和了词语和思考的锋芒。毕肖普并不完全认同摩尔的这种隐喻喜好，相反，她认为，摩尔保守地、拐弯抹角地反复使用隐喻有时会让读者厌烦。在讨论摩尔的《大象》（"Elephants"）一诗时，毕肖普抱怨说：

---

[1] 爱莲娜·拉马洛·桑托斯：《玛丽安娜·穆尔——贪婪的沉思》，载于萨克文·伯科维奇主编《剑桥美国文学史》第5卷，马睿、陈贻彦、刘莉等译，中央编译出版社，2009，第284页。

[2] Gregory Elizabeth (ed.), *The Critical Response to Marianne Moore* (London: Praeger Publishers, 2003), p. 143.

"仿佛，仿佛，总是仿佛；我们感到不安。"[1]一个接一个的隐喻，不断地说一种事物像其他事物，将一首诗变成了俄罗斯套娃似的摆件，读者无目的地跟随，最终会感到疲惫。霍莉更细致地分析了摩尔隐喻手法的变化。她指出，摩尔早期诗歌的隐喻是思考导向，例如早期的诗歌《致一只作为奖品的鸟》（"To a Prize Bird"）和《法兰西的孔雀》（"To the Peacock of France"），隐喻的是萧伯纳和莫里哀的性格和气质，而不是外表；30年代诗歌中的隐喻则是视觉导向[2]，这种视觉导向使隐喻趋向于具体和生动。不管怎样，隐喻将呈现的使命部分移交给可与对象建立隐喻关系的其他事物，推进了对物的观察和理解，同时又避免让诗歌发言者进入物的中心，占领那个中心，保证了物在诗歌中的独立超然地位。

摩尔通过选择诗歌主题、设计诗歌形式等手段彰显自己的写作权威和写作主体性，但她所设定的诗歌发言者和诗歌中的物又最大限度地去除了"我"性，因而诗歌主体、诗歌发言者与作为诗人的摩尔彼此界限分明。

（二）百科全书知识与博物馆陈列方式

摩尔的生物诗，依赖观察，但更依赖百科全书与博物馆知识。她从科普类图书、博物馆、各种文献中获取生物知识、想象和修辞的灵感，并且模仿博物馆的陈列方式展示她的生物。

20世纪上半叶，纽约作为一个大都市，充斥着光怪陆离的现代景观，它种类繁多的博物馆、商店、橱窗、演出对摩尔有强大的吸引力。她是博物馆和展览会的常客，在给朋友和亲人的信

---

[1] Elizabeth Bishop, "Miss Marianne and Edgar Allen Poe," *Quarterly Review of Literature* 4.2 (1948), p. 132.
[2] Margaret Holley, *The Poetry of Marianne Moore: A Study in Voice and Value* (Cambridge: Cambridge University Press, 2009), p. 36.

中她会分享观看展览的感受。1923年她给哥哥沃伦写信,描述了她和母亲参观纽约大都会艺术博物馆的经过。她们观看了来自中国的绘画作品,认真阅读了文字介绍,对龙、马、水牛和昆虫等动物印象深刻[1],这些生物几乎全部成为她诗歌的主题。移居布鲁克林之后,摩尔更是成为美国自然历史博物馆的常客,她在笔记本和书信中记录自己的参观经过,1941年出版的诗集《何谓岁月》集中呈现了她对博物馆的兴趣。[2]

博物馆对摩尔有两个重要启发:一是博物馆成为她诗歌的信息来源或档案馆,她可以从中寻找诗歌素材和灵感;二是"博物馆的栖息实景模型"[3]或陈列方法启发她创造了具有鲜明个人风格的诗歌结构和形式。

摩尔的生物诗有细致的事实描述,但摩尔的事实不是现实世界中的事实,不是沉浸在自然中、基于对生物生活形态的观察,而是基于有关"真实事物"的图文描写或复制品,依靠博物馆知识和文字素材建构的事实。摩尔对生物主题的选择,以及围绕主题的展开,体现了狄德罗的观点:"物质材料中纯粹和抽象的方面并非没有一定的表达力。"[4]围绕一个主题,她会整合来自多个渠道的材料,将具体的生物细节与纯粹抽象的历史、神话、宗教等知识结合为一个整体,充分实现了她在《诗》一诗所强调的对素材的包容性原则。

---

[1] Bonnie Costello, Celeste Goodridge and Cristanne Miller (eds.), *Selected Letters of Marianne Moore* (New York: Alfred A. Knopf, 1997), p. 194.

[2] Catherine Paul, "Discovery, Not Salvage': Marianne Moore's Curatorial Methods," in *The Critical Response to Marianne Moore*, ed. Elizabeth Gregory (Westport: Praeger Publishers, 2003), p. 159.

[3] Catherine Paul, *Poetry in the Museums of Modernism: Yeats, Pound, Moore, Stein* (Ann Arbor: University of Michigan Press, 2002), p. 143.

[4] 胡戈·弗里德里希:《现代诗歌的结构——19世纪中期至20世纪中期的抒情诗》,李双志译,译林出版社,2010,第13页。

摩尔对博物馆的陈列方法有深刻见解。在一篇未出版的关于纽约现代艺术博物馆超现实主义展的文章《与奇迹相关》("Concerning the Marvelous")中，摩尔引用了吉尔曼（Benjamin Ives Gilman）的观点："博物馆的职责是发现，而非回收抢救。"[1]她也引用了吉尔曼为艺术品展览的重要性所做的辩护，艺术品展览是为了促使公众欣赏艺术家在其中所说的话，而非简单记录客体的存在。摩尔就此补充道："唯有想象才能使这些教条变得生动。"[2]想象，对排列展品的艺术家以及欣赏展览的观众而言，都是必备的能力。

本雅明认为，现代机器化大生产破坏了艺术传统，使艺术品和它的起源分离。其实不仅艺术品如此，现代社会中的很多事物都承受了这种分离，变成了无根之物。美国自然史博物馆对此有一种补救意识，希望在展示物的同时也能呈现其起源，他们不再简单按照分类展示动植物标本，而是模拟栖息地展示动植物群，比如，再现河狸们在湖边用树枝制造的完美的水坝模型，这也是它们的过冬装置。[3]这种陈列方法尽最大可能将物展现为一种完整的生命体，保持其原有的生命奇迹。

摩尔的诗歌借用了这种陈列方法展示动物。她不是将某种动植物单独展现给读者，而是像博物馆那样呈现一个"栖息地"。这个"栖息地"包括与这种动植物相关的理念、历史演变、宗教神话传说等等。物携带了具体的组成部件或特征，置身于一个辽阔的自然、历史、文化语境之中，"一切都从静观开始，……一

---

[1] Catherine Paul, "'Discovery, Not Salvage': Marianne Moore's Curatorial Methods," in *The Critical Response to Marianne Moore*, ed. Elizabeth Gregory (Westport: Praeger Publishers, 2003), p. 160.
[2] Catherine Paul, "'Discovery, Not Salvage': Marianne Moore's Curatorial Methods," in *The Critical Response to Marianne Moore*, p. 160.
[3] Bonnie Costello, Celeste Goodridge and Ctistanne Miller (eds.), *Selected Letters of Marianne Moore* (New York: Alfred A. Knopf, 1997), pp. 284-285.

切都始于全部个人性的暂时泯灭和目光面对对象的排他性的观照"[1]，却又落实于物自身的来龙去脉。正如博物馆里物的生存环境与生命细节结合可以向观众呈现对这个物的特殊阐释，诗歌中历史、文化、宗教背景与生物特征的集合也可以呈现想象和阐释，在描述性的语言中，生物不是被钉死的标本，相反，获得了生命形态和价值。[2]

我们可以仔细读一读她的《迷迭香》（"Rosemary"）这首植物诗：

美，和美之子，和迷迭香——
简单地说，就是维纳斯和爱，她的儿子——
据称诞生于海上，
在每个圣诞节，彼此相伴，
编织一个欢宴的花篮。
并不总叫迷迭香——

自从逃到埃及，它冷漠地开花。
绿色的叶子如同标枪，背面泛着银色，
它的花——起初是白色——
后来变成了蓝色。记忆的香草，
模仿了圣母玛利亚的蓝色长袍，
并非传奇，

---

[1] 乔治·布莱：《批评意识》，郭宏安译，广西师范大学出版社，2002，第137—138页。
[2] Catherine Paul, "'Discovery, Not Salvage': Marianne Moore's Curatorial Methods," in *The Critical Response to Marianne Moore*, ed. Elizabeth Gregory (Westport: Praeger Publishers, 2003), pp. 161–162.

对于这既是象征又是香料的花来说。
从海边的石头，跃到
基督的高度，在他三十三岁时。
它吸食露水，喂养蜜蜂，
"有一种无声的语言"，在现实中
是一种圣诞树。[1]

迷迭香，其英文名"Rosemary"由两个拉丁词"ros"和"marinus"演变而来，意为"海之朝露"。迷迭香原产于地中海沿岸，乃常绿灌木，夏天开蓝色小花，形状像小水滴，故被称为"海之朝露"。传说迷迭香的花本是白色，圣母玛利亚带着圣婴耶稣逃往埃及途中，将她的蓝色罩袍挂在迷迭香上，从此，迷迭香的花就变为了蓝色，迷迭香因此又被称为"圣母玛利亚的玫瑰"。另一个传说是耶稣在逃离犹太王国前往埃及途中，将洗好的衣服晾晒在迷迭香上，赋予它许多药效，使它成为基督教的神圣供品。

迷迭香的植物学、历史学和宗教学知识是摩尔这首诗的基础，她省略了一些线索，又引申了一些线索。因为迷迭香与大海的关联，她有了维纳斯的联想，因为迷迭香与基督教的关联，她将迷迭香提升到"基督的高度"，赋予这种花神圣的意义。

她呈现迷迭香以及围绕迷迭香的生物学常识和历史典故展开想象的方式，与她的博物馆理论一致。博物馆展示的客体既要促使观众去欣赏艺术家在其中的发言，也要通过对物体的展示形式，创造另一种艺术品，更重要的，是要做一种保有其生命奇迹的展现。在这首诗中，我们看到摩尔赋予迷迭香这个优雅的植物

---

[1] Marianne Moore, "Rosemary," in *The Poems of Marianne Moore*, ed. Grace Schulman (New York: Penguin Group Inc., 2003), p. 286.

以非凡的美和丰盈的内涵,她引出了维纳斯、爱、圣诞树、圣母玛利亚的蓝色长袍、露水与蜂蜜等一系列温柔的词,一种交织着欢快与忧伤的圣诞景象。这幅景象浸染了基督教文化史,有一种悠长与清冷的历史基调,"它的花——起初是白色——/后来变成了蓝色",这是一种"无声的寓言"。这幅景象可以击中基督教文化语境中读者的心,因为每一个圣诞节必然指向独具特色的家庭聚会以及难忘的个体成长记忆。

这首诗,清晰地展现了文明的话语"烟雾"如何慢慢笼罩这种幽美自在的花,让它从自然的土壤移植进宗教与历史的土壤。

摩尔的另一首诗《九桃盘》描写了一只中国瓷盘及瓷盘上描绘的油桃图案。这种设置,使油桃如同博物馆支架上展示的标本实物,设置了凯瑟琳·保罗（Catherine Paul）所说的"视觉信息的屏障"[1]：

  如毛桃那样两只一组排列,
保持着间距,以便所有的桃可以存活——
  八只加上单独一只,挂在
  去年的枝条上——它们仿佛
一种衍生物；
  尽管并不罕见,
这种对立——
九只毛桃长在一棵油桃树上。
  表面没有绒毛,点缀在中国式的
   青、蓝或青绿色的

---

[1] Catherine Paul, "'Discovery, Not Salvage': Marianne Moore's Curatorial Methods," in *The Critical Response to Marianne Moore*, ed. Elizabeth Gregory (Westport: Praeger Publishers, 2003), p. 160.

月牙形细叶中，四对

　半月形叶子组成的拼图
朝向晕染着
　美国月月红似的红色的太阳，
　由商业装订用的
缺乏好奇心的画笔
　涂抹在蜜蜡灰上。
就像玉桃，这红扑扑的
桃，无法起死回生，
　但及时服用可延缓死亡，
　　意大利
　　核桃，波斯李，伊斯法罕

　墙头孑立的油桃，
作为野生的果实
　最早发现于中国。但它是野生的吗？
　谨慎的德·坎多尔不会这么说。
你在这九只桃组成的象征群中
　找不到
瑕疵，绿叶之窗上
没有象鼻虫的痕迹。
　有人描画了这些桃，
　　在被多次修补的盘子上，
　　或者在同样精致的

无角鹿，冰岛马
以及靠着古老的，枝叶繁茂，
　　低矮斜逸的油桃树睡觉的驴子中。
　　这棵树有褐色系灌木之花的
颜色。

　　　　＊　＊　＊
　　一个中国人"理解
旷野精神"
　　以及爱吃油桃
　　外形似矮种马的麒麟——长尾
或无尾，
　　矮小，浅棕色，长着普通的
驼毛和羚羊蹄，
　　这无角的麒麟，
　　用彩釉画在瓷面上。
　　　　是一个中国人
　　　　构想了这件杰作。[1]

　　这首诗将中国绘画风格与油桃这种生物结合起来，从对绘画细节的描述逐渐过渡到油桃这一真实的生物。
　　她用细描的方式描写瓷盘上的图案细节："如毛桃那样两只一组排列，／保持着间距，以便所有的桃可以存活"，"衍生物"，"表面没有绒毛"，"商业装订用的"画笔……这不是艺术语言的风格，更像是陈列架上物品的说明书风格。

---

[1] Marianne Moore, "Nine Nectarines," in *The Poems of Marianne Moore*, ed. Grace Schulman (New York: Penguin Group Inc., 2003), pp. 208-209.

她用粗线条勾勒真实的油桃，不涉及油桃的生命形态，只提示它的植物史知识，它的发源地和研究专家，意大利（Italy）、波斯（Persia）、伊斯法罕（Isfahan），单单几个地名就引发了广阔联想。

两种描述汇合为对中国文化的呈现，比如，中国人关于长寿的传说，"这红扑扑的／桃，无法起死回生"；这只"被多次修补"的中国瓷盘以及这首诗中的地名——意大利，波斯，伊斯法罕——指向悠久的历史，古代的丝绸之路，中国的制瓷技术如何漂洋过海，传播四方；最后是中国人理解并热爱的"旷野精神"……

视觉细节与历史、想象、语言交织成一个有机体，博物馆似的客观知识如同一个"栖息地"支撑关于物的细致描写，读者在一种发现的震惊中重新去思索这些事物的意义。这种陈列方式呼应了苏珊·斯图尔特（Susan Stewart）对收集的定义，"收集不是被它的元素所建构；相反，它经由它的组织原则而诞生"[1]。挑选、排列、组合、言说的细节方法成就了一种风格。

摩尔的诗，不能算写实主义，因为她呈现的事实，常常是文字事实，或者借助复制品呈现的事实。这种方式类似于史蒂文斯所说的抽象之一种，带有数学公式似的特征，是从变动不居的、不确定的、与我们相关的世界事实中提炼的个人现实，建立与客体的交流。用摩尔自己的话说，这是一种想象的写实。这也是实用主义哲学家所谓的与自然事物的共生，一旦这种摹写完成，客观事实就能更完美地呈现理念、生命价值和审美经验。摹写覆盖物，正如黑色泥土覆盖大象，最终构成大象的一部分：

---

[1] Catherine Paul, "'Discovery, Not Salvage': Marianne Moore's Curatorial Methods," in *The Critical Response to Marianne Moore*, ed. Elizabeth Gregory (Westport: Praeger Publishers, 2003), p. 160.

......河里的淤泥

　裹住我的关节，使我显得灰暗，但我习惯了

它，它可以
留在那里；除掉
　它，也就除掉了我自己，因为
　环境的泥垢只能结在
与之俱生
　　之地。[1]

(三)"使不可见的事物显形"：尊重物的生命价值

摩尔的生物诗引发的争议颇大，许多评论家都急切地将摩尔的生物诗框定在既有的阐释系统中，而忽视了摩尔与整个现代主义语境的关联。作为一个生活在大都市的诗人，摩尔认同现代文明的创造性成果。然而，或许是她所热爱的生物学促进了她的思考，她也担忧文明对自然的过分介入和阐释，将这种介入和阐释称之为"不公正的园艺"(injudicious gardening)。

摩尔和实用主义哲学家一样，努力去除笼罩植物的"园艺"理念。她将物作为拥有权力和尊严的主体，对它们的描述直接而客观，她尽可能靠近这些"他者"，呈现（representation）它们的自适性，还原其本来的生命情态，或者还原其在人类历史进程、在多元文化中的各种话语纠结。摩尔不会武断地为物附加意义，也避免对物进行"殖民"。她的还原方式，类似于本雅明描述的"超现实主义摄影"方法，让实物脱壳而出，标示了一种感

---

[1] Marianne Moore, "Black Earth," in *Observations* (New York: The Dial Press, 1924), p. 45.

145

知方式，能充分发挥平等的意义，这是一种具有穿透力的构图，"时空的奇异纠缠，遥远之物的独一显现……"[1]

1.呈现物的价值属性

摩尔强调诗歌的价值属性，坚信正直与词语、审美是统一的。摩尔对诗歌形式的创新有时会误导读者，以为她是一个偏执的技巧主义者，但她不曾放弃过"美德"。她在诗歌中经常引述他人的道德性陈述，以此含蓄表明自己的道德立场。她怀有一种老派的道德责任感，发出了许多伦理命令，急切地要告诉读者如何生活，要呈现某种永恒的真实性。这种道德责任感有时显得如此离奇："因为一个表达自我并赋予它智慧的人，不会是一个傻瓜。"[2]她坚持认为，诗人正直的品性会给诗歌带来宝贵的光芒。"正直有一种含蓄的光环，假如一个人不正直，就不可能写出我读的那些书。"[3]正直的品质包括真诚、克制、勇敢、责任和热情等。摩尔的道德感与深沉的宗教情感相关，"无论名义上的主角是谁，摩尔总是在描绘美德和恶习"[4]。

在生物主题的诗歌中，摩尔的出发点是探索动植物携带的生命价值。这种特性不是外在强加的，而是内在的、与生俱来的。画家保罗·克利（Paul Klee）说："艺术从来不复制可见的事物，

---

[1] 瓦尔特·本雅明:《迎向灵光消逝的年代》,许绮玲、林志明译,广西师范大学出版社,2004,第35页。

[2] Marianne Moore, "Novices," in *Observations* (New York: The Dial Press, 1924), p. 71.

[3] "Marianne Moore, The Art of Poetry," Interviewed by Donald Hall, *Paris Review* (Summer-Fall 1961). http://www.theparisreview.org/interviews/4637/the-art-of-poetry-no-4-marianne-moore.

[4] Jeredith Merrin, "Marianne Moore and Elizabeth Bishop," in *The Columbia History of American Poetry*. eds. Jay Parini and Brett C. Millier (New York: Columbia University Press, 1993), p. 346.

而是使不可见的事物显形。"[1]在摩尔这里,"不可见"指的是每一种物所具有的内在价值和尊严。摩尔的诗歌在聚焦于物时,总在暗示物的不可企及性,它不能被语言真正攫获。她呈现的物,不是被写作者的经验笼罩的客体,而是物独立的精神肖像,它是一种生命的范本,甚至带着一种悲剧性的孤独气质,"坚持客体独立于意识之外的本体论"。[2]

摩尔对物的生命价值的探索,解构或者破坏了笼罩在物身上的旧有描述模式,科斯特洛将这种解构性定义为对思想和语言的自足性以及对世界既定描述形式的抵抗。[3]这使得摩尔的物超然于文学作品中已有的形式。

比如摩尔描写的穿山甲,在对其生物习性的描写中不断暗示它生命本身的神圣意义:

……在树上
　攀缘时,他一点也不好斗,
　　总是回避危险,
　　只会发出一阵无害的嘶嘶声;他保持着

莱顿·巴扎德的托马斯式的
　西敏寺铁蔓藤那种柔弱的优雅,有时
　把自己滚成一个球,抵抗
　任何想展开它的外力;紧紧蜷起,以整洁的头

---

[1] Margaret Holley, *The Poetry of Marianne Moore: A Study in Voice and Value* (Cambridge: Cambridge University Press, 2009), pp. 36-37.

[2] Victoria Bazin, *Marianne Moore and the Cultures of Modernity* (Farnham: Ashgate Publishing Limited, 2010), p. 75.

[3] Bonnie Costello, "The 'Feminine' Language of Marianne Moore," in *Women and Language in Literature and Society* (Westport: Praeger Publishers, 1980).

为中心，在脖颈处也不断开，一直盘绕到脚。[1]

摩尔用了一个类比，将穿山甲的优雅比作西敏寺铁蔓藤雕花栏杆的优雅，把我们的想象引向宗教方向，暗示穿山甲的自然生命形态包含的宗教含义。

她也在蜗牛身上找到了各种美德：

假如"简约是最优雅的风格"，
那么你具备了。压缩是一种美德，
正如谦逊也是。
我们在风格中所看重的，
并非某种
锦上添花的装饰，
或者被充分表述之物所附带的
偶然品质，
而是被隐藏的法则：
在脚的缺席中，有"一种结论之法"；
在你奇妙的枕角现象中，
有"一种原理知识"。[2]

在蜗牛身上，摩尔看到了简约风格，并且将这种风格上升为一种美德——压缩、谦逊的美德。这种美德体现为隐藏的法则：脚的缺席暗示的是"一种结论之法"，奇妙的枕角现象暗示的是"一种原理知识"。

---

[1] Marianne Moore, "The pangolin," in *The Poems of Marianne Moore*, ed. Grace Schulman (New York: Penguin Group Inc., 2003), p. 224.
[2] Marianne Moore, "To a Snail," in *Observations* (New York: The Dial Press, 1924), p. 71.

摩尔把从蜗牛身上学到的隐藏法则运用于自己的诗歌。她的"结论之法"有时以问题结尾，真实的态度隐藏在问题中，比如《黑色泥土》的结尾：

……其名字即意味着厚重。对于一个
无法看见它内部非理性美丽成分的人而言，
深刻还是深刻，厚重的皮肤还是厚重吗？[1]

结论的缺席，如同蜗牛脚的缺席，不是一种缺陷，而是一种特点，它让这首诗处于开放状态。

从对生物属性细致的描述提升到道德法则，让艺术信条、宗教价值从生物属性中自然生长，有时制造了难以言喻的大体同悲的感人效果。但摩尔并不让这种感动泛滥，她用坚硬的词建筑了小的堤坝，阻拦情感和想象无节制的泛滥。词激发有限的想象而不是泛滥的想象。在这一点上，布罗茨基对茨维塔耶娃（Marina Ivanovna Tsvetayeva）诗歌的分析也适用于摩尔的诗歌："读者自始至终所接触的不是线性的（分析的）发展，而是思想之结晶式的、形象化的（综合的）生长。"[2]最终，她让那些孤独、内敛、缄默的生物显现出自己的神性和内在的精神力量。

2. 呈现物的独特性

摩尔创造了"她自己的细节构成的现实"[3]。这些细节，往往由碎片化的文字经验构成，呈现了物的独特性。

---

[1] Marianne Moore, "Black Earth," in *Observations* (New York: The Dial Press, 1924), p. 47.

[2] 约瑟夫·布罗茨基:《诗人与散文》，载于《文明的孩子》，刘文飞、唐烈英译，中央编译出版社，1999，第138页。

[3] Wallace Stevens, "A Poet That Matters," in *Wallace Stevens: Collected Poetry and Prose*, ed. Frank Kermode and Joan Richardson (New York: The Library of America, 1997), p. 775.

摩尔选取的细节，既别具一格，又包含了审美的丰富性，意味着物不可被规约的特性，使其脱离庸常性，有时候因为过于精细，甚至产生了变形。细节也制造了物永恒的离心力，抵制被整合进一体化的世界之中。细节制造了清晰和陌生化两个效果。

比如《英格兰》这首诗对各个国家的描写，她列举的是各个国家微不足道、一般人会忽略不计的特征。

（英格兰）"它幼小的河流与小镇，每个小镇的修道院或教堂；／连同声音——或许是回荡在教堂的声音"。

（意大利）"持平的／两岸——发明了一种享乐主义，从中排除了／粗野"。

（希腊）"山羊与葫芦，被修饰的幻觉的巢穴"。

（法国）"'夜间活动的蝶蛹，'其／作品中结构的神秘性使人忘记了它最初是人的／客体——作为核心的实质"。

（东方）"它的蜗牛，它简略的／情感表达方式与玉蟑螂，它的无色水晶与它的沉静，／它全部博物馆似的特性"。[1]

这些细节彰显了各个国家与众不同的面目，如此真实。对琐碎知识素材的选取和组合，反映了摩尔敏锐的概括力。"密切关注、洞察、科学地研究某种现象、评论、尊重、思考——所有这些动词表明了摩尔作为知识分子的立场，证明了摩尔作为一个语言艺术家的技巧。"[2]

---

[1] Marianne Moore, "England," in *Observations* (New York: The Dial Press, 1924), p. 57.
[2] 爱莲娜·拉马洛·桑托斯：《玛丽安娜·穆尔——贪婪的沉思》，载于萨克文·伯科维奇主编《剑桥美国文学史》第5卷，马睿、陈贻彦、刘莉等译，中央编译出版社，2009，第265—266页。

类似于《穿山甲》这样的诗,充分践行了摩尔的诗歌创作准则。她几乎化身为穿山甲似的动物,以体贴入微的方式对它的外形和生物习性进行了描摹,让这个动物浮现如一种高妙的雕刻艺术:

又一种盔甲动物——鳞甲
  层层相叠,像圆锥形的云杉一样整齐,延伸到尾部,
形成了不间断的
  同心圆!近似于有头和腿并装备了坚韧沙囊的朝鲜蓟,
这微型的夜间艺术工程师,
  正是列奥纳多·达·芬奇的复制品——
   是我们很少听说的、令人难忘的勤劳生物。
盔甲仿佛是多余的。但对他而言,
  隐藏的耳脊——
   或者无遮蔽的、缺少这小小的
   显著标志的耳朵,有类似于安全收缩装备的

鼻子以及闭上后无法穿透的
  眼缝,都不是多余的;——一个真正的食蚁兽,
绝不吃蟑螂,忍受着
  夜晚疲惫不堪的孤独旅程,在月光下,
  尤其要借助于月光,穿行于陌生之地,
   日出前才归来。手的外缘
    可以承重,保护用于挖掘的
爪子……[1]

---

[1] Marianne Moore, "The pangolin," in *The Poems of Marianne Moore*, ed. Grace Schulman(New York: Penguin Group Inc., 2003), p. 224.

摩尔用云杉、朝鲜蓟描述穿山甲的外形,这两种植物带有丰富的文化联想。云杉,原产于中国,耐干燥和寒冷。朝鲜蓟在古希腊罗马时期就是餐桌上的食物,据说希腊人只吃朝鲜蓟的花托和花茎,罗马人则把朝鲜蓟视为珍馐。摩尔将穿山甲与这两种植物类比,揭示了穿山甲的忍耐力、怪诞形状和孤僻的生活习性,也暗示了穿山甲这一物种存在的历史深度。更重要的是,摩尔把穿山甲比喻为夜间艺术工程师、达·芬奇的复制品,这是对穿山甲的赞美,其行为习性具有艺术家与工程师似的精致与耐性。

这首诗的后半部分,逐渐从穿山甲的细节描述过渡到对人的平庸、懦弱与晦暗的描写,让穿山甲与人的生存行为形成对比。穿山甲依照生存本能、贴近大地的行动、机械般的精确以及忍耐与孤独,在夜与昼的交替中完成一种建构。它是带盔甲的战士,既在防卫,也在推进;它的成就如西敏寺的铁蔓藤雕花栏杆,最终战胜了环境的无序与混乱。穿山甲因此成为"自我,我们称为人的存在,世界的/书写者"的一个正面楷模。

这首诗对穿山甲外形的描述、词汇的选择、音节节律的安排极为严谨,每一个外形细节的具体形式与抽象的流畅性结合,细节服从整体,在语言中制造节奏。繁密的生物细节,包含了悲悯和遥远的场景想象,整首诗就像一只披盖着同心圆鳞片的盔甲动物朝自己的楷模前行的进程。

摩尔在文章中曾提到自己努力的方向是"表达的可靠性"[1],诗歌要关注自然的、不完美的客观世界,"为视觉经验

---

[1] Marianne Moore, "Impact, Moral and Technical; Independence Versus Exhibitionism; and Concerning Contagion," in *The Complete Prose of Marianne Moore*, ed. Patricia C. Willis (New York: Viking Penguin Inc., 1987), p. 433.

寻找正确的词"[1]，达成明晰性与丰富暗示性的紧密结合，具有可理解的实质内涵。这种写作态度反映了摩尔对作为一个有机整体的对象世界的充分尊重。

摩尔的生物诗虽然运用了严谨的细节，但她比威廉斯更少受制于实际的"物"。她吸收了装饰艺术和版画艺术风格，在生物学的精确知识中引入抽象，既呈现生物极其细微的内在特征，又用思辨的力作用其上，探索其意义，最终使这种生物脱离了人们习以为常的看和感知，变得独特，也变得更真实。这样的诗"也许产生了某种'形而上学的诗歌'的效果。对于平庸的头脑而言，这些诗也许表现为一种智力训练；只有对那些敏捷的头脑而言，这些诗才会显现出情感价值。"[2]

3. 呈现物的主体性

写作者和被描写对象很容易构成一种二元对立的等级制关系，后者被前者塑造、决定或者变形，最终成为前者的代言人。

摩尔作为一个"事实主义者"，最大限度避免了将生物定义为人类理念的象征或者代言人，她的客体，是被重新认识的"物"。她将它们描写为它们自身，是借助自主行为、自力更生的奇异生物。摩尔在诗歌中识别、呈现这些物的方式，如评论家恩格尔所说，不是去寻找一块隐藏在一大堆不相干与虚假之中的、不可被减少的真实存在的石头，而是扔一块石子进入水池：是记下当自我处于运动之中时围绕并超越自我、不断扩大的意义的涟

---

[1] T. S. Eliot, "Introduction to Selected Poems By Marianne Moore," in *The Critical Response to Marianne Moore*, ed. Elizabeth Gregory (Westport: Praeger Publishers, 2002), p. 106.

[2] T. S. Eliot, "Introduction to Selected Poems By Marianne Moore," in *The Critical Response to Marianne Moore*, p. 106.

漪。[1]这样的方式,不仅可以找到物的自我本性及隐藏的意义,还可以让物超越它的物理轮廓。有时她运用经典神话或者圣经的启示,也是为了深化这些生物的生命意义。

摩尔的自然之物不断摆脱狭隘的自我,朝向一种语言的完成,一种客观、自足、高贵、历史的存在,而非本质主义的、诗人自我指涉的象征主义。这种完成只有在物恰当地生活在它们的历史与自然栖息地、并且被完整呈现时才会发生。

我们可以摩尔的《玫瑰而已》("Rose Only")一诗为例:

看来你们并没认识到美是一种责任而不是
一种资本——鉴于精神创造了形式这一事实,我们有理由假设
你们一定拥有头脑。因为你们,一种整体的象征,刻板而又尖锐,
凭借天生的优势卓尔不群,喜欢
诸事独立,喜欢一种野心勃勃的文明

所可能生产的一切:对你们而言,孤立无援地想通过纯粹的
储备,去驳斥得自观察的推论,毫无意义。你们
无法使我们
相信,你们是一种令人愉悦的自然之物。但是玫瑰,如果你们是卓越的,那
并非因为你们的花瓣是不可或缺的超凡之物。要是没有刺,你们

---

[1] Bernard F. Engel, *Marianne Moore* (East Lansing: Michigan State University Press, 1989), p. 3.

> 看上去就像一个疑问，不过是一种
>
> 怪物。它们无法对抗一只毛毛虫，风雨，或者霉菌，
> 但对那掠夺成性的手呢？没有齐心协力，卓越又如何？
> 看守着
> 　　你们极微小的思想碎片，迫使观众
> 接受这一观点：与其被过分强烈地记住，不如被遗忘，
> 　　你们的刺是你们最好的部分。[1]

诗歌开篇以摩尔惯有的否定句式对玫瑰进行了指责，这种指责很快转向，引出了玫瑰的头脑，如同从浓雾中渐渐显露清晰的轮廓，玫瑰开始获得一种自适性，而诗句不断加深这一轮廓，当玫瑰的刺也出现时，玫瑰便变成了一个自足的独立体。这时，重读开篇第一句，指责变成了去魅，逐渐剥除玫瑰身上笼罩的各种与精神无关的浮华理念，让玫瑰作为玫瑰自己呈现出来，同时，其讥讽语调不仅仅针对玫瑰，更是针对一些传统诗人（尤其是男性诗人），正是他们将玫瑰塑造成了没有头脑、依凭美的资本而骄傲的矫情玫瑰或者某种依附性的象征物。摩尔显然否定玫瑰只是客体，只能被动承受加诸她的各种话语，玫瑰拥有与形式相匹配的精神世界，它的刺彰显了其卓尔不群的主体性。

这首诗与里尔克（Rainer Maria Rilke）用法语创作的《玫瑰》（*Les Roses*）组诗存在呼应。里尔克以他特有的、结合了形而上学思考的抒情语调赞美玫瑰，"一朵玫瑰，就是所有玫瑰／与她自身：不可替代的／完美，这甜蜜的词汇／被事物本身所包

---

[1] Marianne Moore, "Rose Only," in *Observations* (New York: The Dial Press, 1924), p. 41.

围。"[1]玫瑰承担着代言人职责:"没有她,永不知如何说出／我们的希望为何物",不管这一职责是否为玫瑰本愿,它都必须承担。显然,里尔克的玫瑰不是独立自在的,它是一个人为的建构,是一个符号,和它所对应的性别群体女性一样,不是沉默,而是空洞,等待男性诗人的语言投射赋予她形式或意义:"哪些天空反映在／这朵开放的玫瑰,／这朵逍遥的玫瑰／的内湖里"[2]。

组诗的第七节,里尔克写到了玫瑰的刺,并且对玫瑰发出了质问:

针对谁,玫瑰,
您采用了
这些刺?
您过于敏感的欢乐
可是它迫使您
变成这等全副武装的
事体?[3]

然后,他以保护者的姿态指责玫瑰的敏感与矫情:

但您用这夸张的武器
防备谁呢?
多少天敌我已为您

---

〔1〕里尔克:《玫瑰集》之六,何家炜译,http://www.zuimeici.net/article/189004.html。
〔2〕里尔克:《玫瑰花心》,绿原译,载于李永平编选《里尔克精选集》,北京燕山出版社,2005,第123页。
〔3〕里尔克:《玫瑰集》之六,何家炜译。

除去

它们对这武器可毫不畏惧。

恰恰相反,从夏季到秋季,

您伤害了人们

给予您的照料。[1]

里尔克的态度带着公然的男性傲慢,鼓励女性的柔弱和依赖,否定女性的自我防卫。里尔克对于玫瑰之"刺"的否定,让我们想起亚里士多德的顽固偏见:"带刺的蜜蜂一定是雄性,因为大自然不会为任何物种的雌性提供武器。"[2]

在里尔克审视玫瑰或其他生物的视角中,他强调人对物的内审(insee)。这种内审是一种进入,"让你自己准确地进入狗,进入那样一个点,当这只狗被创造出来时,上帝仿佛在那儿坐了片刻。"[3]内审消除了人与物的界限,还原了人的内在同一性。然而里尔克认为这种同一性只能是短暂的:"你能忍受暂时待在狗的身体里;只是必须保持警觉,在它完全封闭你之前,能及时跳出来,否则你将只是狗中之狗,丧失其余的一切。"[4]诗歌开始之前的体验,如同道成肉身,他进入对象,成为对象,但对于创作而言,仍然要保持外在的审视和分离,保持人与物清晰的等级制关系。这种等级制关系却是摩尔所抵制的,也是摩尔和里尔克这样强势的男性诗人最大的区别。

---

[1] 里尔克:《玫瑰集》之六,何家炜译,http://www.zuimeici.net/article/189004.html。

[2] Charles Darwin, *The Annotated Origin: A Facsimile of the First Edition of on the Origin of Species* (Cambridge: Harvard University Press, 2009), p. 202.

[3] Vicki Graham, "Into the Body of Another: Mary Oliver and the Poetics of Becoming Other," *Papers on Language and Literature* 30.4(1994), p. 368.

[4] Vicki Graham, "Into the Body of Another: Mary Oliver and the Poetics of Becoming Other," *Papers on Language and Literature* 30.4(1994), p. 368.

玫瑰这一生物对里尔克具有非比寻常的意义,他最后死于玫瑰——因被玫瑰之刺刺伤后引发败血症不治去世,这就像玫瑰对他发出的嘲讽——玫瑰之刺完全可能成为致命利器,而非仅仅是一种"夸张的武器"。在里尔克生前为自己拟定的墓志铭中,我们可以辨析出一丝哀怨:"玫瑰,啊,纯粹的矛盾,欲望着 / 在众多的眼睑下作无人的睡眠。"[1]

威廉·布莱克的《病玫瑰》("The Sick Rose")也是一首极有代表性的玫瑰之诗:

噢玫瑰,你病了!
隐匿的虫
飞来,在黑夜,
在嚎叫的风暴中。

寻到了你
深红欢愉的床,
而你的生命毁灭了
他黑暗隐秘的爱。[2]

这首诗中,昆虫与玫瑰可以分别被解读为阳具与女性的情欲,两者的交融不是幸福或升华,而是毁灭与病态。布莱克暗示了在两性关系中男性面对生命欲望跃动的女性时被去势的焦虑,要克服这一焦虑就必须否定并排斥女性欲望,让女性变成柔弱顺从的客体。布莱克对女性欲望的否定与里尔克对玫瑰之刺的温柔

---

[1] 里尔克:《玫瑰,啊……》,李永平译,载于李永平编选《里尔克精选集》,北京燕山出版社,2005,第147页。
[2] William Blake, "The Sick Rose," in *The Selected Poems of William Blake*, ed. Bruce Woodcock (Ware: Wordsworth Editions Ltd, 1994), p. 83.

抹除是一致的。

摩尔对布莱克的诗歌应该很熟悉,她在写给庞德的信中曾提到早期对她产生影响的寥寥几个诗人,其中就包括布莱克。1915年摩尔在《他者》杂志发表了一首标题为《布莱克》("Blake")的诗:

我想知道,当你看着我们时是否觉得
你好像看着长廊尽头一面镜中的
　自己——虚弱地走着。
我确信,当我们看着你时觉得
自己好像模棱两可,几乎不可能
　映现太阳——苍白地照着。[1]

摩尔将布莱克喻为太阳,肯定了他的强势,不过摩尔并未妄自菲薄,接受女性的虚弱之美。在和里尔克、布莱克这样的强力诗人对话时,她避开其锋芒,采取了侧面进攻或迂回的形式。"玫瑰"是一个极好的对话主题,摩尔肯定玫瑰的力量即是肯定女性的力量。

将三首玫瑰诗并置,我们可以发现,两位男性诗人的玫瑰是从属于诗人的被动客体,而摩尔的玫瑰属于玫瑰自身。摩尔的诗对里尔克的质问和指责做出了坚定的回答,也间接否定了布莱克病玫瑰的隐喻。玫瑰就是玫瑰,是它自身,包含它的花瓣、美的形式和刺,它本身是一种拥有自我防御机制的形象。玫瑰的刺,纵然"无法对抗一只毛毛虫,风雨,或者霉菌",但是只要齐心

---

[1] Marianne Moore, "Blake," in *Becoming Marianne Moore—The Early Poems, 1907–1924*, ed. Robing G. Schuize (Berkely: University of California Press, 2002), p. 361.

协力，就可以对抗"掠夺成性的手"，最终，玫瑰的刺"看守着／你们极微小的思想碎片，迫使观众／接受这一观点：与其被过分强烈地记住，不如被遗忘"。刺成为玫瑰最好的部分，"要是没有刺，你们/看上去就像一个疑问，不过是一种/怪物"。摩尔的玫瑰并不虚荣，摆脱了只懂炫耀其花瓣之美的浅薄名声，成为"自为"的存在，不再承担勃朗宁的忠贞或不忠的象征，也不再是叶芝所渴望的"在我的关键时刻拥抱""我"的玫瑰（叶芝，《秘密的玫瑰》）。它们隐忍，独立，作为"一种整体的象征"，自足而圆满，对抗观众（读者）那被阅读惯性支配的手。

这首诗，是摩尔克制情感、展示精确细节和个人独特视角的典范之作。如同在谈话中那样，摩尔分解长句，遵从自然而然的含蓄，但立场极为明确。瓦莱里（Paul Valery）说："在我看来，最本真的哲理不是在深思的对象中，而是在思考行动及其处理本身。"[1]摩尔不是通过思考的对象寄寓或者代言自己的哲理，而是通过她自身的思考行动和处理细节这种行动呈现自己的哲理，保证了对象的主体性。她的诗句有刻刀的锋利，剔除包裹着玫瑰的层层修辞，颠覆了玫瑰的传统形象，让玫瑰遗世独立。

舒尔曼曾将摩尔的诗歌主题总结为：面对野蛮压力时的勇气；忍耐和持续的平凡美德；整合了探究过程中的多种印象；在一个鼓励碎片化的世界中保持个体完整性的努力。[2]因为这些主题，摩尔诗歌中"自为"的生物，带有浓重的悲剧意味。她感知到这种悲剧意味，在《鱼》的手写稿旁随手写下了："美缠绕着悲剧。"这种悲剧感其实是整个现代生活的基调，它在实用主义

---

[1] T. S. 艾略特：《从爱伦·坡到瓦莱里》，朱振武译，载于陆建德编《批评批评家——艾略特文集·论文》，李赋宁、杨自伍等译，上海译文出版社，2012，第40—41页。

[2] Grace Schulman, *Marianne Moore: The Poetry of Engagement* (Urbana & Chicago: University of Illinois Press, 1986), pp. 1–2.

哲学中也有体现，因为其核心思想正是"以承认生活的悲剧感为基础"。威廉·詹姆斯反复强调生命"不可避免的困境和失败"。另一位实用主义哲学家胡克（Sidney Hook）在分析这种悲剧感时指出，理解生命悲剧性冲突的路径有三条，第一是历史，第二是爱，第三是创造性智慧[1]。实用主义哲学推崇的是第三条路径，通过创造性智慧抵御生命的悲剧感，这也是摩尔领悟到的现代诗歌的使命之一。

摩尔的生物诗超越了人类中心主义的价值观，还原了生物作为生物的生命价值。她从穿山甲、码头老鼠、玫瑰、纸鹦鹉螺、蜗牛等动植物身上，总结出了普遍性的生存原则。它们拥有精神的强度，承担了严肃、沉重的自然生命价值；她把一个"主观林立的世界"还原为一个物的生动世界，观念因各种独具特质的生物、因一些经验的或文字的碎片而具象化、而充实。

三、观照和拥有的艺术：摩尔与毕肖普

摩尔的诗，得到的最好回应之一，是比她年轻许多的后辈诗人毕肖普。比对她们两人的诗歌作品，我们可以看到主题之间的相依相随。例如，摩尔有《斯宾塞的爱尔兰》（"Spenser's Ireland"），毕肖普有《克鲁索在英格兰》（"Crusoe in England"）；摩尔有《尖塔修理工》（"The Steeple‑jack"），毕肖普有高居于桅杆顶端的《不信者》（"The Unbeliever"）；摩尔有《穿山甲》，毕肖普有同样避世的《人蛾》（"Man‑Moth"）；摩尔有《苦行者》，毕肖普有《麋鹿》（"The Moose"）；摩尔有《鱼》，毕肖普也有《鱼》（"The Fish"）；

---

[1] 康乃尔·韦斯特：《美国人对哲学的逃避：实用主义的谱系》，董山民译，南京大学出版社，2016，第177页。

摩尔有描写大海的《坟墓》，毕肖普有《在渔房》("At the Fishhouse")；摩尔有《黑色泥土》，毕肖普有《矶鹞》("Sandpiper")……

摩尔和毕肖普都是耐心而谨慎的创作者。摩尔的耐心表现在反复修订她的诗歌，毕肖普的耐心表现在她会用很多年时间完成一首诗——她的《麋鹿》一诗写了二十年。毕肖普的每一首诗几乎都开始于一种直接经验，但需要漫长的时间沉淀，这也可以解释她一生创作的诗歌为何如此之少（她一生总共创作了一百多首诗，生前只发表了九十五首）。她们两人都实践了摩尔在诗歌中所说的："是耐心／保护着灵魂，如同衣着为身体／御寒"[1]。

摩尔和毕肖普都放逐了权威作者的野心，将语言托付给诗歌中的物，只是她们之间存在明显的差异。和摩尔的客观性不同，毕肖普有自我倾诉、自我显现的欲望，她习惯在物身上寄寓自己的情绪，在诗歌中部分展现个人史。由于在生命中被迫反复"练习"失落的艺术，毕肖普在诗歌中便努力想实施一种拥有的艺术——通过物再现、留存漂泊的记忆，她对物不自觉地抱有强烈的期待。不过，毕肖普并没有放纵自我，在艾略特、摩尔等强调非个人化主张的前辈诗人与洛威尔、普拉斯、塞克斯顿（Anne Sexton）等自白派诗人之间，毕肖普貌似选择了一条中间道路，她在自我探索或自我呈现时，也和摩尔一样，力图确立一种他者的观察视角。毕肖普对物的凝视，是"生产性的看"（productive look）[2]，打开了摩尔自我封闭的观察形式，创造了一种"比摩

---

[1] Marianne Moore, "An Expedoent—Leonardo da Vinci's," in *The Poems of Marianne Moore*, ed. Grace Schulman (New York: Penguin Group Inc., 2003), p. 342.

[2] Kirsten Hotelling Zona, *Marianne Moore, Elizabeth Bishop and May Swenson: The Feminist Poetics of Self-restraint* (Ann Arbor: The University of Michigan Press, 2002), p. 7.

尔更具实验性、临时性、更难以捉摸的主观性"[1]，这种主观性，就像一只麋鹿，偶然在诗中小心翼翼地闪现，指向她最真实的内在。毕肖普的诗在隐瞒和表达之间摇摆，超越了自白派的狭隘性，也超越了历史上部分男性作家的自传性作品——包括笛福（Daniel Defoe）的《鲁滨孙漂流记》（*Robinson Crusoe*），卢梭的《忏悔录》（*Les Confessions*），华兹华斯的《序曲》（*The Prelude*）等开创的"宏大自传叙事"[2]，在梦幻、心像与物的交织中，展示了现代悲剧意识。

（一）诗的不同缘起

毕肖普和摩尔的身世有相似之处，但两人的成长经历和心理状态完全不同。毕肖普几乎也不曾拥有父爱，在她八个月时，她的父亲去世。然而比摩尔不幸的是，她的母亲因为这一打击精神失常，在毕肖普五岁时被送进精神病院，留给毕肖普的唯一记忆是划破天际的一声尖叫。直到1934年她的母亲在精神病院去世，毕肖普未曾再见过她。在回忆文章《在村子里》（"In the Village"）中，毕肖普这样描写母亲的那声尖叫："这是一个我甚至不需要努力记住或重建的记忆；它总是在，清晰而完整。"[3]在这篇文章中，毕肖普透露了许多关于自己的秘密，她讲述了自己的童年，这一声尖叫萦绕了毕肖普的一生。从那一刻开始，作为孩子的毕肖普消失了，隐藏起来了。

毕肖普在外祖母和姨母的轮流抚养下长大。她的外祖母生活

---

[1] Joanne Feit Diehl, *Elizabeth Bishop and Marianne Moore: The Psychodynamics of Creativity* (Princeton: Princeton University Press, 1993), p. 7.

[2] Kit Fan, "Imagined Places: Robinson Crusoe and Elizabeth Bishop," *Biography* 1 (2005), p. 50.

[3] Elizabeth Bishop, *The Collected Prose*, ed. Robert Giroux (New York: Noonday, 1984), p. 4.

贫困，住在加拿大新斯科舍（Nova Scotia）。毕肖普在她身边长到五岁，母亲被送到精神病院后，她的祖母将她"绑架"到美国的马萨诸塞州。祖母家境富裕，但毕肖普与父系的亲人并不亲近。度过异常压抑的八个多月后，她被送到波士顿郊区贫穷的姨妈家中。十六岁时，毕肖普进入寄宿学校胡桃山高中（Walnut Hill School）读书。难熬的是假期，同学们回家后，她无处可去，总是待在旅馆、出租屋或朋友家，"过客"的漂泊心态如影随形，自怜与孤独的情绪挥之不去，她为自己拟好的墓志铭是"全世界最孤独的人"。

毕肖普的父亲生前给她建了一笔信托基金（trust fund）。依靠这笔钱，她生活无忧，不需要认真考虑工作。这给她带来某种解脱，或许也加重了她的漂泊感：没有家人，不需要负担谋生的责任，反而更难以寻找稳定的方向。

毕肖普从儿时起患有哮喘，发病时会呼吸困难。她的朋友凯瑟琳·斯皮瓦克（Kathleen Spivack）将哮喘描述为身体的情绪表达被压抑后替代哭泣的方式，悲伤以这种特定的形式溢出。它常常由过敏性激发，但也被认为是一种精神疾病，由婴儿时期母亲的厌弃造成。哭泣被压抑，巨大的绝望难以承受，婴儿放弃了一部分活下去的意志，悲伤转入隐蔽状态，以无法自由呼吸间接表达自己。[1] 为了抵制孤独与哮喘的压迫，毕肖普成为一个酗酒者，在给一个朋友的信中，她这样自嘲："多么滑稽——我看上去如此沉着、优雅、严肃（是的——绝对如此）……所有人都尊敬我，叫我毕肖普女士——每每这一刻我内心都想大笑——同时也为此骄傲，因为没有人知道。——我与他们所以为的如此不

---

[1] Kathleen Spivack, "Conceal/Reveal: Passion and Restraint in the Work of Elizabeth Bishop," *Massachusetts Review* 46.3 (Sep 2005), p. 501.

同。"[1]

毕肖普是一个同性恋者,有过多位关系密切的同性伴侣,同时她也享受与男性的狎昵调情;她喜欢隐士般的生活,畏惧教书和公开演讲这样的社会活动,但她并不排斥社交,和多名诗人建立了深厚友谊。

成长经历让毕肖普对"失落"刻骨铭心,甚至不得不把失落变成"一种艺术",就像她不得不把身世造成的心灵苦涩转变成身体的困境——严重的哮喘和酗酒,或者不得不选择漂泊的生活方式以抵制无家可归的身世。毕肖普渴望诗歌的救赎,这是她不同于摩尔的期待,"通过书写可以自助,因为它既有时间也有自由,它比言语更容易逃离经验世界的迫切性"[2]。面对生活,她有自助的动机和逃离的迫切性。

1952年,毕肖普前往巴西,遇到了她的同性恋伴侣罗塔·德·马切朵·索雷思(Lota de Macedo Soares)。她在真正意义上拥有了一个家。1967年索雷思跟随她回到美国,不久却自杀了。难以言说的个人伤痛变形为克鲁索的故事,她借助克鲁索讲述自己的遭遇,一种不合时宜的生命感受——在荒岛的克鲁索梦想着故土英格兰,而回到英格兰的克鲁索却挂念着自己的荒岛:

我的岛屿仿佛是
一种云块。整个半球
剩下的云飘来,悬挂在
火山口上——它们烤焦的喉咙

---

[1] Richard Tillinghast, "Elizabeth Bishop: Driving to the Interior," *New Criterion* 27.8 (April 2009), p. 16.
[2] 雅克·德里达:《书写与差异》,张宁译,生活·读书·新知三联书店,2001,第173页。

摸起来发烫。[1]

仔细辨认，毕肖普的诗也带有"烤焦的喉咙"发出的嘶哑声。

> 我常常屈服于自怜。
> "我注定如此吗？我猜是的。
> 否则我不会在这里。在某个时刻
> 我真的选择了这里？
> 我不记得了，但有可能。"
> 不过，自怜有什么错？
> 我的腿随意地挂在
> 火山口的边缘，我对自己说
> "同情应在家中开始。"因此
> 我越是同情，越能感觉到家。[2]

在诗歌的最后，被克鲁索带回英国的星期五死了，克鲁索的个人史即将变成公共史被人们铭记，但属于克鲁索的个人记忆却将永远丧失：

> 本地博物馆请我
> 将一切都给他们：
> 长笛，刀，干硬的鞋子，
> 掉毛的山羊皮裤

---

[1] Elizabeth Bishop, "Crusoe in England," in *Elizabeth Bishop: Poems, Prose, and Letters*, eds. Robert Giroux and Lloyd Schwartz (New York: The Library of America, 2008), p. 152.

[2] Elizabeth Bishop, "Crusoe in England," in *Elizabeth Bishop: Poems, Prose, and Letters*, p. 153.

(蛆虫钻进了皮毛),
那把阳伞,我花了那么多时间
回忆伞骨开合的方式。
它还可以使用,被收拢着,
就像一只拔了毛、瘦骨嶙峋的鸡。
怎会有人想要这种东西?
——而星期五,亲爱的星期五,死于麻疹,
在十七年前,三月来临之际。[1]

  毕肖普理解克鲁索的生存悖论,她本人经受了相似的矛盾处境。在巴西,毕肖普不断回顾在新斯科舍和美国承受的失落记忆;十六年后回到美国,她又不得不以过客的心态回顾巴西。1965年毕肖普出版的《旅行问题》(*Questions of Travel*)一书分为两部分:《巴西》和《别处》,这两个主题含蓄地揭示了毕肖普无所皈依的存在状态。

  比较毕肖普的《克鲁索在英格兰》和摩尔的《斯宾塞的爱尔兰》,其差异是明显的。摩尔借助斯宾塞(Edmund Spenser)建立了一种客观视角去审视爱尔兰,将自己的爱尔兰情结隐藏起来,几乎不泄漏任何痕迹。《克鲁索在英格兰》则投射了毕肖普深沉的欲望和情感。

  并不像摩尔那样在诗歌中去除或者抽离个人经验,毕肖普的诗往往缘起于真实的际遇,携带了有限的个人史,一首诗的开启,有时顺从际遇而来的自发性或神秘性,与摩尔带有强烈兴趣的观察、刻意的挑选和设计不同。在自发的缘起之后,毕肖普的

---

[1] Elizabeth Bishop, "Crusoe in England," in *Elizabeth Bishop: Poems, Prose, and Letters*, eds. Robert Giroux and Lloyd Schwartz (New York: The Library of America, 2008), p. 156.

目光和身体意识在诗歌中会跟随外在景物或在场或迁移,虽然细节上偶尔犯错或做出调整,但她并不虚构事实。《在等候室》("In the Waiting Room")一诗中,她弄混了1918年的两期《国家地理》,但这首诗记载的是她的真实经历,激发这首诗的是从等候室闯入她耳膜的一声叫喊。《克鲁索在英格兰》中的蓝色蜗牛也是真实的,虽然她误以为这些蜗牛是树蜗牛。她结合了《鲁滨孙漂流记》中的故事和她在阿鲁巴岛(Aruba)的旅行经历——她在阿鲁巴的确看到了许多小火山。奥登在《创作、认知和判断》("Making, Knowing, and Judging")一文中说:诗人"所写的每一首诗都包含了他全部的过往。"[1]这句话不适合摩尔,但无疑适用于毕肖普。在个人经验叙事中,与摩尔一致的准确性追求是一种校正,"准确性"——受制于物性或者说对物的尊重——适当阻止毕肖普个人心绪无节制的泛滥。

比较摩尔的《鱼》和毕肖普的《鱼》,我们即可以看到不同的缘起。摩尔的鱼没有特定的背景,只是海底的一个普遍族类,在水域游动;而毕肖普的鱼,是在特定时间、特定地域与她相遇的某条鱼:

我钓到了一条极大的鱼,
将他拖到船边,
半露出水面,我的鱼钩
扎在他的嘴角。
他没有反抗,
他完全没有反抗。
他喘息着,挂在绳端,
疲惫,庄严,

---

[1] W. H. Auden, *Making, Knowing, and Judging* (Oxford: The Clarendon Press, 1956), p. 32.

模样普通。

这首诗写于1940年，毕肖普描述了与这首诗相关的亲身经历：："我在基韦斯特（Key West）钓到了这条鱼，不过我在诗中做了一点改变。诗中说有五个鱼钩挂在他的嘴上，实际只有三个。一首诗有时有它自己的需求。但我在诗中总是尽可能接近真实。"[1]

和摩尔的《鱼》一样，毕肖普的这首诗也有关于战争的隐喻，包含了许多军事词汇，比如"战斗"（fight）、"武器似的"（weaponlike）、"绶带"（ribbons）、"胜利"（victory）等，然而，作为钓鱼者的诗人与鱼之间的对峙，覆盖了这首诗的政治宗旨。

菲利普·马库斯（Philip Marcus）运用荣格心理学解读这首诗，这一阐释视角很有说服力。毕肖普对荣格的思想很熟悉，1950年，她曾用荣格的概念阐释过叶芝的《幻象》（"A Vision"）。[2]荣格将海洋当作无意识的象征，钓鱼如同面对一个人的无意识，是完成自我认识或者个性化的行为。在一位女性的自我认识过程中，一个关键阶段是遭遇一种无意识的男性心理成分，荣格将之命名为"（女性人格的）男性意象"（Animus）。在荣格时代，因为性别刻板对立，一个女性在心理中埋葬男性意象是一种极有意义的成就，成为一种个人化的"胜利"。马库斯指出，对《鱼》这首诗做荣格似的解读，可以看到同性恋的毕肖普自我冲突的性别意象，诗歌结尾的胜利尤其重要。[3]

---

[1] Brett Candlish Millier, *Elizabeth Bishop: Life and the Memory of It* (Berkeley: University of California Press, 1993), p. 196.

[2] Elizabeth Bishop, *One Art: Letters*, ed. Robert Giroux (New York: Farrar, Straus and Giroux, 1994), p. 205.

[3] Phillip L. Marcus, "'I Knew That Underneath Mr. H and I Were Really a Lot Alike': Reading Hemingway's The Old Man and the Sea with Elizabeth Bishop's 'The Fish'," *The Hemingway review* 33.1 (Fall 2013), p. 30.

我看着，看着，
胜利充满
这租来的小船舱。
舱底的水池中，
机油扩散成一道彩虹，
环绕着生锈的引擎，
又延伸至生锈的橙色水勺，
太阳晒裂的横板，
绳子上的桨架，
船舷——直到所有的事物
都变成了彩虹，彩虹，彩虹！
我放走了这条鱼。[1]

"放走了这条鱼"，暗示了毕肖普和自己的和解，维护了无意识领域的完整性。换一个视角来看，最后的胜利也许还暗示了毕肖普能够摆脱包括摩尔等前辈诗人的影响，写出自己的诗歌。

以实际的观察接近对象，对观察对象精神生命的探寻，不仅是为了抵达对象，更是为了呈现一种心境，准确的物质细节描写，包含了潜在的心理暗示，这些暗示让我们略微窥见毕肖普的内心。在这首《鱼》中，毕肖普通过细节描述努力贴近那条鱼，试图刺破沉默／他者的隔膜，获得一种认同，对这条鱼精神痕迹的印证不是信念而是绝望之中的救赎，是她自己所渴望的一种生命样态以及能带来肯定与包容的意外相逢。

---

[1] Elizabeth Bishop, "The Fish," in *Elizabeth Bishop: Poems, Prose, and Letters*, eds. Robert Giroux and Lloyd Schwartz (New York: The Library of America, 2008), p. 34.

摩尔的作品中则鲜少有与某一具体生物直接相遇的诗，即使有，她也会将直接性变成间接性。她的《彼特》一诗在主题上和这首《鱼》似乎更为接近，在一只名为彼特的猫身上，摩尔肯定了一种张扬的生物个性，但我们几乎辨认不出她的心理痕迹。摩尔的诗歌重心在于通过热诚而精细的观察发现生物生命中包含的精神品质——道德性或价值，这种精神品质完全取代了她自己的声音。毕肖普在《因为我们喜欢它》一文中说，摩尔的诗在自我和他者之间达成了一种平衡，凸显物的个体特征，而不是强加给物某些意义，她将动物看作动物"而不是'披着皮外套'的人。"[1]

毕肖普也在自我和生物之间寻找一种平衡，只是她无法像摩尔那样坚持绝对的相异性，"放弃本身所拥有的"，她的方式是杜威所说的那样，通过物印证、深化个体经验。1939年2月3日，毕肖普写给摩尔的信中提及她在读杜威的作品，杜威对于经验的分析尤其吸引毕肖普。[2]杜威认为，我们接受生活与经验全部的不确定性、神秘、怀疑和一知半解，然后（在想象和艺术中）将那种经验转向其自身，去深化、强化它自己的品质。他对于深度的定义聚焦于知觉，经验的深度产生于精神和自然或客体之间的相互关系，深度来自情感以及智性沉浸在客体之中时。评论家佩吉·塞缪尔（Peggy Samuels）指出，这一哲学接近毕肖普的诗学。[3]与现实之物相遇的个体经验激发了一首诗的开端之后，毕肖普在诗歌进程中就像杜威所说的那样不断内化、深化、神秘化

---

[1] Elizabeth Bishop, "As We Like It," in *Elizabeth Bishop: Poems, Prose, and Letters*, eds. Robert Giroux and Lloyd Schwartz (New York: The Library of America, 2008), p. 686.

[2] Letter from Elizabeth Bishop to Moore, March 29, 1939, The Rosenbach Museum and Library.

[3] Peggy Samuels, "Verse as Deep Surface: Elizabeth Bishop's New Poetics, 1938-39," *Twentieth-Century Literature* 52.3 (2006), p. 308.

个体经验，融合了超现实主义成分以及梦和无意识。

（二）观看与凝视

对客体的兴趣，是摩尔和毕肖普友谊的基础之一。她们都对物质世界寄予了深情与好奇，拥有接近物的不同途径。

在摩尔的诗中，心灵在物的世界之外去观察对象。摩尔坚持一种外在性和远距离地看，这种远不是空间上的，更多是心理和媒介上的距离。摩尔带有一种科学家似的客观立场，她的观察也是思考，包含着知识的考据和价值探索。她观察的物，不是进入她个人经验领域的对象，而是被她探究的对象，她坚持透过媒介——文字或图片等——去理解客体。摩尔的看，不是将观看对象作为被塑造的客体，而是让其保持独立性和主动性，从自然的行动中探寻它的特性。她的目光只是跟随而不干涉，她的句法推进与她的看（研究）同步。

毕肖普则采取了沉浸式的看，这是一个漂泊者对物的凝视，总在寻求心灵的停靠点。在她的诗中，心灵是一个参与者，与对象发生交互作用。当然，这种交互作用并不达成杜威所谓的认知——"当这种交互作用是在一种明确的方式之中被控制着的时候，心灵便认知了这些事物。"[1]毕肖普的目的不是认识而是记忆。她以探索、好奇的目光投射于物的表面，然后逐渐深入事物内部，就像她第一本诗集中第一首诗《地图》（"The Map"）的开头："陆地躺在水下"[2]，心灵与对象的交互作用并非在"明确的方式之中被控制着"，而是在不安和迷茫中进行，视线移

---

[1] 约翰·杜威:《确定性的寻求——关于知行关系的研究》,傅统先译,上海人民出版社,2005,第154页。
[2] Elizabeth Bishop, "The Map," in *Elizabeth Bishop: Poems, Prose, and Letters*, eds. Robert Giroux and Lloyd Schwartz (New York: The Library of America, 2008), p. 3.

动的过程不自觉地把物当作了自我记忆、情感的投射对象。

桑塔格曾区分"观看"(looking)与"凝视"(staring)这两个行为。观看是自愿的,也是变化的,随着兴致的高昂与低沉而起伏不定;凝视在本质上带有强制特征,它是稳重的、无变化的、固定的,凝视伴随着观者的自我忘却,值得凝视的客体是对认知主体的取消。[1]正是在凝视中,精神流进自然,意识融入物的生命,感觉和情感与自然交融。毕肖普的凝视期待这种物我交融,在物中消弭带有伤痛的个人记忆。

令人惆怅的是,毕肖普的诗,没有和外物,和世界,和自身永远残缺的童年记忆的和解,呈现出"一种未完成性"[2]。父母的缺席是一种永远的伤痛,这种伤痛在肉体上打下隐秘的记号,在心灵上带来永远的痛苦,它使毕肖普本人如同一块顽固的石头或是墨点一样,突兀地存在于她周围所有的人物之中,如此清晰、醒目。她和摩尔一样对客观世界抱有尊敬,但她过于强烈的自怜反而阻止她抵达物本身。她在给画家格雷戈里·瓦尔德斯(Gregorie Valdes)的评论中写道:"我们嫉妒某些人,不是因为他们富有、英俊或者成功——虽然他们可能拥有所有这些品质或者其中部分品质——而是因为他们所是和所做的一切看上去都是自成一体……"[3]毕肖普欣赏一个人浑然天成的优雅和完整性。摩尔显然拥有这种完整性,毕肖普却求而不得,她无法体验胡塞尔在本质直观(seeing an essence)概念中暗示的视觉的切合:由于自我是一种"现成的体验复合",视觉本质上是一种外在性与内在性的切合,物在范畴活动之前就已经"在感性知觉的综合统

---

[1] 桑塔格:《沉默的美学》,黄梅等译,南海出版公司,2006,第61页。
[2] Susannah L. Hollister, "Elizabeth Bishop's Geographic Feeling," *Twentieth Century Literature* 9 (2012), p. 410.
[3] Richard Tillinghast, "Elizabeth Bishop: Driving to the Interior," *The New Criterion* 27.8 (April 2009), p. 17.

一体中被给予了"[1]。

以《在渔房》为例。这首诗从简单的场景写实开始,以空间的位移来推进诗歌进程:

一座渔房边
仍有一位老人正坐着织网。
他的网,在暮色中几乎不可见
只是一团紫褐色,
他的梭子陈旧光滑。
空气中鳕鱼的气味如此强烈
让人流下鼻涕和眼泪。
五座渔房有尖峭的屋顶,
狭窄的跳板倾斜着,固定在
阁楼的储藏室,
便于手推车上下。
一切都是银色的:大海沉重的表面,
慢慢隆起,仿佛想溢出,
并不透明,但长椅,
龙虾罐和桅杆的银色,散布在
荒野参差的乱石间,
显然是半透明的,
就像那些老旧的小屋,翠绿的青苔
生长在它们临海的墙上。[2]

---

[1] 胡塞尔:《逻辑研究》II,倪梁康译,上海译文出版社,2006,第1页。
[2] Elizabeth Bishop, "At the Fishhouses," in *Elizabeth Bishop: Poems, Prose, and Letters*, eds. Robert Giroux and Lloyd Schwartz (New York: The Library of America, 2008), p. 51.

一缕（目）光将海边平凡的事物一一照亮。这点光，如此平坦，依次掠过老人、渔网、刀、梭子、手推车、大海沉重的表面、长椅、龙虾罐、桅杆、苔藓……最初的描述具有自然主义的写实风格，很快，毕肖普就超越了自然主义。当平常之物在光的聚焦下一点点呈现时，产生了一种轻微的变异效果，丧失了原有的平庸性而获得了一种神性。这种现象就好像我们盯着一个汉字看久后，会怀疑自己是否认识这个字。

在照亮事物的同时，她巧妙地加入了自己的立场，通过几个词——"暮色""陈旧""透明""沉重""古旧"——表达出来。这些词语，暗示时间的在场。时间是拉深了的空间，或者说，时间在每件事物上留下了深渊一样的伤口，使事物在空间中看似稳定的位置变得摇晃，变得不那么确定，这种不确定性使这首诗的节奏像一种摇晃的慢镜头。

毕肖普的光继续推进，向远处，向着大海推进。在不断的位移中，她的凝视像德里达所说的，不是为了"向所有对象发问"[1]，不是把这个世界单纯地当作一个被看的世界，而是想将这个世界当作"某种行动中心、某种活动或牵挂场域"[2]。那个被放逐、承受失落的自我渴望抵达这个场域，甚至充实这个场域。然而这种交融不曾实现，暮色中的大海在毕肖普的凝视中，就像天地间的一个虚无，我们从中听到了莱维纳斯所描述的那种寂静，"没有什么东西接近我们，没有什么东西出现，没有什么东西威胁我们；这种寂静，这种宁静，这种感觉的空隙构成了一种沉默的、绝对不确定的恐吓。"[3] "我们在黑夜和悲剧中接近

---

[1] 雅克·德里达：《书写与差异》，张宁译，生活·读书·新知三联书店，2001，第1页。
[2] 雅克·德里达：《书写与差异》，第146页。
[3] 莱维纳斯：《有：没有存在者的存在》，孙向晨译，载于童庆炳等编《文化与诗学》第1辑，上海人民出版社，2004，第155—156页。

这种存在，这种存在作为一种无人称的场的存在，一种没有所有者或主人的在场，在那里，否定、湮灭和虚无都像是肯定、创造、生存一样的事件，只不过是无人称的事件……在这个意义上，存在没有出口。"[1]

毕肖普对此并不回避，她凝视着虚无，同时也承担起虚无那巨大沉重的质量。这种虚无既是形而上的、存在的深渊，同时也折射出毕肖普个人生命的悲剧体验和内在欲望。她的视觉"总是得不到平复、满足……看为欲望打开整整一个空间，但是看并不能满足欲望的要求。可见空间证明了我的发现能力，同时又证明了我对于到达的无能。"[2]欲望即意味着无限的隔离，欲望"受到他者那种绝对不可还原的外在性的召唤，而且它还必须无限度地与这个他者保持不切合性。欲望只与过度相等。任何整体都永远无法在它上面合上口。"[3]毕肖普的凝视注定了与对象的永恒隔阂。

对于这种永恒的外在性处境，毕肖普惯用的一个手法是寻找一个替身。代替自己临时性地沉浸于对象之中。在《麋鹿》中，麋鹿是替身；在《礼节》（"Manners"）中，乌鸦是替身。在这首《在渔房》中，那只小海豹是替身。它在诗歌结尾处浮现，一个充满好奇的小生命，它倾听着音乐，它是一点温暖，或者就是信仰本身，它是沉重之中的一点轻盈，它出现，又消失，那么超然。有些时候，毕肖普直接让替身代替她进行凝视，而她自己隐身在后。比如，《六节诗》（"Sestina"）这类回忆童年的诗歌

---

[1]莱维纳斯:《有:没有存在者的存在》,孙向晨译,载于童庆炳等编《文化与诗学》第1辑,上海人民出版社,2004,第160页。
[2]让·斯塔罗宾斯基:《镜中的忧郁:关于波德莱尔的三篇阐释》,郭宏安译,华东师范大学出版社,2012,第167页。
[3]雅克·德里达:《书写与差异》,张宁译,生活·读书·新知三联书店,2001,第156—157页。

中，她运用了一个孩子的视角，意象、节奏带有孩子似的清脆：

> 九月的雨落在屋顶。
> 微弱的光中，老祖母
> 和孩子坐在厨房
> "小奇迹"牌火炉边，
> 读着年历上的笑话，
> 用谈笑掩藏她的泪珠。
>
> 她以为她秋分时的泪珠
> 和敲打屋顶的雨
> 都被年历预知，
> 不过唯有一位祖母才能理解。
> 铁壶在炉子上歌唱。
> 她切了几片面包，对孩子说，
>
> 现在是下午茶时间；但孩子
> 注视着茶壶上小而坚硬的泪珠
> 在滚烫的黑色炉子上疯狂地舞动，
> 这也是屋顶上的雨舞动的方式。[1]

孩童视角使得涉及的对象——被回忆的人和事——变轻，仿佛无关紧要，但是压抑不住的成年悲愁从词语的缝隙渗透出来。

---

[1] Elizabeth Bishop, "Sestina," in *Elizabeth Bishop: Poems, Prose, and Letters*, eds. Robert Giroux and Lloyd Schwartz (New York: The Library of America, 2008), p. 120.

在《矶鹞》和《克鲁索在英格兰》等诗中,毕肖普分别用了矶鹞和克鲁索的视角,以一只鸟或者一个虚构人物的视角去看世界,透过这两个被置于前景、凝视着的形象,我们可以感受到毕肖普的渴望和思考。

替身是对视觉的框限,是一种自我保护,将自我的视线转嫁他人,不让它溢出边界,不做一个完全沉浸的忘我者。她在看,渴望停靠或拥有,却又克制自己,保持着一种戒备,随时准备撤离,规避一切可能的伤害,使得与失都在一个有限的、可以承受的范围之内。

毕肖普从个人的伤痛记忆出发,看到无序、转瞬即逝、失落、不可被认知的。她的凝视,如克洛岱尔(Paul Claudel)所说,一切"在强光下被画在光上的东西,就如同变成了霜的空气"[1],旁观者的立场无法主宰,无法交融,带有一种无助感。她的目光让物的形象显现,这些形象映照出她的心像,始终在她之外,又必然消逝于黑暗中。

(三)博物馆知识与地理学知识

和摩尔一样,毕肖普也运用相关知识支撑她的写作。摩尔以研究者的审慎态度运用博物馆知识,毕肖普则青睐地理学常识,在作品中注重融合地理景观和个体置身某个地域的感受。

摩尔希望揭开世界之谜,更深刻地理解世界,而毕肖普希望建立与世界,与物,与某个地域的深刻关系。她对地理学的兴趣不是为了准确地描述,而且是为了定位自己,归根到底是"对自己过去的兴趣——对她而言,时间和记忆是永恒的主题——但并

---

[1] 雅克·德里达:《书写与差异》,张宁译,生活·读书·新知三联书店,2001,第203页。

不做历史性的叙事"[1]。她的主题是体验某个地区的个人行为或者记忆。毕肖普偏爱空间叙事模式，既然时间对她而言是永远的失落记忆，不断拓展的新空间或许可以带来补偿。记忆和体验有时干扰空间的连续性，穿越某个地区的旅行是自我沉溺于逝去的时间，是自我放逐，却又暗含新的期待。她将回忆灌注于外在的风景，将趋于狭隘、封闭的内在性导向外在性，如同在外物中铭刻自我的影子，以安抚自己在这个不断流逝的世界中的痛苦和失落。这种转移，让她从痛苦和失落中暂时抽离出来，这也是为什么她在一首诗中的声音总会"逐渐增强临时性、犹疑或者自我抹除"[2]。

《麋鹿》一诗描写了她从新斯科舍前往波士顿的旅途经历。诗歌标题为"麋鹿"，但麋鹿只在诗歌结尾部分出现，前面大概四分之三的篇幅在描写沿途的地理景观、车厢里旅客们琐碎的对话，粗线条的远景勾勒逐渐转变成细节呈现：

它冰冷、圆形的颗粒
凝结，滑动，落入
白色母鸡的羽毛中，
落入光滑的灰色卷心菜中，
落在洋蔷薇
和使徒似的羽扇豆上；

甜豌豆粘着
它们潮湿的白弦

---

[1] Susannah L. Hollister, "Elizabeth Bishop's Geographic Feeling," *Twentieth Century Literature* 3 (2012), p. 404.
[2] Joanne Feit Diehl, *Elizabeth Bishop and Marianne Moore: The Psychodynamics of Creativity* (Princeton: Princeton University Press, 1993), p. 59.

挂在粉刷过的篱笆上；
大黄蜂爬在
毛地黄中，
夜晚降临了。[1]

我们可以感受到毕肖普作为一个旅人炙热的目光如何黏滞于这些细节，又不得不从这些细节滑开，转向下一个景观，从外在物象转移到车厢里梦幻似的悲剧氛围：

旅客们靠着椅背。
鼾声响起。几声长长的叹息。
一种梦似的迷离
在夜晚开始，
一种温柔的，听觉的，
迟滞的幻想……

在咯吱声和嘈杂声中
一种古老的交谈
——与我们无关，
却又是我们所了解的，在某处，
在车厢后排响起：
那是祖父母的声音

不间断地

---

[1] Elizabeth Bishop, "The Moose," in *Elizabeth Bishop: Poems, Prose, and Letters*, eds. Robert Giroux and Lloyd Schwartz (New York: The Library of America, 2008), p. 159.

响起,在永恒之中……[1]

在这种仿佛大雾弥漫、不着边际的客观叙述中,一只麋鹿突然出现:

一只麋鹿
从深不可测的树林出来,
站在那里,或者说,突兀地,
站在马路中间。
它走近;它嗅着
汽车发烫的引擎盖。

巍然,无角,
高耸如一座教堂,
朴实如一座房屋,
(或者说,安全如房屋)。[2]

麋鹿,在这首诗中不是毕肖普的观察对象,它和毕肖普本人一样,是一个突兀的过客,叙述中的一个有机体,一个孤独的、静立于黑暗中的肉体吸附了之前客观的旅途景观、抽象的琐碎对话,麋鹿是一剂显影剂,使诗句中弥漫的悲剧感有形地显现。借助这只麋鹿,毕肖普袒露了自己,将他人谈论的不幸指向她自己的人生,让读者通过这只鹿接近她的个人史。毕肖普认为,一个

---

[1] Elizabeth Bishop, "The Moose," in *Elizabeth Bishop: Poems, Prose, and Letters*, eds. Robert Giroux and Lloyd Schwartz (New York: The Library of America, 2008), p. 161.
[2] Elizabeth Bishop, "The Moose," in *Elizabeth Bishop: Poems, Prose, and Letters*, p. 162.

诗人并不需要虚构一些事件来表达深刻的意义，相反，持续不断的回忆总在重新阐释经验，总在重构无法被真正理解的意义。[1]这只麋鹿，承担着阐释和重构的使命，它使毕肖普作为发言者可以置身于安全的距离之外，将个人史变成一种客观的呈现，从个人经验中提炼一种普遍意义。

麋鹿是混沌平庸的生命进程中最珍贵的核心，它应该被呵护，被小心地保存，却常常不可避免地丧失。诗歌大篇幅的景观描述、地理学的细节呈现，都是为了烘托一只麋鹿的出现与消逝，为了相遇与告别。短暂的相遇，麋鹿变成新的失落记忆，一个离去的身影预示了无尽延续的旅程，诗本身无法闭合。科斯特洛指出，《麋鹿》一诗聚焦于离开而非目的地，聚焦于告别而非重聚，聚焦于失落而非获得，这种离心趋势，同样构成了济慈所说的"消极感受力"，[2]这是毕肖普惯用的一种技巧。告别或者丧失的离心力，使诗歌中的"我"既在又不在诗歌中，她的个人叙事披着客观性的面纱。

摩尔也写过鹿，她的《苦行者》描写的是驯鹿，开头引述一个朋友的话，描写了驯鹿的生理学事实：

"我们见过驯鹿漫步，

觅食；"一位曾到过拉普兰的朋友说：

"它们能适应

瑞诺[3]即草原的

---

[1] James Longenbach, *Modern Poetry after Modernism* (New York: Oxford University Press, 1997), pp. 23–33.
[2] Bonnie Costello, "Vision and Mastery in Elizabeth Bishop," *Twentieth Century Literature* 4 (1983), p. 368.
[3] 原文Reino,拉普兰语,草原的意思。

艰苦，50分钟内
能奔跑11英里；雪地柔软时

　足蹄可扩张，
其作用如雪地靴。它们是苦行者，
无论拉普兰和西伯利亚的绣艺家

　制作多么漂亮的
齿状皮革饰边，
来装饰它们的挽缰或鞍带。

　一只驯鹿看着我们，
坚硬的脸，一半棕色，一半白色——一朵阿尔卑斯山的
皇后之花[1]。圣诞老人的驯鹿，终于

　为我们所见，有棕
灰色的毛发，脖子像雪绒花或
斗篷草——更精确地说，像

　列奥讷坡蒂姆[2]。"[3]

　　关于驯鹿的博物馆生物知识和历史知识，使得这首诗具有明显的客观性。然后，从对驯鹿生物特性的描写，逐渐上升至驯鹿

---

[1] 即雪绒花,被称为高山皇后。
[2] 原文leontopodium,拉丁文中的雪绒花名。意译为"狮子之脚"，暗示这种花的尊贵地位。
[3] Marianne Moore, "Rigorists," in *The Poems of Marianne Moore*, ed. Grace Schulman（New York: Penguin Group Inc., 2003）, p. 240.

内在的德行，延伸的意象深化了论点。它的德行无法被人为的产品装饰，它的德行间接挽救了爱斯基摩人。

摩尔在诗中结合了驯鹿的三层生命特质：科学家的兴趣、道德家的欣赏以及宗教徒的悲悯。最后她将视角转向了与驯鹿有关的文化史、圣诞老人的宗教传说、皮革刺绣工艺以及对爱斯基摩人的意义。诗歌的结尾，苦行者这一标志从驯鹿转到了爱斯基摩人身上，这个种族在残酷的生存竞赛中经受了驯鹿似的艰苦命运，成为真正的"苦行者"：

……它们
枝状烛台似的角
点缀着一片不毛之地，被送到

 阿拉斯加，
作为一份礼物，避免了爱斯基摩人的
灭绝。这场战役

 由一个沉默的男人打赢，
希尔顿·杰克逊，为这个种族带去福音，
在驯鹿的脸上宣判了对他们的缓刑。[1]

从始至终，我们看不到摩尔的个人心理，开篇引用的这个朋友是否是摩尔的朋友，我们在诗中也无从得知，但我们可以看到摩尔的思考轨迹，如何从朋友言谈中提及的驯鹿转向广阔的文化、历史和种族问题的思索。

---

[1] Marianne Moore, "Rigorists," in *The Poems of Marianne Moore*, ed. Grace Schulman (New York: Penguin Group Inc., 2003), p. 240.

(四) 代际影响

摩尔与毕肖普是常常被并置的两个女诗人。有些评论家将她们纳入了60年代以来女性主义诗人致力于建构的写作传统。奥斯特里克将这个传统的核心目标描述为"追寻自主的自我定义",以消解男权中心主义的诗歌和批评传统,在"定义一种个人身份时,女人倾向于从她们的身体开始"[1]。保拉·本尼特(Paula Bennett)指出这一传统的前提是"承认自我,无论自我是什么,自我是女诗人写作的基础"[2]。类似于H. D.和米莱(Edna St-Vincent Millay)这样写作风格完全不同的诗人被本尼特赞扬为:"毫不畏缩地乐意将他们自己视为女性……彻底释放他们的能力,基于性别建构他们的技巧。"[3]

摩尔和毕肖普对这个传统是抵触的,其原因不在于她们对"女性身份"的抗拒,而在于她们更注重以诗人的身份进行写作探索,强调艺术创作能力以及技巧的重要性,诗人要根据艺术规律诚实地、有选择地呈现。她们并不接受女性主义写作的浪漫主义传统以及将女性自我神化的趋势,认为这些立场或概念不是对女性写作的促进而是限制。她们的作品传达出一种相似的追求:女诗人作为一名诗人取得的成功比单纯聚焦于性别立场的表达更有说服力,也更能促进女性诗歌整体的进步。

摩尔和毕肖普之间构成了一种代际传承关系。这种关系包含着竞争,但更多表现为相互支撑与滋养。摩尔对年轻的毕肖普亦

---

[1] Alicia Ostriker, *Stealing the Language: Emergence of Women's Poetry in American* (Boston: Beacon Press, 1986), p. 11.

[2] Paula Bennett, *My Life a Loaded Gun: Female Creativity and Feminist Poetics* (Boston: Beacon Press, 1986), p. 5.

[3] Paula Bennett, *My Life a Loaded Gun: Female Creativity and Feminist Poetics*, p. 11.

师亦母,在生活和写作各个方面予以关照,毕肖普记下了她们交往的一些细节。摩尔在生活中恪守淑女礼仪,延伸到诗歌中,表现为对词语和诗意的洁癖。她也如此要求毕肖普,对毕肖普的穿着和诗歌创作,都提出过具体的建议,比如她曾批评毕肖普的诗歌《雄鸡》("Roosters")用词粗鲁。

科斯特洛认为,摩尔和毕肖普既拥有同类的灵魂,又是互补的。[1]毕肖普选择性地听从摩尔的建议,在诗歌中抛弃了摩尔落后于时代的、略显刻板的教养,用词大胆、直接、生动。她的《礼节》一诗就暗含了一种叛逆情绪。这首诗和摩尔的《沉默》有相似的结构,也采取了一个男性长者对一个年轻女孩谆谆教诲的对话模式。摩尔的诗重心在沉默,女儿的反抗也以沉默的形式暗示出来。毕肖普的重心在礼仪的无效性,她以怀念和自嘲的方式解构了祖父关于礼仪的教导。

在诗中,她引述祖父的话:

我的祖父对我说,
　当时我们坐在四轮马车上,
"一定要记得
　和你遇到的每一个人打招呼。"[2]

这位祖父和摩尔《沉默》一诗中父亲给出的教导正好相反,但无论是摩尔诗中父亲关于自我克制的教导,还是毕肖普诗中这位祖父关于礼仪的教导,对于被教导者而言都构成了相似的

---

[1] Bonnie Costello, "Marianne Moore and Elizabeth Bishop: Friendship and Influence," *Twentieth Century Litterature* 4 (1983), p. 130.
[2] Elizabeth Bishop, "Manners," in *Elizabeth Bishop: Poems, Prose, and Letters*, eds. Robert Giroux and Lloyd Schwartz (New York: The Library of America, 2008), p. 119.

压抑。

毕肖普诗中，当一个男孩带着他的宠物乌鸦出现，乌鸦回应了它主人的叫唤，见到这种场景，这位爷爷继续说：

瞧，他礼貌地
回应了别人的话。
不管是人还是兽，这都是礼貌。[1]

诗歌中的孙女儿，就如摩尔诗中的那个女儿一样，保持着沉默，沉默是一种无声的对抗，一种空白。毕肖普借这首诗与不在人世的祖父对话，祖父教给她礼仪，希望她被所有人接纳、和周围建立亲密关系，他自己却彻底消逝了，留下小孩独自面对这段记忆。

诗中的乌鸦扮演了诗人的替身，乌鸦飞远一些，会停下，回顾她的主人，并做出回应。她也如此，成长了，飞远了，停下来回顾，但是祖父和其他事物一起失落了，沉入黑暗。礼仪也无法阻止丧失。

遇到摩尔，毕肖普或许觉得自己遇到了可以不断回顾并且始终会在那里等候她的人。在某个晴朗的早晨，她对摩尔发出任性的邀请："请飞过来。"她以少有的呼吸连贯的长句营造了一个波光粼粼的动感世界，让摩尔变形为一个女法师上下翻飞。她的黑色斗篷裹挟着蝴蝶和妙语，她的阔沿帽上站着诸多天使，她有音乐的算盘，有略微挑剔的眉头，她可以同时驾驭庄严的博物馆和狮子，让前者如彬彬有礼的雄性造园鸟，让后者变得安静，趴在

---

[1] Elizabeth Bishop, "Manners," in *Elizabeth Bishop: Poems, Prose, and Letters*, eds. Robert Giroux and Lloyd Schwartz (New York: The Library of America), p. 119.

公共图书馆的台阶上，等着和她一起走进阅览室：

> 我们可以坐下，流泪；我们可以去购物，
> 或者用一组无价的词语
> 玩一个总是弄错的游戏，
> 或者我们可以勇敢地悲痛……
> ——毕肖普《致玛丽安·摩尔小姐的邀请函》[1]

毕肖普将自己隐喻为博物馆台阶上的狮子，等候摩尔的驯服。她和摩尔的第一次见面，正是在公共图书馆，那时刚刚开始写诗的毕肖普，阅读了摩尔的诗集《观察》，对她有着崇拜之情，约了她在那里见面，由此开启了两人之间的友谊。

毕肖普称摩尔的诗歌是一个"否定结构的王国"，她的语法，是"突然旋转并闪耀／就像成群的鹡鸰"；摩尔在诗歌中将事实与摩天楼联结，接受道德的洗礼，如同一个修补星星的"尖塔修理工"，为包括毕肖普在内的人带来希望。在毕肖普的"邀请函"中如女法师一般飞行的摩尔，寄寓了毕肖普的向往，但毕肖普本人不可能这样明朗而坚定，她缺乏摩尔那"一长串云开雾散的词"，心理以及身体上的不安定感受、时刻准备接受丧失的紧绷神经纠结在她的诗歌中，制造了不稳定的颤音，她很少能写出《致玛丽安·摩尔小姐的邀请函》这首诗中流畅跳跃的长句。

毕肖普写过一首带有自画像意味的诗《不信者》。这个"不信者"，在一个没有根基的高处，眺望下面物质性的大海和远方，怀疑、疏离、神秘与梦幻的感受萦绕她：

---

[1] Elizabeth Bishop, "Invitation to Miss Marianne Moore," in *Elizabeth Bishop: Poems, Prose, and Letters*, eds. Robert Giroux and Lloyd Schwartz (New York: The Library of America, 2008), p. 63.

他睡在桅杆顶端,
双眼紧闭。
帆在他身下
如床单一样飘走,
沉睡者的头遗落于夜晚的空气。

在沉睡中他被送到那里,
在沉睡中他蜷缩在
桅杆顶端一只镀金的球中,
或者爬进
一只镀金的鸟儿体内,或者摸索着跨上去。

"我被构筑在大理石柱上,"
一朵云说。"我从不移动。
看到海里的那些柱子了吗?"
安于内省,
他凝望着水中柱子的倒影。

在他的羽翼下,一只海鸥拥有羽翼,
并且评论空气
"就像大理石。"他说:"在上方
我矗立云端,
因大理石羽翼在我的塔顶翱翔。"

但他睡在桅杆顶端,
双眼紧闭。

海鸥探究他的梦,
他梦着,"我绝不坠落。
底下熠熠的海想让我坠落。
它钻石般坚硬;它想毁灭我们全部。"[1]

这个桅杆顶端的沉睡者,有着坠落的恐惧和不真实感,他是毕肖普心中那个蜷缩的自我,永远在诗歌中寻找替代性的安慰。从这首诗,我们可以隐约辨认出摩尔的《像一根芦苇》("Like a Bulrush")这首诗:

或者一个尖尖的
航标,或者
月亮,他照管着水中他那被风
毁坏的形象;即使不同于

水中的
其他任何居民,他也不会
攻击它们;仿佛他是
一枚印章,刻着

鸟与蛇的
徽记;仿佛他知道
企鹅不是鱼,在它们蝙蝠似的盲目中,仿佛也没有

---

[1] Elizabeth Bishop, "The Unbeliever," in *Elizabeth Bishop: Poems, Prose, and Letters*, eds. Robert Giroux and Lloyd Schwartz (New York: The Library of America, 2008), p. 17.

意识到,他是两栖的。

——《像一根芦苇》[1]

同样是立于水面上的高处,摩尔诗中的笃定与毕肖普诗中的不确定性形成了鲜明对比。

在《情感的努力》一文中,毕肖普描写了她和摩尔之间的互动、冲突和影响,以及她的自我成长,透过这段友谊探讨了女性文学代际影响与传承的"普遍动力学"[2]。摩尔则以《纸鹦鹉螺》之类的诗描述了她和毕肖普以及其他女性之间的精神支撑。在围绕纸鹦鹉螺的母爱这个中心主题延伸的过程中,母爱夹杂着很多不安的因素,不完全透明,带着略微的灰白色:

……她几乎

不吃,直到蛋孵化出来。
在某种意义上,她是一条
章鱼,在八只胳膊的
八重覆盖下,
玻璃羊角似的摇篮盛装的物品
隐藏着,并没有被压碎;
如同赫拉克勒斯,被

一只忠实于九头蛇的螃蟹咬住
阻挠了他的胜利,

---

[1] Marianne Moore, "Like a Bulrush," in *Observations* (New York: The Dial Press, 1924), p. 20.
[2] Joanne Feit Diehl, *Elizabeth Bishop and Marianne Moore: The Psychodynamics of Creativity* (Princeton: Princeton University Press, 1993), p. 10.

密切

照看的蛋

孵出来，它们自由时也解脱了壳，——[1]

  被螃蟹死死咬住的赫拉克勒斯形象，暗示了一种毁灭冲动和窒息，这与每一个孩子成长过程中体会到的母爱相似。结合摩尔与她母亲的亲密关系，我们可以感受到这首诗流露出的对亲密关系的不安。同时，摩尔通过这首诗探讨了女性代际相互影响、关爱与传承的关系。这种关系应该是彼此成就，是束缚与自由之间微妙的平衡，也是如纸鹦鹉螺壳一般值得信赖的堡垒，在和毕肖普的交往中，摩尔自觉地承担了这种使命。

  毕肖普在一定程度上承继并拓展了摩尔的诗歌理念。她欣赏摩尔对客体忘我的沉思，她的谦逊，以及对出版的耐心，严格挑选主题，寻求坦率准确的表达，专注于创造有限的诗歌以呈现普遍经验。毕肖普同样坚持诗歌创作原则必须高于个人隐私和悲伤，抵制自白式的抒情吐露，认为所谓的自传难免携带诚实的谎言。毕肖普亦是克制的，她批评时代的弊病之一就在于丧失了选择性和克制，其表征是自白派诗人夸大或者虚构个人生活的创作方式。她相信时代的恶是普遍的，是可以解释的，而非自白派诗人所描写的那样只能由某个人独自承受。艺术家应该理解灾难的轻而易举，必须谦逊，少写一些，写得更好一些，保持严格的自我审视；必须明白自己的有限性，在自己可能的维度之内去写作，尽可能摆脱自我的恩怨，让世界和客体发声，将更多的时间和精力放在创造，而非自我表达。

  毕肖普的诗包含着和摩尔相似的沉默，这种沉默，是自我在

---

[1] Marianne Moore, "The Paper Nautilus," in *The Poems of Marianne Moore*, ed. Grace Schulman (New York: Penguin Group Inc., 2003), p. 240.

诗歌中的边界意识。毕肖普抗拒读者猜测她的个性或者探入她的私人经验。她认为"一个作者会让读者感受到悲伤，但不会被这种悲伤摧垮。"[1]作者的沉默也是对读者的保护，让读者不要太靠近悲伤。乔丽·格雷厄姆（Jorie Graham）说："沉默正如毕肖普所谓的'纪念碑'，我认为她已经温柔地警告我们：紧紧地盯着它。"[2]因此，哪怕毕肖普的写作无法摆脱自我刻画的冲动，在诗中对物寄予了她的个人情绪，她也未曾沉溺于对自我的探索。她理解"自我依赖于差异性概念"[3]，在诗中不断转向物，因为物的独立性"逃避任何把它整合进'整体'的努力"[4]。物既帮助毕肖普自我显露，又阻止她过分显露，让她的诗始终大于个人性。她的诗提醒我们，诗歌能产生激励的能力不在于弥合自我和他者之间的鸿沟，而在于使这种鸿沟更活泼、柔和。[5]

摩尔和毕肖普的诗都具有普遍性。摩尔的普遍性依赖的是无机的逻辑，毕肖普依赖的则是更具包容性的有机逻辑。摩尔从物的外在特征上升至道德性，强调物具有的精神内涵，而毕肖普展现的是人与物之间命运的呼应。摩尔的诗通向真理，而毕肖普的诗通向命运。斯宾格勒（Oswald Spengler）说："命运观念需要的是生命体验而非科学经验，是看和感受的能力而非计算的能力，是深度而非才智。所有的生存皆有一有机的逻辑，一本能

---

[1] Ann K. Hoff, "Owning Memory: Elizabeth Bishop's Authorial Restraint," *Biography*, 4 (2008), p. 581.

[2] Jorie Graham, "Some Notes on Silence," in *By Herself: Women Reclaim Poetry*, ed. Molly Mcquade (Saint Paul: Graywolf Press, 2000), p. 171.

[3] Kirstin Hotelling Zona, *Marianne Moore, Elizabeth Bishop, and May Swenson: The Feminist Poetics of Self-Restraint* (Ann Arbor: The University of Michegan Press, 2002), p. 7.

[4] 孙向晨:《面对他者》,上海三联书店,2008,第71页。

[5] Kirstin Hotelling Zona, "'An Attitude of Noticing': Mary Oliver's Ecological Ethic," *Interdisciplinary Studies in Literature and Environment*, 18.1 (Winter 2011), p. 135.

的、全然梦一般的逻辑,恰好与无机的逻辑相对立,与理解的逻辑和被理解的事物的逻辑相对立,这一对立犹如方向的逻辑与广延的逻辑相对立。"[1]摩尔的诗歌告诉我们"判断""知觉""意识"这些概念,并且有充分的理由,毕肖普的诗歌告诉我们"希望""幸福""绝望""忏悔""安慰"等概念。摩尔让主观的自我尽可能沉默,突出一个可以信靠的客观世界,而毕肖普在沉默之时充满对确定性的质疑,对客体的情感混合着对自己的同情(self-pity)、失落和对家的渴望。她不自觉地把物变成了她的一个代言人,讲述她的故事,但她的目的不是讲述自我的痛苦经验,而是从自我经验过渡到普遍经验,从个体命运的不确定性上升至诗歌追求的无限性。就像她写信告诉摩尔,她吃到了紫红藻,它的味道和颜色带给她怪异的感受[2],对奇妙事物以及感受的分享,不是为了炫耀或猎奇,而是为了生命自身的存在奇迹。

---

[1] 奥斯瓦尔德·斯宾格勒:《西方的没落》,吴琼译,上海三联书店,2006年,第113—114页。
[2] Elizabeth Bishop, *One Art: Letters*, ed. Robert Giroux (New York: Farrar, 1994.), p. 77.

第3章 互文性

互文性这个概念由法国哲学家克里斯蒂娃提出。克里斯蒂娃结合对巴赫金（Mikhail Bakhtin）的研究指出，"任何文本的建构都是引言的镶嵌组合；任何文本都是对其他文本的吸收和转化。"[1]没有一个文本是本源，每一个文本都是由多种写作构成的，包含了多种文化的对话、滑稽模仿和争执，这即是所谓互文性。

互文性意味着文本是敞开的，不会束缚在一套链接中，包含了语言及所有类型的"意义"实践，是"在复杂性中把握真理"，包括文学、艺术与影像，都可以纳入文本的历史，"这样做的同时，也就是把它们纳入到社会、政治、宗教的历史"[2]。

克里斯蒂娃对互文性的定义概括的是文本潜在的普遍性特征，而摩尔的诗歌创作则刻意强化了互文性，让它从一种隐性的、泛化的文本特征变成了她显性的诗歌风格。她坚持收集文字碎片，记阅读笔记，收藏信件、作品草稿，为自己的记录做索引，配上插图以呈现过程和细节[3]。这种习惯支撑了她的互文性写作策略。她在诗歌中大量运用文字碎片，通过引用、改写、拼

---

[1] 朱莉娅·克里斯蒂娃：《主体互文精神分析——克里斯蒂娃复旦大学演讲集》，祝克懿、黄蓓编译，生活·读书·新知三联书店，2016，第150页。
[2] 朱莉娅·克里斯蒂娃：《主体互文精神分析——克里斯蒂娃复旦大学演讲集》，第11页。
[3] Grace Schulman, *Marianne Moore: The Poetry of Engagement* (Urbana & Chicago: University of Illinois Press, 1986), p. 28.

贴、注释等方式整合碎片，并且保留整合的痕迹突出她的诗歌作为文本具有的交叉性和敞开性，实现了她所坚持的诗歌宗旨：反对结论的光滑和确定性。

一、反对结论的光滑和确定性

（一）中心与疆域崩溃的时代趋势

弗罗斯特的《补墙》（"Mending Wall"）一诗包含着一种文化叙事，"墙"这一意象暗示了文化进程中潜在的冲突——秩序和中心的建立以及不断崩溃：

> 某种东西可能不喜欢墙，
> 它让墙脚的冻土鼓起，
> 将墙上的石头在阳光下摇落；
> 造成的裂口，两人并肩都能通过。
> 猎人做的是另外的事：
> 他们并不是一块块搬开石头，
> 而是将兔子赶出藏身之地，
> 以讨好汪汪叫的狗。
> 我跟在他们后面修补……[1]

"墙"代表了秩序、中心、疆域，被人们苦苦维护，却又不断受到外力的抵制，处于崩塌的方向。弗罗斯特以幽默的口吻嘲讽人们"补墙"的愿望，质疑"墙"的合理性：

---

[1] Robert Frost, "Mending Wall," in *The Poetry of Robert Frost*, ed. Edward Connery Lathem (New York: Holt Rinehart and Winston, Inc., 1969), p. 33.

>那里,我们根本不需要墙:
>他那边全是松树,我这边是苹果园。
>我的苹果树绝不会越过墙
>去他的松树下吃松果,我对他这样说。
>他只是回答,"好篱笆造就好邻居。"[1]

弗罗斯特的这首诗暗示了18—19世纪以来西方文化的发展趋势,"一切坚固的东西都烟消云散了"(马克思语),"万物离散,中心不再持续"(叶芝的诗句)。这种"坚固的东西",这种"中心",这堵"墙",在西方文化中,指向逻各斯、理念等超越现实和物质世界的概念,它曾经是形而上学苦苦追寻的目标,却逐渐趋于离散。

美国实用主义哲学也从根本上否定"墙"存在的价值。杜威把"墙"命名为一种"疆域经验",是一种无奈的现实,消磨我们的宽容、开放和好奇心,阻止我们抵达真实世界。他鼓励人们突破"疆域","为了获得完整的个性,我们每个人都必须修剪自己的花园。但是,花园里没有栅栏和篱笆,没有界限分明的围栏。我们的花园正是这个世界,它从每个角度触及了我们的存在方式。"[2]

同弗罗斯特等人一样,史蒂文斯也敏锐感知了时代的离心趋势及其反抗方向。他将维护体系的野心比喻为一只坛子:

>我把一只坛子放在田纳西州,
>它是圆的,立于一座山岗。

---

[1] Robert Frost, "Mending Wall," in *The Poetry of Robert Frost*, ed. Edward Connery Lathem (New York: Holt Rinehart and Winston, Inc., 1969), p. 34.

[2] John Deway, *Individualism: Old and New* (New York: Capricorn Books, 1962), p. 171.

它使凌乱的荒野
环绕这座山岗。

荒野向它聚拢,
俯伏,不再荒凉。
坛子立于大地,是圆的,
高的,是空中的一个停泊口。

它统领四方。
坛子是灰色的,光秃秃的。
它不生产鸟或灌木,
异于田纳西州的一切。

——华莱士·史蒂文斯《坛子轶事》[1]

这只坛子可能是希特勒般的独裁者,也可能是西方传统哲学凌驾于万物之上的抽象理性,"它统领四方",让荒野聚拢,让凌乱变得有序,但它却无法与周围的一切交融,无法提供鸟与灌木的生机,它本身是灰色的、光秃秃的、毫无生机。

我们可以在威廉·詹姆斯对传统哲学的批判中读到与史蒂文斯这首诗如出一辙的观点:"那具体的个人经验的世界,即街市所属的世界,是意想不到的杂乱、纷繁、污浊、痛苦和烦扰。而哲学教授介绍的世界,是单纯、洁净和高尚的,没有实际生活的矛盾的。它的建筑是古典式的。它的轮廓是用理性的原则画成的;它的各个部分,是由逻辑的必然性黏合起来,它所表现得最

---

[1] Wallace Stevens, "Anecdote of the Jar," in *Wallace Stevens: Collected Poetry & Prose*, eds. Frank Kermode and Joan Richardson (New York: The Library of America, 1997), p. 60.

充分的是纯洁和庄严。它是闪耀在山上的大理石庙宇。事实上这种哲学还远不是对现实世界的一种说明,而只是附加在现实世界上的一个建筑物。它只是一个古雅的圣殿,理性主义者可以在里面躲起来,避开单纯的事实表现出来的那种他所不能容忍的杂乱粗暴的性质。"[1]这种理性哲学,并不足以担任对现实世界的解释之责,"它不能解释具体的世界,它完全是另外一回事,它是一种代替物、一种补救方法、一种逃避的方法"[2]。

和史蒂文斯一样,威廉·詹姆斯对理性哲学统领四方的宏愿做出了嘲讽性的比喻,他将之喻为"法官们的假发"。假发作为一种权力的象征,戴在法官们的头上,使他们的裁决具有分量和神圣性,但遮蔽了真实世界的开放性以及粗糙而生动的美。对"坛子"或"假发"的抵制即是对真实世界的肯定。

假如我们从史蒂文斯的"坛子"回溯到济慈的《希腊古瓮颂》("Ode on a Grecian Urn"),我们可以看到建立秩序与中心的创造性力量在艺术中如何蜕变为"墙""坛子"或"假发"这样一种僵硬权威的过程。

济慈对古瓮的描述包含着赞美和遗憾两种情绪:赞美这件艺术品的永恒,遗憾其生命力的匮乏;它是美的、真的,然而也是寂静的:

> 你委身"寂静"的、完美的处子,
> 受过了"沉默"和"悠久"的抚育,
> 呵,田园的史家,你竟能铺叙
> 一个如花的故事,比诗还瑰丽:

---

[1] 威廉·詹姆斯:《实用主义:一些旧思想方法的新名称》,陈羽纶、孙瑞禾译,中国青年出版社,2013,第24—25页。
[2] 威廉·詹姆斯:《实用主义:一些旧思想方法的新名称》,第24—25页。

在你的形体上,岂非缭绕着
古老的传说,以绿叶为其边缘;
讲着人,或神,敦陂或阿卡狄?[1]

济慈明快的语言中带有一种下降的调子。它暗示了一种蜕化,希腊文化将鲜活的生命凝固成一种静美,其冰冷的质地让人敬而远之:

哦,希腊的形状!唯美的观照!
上面缀有石雕的男人和女人,
还有林木,和践踏过的青草;
沉默的形体呵,你像是"永恒"
使人超越思想:呵,冰冷的牧歌!
等暮年使这一世代都凋落,
只有你如旧;在另外的一些
忧伤中,你会抚慰后人说:
"美即是真,真即是美,"这就包括
你们所知道、和该知道的一切。[2]

济慈不由得怅惘:"再也不可能回来一个灵魂/告诉人你何以是这么寂寥。"

摩尔将希腊文化创造的这种寂寥称之为"光滑"。她认为,追求完整和一致性的冲动,制造了一个无视多样性和差异的体系。她以希腊文明为反例,不断指出希腊文明对多样性的抹除。

---

[1] 济慈:《希腊古瓮颂》,载于《济慈诗选》,查良铮译,人民文学出版社,1958,第75页。
[2] 济慈:《希腊古瓮颂》,载于《济慈诗选》,第77页。

在《援军》一诗中，摩尔写道，"希腊人的教诲／回荡在我们耳中，但与此类景象相比，他们是徒劳的"[1]。在《一条章鱼》中，摩尔说，"希腊人喜欢光滑，不信任／无法看清之物的背面，／结论时带着仁慈的确定性"[2]。希腊美学强调形式的完美，用形式法则抹除差异，用数量的完美和谐抹除物的生命力。它像一种"瘟疫"，四处蔓延，用各种理念遮蔽了客体。

摩尔的这一看法与实用主义哲学家杜威的观点相似。杜威也指出了希腊文化追求光滑性的特征。他引述帕格森在《创造进化论》(Creative Evolution)中的句子解释希腊人的观点："按照希腊人的想法，作为最真知识之对象的实在是在变化过程达到最紧要关头的一刹那间才觉察到的……柏拉图的'理念'和亚里士多德的'形式'与特殊事物的关系可以比作雅典神殿柱顶腰线上的马和活马临时的运动的关系。说明马的特性的本质运动已经在静止地位与形式永恒的这一刹那间概括起来了。领略、掌握那一明显确切的形式，从而去占有和享受这种形式，就是认知。"[3]希腊的思想家们借用了希腊艺术提供给他们的形式，把这种形式从它的物质应用中抽象出来。"他们的目的在于从所观察的自然界中构成一个艺术的整体，以供心灵鉴赏。"[4]希腊人把"一些固定不变的特性强加在这些对象之上。强加在这些对象上的这些固定特性的实质就是在形式与模型上的和谐"，结果是"把原始的材料改变成为具有对称和均匀特性的完整形式"[5]。冰冷的理性法

---

[1] Marianne Moore, "Reinforcements," in *Observations*(New York: The Dial Press, 1924.), p. 42.
[2] Marianne Moore, "An Octopus," in *Observations*, p. 88.
[3] 约翰·杜威:《确定性的寻求——关于知行关系的研究》,傅统先译,上海人民出版社,2005,第68页。
[4] 约翰·杜威:《确定性的寻求——关于知行关系的研究》,第68页。
[5] 约翰·杜威:《确定性的寻求——关于知行关系的研究》,傅统先译,上海人民出版社,2005,第67页。

则和坚固的逻各斯思想体系，阻隔了人和现实以及真实、鲜活的生命之间的直接关联，艺术变成一种僵硬的秩序逻辑。

在《致一台蒸汽压路机》中，摩尔用蒸汽压路机这一意象指代追求光滑性、整体性的冲动，蒸汽压路机如同史蒂文斯的"坛子"和威廉·詹姆斯的"法官的假发"的升级版，其妄想是要将颗粒状的个体压制成一个整体：

说明
对你毫无意义，假如不被使用。
　你没有一丁点儿幽默。你将所有的颗粒
　　压成整块，然后在上面走来走去。

闪闪发光的岩石碎片
被压成平滑的基石。
　如果不是因为"审美中的客观
　　判断，是一种形而上学的不可能"，你

也许很好地实现了
它。至于蝴蝶，我几乎难以想象
　其对你的有用性，但是，质疑
　　补充物的适应性是徒劳的，即使它存在。[1]

压路机代表了某种强力意志，它坚持"审美中的客观判断"，毫无幽默感地将所有颗粒压制得光滑平整。在诗中与压路机构成对抗的是一只蝴蝶，它否定"审美中的客观判断"存在的可能

---

[1] Marianne Moore, "To a Steam Roller," in *Observations* (New York: The Dial Press, 1924), p. 21.

性。这只"蝴蝶",代表物质世界的多样性和生机,代表威廉·詹姆斯所说的"事物中的某种隔离,某种独立的颤动,某种在部分之间彼此自由的活动,某种真实的新颖或机缘"[1]。这是无法被纳入整体、不可规约的意外补充物,是摩尔以及其他现代诗人要努力维护的。

(二)保持艺术(文本)的敞开性

摩尔的创作实践与她的诗歌理念相呼应,如何收集、处理"颗粒"般的素材,如何保持诗歌内在的活力,是她在创作中特别留意的。

在1908年给家人的信中,摩尔说,她的写作如同"一只文学之鼠的洞穴",充斥着"碎片"[2]。这些碎片来自不同文本,抗拒被"蒸汽压路机"压制成整体,也抗拒被"坚硬王权/打磨得锃亮"的手术刀的剖析,它们要构造强烈的"光谱":"这/壮丽、灵敏的动物,鱼,/它的鳞片以其光泽挡开太阳之剑。"艺术中应包含生机和热情,不是一种神秘、静态的象征。

对碎片-颗粒的关照,本身是现代性的含义之一。伊格尔顿(Terry Eagleton)说,现代主义艺术抵制的是一个一切都被标准化、程式化、提前编制的世界,艺术家希望超越定制的二手文明,使人们用全新的眼光去看待世界——扰乱,而非强化日常认知。然而,"再有新意的文学作品,姑且不论其他,也是由之前无数文本的碎片堆砌而成"[3]。因而,艺术的革新意义,依靠被革新的风格,依靠对词汇(碎片)新的组合方式。威廉·詹姆斯

---

[1] 威廉·詹姆斯:《实用主义:一些旧思想方法的新名称》,陈羽纶、孙瑞禾译,中国青年出版社,2013,第102页。
[2] Victoria Bazin, *Marianne Moore and the Cultures of Modernity* (Farnham: Ashgate Publishing Limited, 2010), p. 13.
[3] 特里·伊格尔顿:《文学阅读指南》,范浩译,河南大学出版社,2015,第201页。

将现实的碎片称之为"故事片段",它们组成了现代性图景,抵制所谓宏大的、完整统一的知识体系。本雅明是热心的碎片收集者,认为碎片化的客体摆脱了"具体的历史连续性",反而可能"被辩证的洞察杆所照亮"。他推崇福希斯(Eduard Fuchs)发明的一种收集方法,历史学家可以像收藏家一样,运用被遗弃的碎片审视过去的文化,在将客体与它最初的功能分离的过程中,编织一张与"同类事物"相关的网。客体内部包含了"百科全书似的时代知识",它们是"一切被记住、被思考、被意识"的仓库。收集本身揭示了被嵌在客体之中的隐秘历史,能产生一种震惊的效果。收集过程是一种"聚集"的形式,一种建构过去的方式,不依赖于记叙的时间秩序而依赖于断裂的、被取代的意象。[1]

摩尔在作品中大量引用的文字颗粒——语言、知识、历史的小单元、意外的补充物,正是"故事片段"或保留着灵光的碎片,对应着"岩石水晶"般的日常现实。这种收集、组合、处理碎片化的互文性写作实践,否定了整体性和连贯性美学,与她的自我克制以及还原客体的追求是一致的。借助碎片,她接近了历史及现实不完美的、多样态的真相,避免了将诗歌建构为完整、光滑的封闭实体,让它向着传统与世界敞开。

摩尔的这种方式辩证性地容纳了独创性与遵从文化传统这两种常常相互抵制的行为。每个诗人都属于传统的一部分,对传统的继承在诗人作品中占据了重要地位,也是一个诗人确立自己主体地位的重要途径。理查德·威尔伯(Richard Wilbur)指出,"以最适当的方式跟诗人相联系的过去,既是暂时的也是永恒的。首先,它是人类的可能性的宝库。它提供一个维度,我们在其中注视着人类设想出来的、还会被再度构想出来的形形色色的卓越

---

[1] Victoria Bazin, *Marianne Moore and the Cultures of Modernity* (Farnham: Ashgate Publishing Limited, 2010), p. 25.

和堕落的类型，同时也被它们反照。诗人需要让鲜活的过去成为他不带褊狭地观照现在的工具，成为他用更少的话说出更多内涵的工具；他一定希望拥有圆通的技巧和才能，让过去的历史对他为诗预设的读者有所助益。正如……约翰·西亚迪（John Ciardi）曾经说的，'庞培废墟迟早是每个人的故乡'"[1]。既然无法避免运用过去的材料，那么，如何运用就考验诗人的独创性。

在摩尔这里，一方面，她并不忌讳直接引用别人的文字。在访谈中摩尔说："如果一件事情已经以最好的方式被别人表述出来了，你怎么能说得更好呢？如果我想说的，已经被别人说得很完美了，那么我会使用别人的表述。让它原封不动地展现出来。如果你喜欢一个作家的作品，你会渴望和别人一起分享它，这并非什么怪异的想法。难道你不想让其他人也读到它吗？"[2]摩尔将引用视为一种吸收，是接受影响的途径之一。所谓影响，在她看来是一个开阔、合作的过程。当一个人被一件事吸引时，一个人就屈服于它的影响，影响是吸收，因为个性和癖好无法复制，单纯的模仿不会将作家的自我卷入，除非进行吸收。摩尔说："就我个人的情形而言，我仿佛在输入（身体的结合）。它对我而言仿佛具有难以承受的价值无法被忽视（主宰着我的想象或耳朵）（萦绕并控制着我）……的确，我的思想就是我的阅读——我所读的和朋友们所说的——显然这与我所强调的'做你自己'一说是冲突的。我对此的回答是，我认为我在运用我所找到的事

---

[1] 理查德·威尔伯：《围绕霍斯曼的一首诗》，载于哈罗德·布鲁姆等著《读诗的艺术》，王敖译，南京大学出版社，2010，第100页。
[2] "Marianne Moore, The Art of Poetry", Interviewed by Donald Hall, *Paris Review* (Summer-Fall 1961). http://www.theparisreview.org/interviews/4637/the-art-of-poetry-no-4-marianne-moore.

物的过程中我才成为我自己。"[1]影响是广泛的、细微的、相互的，它不止来自经典作品，也来自诗人偶然读到的任何东西或者朋友们间的交谈。另一方面，摩尔重视独创性，认为忽视独创性就等于自杀。她在1944年写道："伏尔泰反对那些用别人已经自然而然说过的话发言的人，我们同意；我们必须有我们独特的勇气。"[2]不仅需要勇气，还需要技巧，就像歌德所说的："人类的本性中一定被赋予了某种特别的坚忍不拔和多才多艺的特征，才使人类克服了它所接触的或吸收进去的一切，或者——如果某些事物是无法吸收的——至少也使它无能为害。"[3]摩尔在诗歌中探索了多种途径展现自己的独创性，她的引语既在接纳外来影响，同时也在抵抗影响，用她自己的话说是"消化硬铁"的方式。

她并无模仿的初衷，亦无布鲁姆所说的影响的焦虑，她用独特的音节形式吸收引语，让引语既为她所用，又保持了异质性，"对过去的误用会伤害诗歌"[4]，而避免这种误用的是诗人的才智、处理素材的直接性和真诚态度。最终，她让过去不断成为此刻，"古典就是被充分认识到的现在，语词是由特定的情景所标明的"[5]。在与传统互动式的互文性写作中，摩尔实践了艾略特的要求：个人须被传统占有，谁也不能单独具有他完整的意义，诗歌"就是最个人的部分，也是他的前辈诗人最有力地表明他们

---

[1] Robin G. Schulze, *The Web of Friendship: Marianne Moore and Wallace stevens* (The University of Michigan Press, 1995), p. 7.

[2] George W. Nitchie, *Marianne Moore: An Introduction to the Poetry* (New York: Columbia University Press, 1969), p. 16.

[3] 哈罗德·布鲁姆：《影响的焦虑》，徐文博译，江苏教育出版社，2006，第51—52页。

[4] 理查德·威尔伯：《围绕霍斯曼的一首诗》，载于哈罗德·布鲁姆等著《读诗的艺术》，王敖译，南京大学出版社，2010，第99页。

[5] 杰弗里·哈特曼：《荒野中的批评》，张德兴译，天津人民出版社，2007，第2—3页。

不朽的地方"[1]。

二、"消化硬铁"

摩尔的互文性写作主要有三个途径，一是引用或拼贴，二是对话，三是注释和反复修订。

（一）引用或拼贴

摩尔运用最熟练的是引语。她的引语来源广泛，既有超然的诗歌文本，也有琐碎的日常谈话片段，既有《圣经》等宗教文本，也有广告与商业文件等。

摩尔运用引语的方式如同希腊神话中的代达罗斯（Daedalus）用羽毛和蜡制造翅膀的方式。她的引用，混淆了编年史的界限，有时打引号，有时不打引号；有时原封不动地引用，有时则做些改动；有时在诗后的注释中补充出处，有时则没有出处。她让言语的碎片与自己的诗句合并，引语嵌入文本，如同昆虫困入琥珀。

摩尔在创作初期倾向于将引用当作一种写作练习，依赖引用的片段小心翼翼地延伸自己的思考。比如《给一个单身汉的忠告》（"Counseil to a Bachelor"）一诗开头几句是：

If thou bee younge, then marie not yett;
If thou bee olde, then no wyfe gett;
For younge mens' wyves will not bee taught,

---

[1] T.S. 艾略特：《传统与个人才能》，卞之琳译，载于陆建德主编《传统与个人才能：艾略特文集·论文》，卞之琳、李赋宁等译，上海译文出版社，2012，第2页。

And olde mens'wyves bee good for naught.[1]

这首诗引自牛津大学伯德雷恩图书馆收藏的16世纪中期的一只木制餐垫，这种漂亮的餐垫在宴会上既用来放置精美的食物，也有供客人们欣赏垫子上的图画和幽默、睿智的格言。其原文是：

If thou bee younge, then marie not yet,
If thou bee olde thou haste more witt:
For younge menns wives will not bee taught,
And old menns wives will be good for naught.[2]

摩尔几乎逐字复制了这段格言，只稍稍做了变动，加了一个标题，补充了一个副标题"伊丽莎白时期的餐垫格言——伯德雷恩图书馆"。这样的作品不算真正意义上的创作，它是一种实验，说明摩尔尚未找到运用引语的创造性方法，也没有形成自己的语言。

就写作而言，过分依赖现有文本的创作方法其实是一种危险的练习方法，因为它很容易埋葬写作者的独立性。然而摩尔坚持这个方向，最终将这种方法打造成自己的独特风格。在她成熟的作品中，我们可以看到她对这一方法的娴熟应用。

摩尔有时借助引语呈现一个主题，引申出一首诗。比如《致一只蜗牛》一诗，她引用了希腊哲学家德谟克利特的句子。德谟

---

[1] Marianne Moore, "Counseil to a Bachelor," in *The Poems of Marianne Moore*, ed. Grace Schulman (New York: Penguin Group Inc., 2003), p. 83.
[2] "The Banqueting Trencher," https://www.futurelearn.com/courses/royal-food/0/steps/22932.

克利特说，对一只蜗牛而言，"简约是最优雅的风格"[1]，摩尔让这个句子成为这首诗的主题。《致一台蒸汽压路机》中引用的句子"审美中的客观／判断，是一种形而上学的不可能"，来自劳伦斯·吉尔曼（Lawrence Gilman）发表在《北美评论》(*North American Review*)上的音乐评论[2]，是这首诗的主题句。在《"砖块倒塌了，我们将用凿好的石头重建。无花果被砍倒了，我们将改种雪松。"》《"没有什么能治愈生病的狮子，除非让他吃掉一只猿"》这两首诗中，引语作为标题，直接阐明了主题，开启了一首诗。

在稍长一些的诗歌中，摩尔会围绕一个主题从博物馆、历史书以及报刊等完全不同类型的文本中广泛引用，这些引语从各个角度展现并深化主题。比如《他"消化硬铁"》（"He 'Digesteth Harde Yron'"）一诗，凯瑟琳·保罗梳理了摩尔创作这首诗的过程。她指出，摩尔对鸵鸟的兴趣大约开始于1932年，这一年6月她写给哥哥的信中提到了这种动物。1937年，她仍然在收集这种动物的素材。罗森巴赫图书馆保留的摩尔档案材料中，有一篇与这首诗相关的打印文章，这篇文章发表在《纽约太阳报》（*New York Sun*）上，主题是莱比锡（Leipzig）的伊莱亚斯·盖革（Elias Geiger）在1589年绘制的一幅鸵鸟蛋杯画，摩尔在诗中提到了这幅蛋杯画。[3]这首诗的标题"他'消化硬铁'"，引

---

[1] Marianne Moore, "Notes to 'To a Snail'," in *Observations* (New York: The Dial Press, 1924), p. 95.

[2] Victoria Bazin, *Marianne Moore and the Cultures of Modernity* (Farnham: Ashgate Publishing Limited, 2010), p. 73.

[3] Catherine Paul, "'Discovery, Not Salvage': Marianne Moore's Curatorial Methods," in *The Critical Response to Marianne Moore*, ed. Elizabeth Gregory (Westport: Praeger Publishers, 2003), p. 167.

自约翰·黎利（John Lyly）[1]在《优弗伊斯，或才智的解剖学》（*Euphues, or the Anatomy of wit*）中复述的民间传说："让他们都记住鸵鸟/消化硬铁以保持健康。"[2]此外，摩尔也引用了色诺芬对鸵鸟的记载以及有关鸵鸟的历史典故。

另外两首长诗《婚姻》和《一条章鱼》，可谓引语的结合体。根据罗森巴赫图书馆中保留的原始手稿，这两首诗最初作为同一首诗被创作，后来才分开为两首诗。

据伊莉莎白·格雷戈里统计，《婚姻》一诗共有289行，引语占据了83行，如果将借用包括在内，这个数目还要增加。[3]这些引语或借用语的原始风格各异，包括哲学评论、随笔、文论、百科全书、宗教书籍、广告用语、摩尔的朋友们之间的对话等，最后摩尔引用了中央公园中矗立的政治家丹尼尔·韦伯斯特雕像上的座右铭提升并结束全诗。

摩尔致力于在这首诗中解构婚姻这一社会机制。她没有婚姻的经验，对于这一机制，她是一个旁观者。她看到了多种婚姻模式，也读了许多关于婚姻的见解，她以客观中立的态度将围绕婚姻的各种文字碎片聚拢，并不追求这些碎片和自身语言的和谐一致，许多文字碎片由此具有了一种格言风格。不过，摩尔将彼此分离的文字碎片根据主题稍稍做了调整，让它们在方向上略微聚焦。摩尔对这首诗并无确切的把握，她评论这首诗说："这个东西（我几乎不想称它是一首诗），不是哲学的沉淀物；它也没有

---

[1] 约翰·黎利是英国作家，他的小说《优弗伊斯，或才智的解剖学》及其续作《优弗伊斯和他的英格兰》（*Euphues and His England*），成为"夸饰主义"（Euphuism）的创始之作。

[2] Wallace Stevens, "About One of Marianne Moore's Poems," in *Wallace Stevens: Collected Poetry and Prose*, eds. Frank Kermode and Joan Richardson (New York: The Library of America, 1997), p. 699.

[3] Elizabeth Gregory, *Quatation and Modern American Poetry: 'Imaginary Gardens with Real Toads'* (Houston: Rice UP, 1996), p. 129.

藏匿任何个人隐私,……它只是一个叙述文集——由我所喜欢的想象——措辞组成。"[1]借用的段落带有她的想象,被合理地安排组织,"没有暗示一种关于婚姻的哲学;仅仅是一个术语与短句的小文集,这些术语和短句令我愉悦,我不想丢弃它们,尽我所能将它们合理地排列在一起"[2]。

文字碎片在诗句间制造的裂痕,平缓了这首诗的批判情绪,也减缓了读者的阅读速度。假如读者执意探索引语之间的关联,那么每一段引语的原始语境会被挖掘出来,这种原始语境与婚姻这一主题的关联度或远或近,强化了这首诗的景深。

比如,摩尔描写亚当,引用了《圣经》以及莎士比亚(William Shakespeare)和弥尔顿(John Milton)等男性诗人的文本。她有时稍稍改变引语,增加讽刺性,对亚当进行含蓄的嘲讽。她并不直接表达自己的批评态度,而是借助权威性的男性语言讽刺男性,具有无可辩驳的说服力。

摩尔描写了这位男性原型的各种矛盾属性,他的美,他的力量,他的狡猾,他令人痛苦而无法定型的品质:

他也拥有美;
这令人痛苦的——哦你
属于他,来自他,
没有他你什么也不是——亚当;
"像猫
又像蛇"——多么真实!

---

[1] Marianne Moore, "Forward to A Marianne Moore Reader," in *The Complete Prose of Marianne Moore*, ed. Patricia C. Willis (New York: Viking Penguin Inc., 1987), p. 551.

[2] Marianne Moore, "A Burning Desire to Be Explicit," in *The Complete Prose of Marianne Moore*, p. 607.

一个蹲伏着的神话怪兽,
在波斯的绿宝石矿山微缩模型中,
在生丝中——有象牙白,雪白,
乳白及其他六种颜色——
在那充满美洲豹和长颈鹿的小围场中——
被开垦出蓝色梯田的
长形的柠檬色土地。[1]

"像猫/又像蛇"这句话来自菲利普·利特尔(Philip Littell)1923年发表在《新共和政府》(*New Republic*)杂志上评论乔治·桑塔亚纳的文章。菲利普的原话是"我们被一些像猫又像蛇的东西所迷惑,也为之而着迷,这些东西在他孤独的内核中"[2]。利特尔用这句话阐释桑塔亚纳早期诗作中迷人又危险的元素,这些元素构成了艺术家令人不安的内核。摩尔将利特尔的话语碎片"像猫/又像蛇"引入亚当身上,将它扩展成对亚当品性的笼统性概括,暗含的讽刺是尖锐的。猫一向被视为是与女性相关的物种,包含了柔软、狡黠、灵巧等特质;蛇让我们想起勾引夏娃的那条蛇,作为撒旦的化身,它原本指向女性的原罪,摩尔借助引用将这两种被传统刻板认定为阴性特征的动物移附到亚当身上,既是一种解构,也暗示了男性的狡黠、原罪本质。这个引语促使人们重新理解《圣经》中伊甸园的故事以及亚当和夏娃的关系,同时也思考引用原文中所谓"孤独的内核",这一内核与婚姻明显是不兼容的。

摩尔描述了亚当对夏娃试探、牵扯却又犹疑的心态:

---

[1] Marianne Moore, "Marriage," in *Observations* (New York: The Dial Press, 1924), pp. 74-75.
[2] Elisabeth W. Joyce, "The Collage of 'Marriage': Marianne Moore's Formal and Cultural Critique," *Mosaic* 26. 4 (1993), p. 105.

"在一根矛不确定的落点

踏出深坑,"

忘记了在女人的内心

有一种不可靠的

精神品质,

一种本能的呈现,

他继续

用一种正式的、习惯性的

"过去时态",说着当下的状态,

印章,许诺,

一个人背负的罪,

一个人享有的善,

地狱,天堂,

适宜于

提升人的快乐的一切事物。[1]

"在一根矛不确定的落点/踏出深坑",摩尔的这个句子引自英国浪漫主义诗歌理论家威廉姆·赫兹列特(William Hazlitt)论述埃德蒙·伯克的写作风格的论文《关于诗人的散文风格》("On the Prose-Style of Poets"):"可以说这是在经过'一根矛不稳定的落点'敞开的深渊(gulf)。"[2]赫兹列特用矛这个意象赞美伯克,他在创作中的智慧和力量能够避开危险的陷阱,原

---

[1] Marianne Moore, "Marriage," in *Observations* (New York: The Dial Press, 1924), p. 75.
[2] Elisabeth W. Joyce, "The Collage of 'Marriage': Marianne Moore's Formal and Cultural Critique," *Mosaic* 26.4 (1993), p. 106.

文中用了"gulf"这个词，既有深渊的意思，也有分歧的意思。摩尔修订了这个句子，将"深渊"这个带有情感锋芒的词变为平庸的"深坑"一词，让"敞开"这个无主的动词变成了亚当孩子气的践踏行为，原文的赞美意味变成了对亚当的讽刺，他徒劳地用功，却无法真正理解自己的配偶及其情感需求。

这种徒劳感在下一段中生出了悲哀的意味：

他的内心有一个精神王国，
借助其力量，
觉察到它并不跟从
他的意愿，
"发现自己成了一个偶像，
由此他体验到一种神圣的欢乐。"
被新叶中的夜莺
以及它的沉默——
并非一次沉默而是多次沉默——
所折磨，
他说起它：
"它为我穿上一件火的衬衫。"
"他不敢拍手
鼓励它继续歌唱，
担心它就此飞走，
如果他什么也不做，它会沉入睡眠；
如果他叫喊，它不会理解。"
被夜莺烦扰，
又被苹果蛊惑，
被"一种有效地熄灭火的

火之幻影"——

其与地球上的光芒

相比，微不足道，

一种"与生命本身一样强烈、深刻、明亮、宽广、

持久"的火——

所激动，

他在婚姻中跌跌撞撞，

"的确是一种非常琐碎的事物"

摧毁了他所坚持的

立场——

哲学家的安逸

是一个女人的私生子。[1]

关于夜莺的典故，引自埃德华·托马斯（Edward Thomas）发表于1910年的《女性对诗人的影响》（"Feminine Influence on the Poets"）一文。这篇文章评述了詹姆斯一世（King James I）的长诗《国王之歌》（"The King Is Quair"）。在这首诗中，国王描述了他在监狱外的花园里如何对索美塞德郡伯爵（Earl of Somerset）的女儿琼·博福特（Joan Beaufort）一见钟情：

> 她随意地披着外衣，走在这个清新的早晨，夜莺在新叶绽放的灌木丛中歌唱……夜莺停止了歌唱。他不敢拍手鼓励它继续歌唱，担心它就此飞走；如果他什么也不做，它会沉入睡眠；如果他叫喊，它不会理解；他企求风摇动枝叶唤醒

---

[1] Marianne Moore, "Marriage," in *Observations* (New York: The Dial Press, 1924), pp. 75–76.

歌声。鸟儿再次开始歌唱。[1]

摩尔几乎原封不动地引用了这些句子:"他不敢拍手/鼓励它继续歌唱,/担心它就此飞走;/如果他什么也不做,它会沉入睡眠;/如果他叫喊,它不会理解"。微小的改动让原本意味着一见钟情的句子变成了两性关系中的挫折——亚当"被新叶中的夜莺/以及它的沉默——/并非一次沉默而是多次沉默/所折磨",被自己的欲望——"苹果"以及"一种有效地熄灭火的/火之幻影"——所激动,"在婚姻中跌跌撞撞",丧失了自己的立场。

这种徒劳感,是人们在婚姻中普遍感受到的悲剧体验,摩尔对此并未直接评判。她引用威廉姆·戈德温(William Godwin)的话作了客观描述,婚姻"的确是一种非常琐碎的事物"。[2]

摩尔引用历史文本刻画亚当、夏娃这样的传统形象或文化主题时,就像安德鲁·拉克瑞兹(Andrew Lakritz)所分析的那样,"中断了对历史线性的、进步性的理解"[3]。比如,上面引述关于亚当的描述,将亚当从传统的圣经语境中拉出来,放置在一种新的关系模式中,成为一个不确定的、被审视的对象,读者得以摆脱传统父权制的叙述逻辑重新理解这个形象,摩尔的引用变成了一种带有颠覆意味的重写。

《婚姻》一诗结构是闭合的。诗歌以对婚姻"这种机制"的争议开始,结尾以韦伯斯特雕像上的格言结束:"自由和联邦/

---

[1] Elisabeth W. Joyce, "The Collage of 'Marriage': Marianne Moore's Formal and Cultural Critique," *Mosaic* 26. 4 (1993), p. 106.

[2] Elisabeth W. Joyce, "The Collage of 'Marriage': Marianne Moore's Formal and Cultural Critique," *Mosaic* 26. 4 (1993), p. 106.

[3] Andrew Lakritz, *Modernism and the Other in Stevens, Frost, and Moore* (Gainesville: University Press Of Florida, 1996), p. 182.

此刻至永恒。"整首诗没有向外旁溢的主题，所有的引语在婚姻似的闭合圈环中起伏，如同婚姻一样琐碎、分歧、嘈杂。

《一条章鱼》的结构则是开放的。这首诗描写了摩尔和她的哥哥1922年登上华盛顿州的雷尼尔山（Rainier Mount）的旅程，标题隐喻山顶覆盖的冰层如同章鱼一般。这首诗随着登山者的视角展开，场景繁复多变，客体众多，其中的引语来源同样五花八门，摩尔引用了插花杂志、旅游指南、哲学著作、宗教文本以及在马戏团偷听来的评论等文字碎片。[1]

因为一座山包含了多样化的场景和客体，摩尔喜欢把引用的文字碎片当作定语修饰不同的场景和客体，布莱克默将这种方式归纳为"在她的诗歌中沿途安置美学"[2]。相比于《婚姻》一诗，这首诗的引语与她自身语言的契合度稍微紧密一些。引语包含了丰富的意象，妆点、生动、丰富冰山的景观，带来了"盛大而庄严的"效果。整首诗是静态的，诗歌的进展只由一个隐身的旅行者的视角变化展开。诗歌开头描写冰川：

"从岩隙中采摘长春花"，
或者用蟒蛇残酷的向心挤压杀死猎物，
它盘绕着向前，"胳膊上的
蜘蛛造型"让人误以为是蕾丝；
它"幽灵般的苍白变成一座
开满银莲花的池塘金属般的绿色调"。
水杉，依托于"它们庞大的根系"，

---

[1] R. P. Blackmur, "The Method of Marianne Moore," in *The Critical Response to Marianne Moore*, ed. Elizabeth Gregory (Westport: Praeger Publishers, 2003), p. 119.

[2] R. P. Blackmur, "The Method of Marianne Moore," in *The Critical Response to Marianne Moore*, p. 121.

从这些"匍匐侦查"的军事演习中冷漠地立起，
我们美国皇室朴素的典范，
"每一株都像是与其并立者的影子。
和它们黑暗的生命能量相比，岩石也是脆弱的，"
它的朱砂、缟玛瑙和锰蓝内在的珍贵性
任由天气处置；
"被水滴落之处横淌的铁涂抹，"
被它的动植物所接受。[1]

"从岩隙中采摘长春花"，"胳膊上的／蜘蛛造型"以及关于池塘和士兵的引语，让单调的冰川变得生动、具体。引语具有荷尤文所说的写实性[2]，摩尔的注意力集中于写实性的、物质性的描述，始终针对山中某个现实时刻或场景。

引语自带的意象或语言风格携带着彼此排斥的异质性，与诗歌主题或客体处于张力之中。比如，她描写蓝松鸦：

"瘦削的脚僵硬地运动"，就像微型的冰马，
"神秘，带着睿智和与众不同的表情，却是一个顽童，
喜欢人类社会或者与它同行的可鄙之人"，
他不了解"因创造了语言而得意"的
希腊人，
在那种语言中，"轻率被表达为无害，知识与知识的碰撞
暴露出错误。"
"就像地狱中欢乐的灵魂"，享受精神的磨难，

---

[1] Marianne Moore, "An Octopue," in *Observations* (New York: The Dial Press, 1924), p. 83.

[2] Jeanne Heuving, *Omissions Are Not Accidents: Gender in the Art of Marianne Moore* (Detroit: Wayne State University Press, 1992), p. 38.

> 希腊的蚱蜢
> 用精致的行为自娱自乐,
> 因为这种行为"如此高贵而美好";
> 并不让他们的智慧去实际地适应
> 老鹰的陷阱,雪地靴,
> 登山杖和"那些热衷于
> 享受生机勃勃的愉悦的人"所发明的工具。[1]

关于蓝松鸦的引语将这种鸟引向了人,逐渐转向对希腊人的嘲讽,表达了一种文化态度,仿佛失控似的偏离了主题,直到摩尔将其纠正回来。这种不断的偏离与纠正,使这首诗的外延难以被界定。

除了以引用的文字碎片展开主题、修饰静态的物或风景,摩尔还喜欢引用碎片化的场景,与现实景观进行拼贴、并置,虚实相间,拓展诗歌的景深。她的《尖塔修理工》描写了一个动态的海湾小镇:

> 丢勒肯定发现了生活在
>   这样一个小镇的理由,在八条搁浅的
> 鲸鱼身上;在晴天,涌入房间的
> 新鲜海洋空气中;在雕刻着
>   鱼鳞似波浪的
> 水面上。
>
> 海鸥三三两两,绕着镇上的钟楼

---

[1] Marianne Moore, "An Octopue," in *Observations* (New York: The Dial Press, 1924), p. 88.

盘旋，
或者在灯塔附近滑翔，翅膀一动不动——
身体微微颤抖，
　　平稳地升高——或者，只是聚在一起
咪咪叫唤，

海水孔雀颈羽似的紫
　　正在逐渐变淡，变成泛绿的蔚蓝色，如同丢勒
将特里尔的松绿变成孔雀蓝和珍珠鸡似的
灰。你能看见一只二十五磅重的
　　龙虾；以及正在晾晒的
鱼网。
暴风雨喧嚣的锣鼓吹弯了盐沼地上的
　　草，弄乱了天上的星和尖塔上的
星；看见这么多混乱
是一种荣幸。对立
成就了美。[1]

　　开头的这些场景，既来自摩尔生活过的布鲁克林或新英格兰海边小镇的现实场景，也融合了丢勒带有天启风格的神秘绘画场景。鲸鱼的细节来自丢勒在阿姆斯特丹看到过的、令他印象深刻的鲸鱼，也来自摩尔浏览过的关于八条鲸鱼出现在布鲁克林海湾或羊头湾的新闻，虚拟与日常景观绵延在一起，制造了混乱之中的有序或有序之中的混乱。
　　摩尔没有对这些场景和意象做出阐释，它们像鲸鱼一般翻滚

---

[1] Marianne Moore, "The Steeple-jack," in *The Poems of Marianne Moore*, ed. Grace Schulman (New York: Penguin Group Inc., 2003), p. 183.

着涌现,自带生机,这种生机本身就具有意义。繁杂的海边植物与无名的风暴,擦拭教堂尖塔上星星的尖塔修理工与人行道上危险的警示标志,在山坡上观看帆船的大学生与政治家,各种对立,包括美与暴力、希望与危险、旁观与介入,构成了生活。摩尔没有"像惠特曼那样抒情或者像迪兰·托马斯(Dylan Thomas)那样狂暴地对抗人的死亡,而是将其作为显示的一部分而接受"[1],通过一种具有发散性的联想,一种相互辩难似的共存,在混乱与冲突中显示生活的丰富性。

摩尔的拼贴法,无论是对文字碎片的拼贴还是视觉场景的拼贴,都受到了现代派视觉艺术的影响,尤其是注重"拼贴"手法的立体画派的影响。她在不同诗歌中运用引语或拼贴的不同方式,表明她并非如科斯特洛和尤哈金所理解的那样,只是将引语作为"经验的语言学媒介",是一种"想象化的"语言排列,而不是一种有着明确目的的表达[2]。摩尔清楚自己的目的,她看似消极的引用行为包含着积极的建构心态,她的引用包含了"掠夺成性"与"自我防御"这两种不同性质的行为,彼此制约。她的引语不是随机凑合,而是有控制地运用,引语与主题、客体和诗歌节奏配合,充实了诗歌中的意象、声音、景观或内涵,通过并置——互文性生产意义。这是最直接地深化内涵,拓展外延,让一首诗大于它自身的方式。摩尔的拼贴法也尽可能去除了作者的主观性,借助引语,间接地表达自我的态度,在表达的同时又置身事外,保持着沉默,实现了一种既包含着个人立场、却又不乏中立和疏离的"普遍性"诗学。

摩尔的引语或拼贴包含了霍莉所说的进步趋势,"摩尔和其

---

[1] Bernard F. Engel, *Marianne Moore* (East Lansing: Michigan State University Press, 1989), pp. 23–24.

[2] Taffy Martin, *Marianne Moore: Subversive Modernist* (Austin: University of Texas Press, 1986), pp. 121–122.

他现代派作家一样,通过可以辨别的引用和意译其他素材,将一种特定的、尊重原意的互文性带入诗歌的前景之中"[1]。这是解构传统,同时又继承传统的双重行为,实质是将新的意义写入了传统。

(二)对话与冲突

摩尔的诗歌大量运用了对话形式。她的对话形式主要有两种:一是通过引语与某个诗人、某种理念、某种传统构成对话,二是以致意的方式,与前辈诗人——多为男性——直接对话。不管是哪一种对话形式,摩尔都淡化了其言说性,突出了文本性。

法国现象学家保罗·利科(Paul Ricoeur)曾辨析言说与文本(text)的差异:言说作为活的言语(living speech),依赖话语情境(situation of discourse),包含对现实的真实指涉,而文本在某种程度上成为"言语现实性的一种阻断(interception)和悬置(suspension)"[2]。利科的这一观点可以追溯到苏格拉底和柏拉图。在《斐德罗篇》中,苏格拉底对文字进行了思考,指出了文字的缺陷:"文字还有一个很奇特的地方,斐德罗,在这一点上,它很像图画……你可以把这些文字当作有知觉的,但若你向它们讨教,要它们把文中所说的意思再说明白一些,那么它们只能用老一套来回答你。一件事情一旦被文字写下来,无论写成什么样,就到处流传,传到能看懂它的人手里,也传到看不懂它的人手里,还传到与它无关的人手里。"[3]苏格拉底因此认为,相

---

[1] Margaret Holley, *The Poetry of Marianne Moore: A Study in Voice and Value* (Cambridge: Cambridge University Press, 2009), p. 16.
[2] 爱德华·W.萨义德:《世界·文本·批评家》,李自修译,三联书店,2009,第54页。
[3] 柏拉图:《柏拉图全集·国家篇》,王晓朝译,人民出版社,2003,第198页。

比于文字,谈话—言说具有确定的合法性,也更有效。柏拉图认同苏格拉底的这一观点,他也以对话体的方式直接记录苏格拉底的谈话,淡化自己的写作者身份,以突出言说性。对话体保持着敞开的取向,"如同伽达默尔所说的,柏拉图通过对话克服了逻各斯,让语言和概念停留于流动的对话中,让作品不是作为确定的作品,而是作为对话的生动摹写被呈现"[1]。

摩尔则采取了与柏拉图相反的方式,她在诗歌中淡化了引语或者话题的言说语境,将语言碎片(包括言说碎片和文本碎片)变成文本,从而阻隔了她的诗歌与个体经验,与当下现实之间的直接关联。她的诗歌作为一种文本,如利科所说的:"就其被搁置的意义上说,在指涉被延迟的这一悬置当中,文本就从某种程度上说'悬在空中'(in the air),处于世界之外或者没有世界了;凭借这样的与世界所有关系的消除(obliteration),每一文本就都可以自由地进入一切其他的文本之中,而这些文本又会取代由活的言语所昭示的那种境况性现实。"[2] 摩尔的诗歌与现实世界的疏离由此而来。《纽约》一诗中所说的"经验的可接近性",只是通过文本碎片完成的对现实的间接观照。

在摩尔的诗歌中,引语在实施呈现、深化诗歌主题功能的同时,也常常表达了摩尔的多元性与包容性价值立场,她借助引语纳入多种文化场景、多重声音、多个理念,与自己的语言构成了一种有效对话。例如,在阐释诗歌创作理念的作品《诗》中,她提出了诗人的定义,"想象的/写实者",这个句子引自叶芝评论布莱克的论文《善与恶的理念》("Ideas of Good and Evil")。在文章中,叶芝批评布莱克,认为他"是过分写实的想象的现实

---

[1] 张溪隆:《道与逻各斯》,江苏教育出版社,2006,第24—27页。
[2] 爱德华·W.萨义德:《世界·文本·批评家》,李自修译,三联书店,2009,第55页。

主义者，正如其他人是过分写实的自然的现实主义者；因为他相信，被灵感提升时，心智之眼所看见的形象是'外部的存在'，神圣本质的象征，他仇恨每一种也许会遮蔽其轮廓的优雅风格。"[1]摩尔经过修订将叶芝的批评性短语变成了肯定性短语。叶芝批评布莱克没有区分想象的现实和外部现实，摩尔则将这两者整合为自己的诗歌理念：诗人必须是想象的写实者，能够将现实事物带入"想象的花园"中。通过对这个引用句子的细微改动，摩尔表达了自己对诗人的定义，也与叶芝以及布莱克构成了关于诗歌创作的对话，她在承续这些优秀诗人的创作经验时找到了自己的基点。

有时候，引语之间也会构成一种对话。来源各异、不同风格、"没有世界"的引语建立起一种冲突性语境。它们与同一个主题相关，又朝向不同方向，彼此之间展开了交谈，也与她的诗句构成了对话，代表了对权威定论的质疑和多元视角。这种对话性有时使摩尔的诗歌缺少稳定、核心的立场，其外延和内涵处于摇摆动荡之中，增加了读者的理解难度。塔菲·马汀将摩尔的这种特征视为一种缺陷，"呈现冲突、混乱或者与那种绝对的精确性混淆的每一种可能，诗歌仿佛在与胡闹调情"[2]。

相比于诗歌中有节制的引用，摩尔在评论中常常大段引用被评论对象的文字来代替自己发言。这样的评论仿佛不是评论，而是一种阅读和摘录，引导读者与作品直接对话，最真实地体现了摩尔的观点：既然已经有了更好的说法，为何不引用呢？

摩尔展现的第二种对话形式是直接致意的方式。她致意的对

---

[1] Eloise Arnold Whisenhunt, *"It Is a Privilege to See So Much Confusion": Marianne and Revision* (A Thesis Submitted For the Degree of Doctor of Philosophy at the University of Alabama, 2009), p. 107.

[2] Taffy Martin, *Marianne Moore: Subversive Modernist* (Austin: University of Texas Press, 1986), p. 26.

象有时是一个预设的、需要否定、批驳的成见或一本书,有时是一个诗人或一种物。诗歌采取了反驳、争辩的语气,她切入对象的视角极为古怪,总是按自己所理解的事物内在(本质)特性反驳事物的外在特性或普遍认知。

在这一类诗歌中,摩尔喜欢用第二人称的"你"或"你们"指代对象。这种发言方式意味着存在一种私人化的声音,一个隐身的"我"。然而,就像霍莉所说的,第二人称的发言立场确保了作者不会直接或者排他性地聚焦于自我。[1]

在向某个人致意时,摩尔的致意对象基本是强势的男性诗人,显示了她与男性所主导的文学传统进行对话的意愿。比如,《致一只作为奖品的鸟》、《乔治·摩尔》("George Moore")、《法兰西的孔雀》以及《不公正的园艺》("Injudicious Gardening")等诗,摩尔分别对萧伯纳、乔治·摩尔、莫里哀和勃朗宁(Robert Browning)的成就做出了独特评判。在这一系列诗歌中,摩尔倾向于对人物进行抽象勾勒,撷取其中品质、行为、诗歌技巧的细节或标识性概念,结合宏观文化语境进行对话,视角既开阔,又可信。她暗示了这些诗人对她的影响,似乎想通过这种对话跻身于这些诗人的行列。

例如《乔治·摩尔》一诗:

提及"抱负",
 从比黑暗更阴郁的钢笔内壁,
  你是否向我们呈现了不止一种冷静的法式幽默,
   或者,它本身被指派去逗乐?
    习惯性的倦怠

---

[1] Margaret Holley, *The Poetry of Marianne Moore: A Study in Voice and Value* (Cambridge: Cambridge University Press, 2009), p. 25.

　　　　　从你这儿拿走，你无形的，炙热的贫血的盔甲——
　　　而你正在注满你的"小玻璃管"，用那瓶
　　　　透明而又模糊，自诩诚实的"贫民窟"——
　　　　　然后与它一起
　　　滑稽地消失了？你灵魂的取代者，
　　　　善于叙述的精神，奉承你，确信在简要报道
　　一次选择性事件时，你已理解了不同于猪圈的美并将你的
　　　　赞美
固定其上。[1]

　　诗中疑问句的形式带有明显的对话特征，她用"钢笔内壁"这一细节呈现乔治·摩尔深刻、幽暗的精神力量，用"盔甲""贫民窟"等词语暗示乔治·摩尔对现实的抵制与批判，引自乔治·摩尔的概念或句子拼贴在一起概括了这个作家的个性与写作原则，也表达了对他的肯定态度。这首诗的排版形式具有弓箭似的弧形张力，与乔治·摩尔拥有的精神力量暗中呼应。

　　在致意某种无机物时，这个对象会被摩尔赋予人格化的意志，成为一个强大的主体。摩尔对这些对象的呈现方式也模仿了对象的客观特征：诗行如行军一样冷酷地行进，如蒸汽压路机一样将对象压成紧实的一块，如战略家一样无动于衷地谋划。

　　在致意某种生物时，摩尔的态度柔和、亲切。

　　《黑色泥土》和《码头老鼠》分别致意大象和老鼠。在这两首诗中，摩尔直接使用了第一人称的"我"和复数的"我们"，分别指代一只在盔甲似的泥巴壳保护下自得其乐的大象和一群随遇而安的码头老鼠。第一人称指代，使诗歌主体和诗歌发言者存

---

[1] Marianne Moore, "George Moore," in *Observations* (New York: The Dial Press, 1924), p. 25.

在一定程度上的重叠，但表达的并非摩尔的个体经验，而是两种生物的生存经验。摩尔偶尔以这样明确的主体立场发言，显然是为了给这两种或者由于其庞大、笨重，或者由于其卑微而难以受到关注、难以被语言穿透的动物正名，展示它们的神性及存在的充足理由。前一首更像是一种精神的内在形象，而后一首更像是一种精神的外在形象。

在《墙壁里的老鼠》一诗中，摩尔试图刻画男性。这首诗在某种意义上示范了女诗人可以运用的一种刻画他者的技巧。她在这首诗中设立了传统的"我"和"你"的并置，当"我"试图去刻画一个作为被描述物的"你"、一位男性时，"我"发现"你"-男性无法被审视，"我"的目光无法攫取"你"-男性，无法将"你"-男性定格，这种无力感对应的是女性在现实及写作中遭遇的主体身份困境。认识到这种困境，摩尔在诗歌中放弃了传统的反映和被反映、刻画和被刻画的书写方式。摩尔让这个被刻画的他者"你"如墙壁中的老鼠那样保持了自己的独立性和神秘性，让他逃逸，让他在语言片段中一闪而过，让他用行为演绎了自己不可捉摸、无法定格的实质。

摩尔在诗歌中与同时代诗人也在进行隐秘对话。比如前面章节讨论过的《玫瑰而已》与里尔克构成的对话，《光谱原色时代》与史蒂文斯构成的对话，《花岗岩与钢铁》（"Granite and Steel"）与哈特·克莱恩构成的对话。克莱恩怀抱宏大愿景，想将远古神话与美国现实场景联结起来，撰写美国现代文明的史诗。《桥》（"The Bridge"）一诗实践了他的诗学主张，他将现实中的布鲁克林大桥转变成历史与神话的抽象形式，将美国的历史人物，包括哥伦布（Christopher Columbus）、凡·温克尔（Rip Van Winkle）、惠特曼、梅尔维尔（Herman Melvill）、爱伦·坡等，与神话人物对应，将这座大桥勾画成美国走向亚特兰蒂斯的象征。在《花岗岩与钢铁》一诗中，摩尔对克莱恩的诗歌理念做出了否定性的回应。摩尔认同克莱恩对"现代精神"的推崇，认为《桥》"提供了个体如何努力实现内在精神景象的现代经验"[1]，但摩尔否定克莱恩的浪漫主义宏愿。在她的《花岗岩与钢铁》中，她强调布鲁克林大桥作为智慧与坚韧的纪念碑意义，却拒绝书写所谓的美国神话或史诗，充分体现了"本土性、真实性、本国性与都市风格和限制混合在一起"[2]的特征。这首诗因偏重于纠正克莱恩无节制的想象而过分拘泥事实，稍显僵硬。

在致意系列的诗歌中，摩尔的宗旨不再对他者下定论，或者通过他者建立自我的权威身份。她注重与他者相遇并建构一种动态关系，让致意的对象以新的面目重新显现。

摩尔在对话中偏爱运用格言、警句风格的诗句。赫恩斯坦·史密斯（Herrnstein Smith）说："格言体诗人（epigrammatist）是骄傲的。他不希望受读者欢迎，也不迎合读者。他不是可亲近的。他与读者保持一定距离，直接对读者发言，但是不让读者分享经验。（对于一个说自己不喜欢格言警句的读者，短诗讽刺作者也许会回答，'你根本不该喜欢'）。"[3]摩尔的格言体，既是自我疏离，也是一种借力，依凭格言体的干脆果决与对话者抗衡。

对话本身也可以是一种温和的冲突形式，在自我与对话对象之间展开。她评价叶芝时指出，叶芝让人们相信，伟大的诗歌是诗人对立意象的产物——是对诗人之所非的表达。摩尔认同这一

---

[1] Taffy Martin, *Marianne Moore: Subversive Modernist* (Austin: University of Texas Press, 1986), p. 121.
[2] Taffy Martin, *Marianne Moore: Subversive Modernist*, p. 121.
[3] Taffy Martin, *Marianne Moore: Subversive Modernist*, p. 100.

观点，认为对立即是诗人。[1]对话，构成了诗歌中最显性的对立形式。

除了对话方式，摩尔也偏爱运用矛盾修辞法构成一种对立。她常常将不同质地的概念并置，比如"对于以精致的幻想为食的感觉而言，／理智是违禁品"[2]，"希望在受打击中变得坚韧"[3]，"野蛮人的浪漫"[4]，"拥有古怪的好客之心的地牢"[5]……或者将不同的事物并置。她在《批评家与鉴赏家》一诗中将天鹅与蚂蚁并置；在《穿山甲》一诗中将穿山甲与达·芬奇，与第一机械并置；在《英格兰》一诗中将英格兰与意大利、希腊、法国和美国并置……她的很多诗歌标题也是一种矛盾并置，比如《缄默与饶舌》《恐惧是希望》《挑拣和选择》《过去是此刻》《批评家与鉴赏家》《大海的独角兽和陆地的独角兽》等。并置让概念或事物相互映照，相互阐释，突出了差异，呈现出单个概念或事物无法呈现的意义。

具体分析，她的矛盾修辞有这样几个层面：一是严肃主题与受到严格约束而形成的优雅形式之间的冲突。前者的沉重衬托出后者的轻盈，诗歌的排版形式、音节形式、韵律既与主题呼应，又在去除诗歌主题所承载的重负。二是诗歌坚硬的结构和柔软的内在肌理之间的冲突。摩尔的诗歌如同一种盔甲动物，与她描写的穿山甲相似。在坚硬的结构和外表之下，包含着柔软的内在肌

---

[1] Marianne Moore, "Wild Swans," in *The Complete Prose of Marianne Moore*, ed. Patricia C. Willis (New York: Viking Penguin Inc., 1987), p. 40.
[2] Marianne Moore, "To a Strategist," in *Observations* (New York: The Dial Press, 1924), p. 16.
[3] Marianne Moore, "Conjuries That Endure," in *The Complete Prose of Marianne Moore*, p. 349.
[4] Marianne Moore, "New York," in *Observations*, p. 65.
[5] Marianne Moore, "People's Surrounding," in *Observations*, p. 67.

理，例如《鱼》中描写的如坟墓一般坚硬的大海外壳与海水中生活的柔软生物，《尖塔修理工》中凝固的、几何形的海边风景与柔软的生物群、脆弱的人性，形成了冲突。三是唯美意象与缺乏诗意的主题、对象之间的冲突。鲜明生动的画面、色彩，如同蟾蜍一样跳跃在缺乏表面生动性的主题或物之中。四是冲突的无结果。摩尔的诗揭示混乱、对立与冲突，有时暗示了逃避冲突的诱惑，但她质疑逃避的可能性，不提供结论。

（三）注释与修订

摩尔终生都在修订自己的诗歌。她说，修订是因为无法忍受乱糟糟的措辞和逻辑缺陷，对于大多数缺点而言，删除是最及时的补救。[1]这反映了她对写作的挑剔，也反映了她潜意识的一种抗拒，抗拒作品的固化以及自我的固化。就像她喜爱的变色龙一样，她希望自己和作品具有隐身和变形的能力。她的反复修订既为她的诗歌提供了外在的变形，也在强化诗歌内在的应变能力：避免被定型，被误读，保持他者、别处的立场，保持开放性与可能性。她坚持优秀的诗歌无法被攫取，文学传统本身也处在流变之中。

保存在罗森巴赫博物馆的诗歌笔记记载了她收集材料的过程和修订痕迹。她的修订有时前后矛盾，有时修订之后又会恢复之前的版本，有时针对诗歌形式——包括排版、断句、音节——进行修订，有时针对词语和句子进行修订，有时针对观点进行修订，减弱或者强化她的某一立场。

她的《鱼》是经常被收录的一首诗，1918年这首诗首次发

---

[1] Marianne Moore, "Idiosyncrasy and Technique," in *The Complete Prose of Marianne Moore*, ed. Patricia C. Willis (New York: Viking Penguin Inc., 1987), p. 507.

表于《自我主义》杂志，其排版形式工整，四行一节，每一行诗左边对齐，首字母大写，一共八节。当《他者》杂志再次发表时，摩尔将它修订为八行一节，每一节头两行不缩进，另外四行依次缩进，变成了波浪式的排列形式，调整了断句，增强了音节形式。这首诗收录进诗集《观察》时调整为六行一节的波浪形式，收录进1935年的《诗选集》时变成了五行一节，诗行的排版形式改为头两行不缩进，第三、四行缩进一格，第五行缩进两格，整首诗不再是波浪形，而是规则的阶梯形。[1]

《护身符》这首诗1912年的版本是工整的排版，一共四节，每节前有数字标号，将四节诗很明确地隔开。在诗集《观察》中摩尔去掉了每节诗的数字标号，让诗意更紧密地连续，每一节诗的最后一句缩进一格，增加了一种变化：

在一根断裂后
与船身分离，倒在
　船舷边的桅杆下，

跌跌撞撞的牧羊人发现了
嵌在泥土中的
　一只天青石

海鸥，
一只展翅欲飞的
　大海的圣甲虫——

---

[1] Robing G. Schuize (ed.), *Becoming Marianne Moore—The Early Poems, 1907-1924* (Berkely: University of California Press, 2002), pp. 235-236.

蜷曲着珊瑚色的脚，

张开喙，向

　　很久前死去的人们致意。[1]

《不公正的园艺》一诗最早发表在《自我主义》杂志时，其标题为《致勃朗宁》（"To Browning"）。这首诗的创作起因是勃朗宁和伊丽莎白·巴蕾特（Elizabeth Barrett Browning）在通信中提到的一个细节，巴蕾特在信中责怪勃朗宁："你在信中第一次送给我的花是一朵黄玫瑰，我得告诉你黄玫瑰意味着什么——'不忠'，花语词典这样解释。你看，这是多么不祥的……开始！"[2]勃朗宁的应对是在花园中移除了黄玫瑰，重新种植了十二株白玫瑰。这个细节给摩尔很大的触动，她创作这首诗是为了给"黄玫瑰"辩护，反驳附加其上的所谓"不忠"的标签。后来她将诗歌标题从《致勃朗宁》修改为《不公正的园艺》，隐去了直接背景，扩大了这首诗的主题，突出了"不公正的园艺"对于包括黄玫瑰在内的所有植物的普遍性覆盖。

　　摩尔的修订反映出她作为创作者的写作焦虑和野心，担心自己的作品不够好，担心自己的作品随时间的变迁而变得陈旧；同时，随着她自身技艺在创作生涯中的提高，回首旧作时必然会发现瑕疵。很多作者愿意将旧作凝固为历史，而摩尔抵制这种凝固。修订的偏好和她对引语的偏好如出一辙，她的引用让曾经的文字碎片焕发生机，让历史流动起来；她对自己诗作反复的修订，则让个人创作史流动起来。

　　摩尔的修订，也反映了现代诗歌对技巧的重视。她的修订不

---

[1] Marianne Moore, "A Talisman," in *The Poems of Marianne Moore*, ed. Grace Schulman (New York: Penguin Group Inc., 2003), p. 22.

[2] Robing G. Schuize (ed.), *Becoming Marianne Moore—The Early Poems, 1907-1924* (Berkely: University of California Press, 2002), p. 175.

是突发奇想，对音节形式、韵律、排版以及语词的修订强化了"构建"或成型这一概念，表明诗歌是一种人工制品，一种被创造出来的物体，"一台由词语构成的机器"（威廉斯语），诗歌可被不断拆散，重新组合。

摩尔持续不断的修订呈现出重心或风格的阶段性变化，从早期静态、拘谨的语言面貌和空间想象模式，转向中期结合了精致的音节形式、强大的语言张力与层次丰富的想象等特征的成熟诗风。在修订轨迹中，可以清晰地看到她如何打磨"克制""精确""还原"等技巧，从早期生涩的操作到成熟期的举重若轻，将理性与盛大的想象和语言风格整合在一起。

摩尔喜欢给自己的诗歌附加注释，这与她在诗歌中有时抹除引用痕迹的习惯显得自相矛盾，她似乎希望读者既了解又忽视引语或典故的原始出处。有些时候，注释对理解她的诗歌至关重要，注释担任的功能不仅仅是出处，也会提供一种历史文化语境，补充或延伸一首诗的主题。摩尔本人对自己的注释进行过注解："想要摆平他人对自己写作风格所进行的各种相互矛盾的批评或许意味着将自己的作品变成驴子，发现自己不过是被主人牵着在走。因为，一些读者认为，引号会破坏阅读进程的愉悦感；另一些读者则认为，对原本已经完整的东西加注是一种迂腐和卖弄，或者说明创作还不够充分。但是由于我所有的作品中都有一些诗句，其重要的旨趣均系引用而来，而且我还不能抛弃这种混合创作手法，所以答谢似乎只是为了显得诚实。那些厌倦附文、余言、附言的人可能会被说服，会毫不怀疑地选择诚实，从而忽视注释。"[1]

注释保证了所引材料的异质性，注释也是摩尔的一种自我隐

---

[1] 爱莲娜·拉马洛·桑托斯:《玛丽安娜·穆尔——贪婪的沉思》，载于萨克文·伯科维奇主编《剑桥美国文学史》第5卷，马睿、陈贻彦、刘莉等译，中央编译出版社，2009，第269页。

身。区别于她所批判的那些自诩为权威的男性诗人,她添加注释的对象不只是庄严正式的历史文本,还有很多琐碎的文字碎片,包括广告、说明书或偷听来的谈话等,她将发言权亦交给这些文字碎片,保持诗歌的敞开性。

注释让阅读变得更像学究似的"咬文嚼字",弱化了摩尔的诗歌作为"述行"的意义,丰富了其作为文本的意义。

三、谈论无法被谈论的:摩尔与乔丽·格雷厄姆

在受摩尔影响的当代女诗人中,乔丽·格雷厄姆是比较突出的一个。和摩尔一样,格雷厄姆也偏爱互文性写作策略,通过互文性建构与传统、与其他艺术家的对话和关联。不过,相比于摩尔聚焦于文字领域的互文形式,格雷厄姆的互文性策略更为灵活,不仅像摩尔那样运用引语和历史材料,她还广泛运用了艺格敷辞(Ehphrasis)这一跨媒介互文手法,用语言探索固定的图像或场景,揭示语言的空白领域以及被遮蔽的历史瞬间。

(一)格雷厄姆和艺格敷辞

格雷厄姆是一个具有多元文化背景的诗人,1950年出生于纽约,在意大利和法国长大。她的父亲是一位神学家,母亲是一位雕塑家。格雷厄姆在母亲的工作室度过了许多童年时光,也在父母的引领下徜徉于罗马教堂和博物馆,观看绘画和雕塑作品。进入法国索邦神学院(Sorbonne)学习了一段时间的哲学后,她返回纽约,进入纽约大学学习电影制作,开始受到诗歌的吸引。1973年获本科学士学位,1978年于爱荷华大学获硕士学位。1980年出版第一本诗集《植物与幽灵的混血儿》(*Hybrids of Plants and of Ghosts*)之后,格雷厄姆陆续出版了十多本诗集。她极具开

拓精神，每一本诗集都在探索新的主题和创作手法。1996年格雷厄姆以诗集《统一场域之梦：1974—1994年诗选》(*The Dream of the Unified Field: Selected Poems from 1974-1994*)获普利策诗歌奖。这本诗集的名字来源于爱因斯坦提出的"万有理论"（Theory of Everything），是一种具有总括性、一致性的物理理论框架假设，旨在解释宇宙的所有物理奥秘。许多哲学家，比如笛卡尔、洛克、康德、黑格尔等也追寻过这种统一性。格雷厄姆在这本诗集中对这一问题进行了思考，她尤其关注身体的世界性体验，渴望发现并阐释隐秘的自我。格雷厄姆曾在包括哈佛大学在内的多所美国大学任教，1997年到2003年，担任了美国诗歌协会主席。

格雷厄姆的创作与家庭背景以及求学经历有密切关系，受到哲学和电影制作方法的影响，也深受叶芝、艾略特、史蒂文斯、摩尔等现代诗人的影响，她的诗歌中有深刻的哲学思考、丰富的视觉意象和复杂的隐喻。

格雷厄姆的第二本诗集《侵蚀》(*Erosion*)出版于1983年，这本诗集的主题是"如何再现"，重点探索了艺格敷辞这一手法。在这本诗集中，她探索的对象是15、16世纪早期意大利的宗教画家，包括皮耶罗·德拉·弗朗西斯卡（Piero della Francesca）、卢卡·西诺莱利（Luca Signorelli）和马萨乔（Massaccio）等人。她用诗歌介入了这些画家的代表性作品，比如皮耶罗的《圣母玛利亚分娩》("The Madonna del Parto")、马萨乔的《被逐出伊甸园的亚当和夏娃》("The Expulsion of Adam and Eve")、西诺莱利的《死者复活》("Resurrection of the Dead")等。从1987年的诗集《美的终结》(*The End of Beauty*)开始，格雷厄姆关注的视觉艺术家范围扩大，一些当代艺术家进入她的诗歌之中，比如抽象表现主义画家杰克森·波洛克（J. Jackson Pollock）和超现实主义画家雷尼·马格利特（Rene Magritte）[1]。

"艺格敷辞"是一个具有历史渊源的概念，在西方学术界经历了漫长的演变过程，不同时代、不同领域、不同话语体系对这个概念有不同的运用，其内涵和外延至今难以被界定。这个词在汉语中的译名众多，大致有："艺格敷辞""造型描述""语象叙事""艺格符换""图画诗""绘画诗""符象化""仿型""图说""说图""写画"乃至"视觉再现之语言再现"等十余种不同译法，这种现象说明了人们理解这个概念的多元视角。

就词源学来说，艺格敷辞最早是古希腊的一个修辞学术语，意思是"说出"（speak out），指形象化的描述手法，"运用栩栩如生的语言对事物进行描述，使听众如在场般亲历意象并心生共鸣"[2]。后来人们用这个词特指文学作品中对其他非文字艺术品的演绎。

文艺复兴之后，艺格敷辞成为一种特有的写作形式，即文字对视觉艺术作品进行的描述，体现了文学与视觉艺术之间的交融、差异和竞争。

不同的艺术家或学者对文字艺术与视觉艺术之间基于媒介的差异有不同的看法。达·芬奇、莱辛等艺术家认为不同艺术之间的竞争关系不可调和，文字无法达到视觉描绘的效果。[3]当代法国哲学家福柯（Michel Foucault）也持这一观点，他认为绘画与语言艺术这两种门类之间具有不可通约性，构成了一种无限的关系，想用语言描述所见之物，或者用形象再现语言描述之物都是

---

[1] Emma Kimberley, *Ekphrasis And The Role of Visual Art In Contemporary American Poetry*（A Thesis submitted for the degree of Doctor of Philosophy at the University of Leicester, 2007）, p. 18.

[2] 尼克斯·帕斯特吉亚迪斯：《为审美与政治提供的喘息空间：雅克·朗西埃导读》，王长亮译，载于金惠敏主编《差异》第8辑，河南大学出版社，2015，第181页。

[3] Nelson Goodman, *Language of Art*（Indianapolis: Hackett, 1976）, p. 231.

徒劳的，它们彼此存在于自己的表达媒介之中。[1]在这些艺术家和学者看来，艺格敷辞被视为文字艺术嫉妒绘画的结果。一幅画拥有的能力是文字艺术不具备的。它可以作为无意义的"存在"，并且不受时间影响；而文字艺术的媒介——词，必须要有意义，阅读时必须遵从时间的先后顺序。[2]

也有一些艺术家或哲学家维护文字艺术的力量，比如斯皮策（Leo Spitzer）、沃尔夫林（Heinrich Wolfflin）等人倾向于肯定文字或者语言媒介的表达能力，认为艺格敷辞是对一幅图画或雕塑艺术作品进行的创造性再现。维特根斯坦认为图画"就在我们的语言之中，而语言似乎执拗地要向我们重复这幅图画。"[3]米切尔（W. J. T. Mitchell）将艺格敷辞从一种"不重要的诗歌体裁"提升为"诗学的普遍原则"，艺格敷辞破除了图像与语词之间的隔阂，产生了一种作为语象（verbal icon）或形象文本的综合形式。[4]当代艺术史学家迈克尔·安·霍利（Michael Ann Holly）肯定了艺格敷辞在艺术史上的重要地位，虽然她认为艺格敷辞的诗学力量有缺陷。"即使这幅作品存在，倘若把它转写成文字，无论语言多么巧妙，也绝对不会'不留残余'。画中葡萄的光泽或葡萄藤的屈曲缠绕必然会被遗漏"[5]，但言说图像，即讲述有关过去图画的欲望始终都在。

在当代文化语境中，随着数字媒介技术的发展，促进了艺

---

[1] Michel Foucault, *The Order of Things: An Archaeology of the Human Sciences* (London & New York: Routledge, 2005), p. 10.

[2] Anne Shifrer, "Iconoclasm in the Poetry of Jorie Graham," *Colby Quarterly* 2 (1995), p. 142.

[3] 维特根斯坦：《哲学研究》，李步楼译，商务印书馆，2002，第72页。

[4] W. J. T. Mithcell, "Ekphrasis and the Other," *South Atlantic Quarterly* 9.1 (Summer 1992), p. 697.

[5] 迈克尔·安·霍利：《回视：历史想象与图像修辞》，王洪华译，重庆大学出版社，2016，第3页。

门类之间更深刻的交融，艺格敷辞作为一种修辞手法、一种美学原则、一种叙事方法，其在一种媒介中再现另一种媒介的跨媒介互文性（intermedial intertextuality）越来越受到认可，语图交汇成为符号系统的必要成分。[1]

格雷厄姆偏爱艺格敷辞这一表现手法，在她运用这一手法的诗歌中，她常常透过某个绘画作品本身，聚焦特定的历史时刻、典故、人物或观念，但她的重心不是其跨媒介互文性，而是如霍布斯鲍姆（E. J. Hobsbawn）所说的重新发明传统（invented tradition），"对于旧用途的调整发生于新的环境中，并且是为了新的目的而使用旧的模式"[2]。1986年，托马斯·加德纳（Thomas Gardner）在访谈中询问格雷厄姆创作艺格敷辞诗歌的动机，她直接表达了自己被绘画激发的"重新发明传统"的愿望——绘画被完成并定型，而她想改变。[3]

（二）进入历史的罅隙

摩尔的互文性书写，倾向于将历史的碎片嵌入自己的文本，而格雷厄姆的互文性书写，倾向于让她的诗歌嵌入历史的罅隙或空白之处，如阿基米德的杠杆，撬动、打碎历史的冰层。她既做福柯似的"知识考古学"，用语言进入一幅绘画作品探寻潜在的、陈旧的话语体系或认知框架，也做一种解构，以新的视角介入那种话语体系或认知框架，让绘画中的永恒空间、固化的历史场景变成一个临时的、动荡的空间，去除所谓的永恒性、静态性，让

---

[1] 参见李健：《论作为跨媒介话语实践的"艺格敷词"》，载于《文艺研究》2019第12期，第40—51页。
[2] E.霍布斯鲍姆、T.兰格：《传统的发明》，顾杭、庞冠群译，译林出版社，2004，第6页。
[3] Thomas Gardner, "An Interview with Jorie Graham," *Denver Quarterly* 26.4 (1992), p. 80.

新的意义产生，并且无法被定型。

格雷厄姆着迷于罅隙，她对表现主义画家波洛克的兴趣就在于对他作品的关注"……动作的终结和绘画开始之间的罅隙"[1]。在格雷厄姆这里，罅隙呈现的"虚空"、沉默是诗性所在地，是未被文明污染的神秘地带，是画家渴望呈现的形象诞生地，是可知和不可知的边界。她在《关于沉默的笔记》（"Some Notes on Silence"）中写道："令我感兴趣的是边界——肉体与时间之间的边界，被封闭之物和敞开之物之间的边界，我们说出的话语和我们未吐露的话语之间的边界。"[2]

如果说摩尔的互文性写作总在与历史中的"有"发生关联，那么格雷厄姆的艺格敷辞常常与历史中的"无"发生关联。假如历史是岩洞里古老的部落壁画，是博物馆沉默庄严的雕像，是被反复修补完善的画作，那么格雷厄姆寻找的是这些事物中的细小裂痕，这是被历史忽视、遮蔽或者遗弃的地带，这也是在时间中生长出的突破口。她喜欢想象这一罅隙，用语言进行探索，让光透进去，用新的形象、新的观念、新的结构填充这一悬置了无限可能性的"虚空"（nothing）。

格雷厄姆的《作为阿波罗和达芙妮的自画像》（"Self-Portrait as Apollo and Daphne"）一诗，专注的就是阿波罗和达芙妮之间的罅隙。这首诗的重心不是书写有关阿波罗和达芙妮的视觉艺术作品，而是阿波罗和达芙妮的故事本身，更确切地说，是阿波罗和达芙妮之间永不可抵达的"狭小空隙"。这个空隙，从两人身体之间的空间距离逐渐抽象为历史话语中无形的距离：

---

[1] Anne Shifrer, "Iconoclasm in the Poetry of Jorie Graham," *Colby Quarterly* 31.2 (1995), p. 143.

[2] Jorie Graham, "Some Notes on Silence," in *By Herself: Women Reclaim Poetry*, ed. Molly Mcquade (Saint Paul: Graywolf Press, 2000), p. 164.

太阳将升起心绪将涌动
意志将突现,而眼睛——这双眼睛——:
整个故事就像一份见证,
见证了他们之间的距离,他即将靠近的狭小空隙。[1]

格雷厄姆在这首长诗中为阿波罗和达芙妮之间的不可接近性补充了很多细节、声音和形象:

真相是这件事已进行了很久,在此期间
　　他们都希望它继续。

你仍能听见他们,在那种状态中,北和
南彼此相叠,一分又一分钟
恒久交替。

你仍能听见他们,那里,就在拂晓之前,
醒来的千百种刺耳的吱吱声和尖叫声,
歇斯底里,绵延几英里,向四面八方,

还有那里,夜间饲养员的喔喔声,破产的底线,
被修剪过的,几乎不可听闻的声音……

或者是那里,太阳照在布满几英里草地的
碎玻璃渣(成千上万粒)上,刹那间的
唯一角度,飞快地,捡拾证据,

---

[1] Jorie Graham, "Self-Portrait as Apollo and Daphne," In *From the New World* (New York: Harper Collins Publishers, 2016), p. 79.

垃圾场，

然后再次消失，万物青葱，青葱……[1]

"刺耳的吱吱声和尖叫声"以及"碎玻璃渣"，这些尖锐的意象铺陈在两人之间，使得"狭小的空隙"变成了无法跨越的深渊。

格雷厄姆没有为我们直接勾画阿波罗和达芙妮的肖像，她描述两人之间永不可接近的距离，用这种距离间接呈现两人的形象，繁多的细节充实虚空，使得距离仿佛变成了坚硬的实体形式，将我们的注意力从一个哀怨的爱情故事转向了一种历史的、隐形的心理与命运的描述。在追逐与逃逸的游戏中，在不可接近中，在永恒的空间缝隙中，达芙妮的自我意识逐渐萌生：

11
她将停下，即不再有追逐的场景，她会
是谁，
是什么？

12
计时在周围继续就像一千只鸟
每只都创造了它自己的风——谁会永远把它们相加？——

而总数又将变成什么，这些分钟，每只都拍打着

---

[1] Jorie Graham, "Self-Portrait as Apollo and Daphne," in *From the New World* (New York: Harper Collins Publishers, 2016), p. 76.

它的翅膀，每只都追寻着一根栖木，

每只都鸣叫着没有回应，

每只都发出各自的信号飞入拂晓的尽头，

伟大的刹那之尖叫，堆积，
这种希望的数学，无处祷告的祷文，

一个又一个框架，明日复明日的冲突——

不，她将沉没，她将给他自由，

他的手迹覆盖它，滑动着，试图铭刻它，

13
瞧，此刻与他同在的日子，他的日子，但已物是人非，

14
风景的片段不是演员之一，她想，
不是刹那之一，不是案例之一，

15
但是，鸟儿们鸣叫其中的空气，

>它们没有回应的鸣叫结合其中的空气，
>不同的鸟发出的鸣叫，交错的气流，微颤，
>以及护持着那尖叫的间隔的唯一空气——
>都渴望去改变，渴望被倾听，渴望已经被改变——
>而环绕它们的空气，既不盈满也不空虚，
>只是护着它们，护着它们，未被触及，未被改变。[1]

格雷厄姆对于虚空／"罅隙"的凝视，与画家塞尚（Paul Cezanne）对静物的凝视相似。透过静物，我们的目光与画家的凝视交融在一起。静物作为一种艺术形式，"通过忽略人类而指向人类"，"通过无语指向意义"[2]；历史的罅隙如同静物一样，是无法被言说的，是无语和沉默，却是可能性的意义生长点，她的凝视，连同直觉和无意识，为罅隙注入了生动的形象。

格雷厄姆在诗歌中也在制造罅隙，这些罅隙是具有言说功能的沉默本身。在这首《作为阿波罗和达芙妮的自画像》中，她制造的罅隙表现在：毫无规律可言的分节或断句，有时一个句子一节，有时一长段一节，有时一个短语被分裂成数行。无规则的诗节形式切割了诗意，却又让断裂变得理直气壮。不连贯的诗句，如同未被拼合完整的拼图，她甚至在诗歌中公然留下未完成的诗节或句子，用空格或者省略号代替关键词，比如"在……的尽头，在……的现场"这样的句子也许是故意省略，也许是因为她无法找到合适、准确的词。诗歌中的罅隙成为诗歌结构的一部分，其自身就具有表现力，颠覆了作者的叙述权威，留给读者想

---

[1] Jorie Graham, "Self-Portrait as Apollo and Daphne," in *From the New World* (New York: Harper Collins Publishers, 2016), pp. 79-80.
[2] Emma Kimberley, *Ekphrasis and The Role of Visual Art In Contemporary American Poetry* (A Thesis submitted for the degree of Doctor of Philosophy at the University of Leicester, 2007), pp. 18-19.

象空间，也需要读者参与完成，定论或成见永远被悬置、被取消了。

格雷厄姆对罅隙（或虚无）的迷恋，反映了她的一种执念，这个世界总有一些东西在我们的理解之外，在语言之外，"某些难以界定的、不可抵达的抽象元素，存在于人与人之间、宗旨和行动之间、理性和灵魂之间的空间"[1]。虚无（或罅隙）是对限度、终结、边界的否定，格雷厄姆热衷于冒险，热衷于进入"虚空"，这种进入，由每一首诗的主题引领，似乎在反复印证，"修辞艺术是在行动中而不是在取得的结果中实现的"[2]。

（三）让历史处于敞开和融合之中

格雷厄姆并不像摩尔那样，止步于与历史的对话、质疑或赞美。对话只是格雷厄姆的起点，是一个开端，她由此进入，一边解构一边重写历史。

在格雷厄姆看来，历史处于固化的危机之中，历史总是作为相同的故事被不同时代、不同地域的人讲述，解除这种固化的方式是对历史做出不同的阐述，提供多元的历史审视视角，绘画作品是格雷厄姆切入历史的路径之一。她不完全信赖"想象微小的扩张主义"[3]，而绘画作品提供了一个具体的历史实体，展现了习俗法则或传统理念包裹、凝固的人或场景。格雷厄姆并不再现绘画作品，她运用适度的抽象，回避描写的压力，对艺术作品进行了新的历时性体验。她相信，艺术只有被体验时，才是有意义

---

[1] Emma Kimberley, *Ekphrasis And The Role of Visual Art In Contemporary American Poetry* (A Thesis submitted for the degree of Doctor of Philosophy at the University of Leicester, 2007), pp. 18–19.

[2] 迈克尔·安·霍利:《回视：历史想象与图像修辞》，王洪华译，重庆大学出版社，2016，第25页。

[3] Anne Shifrer, "Iconoclasm in the Poetry of Jorie Graham," *Colby Quarterly* 31.2(1995), p. 148.

的。艺术中原本包含着风险，这种风险当然不是"为了一首诗的目的而被编织的风险"，而是变化的风险。在这个意义，她的艺格敷辞与后现代艺术中的行为艺术和装置艺术一致，强调进入、行动，就像她在《事物运行的方式》（"The Way Things Work"）一诗中指出的，"事物运行的方式/是许入或敞开"[1]，因而，"她的诗歌总是现在时态"[2]。

格雷厄姆对绘画采取了行动。她在神话、宗教、典故中寻找入口（threshold），比如在《作为阿波罗和达芙妮的自画像》中，找到的入口是两者之间不可消弭的距离。她用丰富的形象、声音、动作，显现达芙妮被遮蔽的自我意识；她也让自己在固定的历史场景或绘画情景中在场，引导读者进入。比如，在描写马萨乔的画作《被逐出伊甸园的亚当和夏娃》一诗中，她直接干预画中的两个人物亚当和夏娃的行动，要求他们将手从脸上拿下，走出绘画创作的边框，走出传统对他们的定格，重新完成自己的人生。在《圣·塞波尔克罗》（"San Sepolcro"）一诗中，格雷厄姆通过自我的变形实际演绎了"进入"的过程：

在这道蓝色的光中
　　我能带你去那儿，
雪正在将我变成一个
　　可以从中观望的
　　骨头的世界。[3]

---

[1] Jorie Graham, "The Way Things Work," in *From the New World* (New York: Harper Collins Publishers, 2016), p. 10.

[2] Anne Shifrer, "Iconoclasm in the Poetry of Jorie Graham," *Colby Quarterly* 31.2(1995), p. 147.

[3] Jorie Graham, "San Sepolcro," in *From the New World* (New York: Harper Collins Publishers, 2016), p. 25.

这个进入的行为让已经成为过去的时间和物鲜活起来：

这
　　是我的房子，

我的伊特鲁里亚
　　城墙，我邻居的
柠檬树，在其下方
　　是更低矮的教堂，
飞机制造厂。
　　一只公鸡

整日在墙外的
　　薄雾中啼叫。
空气中有牛奶，
　　油亮的柠檬皮上
有冰。多么干净，
　　这心灵，

圣墓。[1]

依赖观看视角的远近调节，局部细节与整体构图、人物形象与背景之间的切换，画作中的场景与现实场景对接，历史变成了当下，变成了临时场景，稳固的原型逐渐分崩离析，如同一棵

---

[1] Jorie Graham, "San Sepolcro," in *From the New World* (New York: Harper Collins Publishers, 2016), p. 25.

树,生出了新的枝丫,新的细节以及细节的延异或离题,解构变成了一种发明似的重写。

她的词语"反复进入圣奥古斯汀所说的不可知的'不相似的区域'"(region of unlikeness)[1],激活人物的动作,让作品的形象、线条和色彩所遮蔽的生命体验重新绵延起来。画中的女孩动起来了,就像睡美人的城堡因为一个吻而重现生机:

皮耶罗·
  德拉·弗朗西斯卡
勾画的这个女孩,解开
  她蓝色的衣衫,
她的风雨斗篷,
  进入

分娩。来吧,我们可以进去。
  这是神
诞生之前。尚无人
  站进
博物馆,站进
  流水线——身体

和翅膀——站进露天
  市场。[2]

---

[1] Emma Kimberley, *Ekphrasis and the Role of Visual Art in Contemporary American Poetry* (A Thesis submitted for the degree of Doctor of Philosophy at the University of Leicester, 2007), pp. 19−20.

[2] Jorie Graham, "San Sepolcro," in *From the New World* (New York: Harper Collins Publishers, 2016), pp. 25−26.

这个被画家永恒地固定在画布上、姿态宁静、被动的女孩，忽然变成了行动的主体。格雷厄姆让她解开衣服，进入分娩和生命进程之中，让她走出壁画，进入了观者的在场空间。格雷厄姆将这种行动定义为一种基本的人类驱动力："这是/生存之所为：进入"，一切处于过程之中，"衣衫一直敞开／从永恒／至私密，胎儿在动"，"呼吸"抵制"停顿"以及停顿产生的固化阐释。在进入过程中必然遭遇物的抵制，这种抵制不是消极的，而是积极的，它为我们提供了做出不同阐释的可能。

在《别碰我》（"Noli Me Tangere"）一诗中，格雷厄姆进入了基督教历史上意义重大的一刻——基督复活的时刻。她选择的主题是微不足道的一个细节：玛德莱娜（Magdalene）面对复活的基督，试图伸手触碰他。这个表达信的行为被耶稣制止，他说"别碰我！"玛德莱娜于是尴尬地停顿于伸出手的那一刻。

克里斯蒂娃在分析普鲁斯特的《追忆逝水年华》时曾梳理过玛德莱娜这个名字的渊源。她指出，《圣经》中有三位女子和玛德莱娜有关。第一位是有罪女子玛丽亚（Mary）——一个妓女。她照顾耶稣，在他脚上涂抹香油，所以她身上有着爱与芳香。第二位叫马大（Martha）。玛丽亚和马大都是死而复生的拉撒路（Lazarus）的姐姐。第三位是抹大拉的玛丽亚（Magdalene），她最早认出了复活的耶稣，这个女子即是《别碰我》这首诗中的原型人物玛德莱娜，与耶稣复活有关。这三位女子分别代表了爱、芳香与复活。后来这三个女子合为一体，成为我们常说的玛丽·玛德莱娜（Mary Madeleine）。在普鲁斯特笔下，玛德莱娜是一个诗意的名字，而名字后的那个女人消隐于历史。他说，名字的深处藏着一位仙女，她的食粮是我们的想象，她的变化依赖我们的想象……然而，一旦我们接近名字后那个真实的人，她便登时香消玉殒了。[1]

正是在这个女子消隐的历史空白之地,格雷厄姆开始自己的书写,让她显形:

但你明白我并不清楚为何她

必须被驱逐,
　为何属于她和它的岁月的
是全部的黑暗,
　为何她必须变成这些山坡,
支撑失重的全部分量,直到此刻,
　让主要情节萦绕她,

崩溃成每一种离题之美,
　她的渴望全部的刺绣朝向他纯洁的裂缝,
整个字母表在风中当她从祷告中站起……[2]

格雷厄姆融化了这位女性僵化、被动的姿势,融化了那被喝令停止、又不可抹除的尴尬时刻,让新的柔软姿势,让鸟语花香、繁密的生机,重重叠叠地生长。这个动态空间足以覆盖被迫停止的时刻,犹如这位女性从空白之地生长起来。

透过绘画作品进行的历史思考让我们认识到,"我们已经创造了一种处境,我们只能通过一个结果认识我们自身,这个结果

---

[1] 参见朱莉娅·克里斯蒂娃:《主体·互文·精神分析——克里斯蒂娃复旦大学演讲集》,祝克懿、黄蓓编译,生活·读书·新知三联书店,2016,第51—54页。
[2] Jorie Graham, "Noli Me Tangere," in *From the New World* (New York: Harper Collins Publishers, 2016), p. 83.

将提供有意义的故事情节——它就变得可怕。"[1]她对绘画作品中神话与宗教女性形象的重写尤其激进,与克里斯蒂娃的论述暗合,"基督教神学将母性建构为一个不可能的别处,一种神圣的超越,一种神圣的容器,一种与妙不可言的神性联结在一起的精神,以及超然性最后的支撑。"[2]格雷厄姆借助视觉艺术作品直观呈现了女性被固化的命运——这种可怕的"故事情节",启动了克里斯蒂娃所说的"开端",将母性的身体作为入口,描写女性被压抑的隐喻史。她的诗歌嵌入历史作品,让形象开口说话,让形象重新进行自我塑造,填补了传统典故中女性缺失的声音。这种填补方式不是代言式的,而是生发式的。她改写的女性形象,变成了无法定型的动态形象,不再被画笔或文字禁锢,她们是活的,处于自己的生命历程之中,拒绝成为拉康所谓的"镜像",拒绝被定格、被品评。

格雷厄姆也喜欢像摩尔那样频繁使用引语和历史典故,但她比摩尔更热衷于消除原始素材与自己诗句之间的沟壑,她的引用不只是拼贴,更像是融合。她的诗集《物质主义》(*Materialism*)集中于传统哲学中的形而上学主题,其中的多首诗加入了思想家的摘录。这些摘录几乎全部以化用的形式出现在诗歌中。在《波洛克与绘画》("Pollock and Painting")一诗中,格雷厄姆糅合了《旧约》的语言和形象片段、约翰·利德盖特(John Lydgate)[3]的诗歌、波洛克的画和渔王的神话,摘录了波洛克的访

---

[1] Thomas Gardner, "An Interview with Jorie Graham," *Denver Quarterly* 26.4 (1992), p. 84.

[2] Jordan Tracy, "'Come, we can go in': Ekphrastic Thresholds in A. E. Stallings and Jorie Graham," *Arizona Quarterly: A Journal of American Literature, Culture, and Theory* 70.3 (Autumn 2014), p. 67.

[3] 约翰·李嘉德(John Lydgate):14世纪晚期到15世纪中期的英国诗人,作品类型一般是寓言诗、宗教抒情诗等。

谈和笔记中的句子，间接修订了艾略特的《荒原》。[1]引语、历史素材与她自己的书写紧密地交织在一起，几乎难以区分。她的读者甚至要比摩尔的读者更具"咬文嚼字的学究"风范，才能辨识她诗歌中的引语、指涉典故，探寻其后的意义。

在《古斯塔夫·克里姆特的两幅画》（"Two Paintings by Gustav Klimt"）一诗中，格雷厄姆融合了克里姆特的两幅画作，一幅是他的《山毛榉树林》（"Beech Forest"），另一幅是他临死前未完成的画作《新娘》（"The Bride"）[2]。格雷厄姆将这两幅画通过死亡主题联结起来，将被图画、被历史遮蔽的死者"解锁"，让他们重新复活。

她的《融合》（"Fuse"）一诗最典型地说明了她的"融合性"这一创作方法。罗哈耶·法西（Roghayeh Farsi）对这首诗做了精细的解读[3]。这首诗以一个等待国王胜利信息的警卫为纽带编织了两个故事：阿伽门农与特洛伊战争的故事。其副标题是"警卫，阿伽门农"。格雷厄姆在注解中写道："'融合'更多不是在语言上，而是在它主题的安置上，这首诗归功于罗伯特·菲格尔斯（Robert Fagles）翻译的埃斯库罗斯的三部曲《俄瑞斯忒亚》（Oresteia），以及他为这本书写的精彩引言。"[4]

《俄瑞斯忒亚》包括《阿伽门农》（Agamemnon）、《奠酒人》（The Libation Bears）、《复仇女神》（The Eumenides）三部。第一部

---

[1] Emma Kimberley, *Ekphrasis and the Role of Visual Art in Contemporary American Poetry* (A Thesis submitted for the degree of Doctor of Philosophy at the University of Leicester, 2007), p. 27.

[2] Anne Shifrer, "Iconoclasm in the Poetry of Jorie Graham," *Colby Quarterly* 31, no. 2 (1995), pp. 145-147.

[3] Roghayeh Farsi, "Chaos/ Complexity Theory and Postmodern Poetry: A Case Study of Jorie Graham''Fuse'," https://us.sagepub.com/en-us/nam/open-access-at-sage.

[4] Jorie Graham, *Swarm* (New York: The Eco Press, 2000), p. 114.

《阿伽门农》描写了特洛伊战争结束之后，阿伽门农得胜回家。他的妻子克吕泰涅斯特拉因为阿伽门农在出征时用长女伊菲革涅亚献祭狩猎女神而怀恨于他，与情人埃癸斯托斯设计想要谋害他。她在房顶安置了一个警卫，让他在阿伽门农胜利的消息传来时发出信号，通知克吕泰涅斯特拉准备实施暗杀。

格雷厄姆的诗从这个警卫游移不定的心理状态开始她的"融合"。整首诗是警卫的叙述，他夹在王和王后之间，在忠诚和背叛的道德两难中摇摆。一方面，阿伽门农杀死了自己的女儿，理应受到惩罚；另一方面，他为他的同胞打赢了一场十年的战争，理应受到赞美。警卫欣喜于战争的胜利，却又焦虑即将在家里实施的复仇。这首诗并不打算解决这种选择的两难，格雷厄姆呈现的是混乱状态，是无结果的动荡过程以及它对人的折磨和控制。这是一种"黑暗的悬置"（dark suspense）[1]，是对历史事件的重新敞开。

格雷厄姆对引语和历史材料的运用与摩尔的意图并不相同，她并不想强化对历史的记忆或者提供另一种阐释。她的意图是让固化的人和历史语境重新动起来，回到未完成状态，让被忽视、被遗弃的时刻和事物得到新的观照，打破固化、纵深的历史逻辑，让读者可以反复进入历史，进行新的书写。格雷厄姆的这首《融合》做了一种示范，她用语言的变形重写了神话中的混乱世界。她的诗如同一种语言装置艺术，模仿、还原了那种混乱，却拒绝给出一个新的定义，拒绝让它流入一个新的阐释体系。她坚持让历史的真相"悬置"，让现在和过去、内在和外在、自我和他者、敞开和封闭处于张力之中，她比摩尔更为激进地干预了历

---

[1] Roghayeh Farsi, "Chaos/ Complexity Theory and Postmodern Poetry: A Case Study of Jorie Graham''Fuse'," https://us.sagepub.com/en-us/nam/open-access-at-sage.

史，突出了历史的相对性、不可闭合性。

（四）直觉与符号态的表达功能

格雷厄姆不再像摩尔那样，刻意保持客观、中立的书写立场，以增强自己作为女诗人言说的有效性。

摩尔在诗歌中是一个旁观者，格雷厄姆在诗歌中是一个行动者，她说："在诗中的每一次选择，如同大街上的一种行为。"[1] 摩尔利用沉默克制自己的语言和经验，她的自我并未在诗歌中显现；格雷厄姆将沉默作为探索的对象，她的自我在诗歌进程中跳跃，个人的声音和诗歌的声音交织在一起。摩尔的诗歌没有一个假想的听众在场，她的对话者是诗歌中的对象，是一个人，一只码头老鼠，一只猫，一头大象。摩尔谨慎地控制自己诗歌的发散区域，不让诗意溢出自己的诗句，而格雷厄姆的诗假设了一个听众，一个倾听者，在诗歌之外，用倾听推动诗歌的进程。

摩尔通过反复修订坚持诗歌的未完成性，格雷厄姆干脆拒绝结束，拒绝边界和定义。她没有在诗歌中建立一个权威的发言者，没有聚集于描述或自我呈现，她关注的是自我与外在世界（事物）的相互感应，精神与物质世界的彼此相遇，彼此延展。例如她的《意念》（"Mind"）一诗：

雨缓慢的序曲，
一滴破碎
却不侵扰
下一滴，描绘了
无情的，被切分的

---

[1] Jorie Graham, "Some Notes on Silence," in *By Herself: Women Reclaim Poetry*, ed. Molly Mcquade (Saint Paul: Graywolf Press, 2000), p. 171.

意念。并无不同，
蜂鸟
想象它们的翅膀
是它们的心，而麻雀
相信地平线
是它们起落的
一根绳。它们在
寻觅什么？白杨，
向前或后退，
都会丧失它们的
高度，却依旧稳稳站立，
排成行
为了变成
虚构。城市
在街道中摹绘意念，
街道逼迫它离开
不属于
任何人的
十字路口。它是
被驱逐之物，穿过
世上所有的静止
地带，万物中的
引力关系。树叶，
贴紧十一月泥土
潮湿的
窗子，始终不受欢迎，
直到变形，成为

> 一幅拼图难以拼凑的部分，
> 直到边缘稍稍退让
> 变得柔软。看，这幅图画
> 如何变得清晰，
> 意念，更轻松地
> 以碎片的形式，进入大地，
> 一切因之更丰富。[1]

意念如同一滴雨，切入另一滴雨，又以"碎片的形式，进入大地"，无形而又赋形于万物，"一切因之更丰富"。思维过程融入自然过程，又受到其他事物的影响，身体体验成为思维过程必不可少的一部分。

她的《表面》（"The Surface"）[2]一诗，将"我"的注意力之河与真正的河并置。前者抽象，后者具体，河水的动荡对应意识活动。诗歌的形式模仿了中世纪的三联画，中间一幅表达当下，常常大于边上的两幅（代表过去和未来），标点符号和关键词界定了诗节。这首诗暗示了自我与当下的接近和疏离，当自我试图去感知当下时，感知本身在意识中荡起涟漪，改变了它，这种动荡、不确定的持续构成了自我。

她的《鹅》（"The Geese"）[3]一诗，将天空中飞行的鹅与地上的蜘蛛并置。前者代表飞扬的、不受拘束的内在精神，后者代表踏足大地的身体；前者代表抽象的时间进程、终极目标、主题或意义，后者代表妄图依附于关联性的具体努力；两者紧密纠缠，日复一日。

---

[1] Jorie Graham, "Mind," in *From the New World* (New York: Harper Collins Publishers, 2016), pp. 16–17.
[2] Jorie Graham, "The Surface," in *From the New World*, p. 147.
[3] Jorie Graham, "The Geese," in *From the New World*, pp. 6–7.

《田纳西州的六月》("Tennessee June")[1]同样描写了身心之间的对立,"灵魂突破你而你留下",彼此试图定义对方而不能,最终,自然、身体以及心灵都在"摇出它的边界"。

格雷厄姆公然反对柏拉图的教诲。柏拉图说,我们生命的目标应该是将我们自己尽可能地抽离我们周围世界无实质的、不断动摇的事实,并与由思想而非感觉领会的物体建立某种沟通。格雷厄姆也致力于抽离我们周围世界无实质的、不断动摇的事实——她的诗不乏形象,但事实明显缺乏——只是她的目的却是为了与感觉沟通,她常常借助抽象的词完成这种沟通。她说:"抽象的措辞,对我尤其具有强大的吸引力,因为它的辛酸,充盈它的绝望感,向之求助的最后一条出路的感觉,一种最后的、最迟钝的工具。有人觉得形象已经被放弃了,命名——词语如同护身符——是我们留下的一切……是抽象的紧迫感驱动我。夜深了的感觉,我们必须加紧努力地思考。当然,形象语言可以做到这点,但它仍然信任物质世界,在时间充裕的情况下,在故事情节和它的属性美之中,求助于更冰冷的材质、更枯燥迅捷的工具的行为,经常准确地驱动我,因为它暗含的失败。"[2]

这造成了格雷厄姆与摩尔的另一个差异:格雷厄姆的诗初读时有一种抽象的外表,仔细分辨,才能感受到她的诗所对应的现实。摩尔的诗,就像史蒂文斯所评价的,初读时有一种异常忠于事实的外表,仔细地读,才能感受到她的诗包含着明显的抽象。

格雷厄姆在诗歌中运用了电影剪接技术对场景进行剪辑,画面既断裂又流畅。但她并没有让视觉优先,她反感意象主义的

---

[1] Jorie Graham, "Tennessee June," in *From the New World* (New York: Harper Collins Publishers, 2016), p. 3.
[2] Jorie Graham, "Some Notes on Silence," in *By Herself: Women Reclaim Poetry*, ed. Molly Mcquade (Saint Paul: Graywolf Press, 2000), p. 164.

"物",她处理的意象偏重于意而不是象,要从意象中探索思想,而不是让思想隐身于物。她认为感官相互滋养,各种感受相互生发,它们在流动中消融,彼此之间的边界是不确定的,她寻找"落入听者眼睛的歌声"[1],也寻找落入听者味觉的形象,让所有感官同时运转起来。

格雷厄姆强调诗歌与其他语言形式或文本之间的差异。诗歌包含着一种自我防御机制,抵制被当作经验的便捷容器,抵制与其他文本的同质化,因而诗歌不是为了抵达理解,不是为了传达意义或呈现事实,而是为了展示独特,为了提供异质的文本景观或视角。格雷厄姆拒绝在她的诗歌中提供完整的背景。她设置难度、不透明性,让读者不可能完全领会她的意图,因为阅读不是为了占有或接近,不是为了通过阐释消除一首诗的"难度",而是为了建立一种关系,一种体验,难度提供了思考、驻足的可能。亚当·基希(Adam Kirsch)因此批评格雷厄姆的诗歌"栖居在诗人的意识中,而不是栖居在诗人和读者共同探讨事物的公共领域。"[2]

在给《1990年最好的美国诗人》(*The Best American Poetry of 1990*)一书撰写的前言中,格雷厄姆描述了自己倾听一首诗的独特体会,借此表达了对诗歌阅读方法的理解。她说,有时她想把握一首诗的含义,却"被迫……放弃",这种放弃带来了意想不到的收获:"这首诗的行进作为一个整体抵制我们想将它分解在一种理性的意义中的冲动。听着这首诗,我感觉到我在急不可耐地追寻事实,我渴望做出决定、把握含义、占有它……而它在抵制。它迫使我放弃。先前控制的行动受到挫折,我的直觉被唤

---

[1] Jorie Graham, *Never* (Manchester: Carcanet, 2002), p. 13.
[2] Melissa Feuerstein, "For Want of a Door: Poetry's Resistant Interiors," *Comparative literature* 2(2012), p. 212.

醒。我感到自己不得不用我的知觉的其他部分去'倾听'……我看到，正是这首诗的抵抗——它的封闭或者难度——正在治愈我。"[1]

格雷厄姆期待她的诗被同样阅读，即阅读一首诗时，读者不是通过诗人的语言去理解，而是体验诗人的飘荡。当然，她在诗中并不放弃自己的向导职责，古怪的语言和刻意的干扰提醒读者，他们"被一种意识引导着，这种意识拒绝简单，拒绝让我们认为我们看见的意象可以是客观的"[2]。读者如果接受这种引导，必然会被激发出自己的视角。

语言学家爱德华·萨丕尔说："文学的表达是个人的、具体的，但是这并不意味着它的意义是和它的媒介的偶然性质完全束缚在一起的。譬如说，真正深入的符号作用并不依靠和特种语言的词句相结合，而是稳固地建筑在一切语言表达的直觉的基础上。"[3]摩尔的咬文嚼字很多时候是出于对这种直觉的不信任，格雷厄姆的诗歌则信赖直觉，她的精神活动"大部分在非语言的平面上"进行，因而常常显得跳脱、自在、反逻辑。直觉，强化了非理性力量在诗歌中的重要性。在格雷厄姆的诗歌中，"迷狂"既提供了形式，也提供了内容。这种非理性力量在历史典故、场景或者艺术作品的语境中生长，消融传统固化的形象，并直接触及神话源头中的人物内心，如同生气一样灌入，让不断静止、不断成为过去的时刻成为动荡、绵延、不确定的未来一刻。

感官、直觉与迷狂，让我们想起克里斯蒂娃定义的具有养育

---

[1] Melissa Feuerstein, "For Want of a Door: Poetry's Resistant Interiors," *Comparative literature* 2(2012), p. 207.

[2] Emma Kimberley, *Ekphrasis and the Role of Visual Art in Contemporary American Poetry*(A Thesis submitted for the degree of Doctor of Philosophy at the University of Leicester, 2007), p. 30.

[3] 爱德华·萨丕尔：《论语言、文化与人格》，高一虹等译，商务印书馆，2002，第200页。

功能的"符号态"(semeion)。这种(前)语言状态在西方文化史上被理性传统不断清除,它是柏拉图要从理想国驱逐诗人的根本原因,它是理性的敌人。在浪漫主义和象征主义诗歌中,它与诗人大写的主体相结合,得以被正名、被弘扬。不过,随着现代主义诗歌的兴起,诗歌的"符号态"再次受到压抑。艾略特说,诗歌是成熟心灵的产物,暗示了诗歌创作中理性与逻辑的重要性。摩尔的诗歌亦回避"符号态",她追求散文般的准确适宜,她意识到了迷狂的重要性,但在她的诗歌中,迷狂只是一只"蝴蝶"——一种必要的补充物。在现代诗人中,史蒂文斯对此进行了深刻反思,他提出的新浪漫主义概念,暗含了对迷狂意识的维护,后来的深度意象派、自白派等诗人群体也在努力恢复迷狂在诗歌中的合理性。

格雷厄姆既未放弃摩尔的理智和控制力,又坦然地依赖感官、直觉和迷狂,她并不担心这种非理性有可能被归于女性特质而削弱自己诗歌的有效性。她的姿态不是像摩尔那样为迷狂含蓄地辩护,而是"化蝶",用去除了言与物的隔膜、具有不确定性的迷狂呓语让这只"蝴蝶"自由飞舞。

从摩尔到格雷厄姆这一代女诗人,可以看到女性诗歌的进步。如果说摩尔、毕肖普等女诗人在创作中尚需慎重处理主客体关系、发言立场、诗歌主题、个体经验等与性别身份相关的敏感问题,格雷厄姆则开始了自由挥洒,百无禁忌。这不是说她没有性别意识,而是她已经超越了性别意识。她可以在诗歌中对任何问题进行独立思考,而不必像摩尔和毕肖普那样特意强调诗歌是审美的战场以阻止性别立场对审美创造性的削弱。这种成就,既离不开格雷厄姆自身的努力和天赋,也离不开摩尔这样的前辈女诗人开创的女性诗歌传统提供的强大支撑。

格雷厄姆的诗,在多方面呈现了当代女性诗歌创作的自由状态。

格雷厄姆坚持诗歌要"谈论无法真正被'谈论'的事物"[1],尤其是存在、死亡、意识等形而上学命题。她有时沉迷于思辨的抽象世界,以形而上学的锋芒带来令人瞩目的新视角。她也关注身体在当下世界中的存在感受,身体的场域常常呈现话语与物、意识与无意识、理性和感性之间的张力。

格雷厄姆的创作追求审美与深刻,她和当代流行思潮后结构主义构成了持续对话,关涉语言表达的可能性和限度。在访谈中她说:"假如你问我,我们这个时代需要创作什么样的诗歌,我会坚持艾略特的主张,抵抗感觉与思想的分离仍然是我们的首要任务。"[2]和语言派诗人一样,格雷厄姆将美国文化视为新的荒原,语言在高度发达的资讯时代因过度运用而遭到污染,传统人际关系被撕裂,同情心湮没。当代诗人的焦虑是对自然和语言功能的焦虑,对语言变得无效,只能有限地捕获、传递真理的焦虑。如何复制意识活动,如何在风景中植入意义,如何突破物的表面抵达语言无能为力之处,让无限的人类之存在展现出来,这是她诗歌探索的方向。

詹姆斯·朗艮巴赫(James Longenbach)指出,面对艾略特、弗罗斯特或者史蒂文斯等现代诗人时,格雷厄姆感受到的不是影响的焦虑,"不是他们的成就过于强大,而是他们在当代诗歌中的存在不够强大"[3]。因为他们的野心被后来几代诗人淡化了,

---

[1] Jorie Graham(ed.), The Earth Took of Earth: A Golden Ecco Anthology (New York: Ecco Press, 1996), p. 5.

[2] Thomas Gardner, "Jorie Graham: The Art of Poetry LXXXV," *The Paris Review* 16.5 (2003), p. 96.

[3] James Longenbach, "Jorie Graham's Big Hunger," In *Jorie Graham: Essay on the Poetry*, ed. Thomas Gardner, (Madison: Univeristy of Wisconsin Press, 2005), p. 99.

这几代诗人丧失了破旧革新的"强烈饥饿感"。[1]格雷厄姆刻意保持着"强烈饥饿感",让自己不断处于变化之中,实验新的主题、创作手法、语言风格,有时甚至因过分专注于技法的创新,迷失在一种无目的的游戏之中,诗歌在她手中变成一件狂放的装置艺术品。不过,她在诗学上的成就,依然达到了萨丕尔所说的,"与其说是艺术的巧妙,不如说是精神的伟大"[2]。

克里斯蒂娃相信,女性的平等,最终要实现的是"ecceitas"[3]。"ecceitas"是中世纪哲学家邓斯·司各特(Duns Scot)提出的概念,即个体特殊性。它让我们关注个体的发展,从对"某人"的关注转变为对"此人"的关注。女性的自信,在于接受差异,肯定差异。"它既包括性经验的差异,也包括从政治到写作的社会实践的各个层面的差异。"[4]在摩尔的诗歌中,她意识到两性的差异,但她尚未直面这种差异,她回避这种差异而专注于诗歌审美范畴的提升;到格雷厄姆这一代女诗人,已能坦然展示自己作为一个女诗人和男诗人的差异化写作,并且将差异提升至一个高度,她"挖掘出自我中最特殊的一面,同时也可以与人分享"[5],她摆脱了传统与性别身份的束缚,达成了一种自由创作。

---

[1] Thomas Gardner, "An Interview with Jorie Graham," *Denver Quarterly* 26.4 (1992), p. 81.

[2] 爱德华·萨丕尔:《论语言、文化与人格》,高一虹等译,商务印书馆,2002,第201页。

[3] 朱莉娅·克里斯蒂娃:《主体互文精神分析——克里斯蒂娃复旦大学演讲集》,祝克懿、黄蓓编译,生活·读书·新知三联书店,2016,第90页。

[4] 朱莉娅·克里斯蒂娃:《主体互文精神分析——克里斯蒂娃复旦大学演讲集》,第91页。

[5] 朱莉娅·克里斯蒂娃:《主体互文精神分析——克里斯蒂娃复旦大学演讲集》,第89页。

下编

你说,不,并从石棺中转世,你吹动雪,沉默围绕我们……

——玛丽安·摩尔《致不朽的治国之道》

第4章 别　处

同为现代诗人，摩尔与英国诗人菲利普·拉金（Philip Larkin）的差异如此之大，以致很难在他们之间建立某种关联。不过他们各自的一首诗——拉金的《别处的意义》（"The Importance of Elsewhere"）与摩尔的《寄居在鲸鱼中》（"Sojourn in the Whale"）——不约而同地提及爱尔兰，并且都在诗歌中设定了或显或隐的"别处"，将"别处"作为写作者或诗歌发言者周旋的基点。这一现象，使两位诗人具备了对话、比较的可能。

一、爱尔兰对摩尔和拉金的不同意义

摩尔与拉金在诗歌中提及爱尔兰并非偶然，他们都与爱尔兰有很深的渊源。

摩尔为爱尔兰后裔，尽管她与爱尔兰只有一种遥远的血缘关联，但对爱尔兰有真正的认同感。她不止一次公开表明自己的爱尔兰-美国身份。例如，1919年写给庞德的信中，摩尔坦率地称自己为爱尔兰后代；1925年至1929年担任《日晷》杂志的编辑时，摩尔毫不掩饰她对爱尔兰作家的偏爱。她的诗歌也经常涉及爱尔兰。1915年摩尔创作了三首分别致爱尔兰作家乔治·摩尔、叶芝和萧伯纳的诗歌。在这些诗歌中，她隐秘地探寻了自身写作的身份渊源。此外，摩尔的多首诗歌（《寄居在鲸鱼中》《斯宾塞的爱尔兰》《沉默》《学生》等）都有爱尔兰背景，其中以《寄居在鲸鱼中》和《斯宾塞的爱尔兰》（1941）最为突出，[1]它们与爱尔兰的政治事件——1916年的"复活节起义"和二战中爱尔兰的中立立场——直接相关。

摩尔涉及爱尔兰的诗并不只是为了寄托寻根意识或乡愁，她在思考爱尔兰文化、政治、民族性等问题，同时也表达她作为一名爱尔兰-美国诗人对爱尔兰所具有的认同、抗拒、批判等种种矛盾心态。

在《斯宾塞的爱尔兰》一诗中，摩尔对爱尔兰的思考最为直接。这首诗以斯宾塞的政论文《爱尔兰之现状》（"A View of the Present State of Ireland"）为基础，同时参考了四个爱尔兰作家的作品，他们分别是：玛利亚·埃奇沃思（Maria Edgeworth），多恩·伯恩（Donn Byrne），培德莱克·科拉姆（Padraic Colum）和丹尼斯·奥苏利文（Denis O'Sullivan）。摩尔引用了他们作品中的爱尔兰素材来建构这首诗的魔幻现实主义风格。

诗歌的标题构成了这首诗的第一行："斯宾塞的爱尔兰/并未改变"[2]，将读者首先引向一个遥远的政治背景。1580年，斯宾塞作为英国驻爱尔兰总督格雷伯爵的秘书前往爱尔兰。1596年，他根据任职期间的调查与观察，向伊丽莎白女王提交了一份报告——《爱尔兰之现状》。这篇文章以总督和总督秘书之间的对话形式展开：总督提问，秘书作答，分别从法律、习俗和宗教三个方面阐述了爱尔兰的野蛮、未开化状况。在文中，斯宾塞以殖民者的优越心态将爱尔兰视为英国文化的一个他者，探讨了英格

---

[1] See T. M. C. Stubbs, "'Irish by descent': Marianne Moore," *Irish writers and the American-Irish*, http://ora.ouls.ox.ac.uk/objects/uuid:bf87b5ea-4baa-4a46-9509-2c59e738e2a1/datastreams/THESIS01.

[2] Marianne Moore, "Spenser's Ireland," in *The Poems of Marianne Moore*, ed. Grace Schulman (New York: Penguin Group Inc., 2003), p. 245.

兰殖民政策的得失，以及英格兰文化在爱尔兰遭受的同化危机。这篇文章说明了爱尔兰与英国之间矛盾冲突的症结。

作为一个爱尔兰后裔，摩尔当然了解英国和美国早期对爱尔兰的极端种族主义政策，这种了解也许促进了她对爱尔兰的强烈情感，而这也是大多数爱尔兰-美国人普遍拥有的情感。这一群体一方面执着于爱尔兰传统文化的魅力，包括其神秘主义色彩，抵制美国文化的同化[1]；另一方面，他们对爱尔兰传统的坚守又表现出不合时宜的冥顽不化。摩尔理解爱尔兰族裔的矛盾特性，所以才说："斯宾塞的爱尔兰/并未改变"。

摩尔在《斯宾塞的爱尔兰》中客观呈现了爱尔兰文化细节，以提供其未曾改变的证据。之所以说她的细节描述是客观的，是因为摩尔对于爱尔兰血统的忠诚并没有出现在这首诗中，她对爱尔兰的政治和宗教分裂以及持续的半殖民身份的担心也没有出现。摩尔在诗中一直使用借来的、带有神秘色彩的间接历史素材呈现爱尔兰文化的矛盾特性：

> 仍是一片绿色的土地，
> 是我曾见过的最绿的地方，
> 每个名字是一支小调。
> 责骂不会感化
> 犯错的人；鞭打亦不会，但
> 不和他说话，就是对他最大的惩罚。
> 他们遵从天性——
> 外套，像维纳斯
> 镶嵌着星星的斗篷，

---

[1] See Maurice J. O'Sullivan, "Native Genius for Disunion: Marianne Moore's 'Spenser's Ireland'," *Concerning Poetry* 7.1(Fall 1979), pp. 42–47.

扣子一直扣到颈下，——从不使用的袖子是崭新的。

假如在爱尔兰，
他们在危急时后退着弹奏竖琴，
在正午收集
蕨的种子，躲避
"披着铁甲的巨人，"那么也许
真的存在有助于摒弃
愚顽并恢复魅力的
蕨类种子？
在爱尔兰的故事中，
受到阻挠的人物
很少有母亲，不过他们都有祖母。

正是在爱尔兰；
举行一场婚礼如同进行一种搭配，
当我的曾曾祖母
带着土生土长的班弄是非的天赋
说，"即便你的求婚者
很完美，一个缺陷
就足以否定他；他不是
爱尔兰人。"愚弄
仙女，善待复仇女神，
谁都可以一遍
又一遍地说，"我将永不屈服，"却从未意识到

你并不自由，

除非你被最高信仰
所俘获，——你认为
这是盲从？当夸张而优雅的手指
颤抖着，在七月中旬
用一根针
分开苍蝇的翅膀，用孔雀尾包裹它，
或者为它系上羊毛和
秃鹰的翅膀，它们的骄傲，
像巫婆的骄傲，
是谨慎，而非疯狂。协调一致的手抖开

亚麻编织的锦缎，
当它被爱尔兰的天气漂白，
就有了浸过水的
银色麂皮似的
紧致。绞丝金项圈和新月形的
金配饰，并非珠宝，
正如紫色花树上的花并非紫色的珊瑚。爱尔兰——
那灵巧的
海鸠，荒地上的
母鸡以及
发出无休止的竖琴般甜蜜预言的红雀呢？于是

他们对我的意义，
正如中了魔法变成一只牡鹿的
杰拉尔德伯爵对
一只绿眼睛的大山猫的

意义。不便

使他们隐身；他们

消失了。爱尔兰人说，你的困难就是他们的

困难，你的快乐

就是他们的快乐？我希望

我能相信这点；

我困惑，我不满，我是爱尔兰人。[1]

这首诗以斯宾塞带有殖民者优越感的爱尔兰经验为起点，呈现了爱尔兰文化的内部冲突，结尾则是一个模棱两可的句子：我困惑，我不满，我是爱尔兰人。第一人称的"我"使读者很容易将其与摩尔本人等同，但前面的诗句："爱尔兰人说，你的困难就是他们的/困难，你的快乐/就是他们的快乐？我希望/我能相信这点"以及"我不满，我是爱尔兰人"[2]又提供了一种自我疏离的效果，将"我"与被指认为"他们"的爱尔兰相对立，使诗歌的发言者"我"成为一个在互文性中建构起来的客观肖像，脱离了始终认同爱尔兰文化的摩尔本人的经验自我。尽管在力求客观的同时摩尔仍抑制不住流露出一些乡愁似的主观情绪，但最终，这首诗坚持了思考的中立性，它是一个爱尔兰–美国诗人对于爱尔兰文化的严肃反思而非轻描淡写的情感表达。

与《斯宾塞的爱尔兰》相比，摩尔在《寄居在鲸鱼中》一诗中对爱尔兰的描述更带倾向性：

试图用一柄剑打开闭锁的门，将线穿过

---

[1] Marianne Moore, "Spenser's Ireland," in *The Poems of Marianne Moore*, ed. Grace Schulman (New York: Penguin Group Inc., 2003), pp. 245–246.

[2] Marianne Moore, "Spenser's Ireland," in *The Poems of Marianne Moore*, p. 246.

针头，种下倒置的
　　遮荫大树；爱尔兰，你被一个
比你更为大海所爱的不透明之物所吞噬——

你活着，活在每一种匮乏之中。
　　你曾被女巫驱使，用稻草纺织
　　金线，听见男人们说：
"一种与我们截然相反的女性气质

促使她做这些事。被一种遗传的盲目性
　　与天生的无能
　　所制约，她会变得明智，会迫不得已
放弃。被经验所驱使，她

会回来；正如水寻求自己的水平"：而你
　　笑了。"水在运动中将远离
　　水平。"你亲眼见过，当障碍物阻碍
进程时——它就自动上升。[1]

　　这首诗用一个圣经故事象征爱尔兰的处境，作为殖民者的英国吞噬不服从的爱尔兰，就像鲸鱼吞噬约拿。
　　摩尔将爱尔兰的民族特性与女性气质，与她自己的诗歌事业相关联，使这首诗表现出神话性、政治性、私人性等多重内涵。摩尔将爱尔兰艰难的政治文化处境比喻为寄居在鲸鱼中：这个民族生活在黑暗的空间，生活在每一种匮乏中，被驱使着做一些不

---

[1] Marianne Moore, "Sojourn in the Whale," in *Observations* (New York: The Dial Press, 1924), p. 39.

可能之事，但摩尔认为，爱尔兰的前景是乐观的，爱尔兰的反抗必将水到渠成——正如1916年爱尔兰复活节起义那样。在这首诗中，摩尔虽然保持了其惯有的含蓄风格，但她对于爱尔兰的态度立场鲜明。

拉金与爱尔兰的渊源更为直接。

在成长为一个诗人的过程中，拉金对许多爱尔兰作家表现出强烈的兴趣，包括奥斯卡·王尔德（Oscar Wilde）、弗朗·欧布莱恩（Flann O'Brien）和乔治·摩尔，但最重要的是拉金早年认作诗歌之父的叶芝。这些爱尔兰作家深刻影响了拉金的诗歌写作。在书信中拉金不止一次赞扬他们，认为他们保持了真正的古典品质，而这种品质在18世纪的英国作家那里消失了。[1]在拉金日后的写作中，一个隐秘的愿望即是恢复英国诗歌的古典传统。

拉金曾在北爱尔兰度过五年青春岁月。1950年10月，时年二十八岁的拉金离开他任职的莱斯特大学（University of Leicester）图书馆，前往北爱尔兰的贝尔法斯特女王大学（Queen's University of Belfast）图书馆担任副馆长，1955年3月结束任期回到英国。这五年是拉金诗歌创作的成熟时期——他离开英国时，还只是一个热衷于模仿、没有找到自己声音的年轻诗人；1955年返回英国时，他已发表了他的成名作《去教堂》（"Church Going"），诗集《少受欺骗者》（The Less Deceived）也即将出版，这本诗集使拉金成为运动派诗歌（The Movement）最好的诗人之一，在战后英国诗歌界占据了重要地位。

在爱尔兰的经历对拉金产生了重大影响。作为一个将自我定位为生活记录员的诗人，爱尔兰的生活成为他仔细观察的对象。对爱尔兰以及他工作的城市贝尔法斯特，拉金的态度是一个正常

---

[1] See Terry Whalen, "'Strangeness Made Sense': Philip Larkin in ireland," *Antigonish-Review* 10.7(1996), pp. 157-169.

人的态度。最初,他是抵触与排斥,初到爱尔兰的信中充斥着满含倦怠与怨气的评论:"在我看来爱尔兰被酒精腐蚀了……"[1],"贝尔法斯特是一个毫无魅力的城市"[2]。安居此处一段时间后,拉金又对其表达了真正的友善。1950年11月5日,拉金在写给朋友詹姆斯·萨顿(James Sutton)的信中描述了他在爱尔兰的愉悦体验——坐在办公桌后观看爱尔兰人在人行路上熙熙攘攘:"其实,疯狂的爱尔兰人并不真的那么疯:他们的确非常友好。"[3]回到英国之后,拉金不无眷念地回忆贝尔法斯特,承认那个城市让他感到无比自在,他在那里拥有最好的写作条件。

不过,拉金对爱尔兰的政治态度仍然是保守的,甚至带有一种帝国主义的偏见。在他的通信中,他公然批评英国首相玛格丽特·撒切尔夫人(出于种种原因拉金其实很尊敬她),指责她出卖了阿尔斯特省[4]。大多时候,拉金倾向于以幽默、八卦似的方式处理诗中的政治问题(包括爱尔兰的),回避严肃的讨论和难以预料的政治牵连。《向政府致敬》("Homage to a Government")和《游行队伍经过》("The March Past")是两首政治主题明确的诗歌。前一首诗描写了二战后英国从殖民地撤军事件。拉金刻意在标题中使用了具有褒义的致敬(Homage)一词,在诗歌中也反复强调这一撤军事件的正确性,但是整首诗的讽刺性一目了然。因为英国的撤军是迫于国内的经济压力以及殖民地

---

[1] Terry Whalen, "'Strangeness Made Sense': Philip Larkin in ireland," *Antigonish-Review* 10.7(1996). p. 159.

[2] Terry Whalen, "'Strangeness Made Sense': Philip Larkin in ireland," *Antigonish-Review* 10.7(1996), p. 159.

[3] Terry Whalen, "'Strangeness Made Sense': Philip Larkin in ireland," *Antigonish-Review* 10.7(1996), p. 160.

[4] 阿尔斯特(Ulater),爱尔兰四个历史省份之一,位于爱尔兰岛东北部。其中六郡目前组成了北爱尔兰,是英国的一部分,其余三郡属爱尔兰共和国。

的独立战争,它意味着英国无可挽回地走向衰亡。拉金对此充满遗憾,但他并不做正面的批评,只是以直描的方式呈现撤军事件,在看似肯定的态度中含蓄表达了自己对英帝国衰亡的哀叹。后一首诗描写了拉金在爱尔兰的某个下午突然遭遇的一支游行队伍,"三十秒钟的结果"带来令人震惊的印象。在一种淡淡的"帝国主义乡愁"中,拉金表达了超越于政治意识形态之上的人类生活的荒诞性与盲目性。

  拉金所处的时代,英国诗歌经历了诸如奥登出走美国、迪兰·托马斯英年早逝等一系列损失事件,日益走向萧条,此可谓内忧。以叶芝为代表的爱尔兰诗歌、以艾略特和庞德为代表的现代主义诗歌长驱直入,用其巨大的影响力淹没了英国本土诗歌传统,此可谓外患。"一种随哈代等人来自19世纪的英国传统,部分地被第一次世界大战——其时有许多英国诗人陨亡——所打断,部分地是被我认为是凯尔特人的叶芝和我认为是美国人的艾略特的巨大影响所打断。"[1]拉金的个人诗歌史包含了他对这两种传统的背离:其一是对爱尔兰叶芝的背离,转向新的"诗歌之父"英国诗人哈代;其二是对以艾略特为代表的现代主义诗歌的背离。

  拉金早期推崇叶芝,他的第一本诗集《北方船》(*The North Ship*, 1945)即模仿了叶芝的修辞手法,带有叶芝早期诗歌的"病态与无力感"[2]。这时的拉金并没有找到自己的声音,直到他读到哈代。如果说叶芝是不可企及的,那么哈代则是亲和的、直接的。1966年,在他的诗集《北方船》修订版的前言中,拉金进行了自我反省。他说年轻时花费了太多时间模仿叶芝,后来

---

[1] 傅浩:《英国运动派诗学》,译林出版社,1998,第18页。
[2] Philip Larkin, "The North Ship," in *The Complete Poems of Philip Larkin*, ed. Archie Burnett (London: Faber & Faber, 2015), p. 743.

才认识到叶芝是用一种特别强烈的音乐写作,这种音乐就像大蒜头一样具有渗透性,这种方式实际上毁掉了一些天分较差的诗人,其中也可能包含他自己。[1]在这个修订版中,拉金增加了一首诗《等待早餐》("Waiting for Breakfast")。这首诗表明拉金"凯尔特式的狂热"已大大减弱,哈代似的风格开始显现。[2]从叶芝转向哈代,这一事件不仅影响了拉金日后对题材、风格、语言的取舍方式,更重要的是,它确定了拉金写作的文化立场——强烈的英国本土意识。

拉金尤其反感的是艾略特等人的创作风格:"这个世纪的英国诗歌背离了它的正常轨道,从而脱离了广大读者。造成这种局面的原因很多,其中之一是脱离常规的现代主义的影响,它破坏了所有的艺术;其二是英国文学界出现的学究风,其结果便是产生了一类需要解释和演绎的诗歌。我恐怕,来自美国贩卖文化运动的艾略特和庞德难辞其咎。"[3]对于艾略特、庞德以及 H. D. 等去国离乡的美国诗人而言,当他们离开美国之时,便为自己确立了一个更大的使命——诗歌高于民族性。然而对于固守英国传统的拉金而言,诗歌的根必须扎于民族土壤之中。因此我们不难理解拉金诗歌中流露出的文化感伤:"噢!英格兰什么时候长大!"[4]这种文化失落感恰好与他天性中的忧郁吻合,如评论家指出的,"拉金的英国性常常因战后帝国的陨落而受挫,正如其诗中的诸主人公因阳痿、无能、焦虑或悲痛而受伤一样沮丧。诗

---

[1] Philip Larkin,"The North Ship," in *The Complete Poems of Philip Larkin*, ed. Archie Burnett (London: Faber & Faber, 2015), p. 746.

[2] See Terry Whalen, "'Strangeness Made Sense': Philip Larkin in ireland," *Antigonish-Review* 10.7(1996), p. 157.

[3] Andrew Motion, *Philip Larkin: A Writer's Life* (London: Faber & Faber, 1993), p. 345.

[4] Philip Larkin, "Naturally the Foundation will Bear Your Expenses," in *The Complete Poems of Philip Larkin*, p. 157.

中明显带有一种惆怅的失意和对英国性陨落的伤心……"[1]

拉金及其所归属的运动派诗人赋予自己的使命便是重续英国诗歌传统，即传承以托马斯·哈代、华兹华斯、约翰·贝杰曼（John Betjeman）等为代表的诗歌传统。与艾略特等人依靠典故、追求晦涩的诗风相对，拉金选择了日常性、口语化和小题材，结合传统的格律，书写普通生活，将个人情感与诗歌技术、清晰度和理解度结合在一起[2]，展示战后英国的"小美图景"，通过书写英国本土经验恢复英国诗歌的血脉。不过，值得注意的是，拉金诗歌中的英国意识在读者中始终是引起争议的一个问题。很多批评家指出，英国民族意识乃至"帝国主义似的乡愁"制约了拉金的诗歌，使他的诗歌局限于狭隘的英国性和英国诗歌传统，缺乏宏大的视野。[3]

结合这样的背景，我们来阅读他《别处的意义》，也许可以从中读到很多沉默的叙述：

孤身在爱尔兰，因为它不是家，
陌生别具意义。木讷却又不失风趣，
如此固执于差异，使我颇受欢迎：
一旦这点被认可，我们便有了来往。

他们通风的街道，尽头是山，陈腐的
码头气息时隐时现，就像一座马厩，

---

[1] Andrew Swarbrick, *Out of Reach: The Poetry of Philip Larkin* (Basingstoke: Macmillan, 1995), p. 25
[2] See Tijana Stojkovic, "Unnoticed in the Casual Lihgt of Day," in *Philip Larkin and the Plain Style* (New York and London: Routledge, 2006), p. 50.
[3] See Richard Bradford, *First Bordom, Then Fear: The Life of Philip Larkin* (London: Peter Owen, 2005), pp. 14–18.

鲱鱼贩子的叫卖声，渐渐远去，证明
我的疏离，并非行之无效。

生活在英格兰就没有这样的借口：
这些是我的习俗和规则，
拒绝它们会严重得多。
这里没有别处支撑我的存在。[1]

　　在这首诗中，拉金对待爱尔兰的态度几乎难以分辨。他对两个国家之间的政治纠纷亦无意深入，爱尔兰只是作为异乡与英格兰并置。拉金以他惯有的冷静、温文尔雅的叙事方式和旁观者立场，择取一些具有代表性的细节，描述了自己在爱尔兰的真实感受，诗歌的重心在于抽象意义上的"陌生"和"别处"。然而，从拉金选取的爱尔兰细节，我们又的确可以感受到拉金身处爱尔兰所具有的文化优越感：他不仅将爱尔兰作为一个虽然身处其中、却必须与其保持疏离的异乡，而且将其作为一个响彻鲱鱼贩子叫卖声、弥漫着古旧马厩气息的国度与英国并置，而后者维持着井然有序的习俗与法规。在看似无意识的细节选择中，他强化了爱尔兰与英国之间的等级关系，明确对爱尔兰进行了他者化处理。按照一些文化学者的理解，这种对于其他民族他者化的叙述立场有助于本民族文化的正面塑造："自我塑造不是顺向获得，相反是经由那些被视为异端、陌生或可恨的东西才逆向获得的，而异己形象是透过权威意识而加以辨识并作为其对立面而出现的。"[2]

---

[1] Philip Larkin, "The Importance of Elsewhere," in *The Complete Poems of Philip Larkin*, ed. Archie Burnett (London: Faber & Faber, 2015), p. 179.
[2] 朱立元:《当代西方文艺理论》,华东师范大学出版社,2005,第403页。

从叶芝转向哈代，拒斥艾略特与庞德，对于拉金来说是一种解脱：摆脱"别处"的诱惑，回归英语本土诗歌传统，找到诗歌安身立命的文化场所。从此，拉金可以轻松地立足对本土文化的热爱、对个人经验的忠实以及对待生活与现实的理智态度，延续英国诗歌传统。

二、诗歌与生活的二律背反

从象征意义上看，别处，并非某个具体的地点，它只是"不在此处"或"不在家中"，它展现的是一种具有无限可能性的远景和逃避当下约束的自由。对于崇尚安居乐业的传统社会而言，别处虽然提供了无限的可能性，但它本身并不值得向往。只是随着现代工业文明的发展，社会、文化、价值观的剧烈变迁以及城市化进程在世界的蔓延，传统社会那个物质与精神意义上的家趋于崩溃，"生活在别处""在路上"等漂泊无定的状态成了现代人的生存现实。这时，别处既是现代人无法选择的宿命，又作为一个将往而未必真的能抵达的地方以其不确定、敞开性、无限可能性取代"在此"或"在家"成为人们虚幻的寄托。它的乌托邦特征如此明显，仿佛正是尼采所谓"永恒回归"的起点和终点。

那么，诗人拉金与摩尔如何看待这个别处呢？

拉金成熟期的诗歌，始终面向英国的现实，坚持用白描式的手法描述生活的平凡与琐碎，但拉金本人，对生活保持着一种旁观的姿态。即是说，当他的诗歌抵达生活时，作为诗人的拉金事实上生活在别处。这种姿态，是一个独身的图书馆馆长对于生活无意识的疏离与职业化的居高临下。

拉金与生活的疏离，是他天性的一部分。拉金出身于英格兰中部沃威克郡（Warwick Shire）考文垂市（Coventry）的一个中产阶级家庭，从小衣食无忧。由于性格内向和先天性的口吃，拉金无法克服人际交往的障碍。在长久的孤独中，他习惯了旁观者的身份，用摄影似的眼光记下任何打动他的细节，然后呈现于诗歌。他说："我写诗是为我自己也为别人保存我所见/所思/所感的事物。"[1]在拉金成长为一个成熟诗人之后，这种记录行为从一种自发提升为诗人自觉的社会责任。他在其诗论中将这一责任表述为诗人应该用一种文字装置将身边发生的不同寻常的事物保存下来，让这个装置在别人身上引发同样的经验，使他们感受到美、意义或者悲哀。尽管记录的意识与技巧不断提升，拉金作为旁观者的身份始终未变。

　　与生活的这种疏离关系，在拉金的另一首诗《在场的理由》（"Reasons for Attendance"）中表达得极为清晰。在这首诗中，拉金受到了生活的召唤，"走到亮灯的玻璃边"窥看，在窥看的过程中，他处于一种两难的处境："为何要待在外面？/但，为何要进到里面？"最后他为自己找到了解脱之途，"就我而言。/召唤我的是那高耸的、嗓音粗犷的钟/（也可以说是艺术）它独特的声音 / 坚持我也是独特的。"这首诗作为一种自述，揭示了诗人拉金从彷徨到安于生活旁观者身份的过程。拉金无法融入生活，他最终接受了这种宿命。这是拉金个人的隐秘，也是商业高度发展的现代文明的普遍特征。拉金从洞悉自己的隐私出发，洞悉了时代的秘密；他以艺术的召唤为支撑，以悲观的态度旁观城市生活和人们的行动，揭示了现代文明中的真相，生活首先是无聊，然后是恐惧，因而他对现代化的城市生活基本持否定态度。

　　拉金从来都不是一个热心的旅行者，虽然他偶尔在英国国内

---

[1] D. J. Enright (ed.), *Poets of the 1950's: An Anthology of New English Verse* (Tokyo: Kenkyusha, 1955), p. 77.

旅行，但他几乎不出国，如传统的隐士，总是认为离开家是一种错误。在晚年，他的行走路线简化为固定的三点一线：他的房子，杂货店和大学图书馆。[1]在北爱尔兰五年的异乡生活，为拉金提供了一次难得的"别处"体验，使他摆脱了一大堆私人琐事（包括与鲁斯·褒曼〔Ruth Bowman〕解除婚约一事）以及在英格兰的诗歌创作低潮时期，同时也使他不得不直面孤独与自我的疏离感，最终强化了他的旁观者立场。[2]与他的现实处境相呼应，这段时间拉金反复写到了离去和抵达的主题。比如《抵达，离去》（"Arrivals, Departures"）、《抵达》（"Arrival"）《离去之诗》（"Poetry of Departures"）以及《别处的意义》等诗歌。对离去、抵达的反复书写，既是一种真实记录——在贝尔法斯特的五年，拉金总是在长假期间往返于英格兰和北爱尔兰之间（他回英格兰主要是为了看望他的母亲和情人莫妮卡），也揭示了拉金对生活的游离心态：他的心并不曾"在家"，不曾安居于生活。他渴望抵达的目的地绝非某个真实的别处，不是英格兰，也不是北爱尔兰，那只是一种不在场的意愿，或者是《在岁月中遥望》（"Long Sight in Age"）一诗中展望的模糊未来："仿佛时间为事物最后的形状／镶上一道边框，／使它们显现"[3]。

在《别处的意义》这首诗中，拉金含蓄地辨析了别处在他内心引发的矛盾情感。作为一个从骨子里认同英格兰文化的诗人，拉金在爱尔兰具备了"生活在别处"的充足理由，因为爱尔兰不是家，他的家乡英格兰变得至关重要——成为支撑生存的别处。

---

[1] J. Douglas Porteous, *Nowhereman*, http://www.philiplarkin.com/pdfs/essays/nowhere_man_dporteous.pdf.

[2] See Terry Whalen, "'Strangeness Made Sense': Philip Larkin in ireland," *Antigonish-Review* 10.7(1996), p. 163.

[3] Philip Larkin, "Long Sight in Age," in *The Complete Poems of Philip Larkin*, ed. Archie Burnett (London: Faber & Faber, 2015), p. 614.

它既可以让"我"安于异乡,将差异当作身份标识被异乡接受,同时又可以让"我"以局外人的身份对身边的现实保持理直气壮的疏离,不受其波及。但是回到故乡英格兰之后,情形变得微妙,再没有一个别处值得被向往,"我"归于此处,几乎不可能拒绝平庸的现实:"这些是我的习俗和规则,/拒绝它们会严重得多。"习俗和规则是生活必须遵守的,或许也是诗歌必须遵守的,拒绝必然带来严重后果。在此,拉金对于生活的妥协一目了然。然而,诗歌的最后一行,"这里没有别处支撑我的存在",作为一种过于客观的事实陈述,反而显示出某种不确定性。我们很难分辨,对于回到英格兰之后没有别处支撑的生活,拉金究竟是感到遗憾还是欣慰?究竟是甘愿接受这种宿命还是蓄积着潜在的反抗?答案在这首诗歌的标题:"别处的意义"(The Importance of Elsewhere)。圆滑的拉金不会轻易被生活攫取,在貌似妥协中,他以沉默的抗拒让自己从"没有别处支撑我的存在"的现实中脱身出来,依然站在生活之外,坚守自己的旁观者姿态。是的,生活在英格兰,因为英格兰是家,对它的拒绝无法成立,但是作为诗人的拉金,永远需要一个别处,需要一扇明亮的玻璃,让他既能窥视,又能与生活无涉。生活的无处可逃而又必须逃离,或许是拉金写诗的隐秘动因,因为诗歌能提供一个永久的别处,使他对于生活,可以既在场又不在场,既介入又不介入。

与拉金相反,作为诗人的摩尔对于生活本身以及现代工业文明总是表现出兴致盎然。

摩尔终其一生,对外在世界表现了强烈的("强烈"是她最为看重的一个词)兴趣与包容性,积极参与她能参与的每一件事,包括她个人的生活事件(微小到对一枚胸针的挑选、为修补她的发卡与毕肖普一起偷剪象毛等)、诗歌事件以及公共政治事件。从20世纪10年代的妇女参政权运动到60年代的公民权运动,她都敢于公开表明自己的政治姿态。对于19世纪到20世纪以来的工业革命、市场经济的发展以及新技术、城市化运动、广告业的兴起,摩尔表现出十足的肯定与好奇,她从报纸、广告、日常生活的每一个角落收集信息,作为她诗歌的素材。摩尔本人爱好广泛,在访谈中,她说,她喜欢戏剧、网球、读书、电影(包括纪录片、新闻片)、游记,还喜欢乡村集市、过山车、旋转木马、狗狗秀、博物馆、林荫大道、老榆树、车辆,时间试验以及动物。[1]即使在生命的晚年,她依然热心地给福特公司的新款汽车命名,陶醉于以独特的服饰扮演一个标新立异的公众人物,兴致勃勃地出席自己喜爱的棒球比赛,担任球赛开局嘉宾。她甚至看到了运动员与动物之间的相通性:"它们都是艺术的主体和典范,不是吗?它们只关心自己的事。穿山甲、犀鸟、投掷手、接球手,它们不打探别人的私事,不会沦为别人的猎物,也不会延长对话……"[2]

对生活的热情与好奇决定了摩尔写作的契机是愉悦与兴趣。"一个人之所以要写作,是因为有一种强烈的欲望,渴望具体化与某人表达的快乐密不可分的东西。写作是因为热爱。"[3]在人的个性中,摩尔最推崇的是好奇。[4]她引述过的漫画家乔治·格罗兹(George Grosz)的一句话恰当描述了她的写作状态:"无尽

---

[1] 爱莲娜·拉马洛·桑托斯:《玛丽安娜·穆尔——贪婪的沉思》,载于萨克文·伯科维奇主编《剑桥美国文学史》第5卷,马睿、陈贻彦、刘莉等译,中央编译出版社,2009,第261页。

[2] 爱莲娜·拉马洛·桑托斯:《玛丽安娜·穆尔——贪婪的沉思》,载于萨克文·伯科维奇主编《剑桥美国文学史》第5卷,第280页。

[3] Marianne Moore, "Idiosyncrasy and Technique," in *The Complete Prose of Marianne Moore*, ed. Patricia C. Willis (New York: Viking Penguin Inc., 1987), p. 507.

[4] Marianne Moore, "Idiosyncrasy and Technique," in *The Complete Prose of Marianne Moore*, p. 516.

的好奇，观察，在事物中发现的巨大喜悦。"[1]这构成了她写作的驱动力："我从没打算写诗，从没写诗这种念头。直到现在，每写完一首诗，我都以为这是我最后一次写了；过一段时间，我又被某种东西魅惑了，觉得应该写点什么。我写过的每一首诗都是对某种阅读或者对某个人产生了兴趣的结果。"[2]一个有吸引力的物体伴随着一个短语或者一个意象出现，然后是众多的短语和意象，等待着摩尔的"合理安排"或最合适的表达。对自己写作过程的艰难与缓慢，摩尔表现得很坦然。她认为，如果一个作家不严格要求自己，就是对自己不公平。然而，作为写作契机的"兴趣"确保了摩尔精雕细琢的诗歌没有沦为精细的机械装置，她的创作过程包含了"有机体的浪漫意境"，"词聚类就如同染色体一样，决定了过程"[3]。

充满悖论的是，对于世界充满好奇、对于写作充满热情的摩尔，却很少在诗歌中直接写到现实生活，也就是说，生活从来没有成为摩尔诗歌的关键词。在她晦涩的诗作中，我们可以观察到现代主义美学如何与现代化文明完美地结合在一起，科学技术方法如何被提炼为一种诗歌创作记忆。然而，即便她的诗歌可以被理解成是她居住其中的复杂世界的"美学对等物"，她的诗歌依然带着抽象性的面目。相比于生活，摩尔在诗歌中更关注"别处"，关注那些远离生活的事物或者事件（例如她的穿山甲，独角兽，大象和冰章鱼）。当她记录一场生活事件时，她也会将之

---

[1] Grace Schulman, *Marianne Moore: The Poetry of Engagement* (Urbana & Chicago: University of Illinois Press, 1986), p. 24.

[2] "Marianne Moore, The Art of Poetry," Interviewed by Donald Hall, *Paris Review* (Summer-Fall 1961). http://www.theparisreview.org/interviews/4637/the-art-of-poetry-no-4-marianne-moore.

[3] "Marianne Moore, The Art of Poetry," Interviewed by Donald Hall, *Paris Review* (Summer-Fall 1961). http://www.theparisreview.org/interviews/4637/the-art-of-poetry-no-4-marianne-moore.

变形，使之具备某种遥远的，或者普遍的属性。

《坟墓》一诗，开头记录的是摩尔和母亲在某次海边度假的真实经历。当摩尔和母亲眺望大海时，某个不礼貌的男性站到她们前面，挡住了她们的视线。摩尔为此感到愤怒，她的母亲则安慰她说，没有人能站进事物的中心。这个真实事件和母亲的语言进入这首诗歌时，早已转换了一副抽象的面孔。

《寄居在鲸鱼中》这首诗源起于摩尔1915年12月真实的纽约之旅。这是一次严肃的文学之旅，是年轻的摩尔为自己开拓写作之路的起点，短暂的旅途对她而言如同置身于鲸鱼腹中。1917年，当她以此为标题创作一首诗歌时，其直接的激发事件是1916年的爱尔兰复活节起义。最终，她将真实的私人事件、爱尔兰民族政治事件纳入了一个魔幻的意象中，使这首诗远离现实，成为一种抽象的叙述。

如果说《别处的意义》表达了以生活为诗歌支点的拉金逃离生活（或此在）、居于别处的隐秘心态，那么《寄居在鲸鱼中》则表达了摩尔希望摆脱永久的别处（或他者身份）真正进入生活与社会的强烈愿望。这里象征别处的是"寄居在鲸鱼中"，这是一个完全异化的、没有方向、没有出路的黑暗场域，是经过寓言式的变形后比现实更为残酷的现实。显然，这并不是拉金那个虚无缥缈、永远值得被向往的别处。这首诗的开头列举了几件明显不可能完成之事："试图用一柄剑打开闭锁的门，/将线穿过/针头，种下倒置的/遮荫大树"。这种在异化处境中进行的生存挣扎带来更深的徒劳感。这既是诗歌中的"你"——爱尔兰——的现实处境，也暗示了一个年轻的女诗人试图在文学界赢得出路时遭遇的困境——为了成为一名成功的诗人，她必须勇敢地会见可能帮助她达成这一目标的任何人，必须进行刻苦的准备，包括她选择的诗歌表达方式、她独身的生活方式。只是她所遇到的阻挠或许并非通过种种努力就可克服，因为这种阻挠包含根深蒂固的文化和性别鸿沟，跨越这个鸿沟，即是让自己摆脱别处（或他者身份）获得在场和认同。这种跨越如同用一柄剑打开闭锁的门、将线穿过针头、种下倒置的遮荫大树一样希望渺茫。

这首诗表达了摩尔的自我认识：女性与爱尔兰一样，在现实中是被遮蔽的，是缺席的，始终作为他者生活在别处，回归即是自我显形，意味着与现实的对抗，意味着挑战困境，遭遇黑暗中迷失的痛苦，但这种挑战必然带来新的生机——这是别处所给予的启示。

三、不同的起点和目的地

既然提到了性别鸿沟，那么，不得不说，这是诗人拉金与摩尔之间又一个巨大的差异。

作为一名男性诗人，拉金无须面对性别鸿沟。在认同传统、寻找诗歌之父、书写自我时，拉金没有遭遇太多的困难，包括他独身却不拒绝情爱的个人生活方式，无不表现出一个男性诗人与文学传统的一脉相承，他在这个文学传统中就像在"他的"家中一样自在。

独身的拉金并不缺乏爱情，他与多名女性拥有剪不断理还乱的情爱关系。他之所以乐于在自己和婚姻之间树立一道"玻璃"，只是为了摆脱婚姻的责任。独身，却仍然享受爱情，因为爱情不会像婚姻那样妨碍他的自由。童年时父母不幸的婚姻给拉金留下阴影，使他反对婚姻和家庭，厌恶生儿育女，但拉金并不厌恶女性。事实上，他在内心，对女性充满了渴望与依赖。有一次他重回牛津回忆大学生活时说："仿佛每一个人过得都比我好——特别是在与女孩交往方面，他们抓住每一个机会追求新的女孩。这些真让我嫉妒……"[1]或许由于自身的内向、拙于应对生活，拉金欣赏的总是那些独立坚强的女性，在与他交往的众多女性中，莫妮卡就是这样一名女性。莫妮卡在大学任职，一生未婚，既有独立的经济保障，又有独立的个性，不会用婚姻家庭的责任束缚拉金，因此，拉金与她维持了几十年的同居关系。拉金的独身，于拉金本人并无真正的损失。这一事实说明了一名男性在两性关系中的收放自如，摒弃了婚姻的重负他反而能更自由地享受爱情，自由地写诗，自由地做一个"在丝质的安静中作茧自缚的书虫"[2]。

面对诗歌传统，拉金亦无身份认同上的隔阂。在《别处的意义》一诗中，当拉金写到英格兰时，看似无意识地提到"这是我的习俗和法规"。"我的"一词如此醒目，如此理直气壮，强调了拉金对英格兰习俗和法规所拥有的所有权、归属感和认同感。"英格兰的"即是"我的"，"我的"即是"英格兰的"。因而，当拉金选择以个人经验主义的态度书写英格兰生活时，他无须太多顾虑即可让自己的叙述具有普遍性与深刻性。凭借口语似的轻松语调、日常生活的素材、自我作为一个普通人的真实感受写作，拉金就能够与读者、与诗歌传统建立一种呼应。他的诗歌可以"非常轻柔地牵着读者的手进入诗作，说，这是最初的经验或对象，而现在你瞧，它使我想到这、那和别的，然后渐渐达到精彩的结尾。"[3]面对诗歌传统，拉金需要克服的只是他个人的天性和渺小，战胜了自己，他就让自己站进了这个伟大的传统之中，哪怕他的诗歌没有宏大的理论建构，没有深刻而玄远的哲学。

---

[1] James Booth, *Philip Larkin: Writer* (New York: St. Martin's Press, 1992), p. 106.
[2] 德里克·沃尔科特:《写平凡的大师:菲利普·拉金》，王敖译，http://www.impactchina.com.cn/shige/yinxiang/2013-04-24/20274.html。
[3] 舒丹丹:《生活在别处》，重庆大学出版社，2010，第7页。

相反，作为一名女诗人，摩尔首先要克服的，却是性别鸿沟。

当H. D.、德朱娜·巴恩斯（Djuna Barnes）、格特鲁德·斯泰因（Gertrude Stain）等女作家通过自我放逐，跟随艾略特、庞德等诗人去往异国他乡寻求写作上的突破时，摩尔留在美国，并且从未真正离开过家庭，一直与母亲住在一起。摩尔建构自己写作声名的途径之一是赢得几位主要的现代男诗人的认可，与他们保持着长久友谊。

摩尔认同艾略特、庞德为代表的现代主义诗歌，与坚持留在美国本土的同时代诗人如威廉斯、史蒂文斯等一起努力建构美国本土现代诗歌传统。在这一过程中，她既作为美国现代诗歌的一分子参与了美国文化与欧洲文化之间的竞争，又作为一名女诗人真切体会到女性写作的困境以及与男性写作传统的冲突。

很多女性主义学者指出，在追求超越性的过程中，女性写作者常常陷入一种难以摆脱的困境。卡罗琳·伯克（Carolyn Burke）指出，如果言说主体——诗歌中的我——意识到他（她）自身是语言的产物而并非一个寻求超越或尝试自我吹捧的自我，而语言规则又是从属于男性的，那么女性的写作立场是成问题的。[1]法国女性主义学者伊利格瑞也认为，在既有的文化体系中，女性没有获得反应自我经验的语言，而且女性的自我总是作为男性的客体，作为被审视的对象，折射的是男性的言说与体验。

摩尔对自我经验的克制，大量使用引语，是一种极为明智的"身份悬置"，让她既能利用已有的诗歌传统和各种资源，使自己的作品最大限度地具备一种普遍性，又能与既有的诗歌传统保持

---

[1] Jeanne Heuving, *Omissions Are Not Accidents: Gender in the Art of Marianne Moore* (Detroit: Wayne State University Press, 1992), p. 19.

疏离，在拼贴似的引语中置身事外，保持对这一传统的审视与批评。

在《寄居在鲸鱼中》一诗中，摩尔使用了一段引语，这段引语暗示了导致爱尔兰"寄居在鲸鱼中"这一困境的某种强大力量："一种与我们截然相反的女性气质/促使她做这些事。被一种遗传的盲目性/与天生的无能/所制约，她会变得明智，会迫不得已地/放弃。被经验所驱使，她/会回来；正如水寻求自己的水平状态。"这段言辞以轻蔑口吻提及的"女性气质"使爱尔兰的形象化身为女性形象。和爱尔兰一样，女性也生活在每一种匮乏之中，被驱逐着用稻草纺出金线，被不透明之物所吞噬，作为主流文化的一个他者而存在。这段引语，既是一种强大的政治话语，粗暴地建构了爱尔兰的他者身份，又是一种强大的男性话语，粗暴地建构了女性的他者身份。摩尔通过引语揭示了传统的本质：它的等级制属性，它导致了文化上的不公平及性别鸿沟。这段引语作为一种客观呈现，在暗示摩尔的批判立场时又保证了摩尔的置身事外。此外，摩尔在这首诗歌中设立的人称为"你"，阻止了诗歌中的"她"与诗人经验自我的等同，保证了摩尔作为写作者的权威性与客观性。因而摩尔在诗歌中是不在场的，是隐藏的，但这种隐藏不是逃避，而是为了给自己找到一个稳固的发言立场，从而找到进入文学传统的隐秘通道——既然女性总是"活在每一种匮乏之中"，她用来写作的语言、她的表现方式都处于匮乏之中。她从未真正被纳入男性所主导的文学传统，那么女性的写作就是一种不可能完成的任务，她与文学传统的关系必然是隔绝的。承认这种他者身份，直面身处传统之外这一现实，并且寻找从外围摧毁它的办法，这是摩尔的诗歌策略。

摩尔在这首诗的结尾预言，女性和爱尔兰一样，保持着内在的坚韧、明晰和平静，面对强大的阻挠，她终究会站起来，就像遇到阻碍会自动上涨的水一样,阻力是受到欢迎的,它意味着更多的动力:"而你/笑了。'水在运动中将远离/水平状态。'你亲眼见过,当障碍物阻碍/进程时——它就自动上升。"这里酝酿着一种反抗,这种反抗并非传统女性歇斯底里的发泄,而是克制、耐心,具有明确的方向感。这种反抗,这种"比猛烈的正面攻击/更可怕"[1]的笑,如此熟悉,它让我们想起法国女性主义学者西苏。是的,这就是"美杜莎的微笑",是摩尔的"白色墨水"——水的上涨,最终将淹没那塑造女性、建构两性壁垒的父权话语,带来一种真正的平等。

可见,这首貌似与生活无涉的诗歌绝不是一首抽象的、不及物的诗,而是一首真实的反抗之诗,反抗异化的别处(或他者身份)的束缚,努力回到此处——爱尔兰在世界文明中的真正在场与女性在文学传统中的真正在场。它表达了一个被某种特定的文化(相对于爱尔兰,它是英格兰文化,相对于女性,它是父权文化)所遮蔽的国度或(女)人渴望去蔽、在世界中自我现身的斗争过程。

摩尔和拉金一样,也终身未婚,但其实际状态完全不同。摩尔的独身是对婚姻与情感的一并拒绝,她说"孤独比不幸福要好"[2],也抵制伍尔芙所说的"盲目而令人困惑的浓烈情感地带"[3]。她不曾和某位异性陷入情感纠纷,也无同性恋倾向,不像拉金那样依赖两性之爱。她将情感视作一种"客观的外在性",但并不认为在建构主体性时这种"客观的外在性"能发挥正向作

---

[1] Marianne Moore, "In This Age of Hard Trying Nonchalance is Good, and," in *Observations* (New York: The Dial Press, 1924), p. 28.

[2] Helen Vendler, "Marianne Moore," in *Marianne Moore: Modern Critical Views*, ed. Harold Bloom (New York: Chelsea House Publishers, 1987), p. 88.

[3] Rochelle Rives, *Modernist Impersonalities: Affect, Authority, and the Subject* (New York: Palgrave Macmillan, 2012), p. 180.

用。她深知，情感与婚姻一样会让一个女性陷入可悲的、不自由的境地。（这充分显示了在情感问题上男女之间的差异。）

摩尔对于婚姻进行过严肃的思考，这种思考集中体现在她的《婚姻》一诗中。

对于一个独身女人而言，撰写"婚姻"这一主题有僭越的意味。摩尔的母亲解释了这首诗的缘起："有一天摩尔在中心公园滑冰，滑到丹尼尔·韦伯斯特的雕像前，看到了他的名言，'……自由和联邦，此刻至永恒'，由此想到这一理念既适用于国家，也适用于家庭。"[1] "自由和联邦"是关系中的悖论，摩尔在诗中抹除了韦伯斯特的第三句话："永不分离。"因为这句话破坏了"联邦"带来的平衡感。

就家庭而言，由婚姻这一社会机制缔结的夫妻关系是核心，它的理想状态应该是两位成员既结为一体又各自拥有自由，并且保有长久的忠诚和信任。然而，摩尔观察现实婚姻时却发现，很多人随意地对待婚姻，在婚姻中，常常是两人"一起孤独"，"一些人享有权利/而另一些人只有义务"。

直接给予她冲击的是她的朋友布莱尔的婚姻。布莱尔出生于英国一个富有的家庭，年轻时跟随父亲在埃及、北非、西班牙等地旅行，性格叛逆不羁，在那个女性受到重重束缚的时代渴望自由。1920年，布莱尔邀请好友H. D. 同游美国，希望找到生机勃勃的自由生活。在美国，布莱尔认识了摩尔，两人一见如故。1921年，布莱尔与美国作家罗伯特·麦克尔蒙结婚，此后几年，交流对这段婚姻的看法一直是摩尔和布莱尔夫妇通信的重点。布莱尔与麦克尔蒙的婚姻并非建立在恋爱基础上，而是出于实际的考虑，异常仓促，被布莱尔视为一条出路，以摆脱她作为一名英

---

[1] Linda Leavell, "Marianne Moore, the James Family, and the Politics of Celibacy," *Twentieth Century Literature* 2(2003), p. 236.

国独身女性不得不承受的种种束缚。在通信中,摩尔坚持认为,这种草率的婚姻只是为两个人提供便利的社会契约,是一种失败,是对真正婚姻的不敬。她引证弗洛伊德的话,向布莱尔说明为何我们很难确定人生最好的方向究竟是什么。麦克尔蒙在信中向摩尔解释,他和布莱尔结婚是为了帮助布莱尔摆脱她父母的控制,给予她所向往的美国式自由。为了强调这一点,他特别指出,布莱尔在婚后将保留她的名字作为自由的保障。摩尔回信说,这样的保障毫无意义,因为一个女人在婚后保留自己的名字不过是抓在手中的最后一根救命稻草。在摩尔看来,女性自我身份的证明只能来自事业而不是一场或浪漫或实际的婚姻,婚姻以及任何一种亲密关系只会让一个女人远离她的事业追求[1]。在摩尔这里,结婚与做一名女诗人是不兼容的,要成为一名女作家,就必须摆脱婚姻的陷阱,因为婚姻会让一个女人陷入琐碎,丧失个体的独立性。

布莱尔和麦克尔蒙化身为《婚姻》一诗中夏娃和亚当的原型之一。摩尔在诗中对婚姻这一社会机制展开了细致描述和嘲讽,揭示了婚姻参与者的盲目性以及这个机制中种种轻松假设后隐藏的危险。碎片化的语句、松散的结构与贯穿始终的婚姻主题交织成一种多元的文化思考。摩尔告诉自己的哥哥,她希望这首诗触犯众怒,[2]"目的是为了建构,而不是摧毁"[3]。

评论家们补充了阅读这首诗的更多视角。莱维尔通过书信材

---

[1] Taffy Martin, *Marianne Moore: Subversive Modernist* (Austin: University of Texas Press, 1986), p. 13.

[2] Sheila Kineke, "T. S. Eliot, Marianne Moore, and the Gendered Operations of Literature Sponsorship," *Journal of Modern Literature* XXI.1 (Fall 1997), pp. 121–136.

[3] Marianne Moore, "Subject, Predicate, Object," in *The Complete Prose of Marianne Moore*, ed. Patricia C. Willis (New York: Viking Penguin Inc., 1987), p. 506.

料考证，摩尔写作《婚姻》一诗的主要动机是因为一起求婚事件。1921年4月，斯科菲尔德·塞耶（Scofield Thayer）曾向摩尔求婚，摩尔创作了《婚姻》一诗生气地拒绝他。[1]也有评论家指出，这首诗是摩尔对她与母亲之间类似于"婚姻"关系的思考。

不管怎样，这首诗折射出摩尔对亲密关系的警惕和防范，人与人的关系纽带中存在的保护-扼杀、关爱-禁锢、束缚-解脱的冲突，以及在与母亲的相处、与同时代诗人的交往之中，如何得到认可，如何保持自己的独特品质，或许是摩尔在日常生活中总是遭遇的难题。拒绝婚姻，选择独身，是摩尔在一个价值解体、理性破碎时代所进行的自我拯救，她以一种果断的方式确立了稳定独立的生存立场。以这种理性认识和选择为前提，独身的摩尔避开了情感与婚姻可能带来的性别身份困扰，致力于拓展自己内心的丰富与深刻。

从1915年12月第一次纽约之行到后来和母亲一起移居纽约艺术家聚居地格林威治村，摩尔积极在诗歌圈寻找自我的位置。她所体验到的性别阻碍和反抗意识从最初接触诗歌圈子时就被激发出来，她在欣喜于结识诸多现代重量级诗人或文化人的同时也感受到了男性权威的压迫。在和男性诗人的交往中，摩尔对自我身份的认同是中性，将注意力始终放在诗歌审美创造上。

在进入诗歌圈之前，她和母亲、哥哥就对这一中性身份进行了"预演"——在她和母亲、哥哥三人组成的家庭小圈子中，他们达成了一种奇异的平衡氛围。他们彼此之间频繁地循环通信。在这些信件中，摩尔总是被称为"他"而不是"她"，她自己亦非常享受这一身份。摩尔的这种定位，一方面显示了她对女性身

---

[1] Linda Leavell, "'Frightening Disinterestedness': The Personal Circumstances of Marianne Moore's 'Marriage'," *Journal of Modern Literature* 31.1(2007), p. 69.

份的拒绝,一方面也显示了她对男性的羡慕。她所羡慕于男性的,是他们的自由和力量,因为男性既能享受家庭的情感关系,又能享受传统所赋予的自由。[1]在1932年的一篇文章中,她指出家庭的亲密关系高于性爱——"爱比恋爱更重要,如同童年的记忆所证实的"——并向读者呈现了这些"非个人主义的案例"。这是一个庞大的单身汉群体,主要成员包括托马斯·特拉赫恩(Thomas Traherne)、贝多芬(Ludwig Van Beethoven)、艾萨克·牛顿(Isaac Newton)、华盛顿·欧文(Washington Irving)、查理斯·拉姆(Charles Rahm)、亨利·詹姆斯等人。[2]摩尔将自己视为一个"无害的单身汉"归属于其中。

就写作传统而言,诗歌总是会被赋予救赎的意义——诗歌写作救赎身体的苦难。[3]在拉金对于别处的定义中,就包含了这样一层隐秘的诉求。弗洛伊德的精神分析学将写作与身体中的力比多驱动直接关联。这些观点中的潜台词是把诗歌写作看作肉体的附庸,看作肉体冲动的产物或者替代品。理查德·霍华德分析,"现代主义的历史,是由那样一些作家所组成的历史:在我们最初的阅读中,这些作家仿佛并无性的诉求——例如亨利·詹姆斯、维吉利亚·伍尔芙、桑塔亚纳——然而当我们进一步深入阅读之后,却发现他们充满了性生活。"[4]在摩尔身上,这种力比多驱动的痕迹与救赎的动机并不明显,她通过知性化的写作、通

---

[1] See Linda Leavell, "Marianne moore, the James Family, and the Politics of Celibacy," *Twentieth Century Literature* 2(2003), pp. 219–245.

[2] 爱莲娜·拉马洛·桑托斯:《威廉·卡洛斯·威廉姆斯:找寻西部方言的人》,载于萨克文·伯科维奇主编《剑桥美国文学史》第5卷,马睿、陈贻彦、刘莉等译,中央编译出版社,2009,第235页。

[3] 肯尼斯·勃克:《济慈一首诗中的象征行动》,载于哈罗德·布鲁姆等著《读诗的艺术》,王敖译,南京大学出版社,2010,第59页。

[4] Linda Leavell, "Marianne moore, the James Family, and the Politics of Celibacy," *Twentieth Century Literature* 2(2003), p. 222.

过对诗歌形式、对音节的高度关注，通过克制，释放生命激情，在创造性写作过程中体验到理性的愉悦而非欲望的替代性体验。

终其一生，独身的拉金处于文学传统之中，安然地做着生活的旁观者，将诗歌建立为他的别处；而独身的摩尔，却在努力从父权文化的别处——即女性的他者身份——突围，渴望进入真正的文学传统，这是两个性别不同、国籍不同、风格不同的现代诗人所具有的最本质的差异。

摩尔用自己的诗歌证明了在她那个时代一个女诗人可能抵达的距离。虽然她反对现代诗歌中弥漫的"进攻比和谐更刺激"[1]的理念，但她的三角帽和黑色斗篷，如同她的盔甲，如同变色龙干预光谱的隐身术，赋予她一种斗士的端庄气质。她用诗歌呈现了明确的、高于生活之上的哲理，力图成为一个大写的人，而不是一个执着于性别的人。

她高度的自我克制和乐天知命的人生态度是对未来的一种透彻理解——这种理解依然可以用遇到障碍时会自动上涨的水来表达——独身的人也拥有水到渠成的快乐。这种四两拨千斤的方式，为女性争取了一个安身立命的未来空间。

---

[1] Marianne Moore, "To be Liked by You Would Be a Calamity," in *Observations* (New York: The Dial Press, 1924), p. 37.

第5章 肖像诗

> 必须忍耐这条道路的辽远,因为
> 每个环节都是必要的……
>
> ——黑格尔(Friedrich Hegel)[1]

1934年,摩尔给她哥哥沃伦的一封信中,以自嘲的语调叙述了同学聚会上的一个小插曲。在聚会上,就职于麦克米兰出版社的同学谈起在公司备忘录上看到的一条记录:"由T. S. 艾略特作序的玛丽安·摩尔诗选。"这一信息引起了在座人士的兴趣,他们一边喝着雪利酒,一边热烈议论着"T. S. 艾略特作序的诗选"。当摩尔告诉她的朋友们,艾略特本人所在的费伯出版社也会出一本她的诗集时,他们举起杯子欢呼:"Faber & Faber!"[2] 这些朋友们的反应向摩尔传递了一个明确的信息:人们对于摩尔这本诗选的关注点在于艾略特的序言,假如没有他的参与,这本诗选或许不会有人在意。摩尔后来向艾略特表示感谢,说:"你为我的书撰写的序言给我提供了盔甲。"[3] "盔甲"这一比喻含

---

[1] 黑格尔:《精神现象学》,贺麟、王玖兴译,商务印书馆,1997,第19页。
[2] See Andrew J. Kappel, "Presenting Miss Moore, Modernist: T. S. Eliot's Edition of Marianne Moore's Selected Poems," *Journal of Modern Literature* 19.1 (1994), p. 129.
[3] Letter from Moore to T. S. Eliot, in *Hints and Disguises: Marianne Moore and her contemporaries*, ed. Celeste Goodridge (Iowa: University of Iowa Press, 1989), p. 105.

义丰富,它提供了一种保护,但未尝不是一种约束和负担。摩尔早已切身体会到:尽管这些男诗人对她不乏善意与肯定,先后为她推荐作品,撰写评论或序言,营造了一种积极的创作氛围,但他们投射在她诗歌作品上的阴影也是浓重的,她必须与之抗衡。

这种抗衡在摩尔的创作过程中始终存在。1918年,摩尔给庞德寄去两首诗和一篇随笔[1],其中一首诗是《那些不同的手术刀》("Those Various Scalpels")。庞德在回信中谈了对她作品的看法,也表达了对摩尔外表的好奇。他自然而然将摩尔的文字与摩尔的身体联系起来——这正是男性读者对女性写作者惯常的阅读方式。庞德显然没有意识到,摩尔《那些不同的手术刀》一诗包含了对这种男性阅读方式的批判意识。

《那些不同的手术刀》勾画了一幅女士肖像。有趣的是,艾略特、庞德、威廉斯也先后创作了同一主题的诗歌:1917年艾略特创作了《一位女士的肖像》("Portrait of a Lady"),1912年庞德创作了《女士肖像》("Portrait d'une Femme"),1934年威廉斯创作了《女士像》("Portrait of a Lady")。四首诗组成了现代诗歌中的女士肖像诗系列,彼此之间形成了鲜明对照。

三位男诗人的诗歌标题直接表达了他们的诗歌意图:描写一位女士肖像,但他们的诗歌最终都模糊或偏离了这一意图。三首诗都没能呈现一幅完整的女士肖像。他们借助女士肖像这一主题,正向或反向地呈现了男性主导的文学传统的特征之一——男性作为被选定的言语织体的"编织者"。当他们书写女性时,习惯将女性置于客体位置,将女性等同于她的身体,等同于一种物质性的存在。这种刻画女士肖像的方法与男诗人对女性诗歌作品的阅读方法彼此呼应,维持着诗歌(文学)中的性别等级秩序。

---

[1] Robin G. Schulze (ed.), *Becoming Marianne Moore: The Early Poems, 1907-1924* (Berkeley: California University Press, 2002), p. 103.

摩尔在自己的写作生涯中，对这一男性传统进行着不动声色的反抗，她对自身生活道路的选择、她的创作实践无不围绕这一目标进行。她面临的困难是巨大的：她必须首先克服男性诗歌传统对女诗人的制约，摆脱女性的"他者"或客体身份，在诗歌中确立一种新的书写立场、运用不同于男诗人的书写策略；更重要的是，她必须创作出质地优良的诗歌，依靠作品本身的艺术价值而不是仅仅依靠正确的性别立场或性别理念来证得自己的诗名和话语权，以此与优秀的男诗人并立。

《那些不同的手术刀》一诗标题已暗示了其宗旨不在于刻画女士肖像，它最直接的目的是要对刻画女士肖像的传统工具——"那些不同的手术刀"以及手术刀的执有者进行剖析，对包括艾略特和庞德等人作品在内的女士肖像诗传统进行质疑，对男诗人与作为被描述对象的女性之间的主客体关系模式进行解构。通过类似于"一场手术"的诗歌实践，摩尔提出并尝试解决这样一些问题：当女性在男性诗歌中的处境与她在现实世界中的处境如出一辙——几乎无一例外地是一个他者，一个承载男性诗歌理念的客体或意象时，作为一名女诗人，该如何在不损害女性生命完整性的同时去刻画女士肖像？如何颠覆传统书写中的二元对立，在将女性作为诗歌客体时，让"她"摆脱他者的身份，获得独立性，以此探求女性主体性生成的可能性？

一、四种肖像刻画法

在西方文学传统中，对女士形象的描绘有一个固定模式，主要包括三点：第一，女士作为被"看"的对象，要有完美的外形；第二，主要采取身体部位刻画法来描摹女性；第三，其完美的形象必须传达艺术家的内在精神或者社会精神。这一模式在文艺复兴以及后来的浪漫主义文学中表现得非常明显。

四位现代诗人的肖像诗对传统女士肖像刻画模式都有一定颠覆：我们再也无法从中听到诗人对某位女士理想化的赞美之声，也看不到一幅完整的、唯美的女士肖像；相反，我们听到了刺耳的不和谐音，看到了一些身体（或心象）的碎片以及由这些碎片构成的轮廓模糊的女士侧影（存在于二位男诗人的女士肖像诗中）或者另类的女斗士形象（存在于摩尔的女士肖像诗中）。四位现代诗人都运用了冲突、断裂或者拼贴的现代方式刻画他们的女士肖像，这是产生叶芝所谓"可怕的美"的方式。不过，四位现代诗人仍然从不同层面保持了与传统的关联。比如，艾略特和庞德以女士形象作为诗歌理念的载体，他们的女士仍是一个被动的客体；摩尔的诗歌一边再现传统的女士肖像刻画法，一边解构这一传统；威廉斯介于两者之间，他与传统构成了对话，似乎想通过戏仿修正这一传统。

在四首诗中，艾略特的《一位女士肖像》抒情色彩最浓。不过，作为一名激进的反浪漫主义诗人，艾略特的抒情绝不可与19世纪浪漫主义诗人相提并论。艾略特具备深厚的古典文化功底，他的语言典雅深情，音乐特征明显。与此同时，艾略特在诗歌中设定的人物情感模式、戏剧化冲突、不可捉摸的人性以及与现实的疏离感汇聚成一种存在主义的深渊，与浪漫主义诗歌划出了清晰的界限。

艾略特的这首肖像诗创作于1917年，其直接灵感来源于他大学阶段的轻狂经历，那时他经常和朋友拜访贵妇人阿德雷恩·莫法特（Adeleine Moffat），也来源于他的婚姻（艾略特在1915年与维维燕〔Vivien Haigh-Wood〕草率成婚，之后留居英国，这段婚姻成为他个人生活史中的一场悲剧）。此外，艾略特在这首诗中处理的主题，与法国画家爱德华·马奈（Edouard Manet）

的画作关系密切。据艾略特自己的说法,他的这首女士肖像诗和1909年创作的另一首十四行诗《关于一幅肖像画》("On a Portrait")都是对马奈的女士肖像画的回应。马奈的女士肖像画《女人和鹦鹉》("Woman with a Parrot")和其他几幅代表画作,包括《草地上的午餐》("Picnic on the Grass")、《奥林匹亚》("Olympia")等,都以同一位女模特默兰(Victorine Louise Meurent)为原型(据记载,1862—1874年间,马奈至少有九幅画以她为模特)。默兰的气质卓尔不群,马奈让她在画中保持了这种气度,无论裸身还是着衣,她都以挑衅的目光回应观众的看,颠覆了传统肖像人物惯有的谦卑与被动姿态。马奈采取了平面化的处理手法,让这位女士的内心呈封闭状态,只以空白的表情面对观众。马奈坚信,平面或二维性才是绘画与其他艺术最大的差异。这种平面化处理方式以及带有挑衅姿态的女性肖像引发了评论家和观众的激烈争论(这种争议是马奈的画作后来被封杀的原因之一)。

马奈的绘画包含了对绘画传统的背离和革新。随着摄影技术的发展,其高超的表象和再现能力解构了以再现为核心的西方传统绘画存在的意义,画家不得不探索新的表现形式。马奈作为印象派绘画的奠基人,他的画作摆脱了对主题的依附性,侧重于对光线和氛围进行真实的渲染,却放弃了对深度和意义的追求。艾略特对于马奈画中女士的空白表情极为好奇,他想通过诗歌来探究这一表情,并以此为契机探讨现代人性、现代生存境况以及诗歌的现代表现手法。

艾略特的诗为马奈画中女子脸上的空白表情提供了两种可能的阐释:要么她对我们隐藏了她的思想,要么她本人在精神上是空虚的。《关于一幅肖像画》一诗同时探讨了这两种可能性,而《一位女士肖像》一诗更倾向于第二种可能性,即人物本身在精神上是空虚的。受马奈的启发，艾略特将绘画中的平面表达与诗歌语言的机械模仿功能联系起来，探讨了基于反映和模仿所呈现的主体概念。[1]

在《一位女士肖像》中，艾略特实施了他所偏爱的戏剧式发言方式，建立了一种你—我—她之间的对话关系，以"我"对"她"的话语重复和戏剧性的内心独白相互交织而成。这种方式恰当呈现了客观的反映和模仿的立场。他特意邀请一个观众"你"在场，然后将"我与她"之间的互动场景设置于假想的舞台中心。在这个舞台上，她貌似主角，站在聚光灯下；"我"作为一个倾听者，站在阴影中，心不在焉，并不对她的话做出充分反应。作为诗人的艾略特与诗歌中的发言者"我"有着身份的重合，偶尔又会变身为诗歌中舞台剧的观众"你"，他的权威地位不言而喻。

和《荒原》一样，这首诗的进程遵循时间结构，开头即交代了时间背景，营造了一种沉闷、压抑、荒凉的气氛，接着是伴随时间的自然流逝，"我"一次次往返于"她"的住所，一幕幕室内场景与微妙的内心碰撞，一系列爬楼梯、微笑、喝茶、走神等动作。但这些往返的动作并非孤立地完成，它们拥有伴奏的音乐。这种音乐正如瑞恰兹（I. A. Richards）所谓"意念的音乐"。瑞恰兹在分析艾略特的诗歌时指出，艾略特偏爱叙述的音乐形式，它表现为人物意念的形态。这些意念包罗万象，既有抽象的，也有具体的。如音乐家的乐句一样，艾略特精心设计了这种音乐形式，并非旨在告诉我们什么，而在于它们对我们产生的影响能融合成一种和谐的感觉和心态，释放出一种奇特的意志。这种意志仿佛就在那里，等待着被激发出来，而不是被思索或研究

---

[1] See Frances Dickey, "Parrot's Eye: A Portrait by Manet and Two by T. S. Eliot," *Twentieth Century Literature* 52.2(2006), pp. 111-144.

出来。[1]意念的音乐正如马奈作品中光与色彩营造的氛围,使诗中的人物超越了个体性,能够激发读者的直觉感受。就像他在《荒原》的注释中明确指出的,他诗中的男女形象都具有强大的凝缩性,这些形象最终合成为某个文化原型人物——提瑞西斯(Tiresias)。[2]这个注释同样适合这首肖像诗,诗中的女士和男性发言者代表了现代生活境况中孤独的男男女女,而合成的提瑞西斯则如同诗中若有若无、体察幽微的诗人。从而,这首诗远远大于一首肖像诗,涵盖了对"非个性化"的普遍关系以及时代世相的洞察,诗中内在意指的流动性、不确定性,使诗歌晦涩,也使它宏大。

在这首女士肖像诗中,叙述的音乐形式还不仅仅限于"意念的音乐",它也运用了真正的音乐剧形式。这首诗的题词是:"你已犯下了——/通奸罪;但那是在异邦,/而且那女人已死了。"[3]这个题词介绍了一个简单的故事,涉及三段情节。与这一题词呼应,诗歌分为三节,每一节分别由三个动作构成:男性发言者重复女性的话语、他的离开和他的内心独白。整首诗形成了序曲、开端、犹疑、高潮和结尾的音乐剧形式。诗歌中男性和女性有各自的主题音乐。伴随男性独白的是沉闷的鼓点,"敲出它自己的序曲;/那是一种荒唐的单调音律,/至少是一处肯定的'走调'"[4]。这种鼓声让我们想起原始部落的音乐与舞蹈,野性的力量和质朴粗糙的原生态。伴随女性的则是"提琴的逐渐微

---

[1] I. A. 瑞恰兹:《T. S. 艾略特的诗歌》,李鸥译,载于《外国文学》1997年第4期,第81—83页。

[2] T. S. Eliot, *The complete Poems and Plays 1909-1950* (London: Faber & Faber, 2004), p. 78.

[3] 艾略特:《一位女士的肖像》,载于唐荫荪编《英国现代诗选》,查良铮译,湖南人民出版社,1985,第15页。

[4] 艾略特:《一位女士的肖像》,载于唐荫荪编《英国现代诗选》,第16页。

弱的音响，/混合以遥远的小喇叭的吹奏……"[1]这是一种文明的音乐，苍白，虚弱，矫揉造作。男女之间的背离首先是这两种音乐之间的冲突和不搭调，而连接这种背离的则是钢琴的演奏，"比如说，我们去听了新近的波兰钢琴家/奏出的序曲……"，"除非听到街头的一架钢琴/疲倦地、乏味地重复一只陈旧的歌"[2]。片段式的音乐没有为我们呈现一幅完整生动的画卷，而是像机械复制的镜子，映射出人物碎片化的存在状态。

艾略特在诗中引入了多种文化资源，这也是他的诗歌一以贯之的技巧。各种文化资源服务于艾略特所追求的平面化、碎片化的人物肖像手法，拓展了这首诗的历史景深。

这首诗的题词引自马洛《马耳他的犹太人》(The Jew of Malta)中的句子，题词讲述的男女关系与这首诗中的男女关系形成了遥远的对照，如同一个压缩的戏剧脚本，既为理解这首诗中的男女关系提供了线索，又使这一关系稍稍疏离于现实语境，增强了戏剧般的虚幻感，并且暗示了这段关系的结局，带来一丝残酷的气息。

这首诗也引用了浪漫主义诗歌资源。艾略特让诗中的女子模仿了浪漫主义诗人的发言腔调，她对生命、爱与青春的叹息回旋着济慈《每当我害怕》("When I have fears")一诗中的咏叹，而她的有些句子几乎完全重复了马修·阿诺德（Matthew Arnold）《被埋葬的生命》("The Buried Life")一诗中的句子。当阿诺德向往通过诚挚的爱情关系抵达彼此的内心世界时，艾略特在这首诗中做出了相反的回答：他否定了男女关系的有效性，也否定了通过这种关系抵达彼此内心世界的可能性。

---

[1]艾略特：《一位女士的肖像》，载于唐荫苏编《英国现代诗选》，查良铮译，湖南人民出版社，1985，第16页。
[2]艾略特：《一位女士的肖像》，载于唐荫苏编《英国现代诗选》，第15页。

通过这一系列的刻画手法,诗中貌似被置于舞台聚光灯下的女性并不能真正让我们看清。诗人似乎总在阻止我们的目光,开场的"烟雾"一说即是阻挡视线的道具,诗歌的进展也更多斥之于我们的听觉而非视觉,女士所说的话由男性发言者转述,诗人似乎想让舞台上的女士成为男性发言者的专属物,但事实上,男性发言者与女士近若咫尺却远隔天涯。这首名为女士肖像的诗更像是一个男性的回忆、追述与内心独白。这个发言者扮演了镜子的功能,我们所看到的聚光灯下的女士只是这面镜子反映出来的侧影。

至此,艾略特完成了与马奈人物肖像画的对话:他赞同以完全客观的立场、以白描或者模仿、复制的方法记录外表,用外表来呈现人物。他让女士像鹦鹉一样模仿、重复阿诺德的诗歌,让诗歌发言者像鹦鹉一样模仿、重复女士的言说,让诗歌发言者对女士的话语报以礼节性的微笑,让语言变成一个镜面似的平面,只映照出影像,不再呈现深度,不再是思想的外在形式,不反映任何内在精神世界。从而这首肖像诗也是二维的、平面的,拥有了典型的现代性——所谓现代性不是指一种难以理解的面部表情以及它所蕴含的深意,而是这种面部表情从根本上否定自己具有任何意义。

与艾略特的肖像诗相比,庞德的《女士肖像》和威廉斯的《女士像》在篇幅上是短小的,其刻画方法也相对简单。

庞德的这首诗采取了最直接的方式刻画女士肖像,他以一个强势的发言者对女士的断言来呈现女士形象:

你的心灵和你是我们的萨加索海[1],

---

[1] 萨加索海,大西洋中一个没有岸的海,生长着一种叫"萨加索"的海草,充满着难以解释的神秘景象,经常有飞机和船只在此失踪。

伦敦在你身边流淌了二十年，
明亮的船只留给你这样或那样的酬劳：
观念，陈旧的话题，零碎之物，
奇异的知识片段与无用的器皿。
大人物们追求过你——除此再无别人。
你永远居于次等。悲哀吗？
不！你宁愿生命如此平常；
一个沉闷的人，沉闷且怕老婆，
一个平庸的头脑——思想逐年衰弱。
哦，你有耐心，我见过你数小时
静坐某地，等待某种东西浮现。
现在你支付。是的，你阔绰地支付。
你是个有趣味的人，其他人找你
带走古怪的收获：
被捞出的奖杯；一些奇怪的建议；
无用的事实；两个人的故事，
因曼德拉草[1]或其他东西而怀孕，
这或许可能却又从未证实过的事，
未曾显示出任何价值，
或者在时光之梭中找到其位置：
这灰暗的，俗气的，过时的伟大艺术品；
偶像，龙涎香和珍贵的镶嵌，
这些是你的财富，你了不起的宝藏；至于
海滨所有这些年年更替的植物，
奇异的半湿之木，华美的材质：

---

[1] 曼德拉草，根茎肥大，似人形，据说将这种草从地里拔出时会尖声叫唤，女人吃了它会怀孕。

在深浅不一的色泽中缓缓浮动，
不！没有什么！总而言之
没有什么真正属于你。
而这，就是你。[1]

　　这位发言者开篇运用了一个具有广延性的隐喻为女士定性，然后逐步罗列了女士生命进程中积存的种种细节。女士被喻为如萨加索海一样汇聚无意义之物、缺乏选择分类能力的收藏家；诗歌中的词语和句式模仿了女性琐碎、自我重复、模糊的天性，比如，诗中运用了大量关系代词"这"和"那"以及指意模糊的词语——"器皿""材质""其他人""其他东西"等，这些指向性不明确的词被随意堆砌，就像女士收集的琐碎之物。这种模仿暗示：女性收集的细节，不过是一堆无用的客体，并不能构成清晰的意义。大量同质的词语堆积造成了诗句的琐碎、平庸，过多细节与琐碎之物的堆积造成了生命的平庸，这种平庸具体表现为婚姻生活中普遍存在的悲哀景象："一个沉闷的人，沉闷且怕老婆，/一个平庸的头脑——思想逐年衰弱。"

　　庞德采取的肖像刻画法，其宗旨不是为了刻画一个平庸的女士形象，而是要以女士为载体服务于一个更根本的宗旨：阐释"鲜明的细节法"（luminous detail）在诗歌创作中的价值。1911年底（这首肖像诗发表的前一年），庞德根据自己的翻译和阅读经验，总结出了新的创作原则："鲜明的细节法。"这是庞德为自己找到的理解历史、传承文明的诗性方法。据说早年的庞德曾有治学的冲动，当他信心满满步入国家图书馆时，却被浩如烟海的图书吓坏了。经过精确计算，他发现即使将所有的有效时间用来

---

[1] Michael John King (ed.), *Collected Early Poems of Ezra Pound* (New York: New Directions Publishing Corporation, 1982), p. 184.

读书，也只能穷尽现有图书中的极少部分。"根据人眼的疲劳极限，我计算出一个人一天至多能读多少页书；这个人至少要花掉一生中百分之五的时间来思考，这段时间也要扣除。于是我否定了学究式的读书方法。人一定能找到其他方式来利用如此丰富的文化遗产。"[1]由此，他放弃了读书治学的计划。他相信，一定有其他的方法来吸收、利用人类文明已有的成果。

在庞德作为诗人的生涯中，他一直在探寻依靠直觉创造性承续文明的方法，这种"鲜明的细节法"可谓其中一种。当我们理解一个时代时，无须罗列大量事件，我们只要找出这个时代中的一个或几个鲜明的细节即可。他说："过去的方法是情感与一般性的描述，时下流行的方法是大量堆砌细节。我这个方法是专门与他们作对的。"[2]"鲜明的细节法"成为意象派三原则的基础。

在这首肖像诗中，庞德没有从正面阐释他的"鲜明细节法"，他只是以女性为反例，呈现了大量无意义细节堆积可能产生的负面效果。女性不理解"鲜明的细节法"，也缺乏选择有价值细节的能力，无法将关键细节从一长串材料中区分出来；她如某些学究和维多利亚古董风格爱好者那样沉迷于细节的堆积，结果让她所收集的细节全部丧失了意义。[3]

威廉斯的《女士像》是经常被选入诗集的一首诗。这首诗采用了传统十四行诗的形式，它属意于为一位女士立像却以失败告终：

---

[1] 吉永生：《中国古诗与庞德的理解》，载于詹七一主编《洋浦蠡测集——昆明学院中国语言文学文科论文精选》，云南大学出版社，2017，第39页。
[2] 戴维·洛奇编：《二十世纪文学评论》上册，上海译文出版社，1987，第107页。
[3] See Matthew Schoesler, "Pound's Portrait d'une Femme," *Explicator* 65.3 (2007), p. 163.

你的腿是苹果树，
它的花触到了天空。
哪个天空？瓦都悬挂着
一只女人拖鞋的
天空。你的膝盖
是一缕轻微的南风——或者
是一阵雪。噢！弗拉戈奈尔
是何许人？
——仿佛这能解答
什么难题。——哦，是的。在
膝盖下方，调子就此
滑了下去，那是
夏季炽热的一天，
你的脚踝颀长的草
在海滩上闪烁——
哪个海滩？——
沙粒粘上我的唇——
哪个海滩？
哦，也许是花瓣。我
怎么知道？
哪个海滩？哪个海滩？
——从一些隐藏的苹果树落下的
花瓣——那个海滩？
我说的是苹果树落下的花瓣。[1]

---

[1] Litz Walton and A. Christopher MacGowan (ed.), *The Collected Poems of William Carlos Williams*, *Vol.* 1.(New York: New Directions, 1986), p. 129.

这首诗的开头也像艾略特的诗歌一样，设定了一个有强烈自我意识的发言者，但很快，这个发言者的权威立场受到了质疑，肖像描绘过程被严重干扰。当诗歌发言者"我"从女士的下半身开始，以空间隐喻的刻画方式来定义她，试图将她纳入自己的欲望范畴时，另一种声音打断了他的叙述。即是说，这首诗中存在两种冲突的声音。一种声音显然来自诗歌发言者，他想因循传统十四行诗的陈旧模式描绘某位女士，用不同的自然物对应女士的各个身体部位表达赞美，用这种赞美遮掩自己的欲望；另一种声音则对这位男性发言者进行了干扰和讽刺。

评论家们对于第二种声音的来源向来存有分歧，主要形成了两种看法。第一种看法认为，这一声音来自发言者本人，整首诗是发言者的内心独白，如同思想的流水账，诗歌发言者内在的分裂性使他发出了两种不同的声音，一个缺乏想象力、沉迷于自身欲望的浪漫自我遭遇了另一个清醒的、难以被规约的自我的抵制。当前者想写一首传统的爱情十四行诗时，后者对之进行了嘲讽和质疑。另一种看法则认为这一声音来自那名被描绘的女性，这首诗不是内心独白而是诗歌发言者"我"与他试图描绘的对象——某位女士之间带有冲突性的对话。当男性发言者试图将这名女性塑造成自己的欲望对象时，女士有意或无意地表示了反抗。她拒绝成为一个沉默的欲望客体，对男性发言者进行了质问、嘲笑和否定，干扰了他的欲望进程，展现了自己的独立意志，最后成功破坏了他想将她纳入陈腐的肖像刻画模式的企图。[1]

这两种解释都表明，威廉斯的这首肖像诗质疑了传统爱情抒情诗加诸女性身体的陈腐意象和矫揉造作的修辞。威廉斯认识

---

[1] See Carl Smeller, "William's Portrait of a Lady," *Explicator* 62.3 (2004), pp. 159-160.

到，文艺复兴以来的爱情抒情诗对女性外表的赞美和对女性身体部位的刻画实质上表达的是男性发言者自身的欲望。这些诗歌对于刻画女士形象是无效的。在进行这一质疑的同时，威廉斯也如庞德一样不露声色标举了意象派的诗歌理念。庞德说："意象派的要点，就是不要把意象用于装饰。意象本身就是语言，意象就是超越公式化了的语言的道。"[1]另一位意象派诗人理查德·阿尔丁顿的话能够帮助我们更清楚地理解威廉斯这首诗的意图。他说："我们决不会说'我多么爱慕那位美丽、绰约——然后是二十五个形容词——的妇人……'我们只会创造一个意象来呈现她，我们让景物来表达情感。"[2]在这首诗中，第二种质疑的声音逼迫威廉斯的发言者放弃夸张、无效的修辞，回归事物本身，直接处理物。威廉斯以一次实实在在的失败向我们指出了传统修辞以及女士肖像法的失败。

不管威廉斯是否是19世纪以来愈演愈烈的女性主义运动的支持者或同情者，也不管他在这首诗中的真实意图是否只是想伸张意象派诗歌的创作主张；从实际效果来看，这首诗对传统诗歌中的女性刻板形象做出了否定。这首名为肖像诗的诗歌虽然没能为我们呈现一个完整的女士肖像，却让我们看到了从男性欲望话语中成功逃逸的女士倩影以及一位男士（情人）欲望落空后的狼狈窘态。

在评论艾略特的诗集《普鲁弗洛克及其他观察》（*Prufrock and Other Observations*，1917）时，摩尔含蓄地指出，《一位女士肖像》一诗显示了一种"青春的残酷"，它的结尾"从根本上扭曲

---

[1] 彼德·琼斯编:《意象派诗选·原编者导论》，裘小龙译，漓江出版社，1986。
[2] Richard Aldington, "Modern Poetry and Imagists," *Egoist* 1(1914), p. 202.

了一个生命"。[1]虽然摩尔没有更细致地说明,这首诗如何残酷、如何扭曲了生命,但她以《那些不同的手术刀》对艾略特的肖像诗以及传统的女士肖像法做出了回应和批评。与三位男诗人的肖像诗相比,摩尔的肖像诗更远离对女士肖像的直接刻画,她给自己设定的是一个宏大的任务:揭示塑造(实质是扭曲或者伤害)女性的不同手术刀以及加诸女性的手术过程,这可以说是对整个男性文学传统的反思。

如庞德一样,摩尔在这首诗中也采取了直接对"你"的发言模式,但摩尔的立场不是专断的定义或者命名,而是呈现,她用传统的肖像刻画工具和刻画方法,让女士肖像在空间中立体浮现。这种立体呈现的空间性特质又与威廉斯的诗歌相似,不过在后者只能以失败暗示一种新的、可能的女士肖像法时,摩尔则以隐喻、变形和拼贴等方式成功实践了一种新的女士肖像法。

这首诗以操作手术刀发出的刺耳声音为起点:

那些
不同的声音始终模糊不清,仿佛连续不断地
 随意敲打薄玻璃发出的嘈杂回声——音调的变化
 遮蔽了:你的头发,两只头抵着头的
  石头斗鸡的尾巴——如同被雕刻的弯刀,以相反的
  方向重复了你耳朵的曲线:你的眼睛,
   冰雪之
花

---

[1] Marianne Moore, "A Note on T.S.Eliot's Book," in *The Complete Prose of Marianne Moore*, ed. Patricia C. Willis (New York: Viking Penguin Inc., 1987), p. 35.

被猛烈的风吹落在失事船只缆索上：你举起的手，
　一个模糊的签名：你的面颊，法国城堡的
　　石头地板上，那些鲜血的花环，对于
　　　　这点，导游如此肯定：
　　　你的另一只手，

一束
相似的长矛，部分被来自波斯的绿宝石
　以及佛罗伦萨的金器破碎的辉煌
　　所掩盖——半打用灰色、黄色的珐琅
　　　　精心制作的
　　　小物件的集合体，以及蓝色的蜻蜓；一只柠檬，一只

梨
和三串用银丝串联的葡萄：你的衣服，一座华丽
　制服的方形教堂塔，
　　与此同时，变化万千的外表——一座
　　　　直立的葡萄园，在传统观念的
　　　风暴中沙沙作响。它们是武器还是手术刀？被刻板

而
又考究的、超越于机会之上的坚硬王权
　打磨得锃亮，这些事物是昂贵的
　　器材，可以用作实验，但手术
　　　　不是实验。为什么要用比命运本身的结构

更精致的器材去剖析命运？[1]

摩尔有意识地让手术刀的动作与手术刀发出的声音处于同位状态，女性仍然作为客体或他者出场，但与其对应的不是诗人或者诗歌发言者，而是操纵手术刀的无名者。摩尔的诗歌发言者站在旁观的立场，记录了那种既表达又破坏（女性）命运的手术，那种僵硬、刻板的身体部位刻画法。在这个过程中，摩尔使用了打碎、凝固和拼接的方式。一方面，跟随手术的进程，摩尔呈现出传统诗歌对女性的摹写方式，将焦点放在女性的身体上，将女性分解成各个身体部位和相应的服饰；另一方面，她将这些碎片的细节近距离放大，通过比喻、引语、意象让这些碎片变形，再重新拼接为一个完整形象。摩尔变形和拼接碎片的方式把女性的各个身体部位客体化为某些自然产品和文化产品，再逐步从身体碎片过渡到语言碎片。这些语言碎片来自评论、格言、警句和广告等不同文本，当它们被植入诗句时，脱离了原始语境，产生了一种新意，修改了诗歌进程，使关于女性身体的物质性叙事变成了文化叙事。

例如，摩尔将女性的眼睛比喻为"冰雪之／花"，"花"这一比喻模仿了传统用于女性的物质性修辞，借此让读者看到，传统修辞如何限定并且增强了女性生命的匮乏、无力、被动状态。但摩尔的这一修辞又借用了弥尔顿对风的描述，"冰雪之花"具有的冰冷质地与文艺复兴时期男性作家惯用于女士身上的唯美、温馨的花区别开来，制造了一种险峻的效果。[2]

在拼接过程中，"仿佛连续不断地／随意敲打薄玻璃发出的嘈

---

[1] Marianne Moore, "Those Various Scalpels," in *Observations* (New York: The Dial Press, 1924), pp. 61–62.
[2] See Sabine Sielke, *Fashioning the Female Subject* (Ann Arbor: Michigan University Press, 1997), p. 82.

杂回声"始终都在，声音保证了片段之间的内在关联以及一连串隐喻的依次展开，正是这些隐喻前后相继为女士身体创造了一种变形。如艾略特所说，"第二个意象在第一个意象完全消隐之前就增补进来"[1]，当一个隐喻出现时，另一个相应的意象会对前一隐喻进行修订。

"你的头发，两只头抵着头的／石头斗鸡的尾巴"，这一意象限定于某种具体的形象，干枯坚硬，精确近似于直描，但随之而来的弯刀则赋予了这一意象优美的弧度和发散性。同样的还有：你的面颊，法国城堡的＼石头地板上，那些鲜血的花环，＼……你的衣服，一座华丽／制服的方形教堂塔，……——一座／直立的葡萄园"，斗鸡的生动性与石雕的静态、鲜血的残酷与花环的柔美、华服与方形教堂、失事船只的灾难性与扎根于地下的葡萄藤彼此相随，最初的隐喻通过换喻，在完成其直接修辞任务的同时也讲述了另外的文化故事，比如一只失事船只和教堂的故事。[2]摩尔创造的这些意象，和艾略特、庞德、威廉斯运用于女人身上的意象一样，具有发散性和丰富的文化品质，但摩尔的意象中所包含的对立、冲突和修订模式，同时有摧毁和创新的效果，让这些意象聚合而成的女性形象具备了锋利的棱角和不可被规约的独立意志。

除此之外，摩尔这首诗也颠覆了传统修辞，比如比喻和写实、隐喻和换喻、观点和描述、形象和背景之间的传统等级制关系。在连绵不断的意象转换中，描述常常变形为观点："你的面颊，法国城堡的＼石头地板上，那些鲜血的花环，对于／这点，导游如此肯定"，对女士面颊的描述变形为导游的观点。形象和

---

[1] Jeanne Heuving, *Omissions Are Not Accidents: Gender in the Art of Marianne Moore* (Detroit: Wayne State University Press, 1992), p. 40.

[2] Robin G. Schulze (ed.), *Becoming Marianne Moore: The Early Poems, 1907–1924* (Berkeley: California University Press, 2002), p. 104.

背景有时被故意混淆，诗歌开头设置的声音背景逐渐转变为形象，而诗中提及的法国城堡中石头地板上的脚步声，既可作为背景，是摩尔听见的、激发这首诗的声音，也可作为形象，是不确定的独立个体发出的声音，对应于另一个身体部位。[1]

将女性传统性征分解为碎片，引入包含着深度和歧义的文化隐喻，通过置换，改变碎片的质地，再将碎片重新拼贴，这时出现的已经不是一个温驯、柔美、符合男性期待的女性形象，而是一个披挂着盾牌、盔甲的女斗士。这一转变，从根本上扭转了这首诗的功能，使它从描述变成了介入性的手术实践，取代了诗歌发言者原本中立的旁观立场。因此，摩尔这首肖像诗的成就是双重的：它既剖析了传统的女性性征，以及这一性征被规约、被塑造的过程，又不动声色地改写了这一过程，促成了一个全新的女性主体的诞生。

当摩尔如此完成了对传统手术过程的记录、批评和改写之后，她对自己，对诗中的女士，也对读者提出了一个问题：这种个人化的艺术形式，"它们是武器还是手术刀？""为什么要用比命运本身的结构/更精致的器材去剖析命运？"霍利将这种追问方式定义为一种诗性探析仪的创作手法，认为摩尔在创作生涯的中后期更倾向于使用这一方法，而逐渐放弃了早期诗歌中常见的那种下断语的浮雕法。[2]这种提问式的探析为读者指出了思考的方向，但并不做出明确回答，摩尔似乎想借助这种方法保持诗歌的多元指向。在这首诗中，这一提问暗示，对于女性而言，诗歌语言既可以是手术刀，也可以是武器。它们既能带来伤害，也可以被用来作为反抗的武器。

---

[1] See Jeanne Heuving, *Omissions Are Not Accidents: Gender in the Art of Marianne Moore* (Detroit: Wayne State University Press, 1992), p. 40.
[2] See Margaret Holley, *The Poetry of Marianne Moore: A Study in Voice and Value* (Cambridge: Cambridge University Press, 2009), pp. 32-33.

和摩尔的绝大部分诗歌一样，这首诗歌的形式参与实现了诗歌宗旨。

摩尔的诗歌深受立体主义－漩涡派绘画[1]的影响，这一派绘画追求几何抽象特征和坚硬、朴实、干枯的风格，反对装饰性以及与装饰性相关联的女性气质，突出了绘画艺术的男性气质。摩尔的这首肖像诗也具备明显的几何特征，甚至模仿了男性的书写气质，但摩尔并没有像立体主义－漩涡画派那样完全否定装饰性。或者说，她让装饰性对瘦硬、干枯的几何风格进行了中和，既保证了诗歌的力量，同时也保证了诗歌的柔软度。比如她所使用的意象："石头斗鸡""冰雪之／花""鲜血的花园""制服的方形教堂塔""直立的葡萄园"等，既有柔软的装饰性，又有瘦硬的几何特征。这一特征使得摩尔的刻画法不单单是描绘，更是制作，带有纹章或者雕刻的立体意味，"强迫我们用全新的、令人惊异的方法去观看语言的结构和视觉形象的结构"[2]。

从诗歌排列形式看，这首诗的标题是诗歌的一部分，亦即是说，这是一首没有标题的诗；诗中的长句与短句轮流交替，第一诗节和第四诗节的行数为六行，另外三节为五行，每一节的诗句有规律地缩进；标点符号、声音和内在的韵律取代了连词，分号担任着连接功能，破折号取代系动词，名词、形容词和动词的功能属性经常被改变。这些形式设计导致了语义链的断裂，破坏了叙述的连续性，在一定程度上分离了词的意义与物性，使诗歌不再是单纯表义的文字，而具有了乐谱似的抽象性。它的主要功效

---

[1] 漩涡派绘画为英国现代美术流派，是立体主义的变种，1913年由W. 刘易斯发起，参加这一运动的有C. 内文森、W. 罗伯茨、F. 埃切尔斯、E. 沃兹沃思、H. 戈蒂埃－布尔泽斯卡、哲学家T. E. 休姆。他们办了一个刊物《狂风》，由刘易斯任主编，在1914年出版两期。

[2] Linda Leavell, "Surfaces and Spatial Forms," in *Marianne Moore and the Visual Arts* (Baton Rouge: Louisiana State University Press, 1995), p. 74.

是解构女性性征和身体的关联,重建身体和精神的关联。这种断裂不是"层层加诸意义之上的事物",而是作者精神性的书写策略——通过重新排列诗歌的"身体"并运用理智、沉默、语词以重建主体性。一系列形式设计堪比女士所穿的惊人服饰,它们(音节押韵形式,诗节排列形式,手术刀与武器的论辩,怪异的比喻等)将读者(尤其是男性读者)的注意力从女人的身体转向了诗歌的"身体"。[1]在手术刀似的精雕细琢以及刺耳的噪音中,一位女士肖像清晰地浮现出来,成为诗歌绝对的主角,她盔甲似的身体装备和摩尔关于武器的提问表示她将举起手术刀作为反击的武器。通过这一手术实践,摩尔也完成了作为一名女诗人的自我建构,她作为创作者与作为诗歌刻画对象的女士最终合二为一。

二、四个女士形象

由于诗歌宗旨和刻画手法的差异,四位现代诗人笔下的女士形态各异。

艾略特和威廉斯的女性被间接呈现,她们皆由一些片段组成,并且因这种片段性而削减了其存在的价值。庞德使用了直接断言的方式定义女士,将女士形象限制于他的消极性话语之中,他的这一肖像刻画方式最接近华兹华斯和济慈等浪漫主义诗人的刻画方式。在华兹华斯的《沉睡闭锁我的心灵》("A Slumber Did My Spirite Seal")和济慈的《妖女无情》("La Belle Dame Sans Merci")两首诗中,女主角皆无法摆脱与自然的同一状态,沉沦于物质身份而无法像诗人那样开口言说,无法获得主体性。

---

[1] See Sabine Sielke, *Fashioning the Female Subject* (Ann Arbor: Michigan University Press, 1997), pp. 65-73.

庞德刻画的女士和这两位女主角一样停留于哑默之中。摩尔的诗貌似以塑造刻画女士肖像的传统器械和方法为目的，却借助巧妙的置换手法，让这个在传统器械和刻画方法中诞生的女士成为反叛者。

艾略特的女士是一个沙龙贵妇形象，她的身上被投射了历史斑驳的阴影。诗歌开头所设置的场景如同一幕历史剧，艾略特点明这是一种"朱丽叶之墓的氛围"：女士端坐其中，她开口时，如我们所预料的那样；她说起肖邦、花、友谊，这是我们所熟知的贵妇人沙龙主题。只是，假如我们希望听到更多、更深刻、更真诚的言论，我们注定要失望。

女性主义批评家肖瓦尔特在分析莎士比亚的戏剧时曾指出，在伊丽莎白时代的俚语中，"nothing"一词特指女性生殖器，"被剥夺了思想和语言的奥菲利亚的故事是'无'的故事，是'零'，一个空洞的圆形符号，仿佛是女性的生殖器官，是女性全体的象征。"[1]艾略特设置的这个"朱丽叶之墓"似的女士房间，也让我们联想到"nothing"这个词，暗示了女性存在的"无"性，强化了诗中男女相遇的梦幻性。男性多次进入女士的房间可以象征着一种肉体上的"进入"，这一进入行为与题词中讲述的发生于异域的通奸故事暗相呼应。由于通奸发生于异域，而且那个女人已经死了，这个故事中不再有罪人和需要承担罪过的人，这个墓穴似的女士房间形同虚设，男性可以自由来去而无挂碍。

三节诗，几乎相似的室内场景，几乎同质的谈话内容，这名女士和男性发言者"我"都坚持自己具有别人无法得知的内在性，认为这种内在性才是他们真实的自我。在这种坚持的过程

---

[1] Elaine Showalter, "Representing Ophelia: Women, Madness, and the Responsibilities of Feminist Criticism," in *Case Studies in Contemporary Criticism: William Shakespeare "Hamlet"*, ed. Susanne L. Wofford (New York: St. Martin's Press, Inc., 1994), p. 225.

中，女士做出了种种努力。她力求真诚地表达，她希望与她的男性伴侣建立某种关系，恳求他越过深渊伸出手来，而这个男性对话者却坚守着他"隐藏的自我"，拒不迎合她。他礼貌地微笑，手不断地伸向他的帽子，而不是她的手。这位女士感受到了男士的抗拒，理解了他们只是在彼此的外在表情（或外在言语）上滑移，她的倾诉逐渐渗透了一种深切的悲哀和徒劳感，"青春是残酷的"；"你不懂，你不懂/生命是什么，尽管它握在你手中"；"一直相信你会越过深渊伸过手来"[1]……她感受到逝水年华带来的残酷。

但是，有两重阻隔消减了女士的悲哀情绪对读者的感染力。一重阻隔是艾略特在诗歌开头设置的舞台，她坐在舞台中心，倾诉如一种表演，这种表演性消减了她悲哀的真实性。第二重阻隔是她话语的模仿性。她对真诚情感的呼求和感人的倾诉，既模仿了济慈的腔调，也直接借用了马修·阿诺德的诗句。阿诺德的诗歌中"被埋葬的生命"指的是内在的灵魂、"隐藏的自我"，诗中的发言者相信每个个体都具有内在的精神世界，反对社交式的微笑和虚伪辞令，渴望突破心理障碍建立真诚的爱的关系，渴望通过这种关系抵达他和爱人内在的精神世界，达成真正的交融。遗憾的是，阿诺德对真挚情感与内心世界的肯定在这位女士的模仿中变成了虚假的社交辞令。她的话和悲哀也因此丧失了可信度，如同一种表演，她对自我内在性的表达和对爱的关系的向往变得可疑，她不仅没能呈现一个真实的自我，反而陷入了可笑的处境。[2]

我们可以追问：这位女性是否真的拥有深刻的精神世界，作

---

[1] 艾略特：《一位女士的肖像》，载于唐荫荪编《英国现代诗选》，查良铮译，湖南人民出版社，1985，第18页。

[2] See Frances Dickey, "Parrot's Eye: A Portrait by Manet and Two by T. S. Eliot," in *Twentieth Century Literature* 52.2(2006), pp. 120–121.

者、诗歌中的男性发言者以及读者根本无法触及这个世界，或者她原本就是一个心灵空虚之人，只具表象，并无深刻的内在，也绝无产生真挚情感的力量？对艾略特诗歌中女性形象的理解在评论家中向来分歧众多。有些学者，比如克里斯托夫·瑞克斯（Christopher Ricks）等人坚持认为，读者对艾略特存有偏见，误解了艾略特关于女人的诗。他认为艾略特对女性不乏善意[1]。不过在这首女士肖像诗中，艾略特的倾向是明确的。这位女士鹦鹉般的重复表明，她极有可能只拥有动人的外表和模仿能力，缺乏深刻的精神维度与生命感受力。同时，在男性发言者转述她的话语，在男性发言者的微笑中，他暗示了：她，这位女士，即便拥有某些内在精神，这种内在精神既无法被表达也无法被理解。

因此，艾略特的这首肖像诗和马奈以及传统的女士肖像画一样，很难被界定为真正的肖像描写。它们对于女性人物的描述，如同马奈画中的女性一样，呈现了女性动人的外表，却没有呈现内在的生命本质，他们的女性人物形象是一个不透明的角色。当然，艾略特的这一女士形象，还有着他的第一任妻子维维燕的影子。维维燕活泼，不安分，身体病弱，带有艺术家的冲动气质，容易沉湎于虚幻的激情之中，与这首诗中的女士形象暗暗相合。令人感慨的是，这首诗预言似的印证了艾略特和维维燕日后的婚姻关系，他们对彼此的伤害、深刻的厌倦、逃逸的冲动、徒劳感、沉痛的反思等种种消极情绪被这首诗超前地表现出来。尽管艾略特的"非个性化"理论一直强调作者与作品之间的距离，但他的个体经验依然以隐秘的方式存在于这首诗或其他诗中。

庞德诗歌中的女士，在身份上与艾略特的女士最为相近，同

---

[1] Christopher Ricks, *T. S. Eliot and Prejudice* (Berkeley: California University Press, 1988), pp. 12–24.

样具有沙龙贵妇的气度,她是无意义细节的收藏者,她本人也由大量无意义的细节组成。

诗歌开头,她被比喻为一个特殊的地域——萨加索海,这是由无穷的海藻聚集而成的一片水域,是海中之海,没有崖岸,没有节制,一个琐碎细节漫漶无边的沉积处。至于她智力的内容,则是失事船只的残骸,她"伟大的宝藏"不过是一堆色彩斑斓的泥浆与钻石,她的观念中夹杂着"陈旧的话题"和"零碎之物",她"奇异的知识片段"附着于"无用的器皿"。这是一个让人窒息的占有狂形象,她毫无选择地占有、珍藏事物的行为,被庞德称为"将所有的泥土和未切割的石头"从南非矿场运来的行动,是消耗生命的无谓劳作。在女士收集的琐碎之物中,庞德暗示,她或许拥有一些闪光的、有价值的珠宝——"奇异的半湿之木,鲜亮的材质"。然而,对于这样的珍宝,女人根本无法理解或区分它们,她只是像一个收藏者一样收集它们,对所有的事物都采取了同质化的态度,任由这些珠宝沉沦在无用的海藻中。这首诗的结尾是否定性的:"没有什么真正属于你。/而这,就是你。"女性不能从文化中学习、思考、选择、正确行动、自我提升,庞德将她定义为"永远居于次等"。

女士形象作为否定性的象征载体被庞德用来呈现他"鲜明的细节法",这一"选择"充分体现了庞德对于女性的倨傲态度和男权主义立场。他的"女士",被他塑造为一个绝对的诗歌客体,静止、沉默、被动,任由男性发言者为她命名,她丧失了为自己辩护的可能性。

威廉斯的"女士"并未完整出现在诗歌中,当男性发言者迫不及待从她的下半身开始描述,要将她分解为自己的欲望碎片时,受到了阻挠。我们可以遵循前面所说的两种思路来解读那个发出抗议的声音,以阐释这首诗中的女士形象。

假如那个干扰的声音来自男性发言者自身，那么这幅女士像就是彻底失败的女士像，它呈现了破碎的男性发言者的欲望图景。这些碎片化的图景既无法拼凑出一个作为欲望对象的女士形象，也无法拼凑出一个人格独立的女士形象。这种失败首先是男性主体的自我失败，他的内在分裂性使他根本缺乏一个稳定的立场，他自身即是一个被解构的形象。

假如那个干扰的声音来自女性，那么这幅所谓的女士像让我们听到了女士在男性发言者欲望帘幕后的真实声音。这是一种讥讽、反抗、不妥协的声音，她要求乃至逼迫男性发言者克制自己的欲望，以理性诚实的态度刻画女士肖像。虽然我们只闻其声，不见其人，但其声音如此鲜明、决绝，她用声音自我勾勒出一个女斗士的轮廓。

四个诗人中唯有摩尔完成的才是一幅清晰的女士肖像。

当她刻画这副女士肖像时，摩尔也从"她"的身体部位入手。这是一种冒险，这样的方法让这首诗处于自我毁灭的风险之中。她要经受的考验不仅来自诗歌评价标准中的性别偏见，而且来自文学传统本身：正是通过女性身体部位刻画女性这一手法，男性艺术家才将女性变成了他们的模特，导致了女性集体性的沉默和无言的客体状态。早期的西方形而上学（从柏拉图开始）参与了对这一文学传统的建构。这种形而上学强调身心对立，将精神置于身体之上，理性置于感性之上，女性的身体在这种父权制文化传统中充满不确定性，被视为物质层面遭到贬抑。[1]在文化发展过程中，这种扬心抑身的哲学理念在艺术中表现为艺术（包括诗歌）高于自然的创作观念，依照这种观念，艺术家们在自己的作品中凭借想象创造出了诸多完美的女士形象，例如，彼特拉

---

[1] See Catherina Cucinella, *Poetics of the Body* (New York: Palgrave Macmillan, 2010), p. 3.

克（Francesco Petrarca）的十四行诗和莎士比亚的戏剧，都塑造过理想化的、物化的、客体化的女性。这些完美的女性形象仿佛是"对现实世界中不完美女性的一种无声谴责……"[1]"它的结果是鼓励人们追寻不切实际的美，那种理想化的、偶像化的、每个细节都完美的'美丽魔鬼'。"[2]这样的形象无关于女性的真实存在，她只是男性观念的投影，如戈帝耶（Théophile Gautier）所描写的："她的眼泪啊将要使小河涨水，/跌落时在水中弄浑她的面容。"[3]女性的眼泪最终只能弄浑她在水中的面容，而她真实的悲伤总是被男性书写者遗忘。

摩尔的这首诗以手术刀为象征，呈现出文艺复兴以来这种貌似美好实则残酷的女士肖像法，精致的手术刀并不止于对女性形象的雕琢，也雕琢一切现实之物的唯美主义追求，以及"超越"自然的野心。摩尔在诗歌结尾提出的问题，即包含对这一诗歌理念的质疑：为什么要用比命运本身的结构更精致的器材去剖析命运？如果说在这首诗中，摩尔只是晦涩地提出质疑，她在《诗》中则做出了明确回答：诗人不应该用这样的器材去剖析命运，诗人应该面对现实，处理现实素材，保持现实粗糙的质地，这是一种真诚。

摩尔在呈现这个女士形象时的确进行了"想象的写实"，同时也植入了身体的政治学。借助手术刀连续的移动，女士形象以一截截真实的片段浮现出来，我们依次看到了她的头发，她的手，她的脸颊，她的服饰……；紧接着，摩尔借助关联性想象让女士的身体片段物质化，变成一件件具体的事物，从头发到石头

---

[1] Phyllis Rackin, *Shakespeare and Women* (Oxford: Oxford University Press, 2005), p. 100.
[2] Phyllis Rackin, *Shakespeare and Women*, p. 100.
[3] 让·斯塔罗宾斯基：《镜中的忧郁：关于波德莱尔的三篇阐释》，郭宏安译，华东师范大学出版社，2012，第110—111页。

斗鸡的尾巴，从眼睛到冰雪之花，到失事船只，从服装到教堂尖塔，到精致的工艺品等，女性的身体从一截截肉体片段转变成一条物质链，这一物化过程正是男性文学传统中刻画女性惯有的方法。但摩尔的这一物化过程却也在进行巧妙的改写，最后完成的女士肖像变成了一个女斗士。虽然这首诗充满了"肉体的纽带"[1]，但由于这种肉体纽带拒绝传达一种可以识别的男性心理，它变形为一条延伸进语言结构和命运之中的纽带，揭示了一个暧昧、多元、实体的世界，一个"跳跃着真实蟾蜍的想象花园"。通过身体的冒险，摩尔表达了为"女性身体"争取权利的政治诉求，也探讨了建构女性主体性可能的书写方式。

摩尔的这位女士还有一个引人瞩目的特征，即她的服饰。据摩尔的传记作者莫尔斯沃思考证，这首女士肖像诗可能受到1915年某一期《VOGUE》杂志封面的激发，这期杂志封面刊登了一个身着怪异服装的女人[2]。摩尔也许从这位封面女郎的服饰中感受到了一种力量。在这首诗中，她为她的女士创造了一种夸张的、几何风格的服饰美学。这种服饰美学与她对诗歌艺术的探索并置，成为建构女性主体性的工具之一。[3]也有一些研究者认为，摩尔这首诗的灵感来源于女诗人米娜·罗伊[4]。罗伊在1916年曾到访纽约，给摩尔留下了深刻印象，摩尔在笔记中和1921

---

[1] See Jeanne Heuving, *Omissions Are Not Accidents: Gender in the Art of Marianne Moore* (Detroit: Wayne State University Press, 1992), p. 40.

[2] See Charles Molesworth, *Marianne Moore: A Literary Life* (New York: Atheneum Macmillan Publishing Company, 1990), p. 106.

[3] 摩尔在《英格兰》一诗中引述过法国艺术家埃尔泰(Erté)的话。埃尔泰原名Romain de Tirtoff，出生于圣彼得堡，是20世纪摄影技术不发达时代最受各大时尚杂志欢迎的插画家。他的女士形象夸张、盛大、气势逼人，摩尔这首诗极有可能以埃尔泰的女士肖像为原型。

[4] Victoria Bazin, *Marianne Moore and the Cultures of Modernity* (Farnham: Ashgate Publishing Limited, 2010), p. 79.

年写给H. D.的信中，多次提及罗伊的服饰。

摩尔为她的女性人物穿上了累赘的服饰，但她用一系列隐喻将这种原本对女性身体具有束缚作用的服饰变成了女士的盔甲、一座战斗的堡垒。这种服饰（盔甲）抵挡了男性欲望的目光，强迫读者将注意力从女性的身体转向其外在服饰，接受女性作为主体的存在。诗最后的"武器"一词强化了斗争性，暗示女士已经打算反击，这种反击可能借助真正的武器，也可能借助象征性的笔。

作为一名女诗人，摩尔在自己的生活中也运用了服饰美学建构她的公共形象。这不仅仅是出于礼仪和教养，出于标新立异的兴致，更是一种自我武装，就像她的诗歌形式不只是为了提供修饰。她的服饰美学是她诗歌风格的向外延伸，有效阻断了窥探（女诗人）诗歌身体的目光，保证了女性主体性在场。[1]

三、四种关系模式

四首肖像诗中都有一个明确的发言者，与诗歌中的女士建构了不同的关系模式。

就身份而言，四首诗中的发言者都不同于浪漫主义诗歌中的抒情自我，他（或她）的表达行为既不暗示自我的内心世界，也没有建构这一内心世界，其发言与个人叙事（或抒情）划出了清晰的界限。

对于艾略特、庞德而言，他们的肖像诗虽然质疑、清除了浪漫主义诗歌中的抒情自我，却从未质疑他们自身作为诗人的主体立场，他们仍然继承了"依赖于强大的发言者"的诗歌传统。这

---

[1] See Sabine Sielke, *Fashioning the Female Subject* (Ann Arbor: Michigan University Press, 1997), pp. 66–72.

个强大的发言者通过镜子似的反映他者以建立自己的权威和主体身份,这种镜像反映方式表现在对女性的刻画上,"……女人是工具,男人利用它实现完整性,她则以自己的分裂性为代价"[1]。当他们以平面化或者碎片化的方式——比如艾略特诗中的提琴曲片段、鹦鹉、"古玩堆"(bric-a-brac),庞德诗中的萨加索海、"零碎之物"(oddments)等——刻画女士形象时,他们自身的权威立场和自我完整性得到了巩固和张扬。因此,这两幅名为"女士肖像"的诗只让我们看到了沉默的、被任意命名的碎片和碎片组成的女士侧影;而在诗歌的聚光灯下,我们看到了异常清晰的男士形象(诗歌的发言者)。亦即是说,这两幅"女士肖像"实质上刻画的是男士肖像,女士的身体碎片和侧影反射的是男性的不确定欲望。评论家荷尤文指出,艾略特与庞德的这种处理手法既源于他们自身的男性偏见,也与他们各自创作这两首诗的年纪有关:他们在诗歌创作生涯的早期创作了这两首诗。在这一时期,他们或许意识到了自己应该对诗歌传统贡献什么,却还没有意识到他们必须拒绝什么——诗中的女士比他们老很多,携带着一种颓败的情绪。两首诗中的发言者没有表明对女士的爱,反而比浪漫主义诗人更公然地将她作为一面理想化的镜子,从中映照出他们年轻的男性身姿。"在20世纪的文学背景下,这种抒情诗似的镜像传统令人震惊。"[2]其心智上的弱视的确如摩尔所说是"一种青春的残酷"。

艾略特的这首诗被他设计为戏剧形式,男性发言者和女士坐在舞台中心,他们的对话和交集成为虚构之中的虚构,而作为诗人的他自由进出这一幕,并邀请读者一起欣赏这一幕。在这样的

---

[1] Robin G. Schulze (ed.), *Becoming Marianne Moore: The Early Poems, 1907-1924* (Berkeley: California University Press, 2002), p. 32.

[2] Jeanne Heuving, *Omissions Are Not Accidents: Gender in the Art of Marianne Moore* (Detroit: Wayne State University Press, 1992), p. 32.

安排下，诗中回响着三重男性的声音。第一种是诗歌发言者重复女士的声音，他扮演了一个鹦鹉似的角色，机械地重复女人的话；第二种是诗歌发言者的内心独白；第三种声音则来自诗人的旁白。在诗歌进程中，这一旁白偶尔会和诗歌中的发言者重叠，在诗歌开头和结尾这种旁白声独立而清晰："这一曲以曲终的低沉而成功"，这仿佛是诗人介入进来对这首诗进行评价。

女士的话语与男士的内心独白呈现为各自分离的状态，女士说："呵，我的朋友，你不懂，你不懂/生命是什么，尽管它握在你手中。"而男士呢，"……自然，我微笑了，/而且继续喝着茶。"这是两个内心并不契合的人彼此的交错，无论是开口说话的女人还是貌似专注于内心的"我"都在自言自语，封闭于各自的思维逻辑。可是，因为某种隐秘的原因，他们仍然渴望靠近彼此。这位女士，即使她在"古玩堆"中的生命"经历了这么多，这么多的人事变迁"，她似乎仍然遵循一种文化的惯性，想为他创造某种温情。但是，这个男性发言者以微笑进行抗拒，他的大脑持续响起沉闷的鼓点，"沉闷的鼓点在我的头里咚咚地敲"，与这位女士用来诱捕他的过分文雅的提琴声以及她所表演的短咏叹调相对抗。"咚咚地"（"tom-tom"）一词被敏锐的评论家视为一种元主语的运用，"tom-tom"既是诗人的名字"Tom"[1]，同时也模仿了他心脏跳动的声音。这种"野蛮"仪式的回音显然比女士奏响的提琴和咏叹调更真实，也更接近对自我的真实表达。它携带着一个她根本无法接近的内在自我，只要他坚持这种神秘的"单调"，就说明他始终处在女士的疆域之外，不为她所及，并且远远大于他在这位女士面前逢场作戏的角色扮演。

在这个舞台上，我们可以听到男性发言者的内心独白，却无

---

[1] See Frances Dickey, "Parrot's Eye: A Portrait by Manet and Two by T. S. Eliot," *Twentieth Century Literature* 52.2(2006), p. 121.

法听到女士的声音,我们只能通过男士的转述间接听到女士的话语。他是清晰的,而她是模糊的、不真实的;他以自己的逻辑推测这位女士想建立关系的渴望是一种控制欲望,他认为她希望将他变成舞台上的鹦鹉、她的牵线木偶。为了某种隐秘的欲望,他让自己与女士周旋,假装殷勤,但也在坚定地逃离。他们始终朝向不同的方向,无法像马修·阿诺德的诗歌所向往的那样,彼此点亮,激发出彼此被埋葬的内在生命。发言者究竟为什么要持续不断地去拜访这位已快达到生命终极的女士,让彼此陷于如此不稳定的关系之中,诗歌没有给出任何线索,用艾略特自己的批评话语说,发言者仿佛要以她的存在体验一种"超出了显现的事实的情感"[1]。

正因如此,在诗歌的第三部分,才有近乎哀戚的一幕:这位女士暗示男士,可以给她写信,这种明确的示意让他的自信闪出一个烛花,仿佛此前一切的抗拒都有了存在的意义;但当她紧接着道出真相,指出他们二人之间存在的深渊和不可消弭的距离,他仿佛突然被剥下了面具,被迫直视"镜中他自己的表情",他的自制如"烛泪流尽",他的内在性彻底崩溃。就像这个女人所坚持的内在性是对阿诺德的模仿一样,这个男人所坚持的内在性和对自身内在性的表达同样是一种伪装,是不真实的镜像或者鹦鹉学舌似的模仿,是对他人社交言行的自动回应,是抗拒这个女人的道具。当女士建立亲密关系的渴望幻灭,自动收回了那只期待的手,男性发言者抵抗的意义也顿时消失,他和女人同时面对自身生命的空虚。

艾略特所设定的男性发言者与女士之间的这种关系模式,延续了他对一个哲学问题的思考:我们如何建构内在精神世界并与

---

[1] See Jeanne Heuving, *Omissions Are Not Accidents: Gender in the Art of Marianne Moore* (Detroit: Wayne State University Press, 1992), p. 35.

外在现实建立联系？在博士论文《F. H. 布拉德雷哲学中的认知与经验》(*Knowledge and Experience in the Philosophy of F.H. Bradley*) 中，艾略特探讨的正是这一问题。当男性发言者试图以女性为镜建立他的主体地位时，艾略特似乎想让他认识到，他建立起来的只是一种虚像，一个面具，他的主体性或内在统一性是否存在是值得怀疑的。他和女士都因其鹦鹉般的学舌，因其单纯的重复和模仿，难以建构自己的内在性。艾略特暗示我们：人只有一个空虚的外表，这是现代人必须面对的存在深渊。这种临渊深照的反审美意识正是以艾略特为代表的现代诗人与浪漫主义诗人的本质差别，这也是艾略特非个人化理论的前提之一。

不过，在这种暗示之外，艾略特仍然自相矛盾地肯定了男性的"特权"。在诗歌的结尾，当男性发言者的自我崩溃之时，诗人适时上场，通过最后一行诗将无处可逃的发言者拉出情景之外，让他获得了一种置身事外的超然姿态："我可有权微笑？"两个角色（发言者和诗人）的部分重合维护着男性的主导地位，而这种主导性正是这首诗的潜在推动力。诗中的男性发言者与女士之间由此仍然构成了一种泾渭分明的主客体关系，尽管男性的主体性或内在统一的自我是可疑的，但这并不妨碍他以超然、旁观、远距离的男性视角，以貌似倾听和冷眼旁观的姿态，通过鹦鹉学舌似的复述女士话语来呈现她，这种冰冷的方式"从根本上扭曲了一段生命。"

在这首诗歌的关系模式中，艾略特很好地处理了诗歌与个人叙事之间的平衡。如前所述，这首诗在一定程度上揭示了艾略特在与维维燕的婚姻初期就敏感捕捉到的、他的人生即将面对的不幸序曲，包含着一种沉重的个人婚姻悲剧色彩，但艾略特对之进行了客观化处理。他在这首诗中对两性关系、主体性以及个体命运的探索，融合了对文学传统、诗歌创作技巧的反思与创新，远远超出了个人叙事范畴，变成了一种含义异常丰富、具备无限阐释空间的文化叙事。

庞德的诗运用了"我/你"的发言模式。诗歌发言者站在诗歌之外，以断然的口气开始描述"你"，男性发言者与被描述对象之间构成了一种明确的等级关系。作为女士的拜访者之一，发言者自居为拜访她的"大人物"之一，将自己与"沉闷且怕老婆"的居家男人区分开来，同时对这位女士也采取了俯视的态度：她最终选择了与"一个沉闷的人"做伴，明显低于"追求过她的大人物"。发言者以毫不掩饰的否定态度描述这个女士残缺、次等的天性，居高临下地罗列、分析、批判女士的弱点，并且不停地为这位女士的某些特征命名。

结合庞德的诗歌创作历程看，在创作这首女士肖像诗时，庞德在诗艺上重点关注的是部分与整体的关系，利用性质不同的部分创造一个有机整体是一首诗隐秘的"工艺"成分。庞德几乎不假思索地将女性置于碎片式的物化存在状态，将男性置于知识的完整状态，让女性与男性发言者构成了部分和整体的对峙，最终维护了男士的权威性。

与艾略特和庞德诗歌中的发言者相比，威廉斯的《女士肖像》诗中的发言者并没有占据明显的优势地位，作为一个情人—诗人—发言者三重身份合而为一的男性角色，从肉体上向往着他的女士，他的发言充满了戏谑和情欲，他被自己的欲望弄得神魂颠倒，丧失了占据一个稳定发言立场的理智，上演了一部狼狈的自我讽刺剧。

这位男性角色模仿了文艺复兴时期爱情抒情诗直接致意的方式，用陈腐的比喻将女性的身体部位比喻为不同的自然事物，试图将他的女士拘囿于一种物质性，驯服地做他的欲望对象。他的注意力全部集中于她的身体，或者说集中于她的"下半身"。但接下来，另一种质疑的声音（假如它真的来自这个原本应该沉默、顺从的女士，这种质疑就更为有力）进行了果断的纠正。它不接受敷衍、错误、含糊其词的比喻，不理会发言者一厢情愿、荡漾的情欲，而是追问、分析发言者漏洞百出的比喻，最后不仅使发言者的欲望落空，同时也使发言者想遵从自己的身体欲望勾画一幅女士肖像的愿望落空。也就是说，发言者想要建立主体地位的企图要么被自己内心的分裂感所干扰，要么被这名女士的提问所干扰，无法自圆其说，只能以敷衍、赌气似的方式结束了自己的发言。

这种失败，不仅意味着一种文学修辞传统的失败，也意味着女士形象已经溢出了传统十四行诗中刻板被动的女士形象，开始转向主动。不管有意还是无意，威廉斯的这首诗对女性主体性的尊崇表现出一种女性主义的诗歌立场。

在《那些不同的手术刀》一诗中，摩尔没有采取诗歌传统中普遍存在的发言主体与对象之间的主客体关系模式。虽然这首诗"致你"的发言模式包含着一种对象关系，但由于诗歌是以对"那些不同的手术刀"的沉思开头，这种转述的形式使诗句如同一种客观的记录，发言者与被描述对象——女士之间并不构成直接对应关系，两者之间存在一个中介——"那些不同的手术刀"，这位女士是"手术刀"的客体，而不是诗歌发言者的客体。对于诗歌中的"你"（或女性），作为一个致意的对象，发言者既不拒绝也不与之结盟，而是站在一种旁观的立场，对手术刀在女士身上所进行的"不是实验"的手术进行反思与批判，批判的矛头直接指向了那些把持着手术刀的人——他们拥有坚硬的权力和锋利的手术刀，他们存在于现实社会，也存在于诗歌王国，这些把持手术刀的人对女士，对命运所进行的剖析使被剖析对象变成了碎片。

因此，和几位男性诗人的发言者不同，摩尔的发言者只是专注于剖析那些用作实验的丰富仪器和操作方法，没有利用她所描述的女性形象建立自己的权威身份。在诗歌的进程中，摩尔对手术进程进行着不动声色的改写，发言者仿佛自觉越过手术刀这一中介朝着描述对象移近、渗透，努力模糊发言者与描述对象之间的界限。例如，"你举起的手，/一个模糊的签名"，它究竟属于手术刀的挥舞者还是武器的受害者？属于命运的剖析者还是被剖析者？读者对此无法分辨，通过这种渐进似的位移，摩尔将手术刀悄悄放入了被刻画的女士手中，让她举起来成为自己的武器，让她成为一个主体在场。

必须指出，摩尔最后质疑的方式——"……用比命运的结构/更精致的器材去剖析命运"——也是她在这首诗歌中不得不继续运用的一种剖析方法。如马克思所说："批判的武器当然不能代替武器的批判，物质力量只能用物质力量来摧毁。"[1]要摧毁传统文学对女性进行的精雕细琢的"手术"，摩尔必须以同样精雕细琢的语言实践去摧毁之，以物质力量去摧毁物质力量。

摩尔是一个谨守端庄和礼仪的女士，但是她对写作具有敏锐的斗争意识。她和H.D.之间的通信和评论显示她们对于彼此防御性和攻击性的诗歌策略心领神会。1916年8月，H.D.在发表于《自我主义》杂志上的评论中运用了一系列斗士的形象比喻摩尔，她称摩尔拥有一个剑客的信念，如同一个完美的手艺人雕刻出精美的屏风……摩尔的诗歌展示了美杜莎似的微笑，如同一把锋利的钢刃上闪烁的光芒；她将摩尔引为自己以及其他女诗人共同的战友，与暴力、野蛮和商业主义做着相似斗争[2]。

---

[1] 马克思：《〈黑格尔法哲学批判〉导言》，载于《马克思恩格斯选集》第1卷，中共中央著作编译局，2012，第9页。

[2] H.D., "Marianne Moore," in *The Critical Response to Marianne Moore*, ed. Elizabeth Gregory (Westport: Praeger Publishers, 2003), pp. 19-21.

摩尔也欣赏 H. D. 的诗歌，认为她的诗"没有托词、懦弱，没有用暴力统治的野心"[1]，在其坚不可摧的核心是宁静和知性的平衡。这样的写作方式，将"理智的自由职业者"和"永恒的睡美人"两个身份统一起来。[2]摩尔暗示，H. D. 既有男性化的写作腔调，又保持了"女性特征"，在武器和美之间建立了一种关联。摩尔区分了 H. D. 和艾略特的斗争性，她认为 H. D. 的作品实施了"干净的真理暴力"[3]，避免了艾略特、庞德等人的诗歌中针对女性的野蛮。

在这首诗中，摩尔的语言实践为女诗人提供了一个成功范本——如何实施"干净的真理暴力"。首先，摩尔的语言实践是一种模仿：模仿了男性诗歌传统中的"手术刀"对女性进行的伤害以及与这种伤害相伴随的尖锐疼痛感。这种伤害和疼痛感通过一系列带有肉体标志的意象，比如石头地板上的鲜血等表现出来，也通过摩尔断裂式的语句形式表现出来，这种断裂是对女性完整生命形态（包括肉体和精神）的彻底毁灭。其次，摩尔的语言实践是一种纠正和创新：既对文学传统施加于女性的手术进行了纠正，也探索了建构女性主体的可能路径，它以还原女性他者身份的建构过程颠覆了女性的他者身份，将女性重新写入了文化进程之中。女士形象在这首诗中是三种形象的融合：一是作为被描述对象的实体；二是被描述对象与诗歌发言者的隐秘融合；三是被切割成碎片又被重新拼凑起来的诗歌形象，如同玛丽·雪莱（Mary Shelley）《科学怪人》（Franken-stein）中的弗兰肯斯坦那样，被科学创造，是一个被动的产物，却仍然具备了回击的力

---

[1] Marianne Moore, "Hymen," in *The Complete Prose of Marianne Moore*, ed. Patricia C. Willis (New York: Viking Penguin Inc., 1987), p. 82.
[2] Marianne Moore, "Hymen," in *The Complete Prose of Marianne Moore*, p. 82.
[3] Victoria Bazin, *Marianne Moore and the Cultures of Modernity* (Farnham: Ashgate Publishing Limited, 2010), pp. 53–55.

量。这种实验可谓一个女诗人重建女性主体身份的实验。

摩尔的诗歌形式和女性出场形式采取了空间性显形方式,这种空间性不可避免地造成了线性时间的断裂,甚至扭曲了生命的时间流程。克里斯蒂娃指出,女性的生命历程尊崇一种不同于男性线性时间的时间模式,表现为"循环时间"和"永恒时间"。她说:"至于时间,女性主体似乎提供了一种具体的尺度,本质上维持着文明史所共知的多种时间的重复和永恒。一方面是周期、妊娠这些与自然的节律一致的生物节律的重复出现,这种自然节律提出一种时间,其一成不变可能令人吃惊。另一方面,也许作为结果,是永恒时间的具体存在,不可分裂、不可逃避,与线性时间(流逝着)几乎毫无关联,以致与'时间'一词根本不合:这种时间像空间那样广阔无边、不可置限。"[1]摩尔对女性身体部位的空间性书写和变形,暗示了女性身体感觉的发散性、多元性,以及与无限空间的交融性、不可分割性,它的确是"广阔无边、不可置限"的。

在回避了发言者与被描述客体之间的等级制关系之后,摩尔完成了一幅更为全面的女士肖像。这位女士成为一个战士似的形象,精致的手术刀打磨的仪态、服饰成为她的战袍。这幅肖像戏仿并颠覆了传统的女士肖像,既揭示了女性被文化塑造、打碎、代言的客体地位,同时又显示了女性在这个过程中重生的可能性,从一种被动的自我压抑转变成主体意志的体现。当她的肉体在文化结构与语言结构中延伸时,她已经成为这种文化的一部分,不能被无视,也不可被诋毁,她的战斗服和手术刀必然使男性读者的欲望落空。

和艾略特一样,摩尔在这首诗中也达成了诗歌与个人叙事之

---

[1] 朱莉娅·克莉斯蒂娃:《妇女的时间》,载于张京媛主编《当代女性主义文学批评》,北京大学出版社,1992,第350页。

间的平衡,她甚至比艾略特处理得更为隐晦。摩尔在这首肖像诗中几乎彻底回避了对自我的模仿,用具有特定时代标志的服饰、场所、情景制造了诗歌中的女士肖像和她本人之间的距离,让读者无法将这一形象与她本人联系起来。

  从诗歌本身的质量考虑,摩尔的这首女士肖像诗远远优于庞德和威廉斯的肖像诗,它和艾略特的肖像诗一样,建构了复杂的诗歌形式和结构,同时又涵盖了广阔而深远的文化内涵。最重要的是,作为一名女诗人的创作成果,这首诗歌以其本身的成就,突破了女士肖像诗的传统,推进了对于女性主体性问题的思考。

第6章 想 象

摩尔和史蒂文斯很早就认识,在摩尔写作初期(1915—1919年),她和史蒂文斯都是《他者》杂志的诗人圈成员,同时参加过一些诗歌朗读会。按照摩尔的说法,两人第一次正式见面是在1943年[1]。

摩尔与史蒂文斯关注并欣赏对方的诗歌作品,他们都是安静且正直的诗人,坚持留在美国为诗歌"开疆拓土",致力于推进美国现代诗歌传统。他们都为对方撰写过数篇评论,偶尔也用诗歌相互应和。在其他人写的评论文章中,他们有时被并置或比较。舒尔茨在《友谊之网:玛丽安·摩尔和华莱士·史蒂文斯》(*The Web of Friendship: Marianne Moore and Wallace stevens*)一书中详细梳理了两人之间的交往。

摩尔和史蒂文斯的诗拥有完全不同的质地,摩尔的诗趋于静态、凝固,用她自己的话说,是"犹如一阵波浪凝结",让我们欣赏"其本质性的直"(《一个拉制的埃及鱼形玻璃瓶》);史蒂文斯的诗则是动荡的,是无法凝结的波浪,诗的核心仿佛流淌着一条炙热的熔岩。不过,有许多关键词可以搭建他们之间的关联,"想象"即是其中一个词。

摩尔和史蒂文斯都重视想象。摩尔在她的诗歌中定义诗人是"想象的/写实者",要呈现"跳跃着真实蟾蜍的想象花园"

---

[1] Marianne Moore, "On Wallace Stevens," in *The Complete Prose of Marianne Moore*, ed. Patricia C. Willis (New York: Viking Penguin Inc., 1987), p. 582.

(《诗》),在创造中,唯一合法的战争是想象和媒介之间的战争。摩尔比史蒂文斯更亲近现实,但是她和史蒂文斯一样确信,"想象的/世界最能长久"[1]。史蒂文斯可谓摩尔定义的诗人典范——一个想象的写实者。他极为看重想象,将想象视为对混乱无序的现实世界的逃避和征服,在他的诗中,想象一词直接出现了近四十次。[2]从1947年开始,创作技艺日臻成熟的史蒂文斯做了系列演讲:《学术三章》("Three Academic Pieces",1947),《类比的效果》("Effects of Analogy",1948),《想象作为价值》("Imagination as Value",1948),《诗和画的关系》("The Relations between Poetry and Painting",1951)。这一系列演讲中,想象是最突出的主题。

我们可以借助想象这一关键词,互文性地阅读这两个重量级的现代诗人。

一、想象与浪漫

在为摩尔的《诗选集》撰写的评论《一个有分量的诗人》("A Poet That Matters")中,史蒂文斯首先分析了《鱼》一诗的音节和韵律特征,然后转向了《尖塔修理工》这首诗。在简单分析了这首诗的形式、声音和主题之后,史蒂文斯为摩尔下了一个定义:

> 摩尔小姐用她的鲸鱼、大学生、尖塔修理工普尔以及危险信号,创造了一首简单的、散发着想象的诗歌。这首诗让

---

[1] Grace Schulman, *Marianne Moore: The Poetry of Engagement* (Urbana & Chicago: University of Illinois Press, 1986), p. 34.

[2] Michel Benamou, *Wallace Stevens and the Symbolist Imagination* (Princeton: Princeton University Press, 1972), p. xi.

人确信她倾向于浪漫。[1]

接着,史蒂文斯比较了摩尔的浪漫与"低劣的浪漫"之间的差异。在这首诗中,摩尔观察了海边的花和树上的雾:

……于是你直接
  拥有了热带:喇叭藤……
  或者后门外
与钓鱼绳纠缠的月藤……

……不适宜榕树,鸡蛋花,或
  菠萝蜜;也不适宜
外来的蛇。[2]

史蒂文斯指出,所谓低劣的浪漫只是想象的遗骸。摩尔并没有直接描述海边植物;相反,她通过否定、联想杂糅不同的事物。比如她让月藤与钓绳纠缠,使得月藤摆脱了单调性,变成了其他的某种事物,它们是一种混合,"想象把握那样的事物,在其中得到突然的满足"[3],她因此回避了低劣的浪漫。

从史蒂文斯为摩尔写的这篇评论中,我们可以读到他的潜在话语,"浪漫是诗歌想象的再生模式,构成了诗歌生命力的源

---

[1] Wallace Stevens, "A Poet That Matters," in *Wallace Stevens: Collected Poetry and Prose*, eds. Frank Kermode and Joan Richardson (New York: The Library of America, 1997), p. 777.

[2] Marianne Moore, "The Steeple-Jack," in *The Poems of Marianne Moore*, ed. Grace Schulman (New York: Penguin Group Inc., 2003), p. 183.

[3] Wallace Stevens, "A Poet That Matters," in *Wallace Stevens: Collected Poetry and Prose*, p. 777.

泉"[1]。浪漫这个词或许陈旧了,但我们可以用新的方法激活这个词。他用园艺学的概念来形容浪漫:这是一个交叉施肥的过程,一个杂交的过程。史蒂文斯指出:传统浪漫的客体是物,就像花园里的家具、殖民时期的女式贴身内衣或者乡村女帽,不会承载想象。而摩尔打破了旧的形式,用独有的方法杂糅了这些客体,使它们成为想象的载体,从而与传统浪漫区别开来,变成了一种新的浪漫。在史蒂文斯看来,包括艾略特在内的反浪漫主义诗人群体往往具有相似的"杂交"性,他们利用这一方法不断激活过去,创造未来。

史蒂文斯进一步指出,回避成为一个浪漫诗人是荒谬的,除非他根本不是一个诗人。摩尔让榕树和鸡蛋花等事物变得有意味,变得生动、微妙,构成了诗歌的关键要素。现在,它意味着一种非比寻常的智慧,意味着激烈的情感以及对真诚最有技巧性的表达,也意味着生动、丰富、年轻、精致,正是在生动的强烈意义上,生动的奇异性构成诗歌中的关键要素。

在这篇评论中,史蒂文斯提出的"新浪漫"概念耐人寻味。他明显偏爱这一概念,因为在评价其他诗人时,他也使用过这个概念。比如他曾定义威廉斯是一个浪漫诗人。[2]史蒂文斯坚持,浪漫是诗歌的本质,浪漫主义诗歌构成了他的创作背景。

在分析摩尔的另一种诗歌特质时,史蒂文斯重申了这一观点。他欣赏摩尔诗歌中的真诚,想象的花园和真实的蟾蜍相结合是其中的另一个浪漫样本,因而浪漫也是真实和虚假的结合——

---

[1] Joseph Carroll, "Stevens and Romanticism," in *The Cambridge Companion to Wallace Stevens*, ed. John N. Serio (Cambridge: Cambridge University Press, 2007), p. 87.

[2] Wallace Stevens, "Williams," in *Wallace Stevens: Collected Poetry and Prose*, eds. Frank Kermode and Joan Richardson (New York: The Library of America, 1997), p. 769.

"它不是真实,它也不是虚假,它是两者兼而有之。"[1]这种浪漫可以通过形式呈现出来。摩尔的形式并非一个有自我意识的作家的怪癖,其与摩尔作为人的生活和现实密切相关。摩尔首先不是一个作家,而是一个有深切需求的女人。她在创作中运用了强烈的思考和详细的计划,在这些计划中,第一项使命是努力"将诗人建构为男人和女人,而非作家"[2]。

诗歌创作与诗人自我建构之间的紧密呼应,是史蒂文斯对诗歌的隐秘期待。这一期待同样与浪漫这一特质相关。在早期创作阶段,史蒂文斯已体验到基督教信仰在他内心的失落,这成为他一生的困扰。在他的私人书信、诗歌、文章中,史蒂文斯反复谈到这种困扰。比如在1902年的一封信中,史蒂文斯写到他对教堂的感受,认为"真正的宗教力量不在教堂而在世界本身,在自然神秘的召唤以及我们对它的回应中"[3]。从那时起,"思考宗教的替代物成为一种精神习惯"[4]。在写给亨利·丘齐(Henry Church)的信中,史蒂文斯说:"我内心极度渴望遇到(一个真正有力的人物)……今天生活中极度缺乏的是全面发展的人,生活的主宰者,或者这样一个人,仅凭他的外表就可以让你确信主宰生命是可能的。"[5]在《诗与画的关系》一文中,史蒂文斯明确指出,无信仰,或者对信仰问题的漠不关心,成为时代的普遍

---

[1] Wallace Stevens, "A Poet That Matters," in *Wallace Stevens: Collected Poetry and Prose*, eds. Frank Kermode and Joan Richardson (New York: The Library of America, 1997), p. 780.

[2] Wallace Stevens, "A Poet That Matters," in *Wallace Stevens: Collected Poetry and Prose*, p. 779.

[3] Wallace Stevens, "Journal of August 10, 1902," in *Wallace Stevens: Collected Poetry and Prose*, p. 929.

[4] Milton J. Bates, *Wallace Stevens: A Mythology of Self* (Berkeley & Los Angeles: University of California Press, 1985), p. 208.

[5] Wallace Stevens, *The letters of Wallace Stevens* (Los Angeles: University of California Press, 1966), p. 518.

现象，诗和画，以及普遍意义上的艺术，是对信仰缺失的一种弥补。

史蒂文斯把信仰失落和艺术的弥补作为一种历史问题来理解。他在1940年对诗歌史进行过描述，认为诗歌史是一种循环，而浪漫主义是循环的起点，其中活跃着想象，然后想象逐渐退化至衰竭。"我想所有的心智都是从浪漫主义到现实主义，再到宿命论、冷漠主义，除非这个循环重新开始，才可以从冷漠主义再次回到浪漫主义。"[1]所谓冷漠主义是对世界彻底丧失兴趣。史蒂文斯的研究者约瑟夫·卡罗尔（Joseph Carroll）认为，史蒂文斯的这一循环理论提供了一个核心线索去理解史蒂文斯对诗歌属性的看法，以及他作为诗人的使命。史蒂文斯感到他所处的文化正在接近这个历史循环的终点。"现在，世界普遍意义上正在从宿命论走向冷漠状态，在这种状态中，最主要的感受是无助。但是，因为世界比置身其中的大多数个体更具有生机，这个世界期待的是一种新的浪漫主义，一种新的信仰。"[2]史蒂文斯将新浪漫主义与信仰等同，暗示他赋予了新浪漫主义最宽广的含义。

史蒂文斯敏锐感受到了时代危机，从最根本的意义上讲，这种危机包含传统形而上学坚固"体系"的崩溃、自然科学的发展和工具理性地位的上升对诗歌带来的冲击、战争对人类的毁灭性威胁、传统社会结构的破碎、信仰缺失以及诗歌技艺陈旧化等问题。传统的浪漫主义诗人过分去除了诗歌的现实根基并夸张了感性的力量；现代主义诗人又矫枉过正，艾略特、庞德等人分别运用理性和物来拯救诗歌，却无法阻挡生活和心灵的诗意逐渐消

---

[1] Joseph Carroll, "Stevens and Romanticism," in *The Cambridge Companion to Wallace Stevens*, ed. John N. Serio (Cambridge: Cambridge University Press, 2007), p. 87.

[2] Joseph Carroll, "Stevens and Romanticism," in *The Cambridge Companion to Wallace Stevens*, p. 87.

泯。现代诗人，如田纳西州的那只"坛子"，置身荒芜之地，怀抱自己"形而上学的乡愁"，建立了秩序，却无法延续生机。史蒂文斯并不认同艾略特和庞德等人提出的拯救方法，而更愿意跟随雪莱"为诗辩护"的方向，坚持诗歌的基本特质：浪漫、感性、音乐性。用史蒂文斯自己的概念来定义：所谓新浪漫主义诗歌，其实质是糅合了浪漫主义和现代主义元素的诗歌。

史蒂文斯的新浪漫主义把诗歌和上帝等同起来，然而这种等同既不能归于用上帝取代人的古典信仰，也不能归于以人取代上帝的旧浪漫主义信仰。他说："上帝的想象是想象之物，本质的想象，作为诗人的最高目标，显然是，至少潜在地和上帝的理念一样伟大。"[1]史蒂文斯相信，诗歌是想象活动的最高媒介，"这个世界中主要的诗歌理念是且总是上帝的理念。当他说创造'一种新的浪漫主义，一种新的信仰'时，他的意思是创造'一首等同于上帝理念的诗歌'"[2]。创造这样一首诗成为诗人的首要使命。

在史蒂文斯后期的诗歌《朝向最高虚构的笔记》中，他用最高虚构取代了信仰主题。在早期《一个高调又年长的女基督徒》（"A High-Toned Old Christian Woman"）一诗中，史蒂文斯就已经提到了"最高虚构"（Supreme Fiction）这个概念："诗歌是最高虚构。"[3]在《星期天的早晨》（"Sunday Morning"）一诗中，史蒂文斯则实施了这一"最高虚构"，"最后的信仰是去相

---

[1] Joseph Carroll, "Stevens and Romanticism," in *The Cambridge Companion to Wallace Stevens*, ed. John N. Serio（Cambridge: Cambridge University Press, 2007）, p. 88.

[2] Joseph Carroll, "Stevens and Romanticism," in *The Cambridge Companion to Wallace Stevens*, p. 89.

[3] Wallace Stevens, "A High-Toned Old Christian Woman," in *Wallace Stevens: Collected Poetry and Prose*, eds. Frank Kermode and Joan Richardson（New York: The Library of America, 1997）, p. 47.

信一个虚构,你知道它是一个虚构,除此别无他物。精致的真理是去理解它是一个虚构而你心甘情愿地相信它。"[1]

在写给丘齐的信中,史蒂文斯解释了最高虚构这个概念:"我们面对着对理念的选择——上帝的理念和人的理念。《朝向最高虚构的笔记》的写作宗旨在于指出第三种理念的可能性:一种虚构的存在或状态或事物的理念,这种事物如同信仰对象,通过在人道主义概念中补充它最欠缺的那种元素。"[2]诗歌作为最高虚构,并不提供永恒的真理;它变化并带来愉悦;它是一种宗教的替代物而非认识论概念,是一种可以被信仰的事物而非仅仅是知觉或认知。

史蒂文斯将诗歌作为最高虚构替代信仰的观点受到实用主义哲学家威廉·詹姆斯和桑塔亚纳的影响。威廉·詹姆斯在怀疑论的基础上重建了宗教信仰,"宗教教义可能只是假设,但我们可以选择去相信"[3]。桑塔亚纳在《诗歌与宗教的阐释》(Interpretations of Poetry and Religion)一书中,悲观地认为宗教教义——尤其是永恒惩戒——已经丧失了意义,没有新的神话体系能替代基督教。史蒂文斯让趋于动摇的宗教依托于诗歌,诗歌可以等同于宗教,因为它们都建立在想象的基础上。诗歌允许我们瞥见理想,不要求我们相信理想是现实,但是为我们的日常生活给出方向和意义。高贵的诗人,应该是一个寓言家,而不仅仅是一个辞藻华丽的人,宗教的未来即在于诗歌的创造。[4]

---

[1] Northrop Frye, "The Realistic Oriole: A Study of Wallace Stevens," in *Critical Essays on Wallace Stevens*, eds. Steven Gould Axelrod and Helen Deese (Boston: G. K. Hall & Co., 1988), p. 81.
[2] Milton J. Bates, *Wallace Stevens: A Mythology of Self* (Berkeley & Los Angeles: University of California Press, 1985), p. 203.
[3] Milton J. Bates, *Wallace Stevens: A Mythology of Self*, p. 207.
[4] Milton J. Bates, *Wallace Stevens: A Mythology of Self*, pp. 210–211.

在阐释自己的诗歌理念时，史蒂文斯在不同时期、不同文本中运用的多个概念，包括信仰、最高虚构、浪漫、高贵等等，最后汇聚成一个概念——想象。他认为这个词具有更大的包容力。

就想象作为浪漫的同义词而言，史蒂文斯的想象首先将想象与两种无诗意的精神活动区别开来。按照诺斯罗普·弗莱（Northrop Frye）的分析，无诗意的精神活动之一是指客体世界崩溃进入一个模糊的、不可见的底层，寻找一个"外在的山形墙"，一个板岩色的实体世界摧毁了所有形式和特征，以"形式吞噬无形式"。这种精神活动在《坛子轶事》中可以看到，作为一种形式的"坛子"如何吞没了充满生机却无形式的荒野，一个僵硬的概念体系笼罩了生命世界。无诗意的精神活动之二是指个体精神崩溃，企图变成某种宇宙的或泛神论精神的中介。这是一种典型的情感错误，史蒂文斯在他的文章中也称其为"浪漫"，但显然是贬义地使用这个概念，或者说指的是"陈旧的浪漫"，即一个诗人偏爱不可见的胜过可见的，创造虚假的修辞，作为他内心不可见的超级游吟诗人的声音，试图让这种虚假的修辞代替他真实的声音。[1]

在《想象作为价值》一文中，史蒂文斯肯定了传统浪漫主义将想象视为一种形而上学的观点，对传统浪漫主义有明确的肯定和继承，但他建议从想象中清除陈旧的浪漫，即那种典型的情感错误，那种无视现实的虚假修辞。他认为，想象是人类伟大的力量之一，（陈旧的）浪漫却令它变得渺小；想象是心灵的自由，（陈旧的）浪漫是对那种自由的失败运用；（陈旧的）浪漫之于想象，正如感伤之于感觉；（陈旧的）浪漫是想象的失败，正如感

---

[1] Northrop Frye, "The Realistic Oriole: A Study of Wallace Stevens," in *Critical Essays on Wallace Stevens*, eds. Steven Gould Axelrod and Helen Deese (Boston: G. K. Hall & Co., 1988), p. 65.

伤是感觉的失败；想象是唯一的天才，它无所畏惧而又急切，它的最高成就在于抽象，与此相反，（陈旧的）浪漫的成就在于低级愿望的达成，它无法做到抽象。

传统浪漫主义关于想象的论述倾向于将想象界定在主观领域、情感领域。摩尔引用过的浪漫主义诗歌理论家赫兹列特即这样定义想象："想象是这样一种机能，它不按事物的本相表现事物，而是按照其他的思想情绪把事物揉成无穷的不同形态和力量的综合来表现他们。这种语言不因为与事实有出入而不忠于自然；如果它能传达出事物在激情的影响下，在心灵中产生的印象，它便是更为忠实和自然的语言了。比如在激动或恐怖的心境中，感官觉察了事物——想象就会歪曲或夸大这些事物，使之成为最能助长恐怖的形状。'我们的眼睛'被其他的官能'所愚弄'，这是想象的普遍规律。"[1]在传统浪漫主义这里，想象是名词，也是动词。作为名词是指"构想事物形象的能力"；作为动词，"我们有时用它来描绘形象的构造；有时用它来指一种推测，有时用来表示惊讶，有时用来指一种错误，有时又可以同'构想'（conceive）一词交换使用。"[2]

史蒂文斯当然不认同传统浪漫主义对想象的定义。他引用鲍威尔（A. E. Powell）的句子批评传统浪漫主义（陈旧的）想象：浪漫主义诗人努力为我们复制产生于他内心的情感；为了他认为有趣或重要的情感，他会插入段落，而这些段落对作为一个整体的作品毫无助益。[3]

---

[1] 赫兹列特：《泛论诗歌》，载于古典文艺理论译丛编辑委员编《古典文艺理论译丛》第1册，人民文学出版社，1962，第60—61页。
[2] Edward Craig, *Routledge Encyclopedia of Philosophy* (London: Routledge, 1998), p. 705.
[3] Wallace Stevens, "A Poet That Matters," in *Wallace Stevens: Collected Poetry and Prose*, eds. Frank Kermode and Joan Richardson (New York: The Library of America, 1997), p. 777.

史蒂文斯的新浪漫主义将想象从主观领域移植到了客观领域，从艺术领域移植到了更普遍的存在领域。他的想象是对客观的"抽象"，包含了"变化"：想象是一个审美概念，是人类心灵的力量，并非只针对诗歌或艺术；想象没有善恶，是"凌驾于事物可能性之上的心智力量"[1]。史蒂文斯的想象概念和传统浪漫主义相通的地方在于，他的想象也纳入了建构意象的成分，想象创造独立于其来源的意象[2]，想象需要呈现为意象。

伯科维奇（S. Bercovitch）指出，与史蒂文斯的新浪漫主义想象相呼应的是需要而不是理想，这种需要关涉"知识"，关涉"奇迹般的影响"，关涉"想象的世界是终极的善"，关涉"上帝和想象合二为一"，是需要而不是理想在推动着这些只言片语的不断累积……所以他一无所恃就可以展开想象，不是去想象某个东西，而是将想象当成一个不及物动词（to imagine），当作一个运动过程，这一过程本身没有对象。[3]伯科维奇暗示了史蒂文斯的想象对实用主义哲学的呼应。

这种新浪漫主义的想象被史蒂文斯定义为"午餐后的航行"（《午餐后的航行》〔"Sailing after Lunch"〕），如果说陈旧的浪漫是一段沉重的历史航程，"越过湖水最陈旧的蓝，／在一条实际令人眩晕的船上／是彻头彻尾最乏味的欺骗……"史蒂文斯期待它冲入"夏天的空气"，变得轻盈，变成新的浪漫。

诗歌史上对想象的定义历史悠久，然而，没有哪一种定义将

---

[1] Wallace Stevens, "Imagination As Value," in *Wallace Stevens: Collected Poetry and Prose* eds. Frank Kermode and Joan Richardson (New York: The Library of America, 1997), p. 726.

[2] Wallace Stevens, "Imagination As Value," in *Wallace Stevens: Collected Poetry and Prose*, p. 736.

[3] 安德鲁·杜波伊斯、弗兰克·兰特里夏：《沃莱斯·史蒂文斯》，载于萨克文·伯科维奇主编《剑桥美国文学史》第5卷，马睿、陈贻彦、刘莉等译，中央编译出版社，2009，第87页。

想象拔高到史蒂文斯所推崇的高度。

二、想象作为价值

摩尔对史蒂文斯的作品进行了持续的跟踪和评论。

舒尔茨在摩尔的阅读日记中找到了许多关于史蒂文斯的摘录。比如摩尔1921年的阅读日记中,有标题为《十月:华莱士·史蒂文斯的诗歌》的条目,摘抄了史蒂文斯的一些诗句,包括《日内瓦医生》("The Doctor of Geneva")、《古巴医生》("The Cuban Doctor")、《雪人》("The Snow Man")、《向云层致辞的方式》("On the Manner of Addressing Clouds")、《睡眠之岸上的木槿》("Hibiscus on the Sleeping Shores")等作品中的句子。摩尔在摘抄的诗句后附注了简要评论,分析了这些作品的特征。在评论《雪人》时,她说这首诗的最后一段让她想到了艾略特的反浪漫主义主张或非个人化理念以及对想象的控制。[1]

1916年摩尔在《自我主义》杂志上发表了她的第一篇重要随笔《重读音节》("The Accented Syllable")[2]。在这篇文章中,她以三个诗人为例简单分析了诗歌的音调,其中一个诗人就是史蒂文斯。摩尔引用了他的诗剧《三个旅人观看一场日出》("Three Travelers Watch a Sunrise")中的句子,摩尔欣赏史蒂文斯在押韵的同时能够让韵律显得自然。

1923年9月,史蒂文斯的第一本诗集《簧风琴》(*Harmoni-*

---

[1] Robin G. Schulze, *The Web of Friendship: Marianne Moore and Wallace stevens* (The University of Michigan Press, 1995), pp. 26—28.
[2] Marianne Moore, "The Accented Syllable," in *The Complete Prose of Marianne Moore*, ed. Patricia C. Willis (New York: Viking Penguin Inc., 1987), pp. 31—35.

um）出版，摩尔在这一年10月中旬收到这本诗集。斯科菲尔德·塞耶请摩尔为《日晷》杂志就这本诗集写一篇评论，九天后摩尔提交了她的文章《善抓老鼠的，狮子》（"Well Moused, Lion"）。[1]

此后，摩尔几乎为史蒂文斯的每一本新诗集都撰写了评论。1936年，她评论了《秩序观》（Ideas of Oder）；1937年，为《猫头鹰的三叶草》（Owl's Clover）撰写了评论《对那种忍耐施咒》（"Conjuries That Endure"）[2]；1943年，为《世界的组成部分》（Parts of a world）和《朝向最高虚构的笔记》（Notes toward a Supreme Fiction）撰写了评论《一场永不终结的战争》（"There is a War That Never Ends"）[3]；1951年，为《秋天的极光》（The Auroras of Autumn）撰写了评论《被想象的世界……既然我们是贫穷的》（"The World Imagined... Since We Are Poor"）[4]，这篇文章后来以《一位勇敢的艺术大师》（"A Bold Virtuoso"）为标题重发。1964年，史蒂文斯去世十年后，摩尔在《纽约书评》杂志发表了纪念文章《关于华莱士·史蒂文斯》（"On Wallace Stevens"），回忆了史蒂文斯的生平和诗歌成就。

在系列评论中，摩尔毫不隐瞒对史蒂文斯人品和诗歌的欣赏，尤为赞赏他的词语天赋、音乐性和想象能力。她在史蒂文斯低调的善举中看到了他对美国诗歌的责任心——史蒂文斯不愿意

---

[1] Marianne Moore. "Well Moused, Lion," in *The Complete Prose of Marianne Moore*, ed. Patricia C. Willis (New York: Viking Penguin Inc., 1987), pp. 91–98.

[2] Marianne Moore. "Conjuries That Endure," in *The Complete Prose of Marianne Moore*, pp. 347–349.

[3] Marianne Moore. "There is a War That Never Ends," in *The Complete Prose of Marianne Moore*, pp. 379–383.

[4] Marianne Moore. "The Auroras of Autumn," in *The Complete Prose of Marianne Moore*, pp. 427–430.

将诗歌与个人利益混淆，常常把演讲和朗读获得的报酬匿名送给他认为有能力的青年诗人和杂志。摩尔称史蒂文斯是美国的"声音大师"，他的诗歌韵律、节奏和用词自然、和谐、不做作。他可以明晰地表达一个理念，可以像《看黑鸟的十三种方式》（"Thirteen Ways of Looking at a Blackbird"）那样通过暗示，也可以呈现《冰激凌皇后》（"The Emperor of Ice-Cream"）中那种富有深意的模糊性。史蒂文斯对词语运用具有独特的方法，比如将形容词动词化的能力，他的想象性建构摆脱了狭隘的自恋。这些特质影响了摩尔的创作，和史蒂文斯一样，摩尔亦极为重视诗歌的形式和声音。

在为史蒂文斯写的第一篇评论《善抓老鼠的，狮子》开头，摩尔将想象定义为简洁、和谐和真理，指出史蒂文斯的想象排除了陈词滥调和循规蹈矩。她引用了史蒂文斯关于想象的论述："诗歌的主题是生活，诗歌的力量在它触及的所有事物上留下它的标记，将最分裂的事物整合起来，将它们全部整合在它可辨别的美德之中。"[1]在后面展开的评论中，摩尔突出了这段引用中的两个关键词，一个是力量，一个是美德。

摩尔辨认出史蒂文斯的强势，她指出，史蒂文斯是一个身体中住着狂暴野兽的诗人，有"一头狮子、一头牛在他的胸膛／感受它在那里呼吸"，"它的肌肉就是他的……"[2]这样强势的诗人不是说着语言，而是与语言周旋，如同狮子的力量在于它的爪子，想象"不可能的可能性"比理性更有力量，能够将局部等同于全体。

这种力有时通过音乐的形式呈现。摩尔说，在史蒂文斯的诗

---

[1] Marianne Moore, "Well Moused, Lion," in *The Complete Prose of Marianne Moore*, ed. Patricia C. Willis (New York: Viking Penguin Inc., 1987), p. 91.

[2] Marianne Moore, "There is a War That Never Ends," in *The Complete Prose of Marianne Moore*, p. 379-383.

歌中,"在超然的暗示方法中,我们感觉到了来自柏拉图的影响和一种意识,假如这种影响不是来自艾略特的话……每一种(暗示)几乎都有一种过于精确的'音乐的报复'的概念,一种微笑的概念,伏尔泰似的、自我导向的痛苦"[1],每一种暗示都在寻求持久性,这样的作品让读者感到愉悦之前已经愉悦了作者本人。这种"音乐的报复"就像艾略特所说的,"没有理由认为,为吟唱而写的诗不应呈现出一个鲜明的视觉意象或者传达一个重要的知性意义,因为诗以另一种形式来影响情绪,从而补充了音乐"[2]。摩尔没有试图定义这种"音乐的报复",她认同布莱克默对史蒂文斯的评价——"诗歌像潮水一样涌起",呈现出动荡、模糊和无限,她在史蒂文斯安魂曲似的诗歌中感受到了希望。[3]

摩尔欣赏史蒂文斯对一种"宁静的信仰"的探索,通过想象展现的控制性、破坏力和"精湛技艺",在不可知和操纵世界之间保持着平衡。[4]想象暗示着能量,这种能量产生秩序。"秩序即掌控"(Order is mastery),摩尔用史蒂文斯的这句诗来描述史蒂文斯,包括他对情感的控制。[5]力和技巧结合,创造了"想象的拉丁——合成了语言、绘画和音乐"。蛇的意象和大海的波浪意象都可以用来形容史蒂文斯诗歌的流动性、反向力的冲突与和

---

[1] Marianne Moore, "Conjuries That Endure," in *The Complete Prose of Marianne Moore*, ed. Patricia C. Willis (New York: Viking Penguin Inc., 1987), pp. 347-349.

[2] T. S. 艾略特:《诗人史文朋》,载于王恩衷编译《艾略特诗学文集》,国际文化出版公司,1989,第21页。

[3] Marianne Moore, "On Wallace Stevens," in *The Complete Prose of Marianne Moore*, p. 584.

[4] Marianne Moore, "Well Moused, Lion," in *The Complete Prose of Marianne Moore*, pp. 91-98.

[5] Marianne Moore, "On Wallace Stevens," in *The Complete Prose of Marianne Moore*, p. 582.

谐:"如同一条蛇,其身体动作同时贯穿各个部位,在这一瞬间,它的破坏性在去往相反方向的圆圈中传递。"[1]在摩尔自己的诗歌中,我们也可以看到这种向着相反方向盘旋的力。

然而,在认同史蒂文斯作品的这些吸引力时,摩尔也对某些元素表示了深刻的质疑。在1960年10月唐纳德·霍尔德的访谈中,摩尔提及史蒂文斯,评价他是一个友好又"古怪"(odd)的人。[2]她欣赏史蒂文斯的想象所携带的不受规约、反社会的破坏力,又担心这种破坏力过于粗暴和狂野,偏离了诗歌礼仪(poetic decorum)和价值。"史蒂文斯道德上的无目的性,虚构——作为想象的产物——过于怪诞、暴力,自我沉溺般的自信"[3],这是摩尔不赞成的。摩尔和史蒂文斯最大的分歧即在于,如何处理诗歌的道德使命和普遍意义上的有用性。

摩尔将道德使命和普遍意义上的有用性统称为真理。诗歌中的真理不是人为的构造,真理是无形的,它始终都在,它依托于物,亦弥漫于物之中:

……真理并非望楼上的
　阿波罗,并非有形之物。如果它愿意,波浪可以淹没
　它。
它知道自己始终都在,所以说,

---

[1] Marianne Moore, "Well Moused, Lion," in *The Complete Prose of Marianne Moore*, ed. Patricia C. Willis (New York: Viking Penguin Inc., 1987), p. 96.

[2] "Marianne Moore, The Art of Poetry," Interviewed by Donald Hall, *Paris Review* (Summer-Fall 1961). http://www.theparisreview.org/interviews/4637/the-art-of-poetry-no-4-marianne-moore.

[3] Robin G. Schulze, *The Web of Friendship: Marianne Moore and Wallace stevens* (Ann Arbor: The University of Michigan Press, 1995), pp. 26-28.

"波浪过去时我将仍在原地。"[1]

史蒂文斯在写给摩尔的评论文章《一个重要诗人》的结尾，引用了摩尔这个有关阿波罗的句子，对摩尔的观点表达了含蓄的认同。然而，在《高贵的骑手和词语的声音》（"The Noble Rider and the Sound of Words"）一文中，史蒂文斯有关波浪的隐喻，又与摩尔存在明显分歧。史蒂文斯用波浪喻示诗歌的高贵，认为这种高贵是当代诗歌普遍缺乏的品质。高贵是美的抗辩，是一种力，它不是水，而是水上的波浪。[2]史蒂文斯诗歌的重心显然在于如何呈现这种波浪一般无形的力而不是波浪过去后始终都在的真理本身。

从两人的诗歌作品来看，摩尔和史蒂文斯都不是直接面对实际社会问题写作的诗人，他们的兴趣不在社会和伦理问题的批判。摩尔的特长是观察和呈现，史蒂文斯的特长如约瑟夫·卡罗尔所分析的，在于"抒情、神话性和形而上学"[3]。史蒂文斯甚至厌恶"有用性"这个词，他认为"一首诗不需要一种意义，就像自然中的大多数事物常常也没有"[4]。

在阅读詹姆斯·罗素·洛厄尔（James Russell Lowell）的《书信》（Letters）时，史蒂文斯读到一句话：诗歌将一行诗的本

---

[1] Marianne Moore, "In the Days of Prismatic Colors," in *Observations* (New York: The Dial Press, 1924), p. 50.

[2] Wallace Stevens, "The Noble Rider and the Sound of Words," in *Wallace Stevens: Collected Poetry and Prose*, ed. Frank Kermode and Joan Richardson (New York: The Library of America, 1997), p. 665.

[3] Joseph Carroll, "Stevens and Romanticism," in *The Cambridge Companion to Wallace Stevens*, ed. John N. Serio (Cambridge: Cambridge University Press, 2007), p. 89.

[4] John N. Serio, "Introduction," in *The Cambridge Companion to Wallace Stevens*, p. 2.

质归纳为飘荡在所有人精神中的一种模糊哲学。他在书边对这句话进行反驳：整个新英格兰诗群都是过于坚硬的思想家。对他们而言，在玫瑰中没有悲怆，除非它指向一种道德或装饰一种传说。史蒂文斯显然抵触诗歌中的思想或哲学。他喜欢将他的哲学埋藏于美之中，而非与美相对。美、生命和爱的冲动，归根到底是向某人的精神"自证"的事物，和"将模糊哲学纳入单一的诗行之中"一样充分。[1]

在他自己创作的诗中，史蒂文斯最喜爱的是《冰激凌皇后》，认为这首诗虽然穿着一件平常的外套，却拥有诗歌本质性的华美。他说自己不记得这首诗创作的背景，因为这个背景与这首诗创作时的精神状态无关。"这首诗在重读的时候，总是比其他诗歌具有更多的新鲜感，这意味着那一刻我头脑中的操控意识最弱。"[2]史蒂文斯对《冰激凌皇后》一诗的简单评价，透露了他的诗歌评价标准：诗歌要拥有本质性的华美，反复阅读也无法消磨的"新鲜感"，近似于自发性的创作，无关于创作背景的独立性等。摩尔将他的这些标准归纳为：想象总是运用寻常的材料创造不寻常的事物，想象成为包裹"贫穷"的围巾，却给人精神的愉悦。[3]

在史蒂文斯的论述中，想象也被等同为价值，"想象作为价值"，他以此为标题完成了一次演讲。在这篇演讲稿中，史蒂文斯从帕斯卡尔（Blaise Pascal）开始自己的分析。帕斯卡尔把想象称作世界的女主人，想象是人内在的一种欺骗因素，是理性的敌

---

[1] Milton J. Bates, *Wallace Stevens: A Mythology of Self* (Berkeley & Los Angeles: University of California Press, 1985), p. 29.

[2] Wallace Stevens, "On 'The Emperor of Ice Cream'," in *Wallace Stevens: Collected Poetry and Prose*, ed. Frank Kermode and Joan Richardson (New York: The Library of America, 1997), p. 768.

[3] Marianne Moore, "A Bold Virtuoso," in *The Complete Prose of Marianne Moore*, ed. Patricia C. Willis (New York: Viking Penguin Inc., 1987), p. 443.

人,但帕斯卡尔本人临死都坚持这种欺骗性,这可谓对想象的最大肯定。在此基础上,史蒂文斯倾向于将想象看作是一种普遍的看或听的活动,和其他任何感官活动一样,日常生活包含了丰富的想象。想象没有善恶,想象是凌驾于事物可能性之上的心智力量,如果这构成了某种单一特性,那么它不是某种单一价值的来源,而是蕴含在事物可能性之中的多种价值来源。

诗歌的想象并不针对信仰发言,诗歌的想象也不是政治想象,而是具有创造性的才能。"被政治满足的想象,无论政治的属性是什么,其价值都不如寻求满足普遍心灵的想象。就一个诗人而言,这种寻求满足普遍心灵的想象应该是努力穿透基本意象、基本情感,并创作出一首甚至比古老的世界更古老的根本性诗歌的想象。"[1]因此,文学和艺术中想象的价值是审美。只有在有意识地选择了生活的人群中,审美才是可能的,想象在这群人生活中的功用和在艺术与文学中的功用相同。"诗歌价值乃是一种内在固有的价值。它不是知识的价值,不是信仰的价值,它是想象的价值。诗人想举例说明它……我说举例而不说证明,是因为诗歌的价值是一种直觉的价值,而直觉是不可被证明的。"[2]

摩尔理解史蒂文斯的这些诗歌主张,但是,摩尔本人不愿意放弃且始终遵从的是诗歌礼仪和有用性。摩尔在自己的诗歌中也表现了强大的破坏力,只是她自始至终都将这种破坏力控制在礼节的范围之内。杰瑞蒂斯·梅林等众多评论家指出了摩尔的宗教情怀。在分析《彼特》这首诗时,梅林说:"在这种毫不掩饰的、

---

[1] Wallace Stevens, "Imagination As Value," in *Wallace Stevens: Collected Poetry and Prose*, eds. Frank Kermode and Joan Richardson (New York: The Library of America, 1997), p. 732.

[2] Wallace Stevens, "Imagination As Value," in *Wallace Stevens: Collected Poetry and Prose*, pp. 734-735.

为个人主义进行辩护的轻快口气中,有一个完全不同于毕肖普的关键性术语——'美德'。"[1]摩尔对诗性想象保持着充分的信任,前提是她信任现实,信任物本身的价值,追求在诗歌中还原物,还原客观世界的真实面目。诗的还原不只"带来愉悦",更指向宗教似的道德命题,她在蜗牛、大象、码头老鼠、穿山甲等各种生命中看到了美德的典范。

比如,《他"消化硬铁"》一诗,摩尔重视的是鸵鸟本身的生存现实,它"消化硬铁"的生存能力以及克服贪婪与愚蠢的宗教美德。鸵鸟丑陋的外形,意外地扩大了自己的生存机遇,因为捕猎者总是被鸟难看的外表误导,认识不到"可见的权力/是无形的"[2]。他们过分追求形式主义而进入了盲区,让这种鸟得以幸存。鸵鸟的外形构成了对形式主义——史蒂文斯所青睐的逃避主义美学原则的抵制,"让形式主义者一向忽视的意义 / 变得戏剧化了"[3]。

在史蒂文斯对摩尔这首《他"消化硬铁"》的评论中,两人的分歧异常清晰:尽管史蒂文斯也重视这首诗呈现的意义,但他更重视这首诗的美学形式,即摩尔如何描述鸵鸟的生存现实,如何建构一种能够创造个人现实的抽象形式。史蒂文斯读出了摩尔在这首诗中展现的道德和宗教热情,她的鸵鸟正是依靠它对自己和它的雏鸟宗教性拯救的期待,摆脱了导致与它同等大小的其他鸟类灭绝的致命贪婪。然而,史蒂文斯坚持按照自己的诗歌理念评价这首诗,认为这首诗的成就不在它的意义,也不在它的道德

---

[1] Jeredith Merrin, "Marianne Moore and Elizabeth Bishop," in *The Columbia History of American Poetry*, eds. Jay Parini and Brett C. Millier (New York: Columbia University Press, 1993), p. 346.

[2] Marianne Moore, "He 'Digesteth Harde Yron'," in *The Poems of Marianne Moore*, ed. Grace Schulman (New York: Penguin Group Inc., 2003), p. 244.

[3] Marianne Moore, "He 'Digesteth Harde Yron'," in *The Poems of Marianne Moore*, p. 244.

和宗教热情，而在于它的美学创造，在于它所展现的艺术力量。它实现了一种个体现实，以特别的方式说出了特殊之物，是对现实的一种特殊洞见。这首诗中的个人现实，是诗人以她的尖锐和穿透力，在我们的意识之上强加了某种事物。

摩尔对史蒂文斯的"艺术力量"或"想象作为价值"一说是质疑的。在《重读音节》这篇文章开头，摩尔写道："在我们所阅读的绝大部分作品中，是意义而非音调带给我们愉悦。"[1]在这篇文章结尾，她再次强调："一种音调后必须有意义支撑，否则毫无价值。"[2]揭示意义是摩尔诗歌的目标之一，她始终在探寻鸵鸟这样的生物在其生存活动中自然携带的宗教命题和道德价值。

类似的价值判断在史蒂文斯的诗歌中很少见到。摩尔认为，史蒂文斯将想象作为价值的观念其实是"逃避没有想象的世界的策略"[3]。这种逃避主义以全部的诗歌礼仪为代价，他对于诗歌的无礼，不是漫不经心的粗暴，而是刻意的粗暴。他对想象的放纵有时是沉迷于纯诗的概念、放弃道德宗旨，哪怕他逃进的是过于丰富的壮丽。

史蒂文斯不仅有逃避的冲动，而且对待想象的态度也是摇摆的。他始终处于焦虑之中，在现实和精神的两端都难以找到一个固定的支撑点。有时他信任想象，认为诗性的想象能够澄清混乱的现实世界秩序。舒尔茨指出，在史蒂文斯较为平静的时刻，他

---

[1] Marianne Moore, "The Accented Syllable," in *The Complete Prose of Marianne Moore*, ed. Patricia C. Willis (New York: Viking Penguin Inc., 1987), p. 31.

[2] Marianne Moore, "The Accented Syllable," in *The Complete Prose of Marianne Moore*, p. 34.

[3] Marianne Moore, "Well Moused, Lion," in *The Complete Prose of Marianne Moore*, p. 91.

为他的读者提供了美而高贵的图景，平复了"混乱的折磨"[1]。但有时他又怀疑想象的建构能力，倾向于用想象去颠覆而不是建构。这背后的原因并不是摩尔所理解的那样，因为史蒂文斯对自己的美学缺乏信任，从而不得不进行变化，"绝望地寻找能够带来满足的方式"[2]，其真正原因是史蒂文斯不相信可能存在稳固而可靠的秩序。他将想象视为最高虚构，视为"上帝的理念"，强调的不是某个结果或终点，而是一种动态的、朝向的过程，一种无限的趋近。

这种摇摆和信任导致了史蒂文斯拒绝对想象和诗歌下定义，也回避诗歌的意义，甚至他的诗学观念常常以诗的形式呈现，以一种不确定性说明另一种不确定性。希利斯·米勒（Hillis Miller）将这一特征归结为史蒂文斯是在一种"摇曳的移动性"[3]中推进，坚持所谓诗是诗的显现，而不是诗歌定义的显现。他自始至终坚持偶然的迷狂在写作中的必要，也坚持一种模棱两可的唯一性，努力维持诗歌与生命体验的同一性，诗歌是创造而不是发现，颇为极端地抵制诗成为理念的载体。对诗性的绝对坚持导致了他的诗歌以及文章具备了埃德蒙·威尔逊（Edmund Wilson）所评价的特征："即使你不知道他在说什么，你也知道他说的很好。"[4]

在《弹蓝色吉他的人》（"The Man with the Blue Guitar"）等包含艺术主题的诗歌中，我们可以直观地读到史蒂文斯如何避免定义艺术（诗歌）。在这首现实背景既模糊又清晰的诗中，史

---

[1] Robin G. Schulze, *The Web of Friendship: Marianne Moore and Wallace stevens* (Ann Arbor: The University of Michigan Press, 1995), p. 46.

[2] Robin G. Schulze, *The Web of Friendship: Marianne Moore and Wallace stevens*, p. 43.

[3] Hillis Miller, *Wallace Stevens: The Poet and His Critics* (Chicago: Library of Congress Cataloging in Publication Data. 1978), p. 130.

[4] Edmund Wilson, "Wallace Stevens and E. E. Cummings," *New Republic* 38 (March 1924), p. 102.

蒂文斯将吉他手（诗人）与大众并置，将艺术与平庸且动荡的现实并置，但他的目的不是借此展开对现实的批判，而是想探讨艺术（诗歌）的存在形态。

史蒂文斯强调诗人的异质性。诗人对时代保持着一种超然的姿态，其作用不是直接承担社会义务和责任，不是引导人们走出身处其中的迷茫，而在于让他的想象成为其他人的，让他的想象成为照亮他人的光。想象作为"我们才能的综合"[1]，就像光，它什么也没有添加，除了它自身，但它带来了根本的变化。他以华兹华斯描述城市的《作于威斯敏特斯桥上》（"Composed upon Westminster Bridge"）一诗为例，说明诗人可以赋予生活最高虚构。所谓最高虚构，史蒂文斯再次暗示，诗句如同光，为城市披上一件外衣，却又让城市变得透明。

史蒂文斯对于诗歌的理解犹如德里达所说的幽灵一般的"他者"。德里达说，人们迎接这个幽灵一般的"他者"时，总是会引发强烈的不安，"他者必然在无关乎其特质中受到迎接"[2]。这就是说，我们必须在其异质性中迎接他者。史蒂文斯赋予诗歌的也是这种"他者"——异质性——的存在特性，它不会消融于其他任何事物，它避免服务于实际的、有用的目的，"诗歌的价值在于实现了它自己和主流文化、和其他话语形式之间的差异"[3]，读者的期待和接受常常"无关乎其特质"。

史蒂文斯承认诗歌"被表达的事物"也很重要，诗歌能够而

---

[1] Wallace Stevens, "The Figure of the Youth as Virile Poet," in *Wallace Stevens: Collected Poetry and Prose*, eds. Frank Kermode and Joan Richardson (New York: The Library of America, 1997), p. 681.

[2] 方向红:《Unheimlichkeit:幽灵与真理的契合点——德里达"幽灵"概念的谱系学研究》，载于《现代哲学》2006年第4期，第74页。

[3] Stefan Holander, *Wallace Stevens and the Realities of Poetic Language* (New York: Routledge, 2008), pp. 61-62.

且应该创造"一种适用于今日——以及任何时刻——之生活的深刻必然性的现实"[1],但对于诗歌而言,只有在以特别的方式对有特点事物的表达揭示了现实的前提下,这种重要性才能成立。

三、想象与非理性和理性

摩尔在评论用英语写作的日裔诗人野口米次郎(Yonejirō Naguchi)的作品时,引述了华兹华斯的观点:"诗人与其他人的主要区别在于,诗人在没有直接外在刺激的情况下也能更敏锐地思考和感受。"[2]摩尔认为,"思考和感受"这两个概念适用于西方诗人,分别对应于理性和非理性两种元素。

摩尔肯定非理性在诗歌中的必要性。在《黑色泥土》一诗中,摩尔提到了"非理性的美丽成分"。这种成分潜伏于涂满污泥的表面,无法被光或者尖锐的矛刺透。在《那些不同的手术刀》一诗中,摩尔为想象的非理性特质辩护:"为什么要用比命运本身的结构/更精致的器材去剖析命运",这里命运扮演的是诗歌的角色,它抵抗理性的解剖。在《过去是此刻》一诗中,摩尔指出非理性的作用:"迷狂提供了情境。"在《致一台蒸汽压路机》一诗中她强调"审美中的/客观判断,是一种形而上学的不可能",诗歌需要非理性在场。

然而,摩尔对失控,对迷狂又保持着警惕,诗歌礼仪不仅是

---

[1] Wallace Stevens, "About One of Marianne Moore's Poems," in *Wallace Stevens: Collected Poetry and Prose*, eds. Frank Kermode and Joan Richardson (New York: The Library of America, 1997), p. 705.

[2] Marianne Moore, "The Poem and The Print," in *The Complete Prose of Marianne Moore*, ed. Patricia C. Willis (New York: Viking Penguin Inc., 1987), p. 308.

对美德和意义的维护，也是对秩序的维护。她在诗歌中，总在用理性约束非理性，用理性——适宜的形式——收纳那只作为补充物的蝴蝶。摩尔想象的前提是每个人稳定的个性和自控力，在诗歌中表现为沉思、克制以及对精确性的强调。

在史蒂文斯这里，我们也可以看到沉思、克制和精确性，但史蒂文斯的重心在于如何将这些理性的特质溶解在非理性之中。他的理性与非理性构成了一种张力。他想用诗歌抵抗人类的知识系统，抵抗知性、理性等认识能力对事物的界定，抖落事物身上定义的囚笼。他的诗论中包含着相互冲突的观点，看似在理性和非理性之间摇摆，实质是他想用想象这个概念容纳理性和非理性以及浪漫主义和现实主义等相互冲突的概念。

他把理性和非理性分别称之为"真实的主题"和"诗歌的主题"。在解释这两个概念时，他列举了普鲁斯特和乔伊斯两个作家。他说："一个人在诗歌中总是同时写着两种事物，由此产生了诗歌中的张力。一种事物是真实的主题，另一种事物是诗歌的主题……对一个将真实主题视为最重要、仅仅修饰它的诗人而言，主题是恒定的，发展是有序的。如果诗歌的主题是最重要的，真实主题就不是恒定的，它的发展也不是有序的。例如，在现代散文中普鲁斯特和乔伊斯就是这样的。"[1]"真实的主题"与"诗歌的主题"是现实与想象的差异，更是理性和非理性的差异。在乔伊斯的作品中，"诗歌的主题"表现为语言中歧义的堆砌。对他而言，没有歧义，就没有历史性，他像德里达所说的，"想通过暗喻性语言、歧义和修辞的堆砌实现历史的重现并包容全部历史"[2]。

---

[1] Milton J. Bates, *Wallace Stevens: A Mythology of Self* (Berkeley & Los Angeles: University of California Press, 1985), p. 130.

[2] John D. Caputo, *Deconstruction in a Nutshell* (New York: Fordham University Press, 1997).

史蒂文斯认为，一首诗应尽量回避理性，然而理性在诗歌中不是一个被简单排斥的元素，它是一个被吸收的存在，它必须抽象，变形，必须荡漾起来，它构成了想象中形而上的特质，如此，想象才能取代信仰，取代哲学。

摩尔的理性，首先体现在沉思和概括性、辩论性的语言风格。她在诗歌中习惯对物做泛化处理，以某一类而非特定的某个个体作为诗歌主体。她的思考带有归纳特征，常常以格言或质问呈现结论。不过，摩尔的诗歌终究未被某种"概念体系主宰"。她的沉思，是一种辩难式的沉思，她喜欢以否定句式不断深化对某种特质的探究。在很多时候，摩尔的诗歌可以分离出语言本体和诗意。伽达默尔说："象征的实质恰恰在于这样一个事实：它并不与一个能够还原为知识性术语的终极意义相关联。"[1]摩尔的诗与伽达默尔的这个观点正好相反，她不追求象征，重视的恰恰是"被还原为知识性术语的终极意义"。

史蒂文斯不信任纯粹的理性、概念或传统哲学思考。一方面，史蒂文斯对系统哲学表达了明确的厌恶[2]；另一方面，他认为现实是堕落的，"所谓理性的贬损是权威缺席的一个实例"[3]。现实具有不可穿透性，我们的理性只能投射或者模仿这个外表，沉思只能与世界的表层相遇，要抵达世界的深层，需要借助想象，哲学应该是一种原创性思考，而诗歌是最合适的思考形式。史蒂文斯因此被视为现代英语诗人中最具哲学气质的诗人。

---

[1] 张隆溪：《道与逻各斯——东西方文学阐释学》，江苏教育出版社，2006，第241—242页。

[2] Bart Eeckhout, "Stevens and Philosophy," In *The Cambridge Companion to Wallace Stevens*, ed. John N. Serio (Cambridge: Cambridge University Press, 2007), p. 103.

[3] Wallace Stevens, "The Noble Rider and the Sound of Words," In *Wallace Stevens: Collected Poetry and Prose*, ed. Frank Kermode and Joan Richardson (New York: The Library of America, 1997), p. 652.

威尔伯回忆中提到自己在1952年参加的一次史蒂文斯诗歌朗读会，会上有人询问史蒂文斯在哈佛的求学生活，史蒂文斯谈起了罗伊斯（Josiah Royce）和桑塔亚纳，这件事令威尔伯印象深刻。在哈佛读书期间，史蒂文斯几乎没有选修过哲学课程，但在晚年的回忆中，最令他难忘的显然不是他听讲过的文学教授，而是给予他很大影响的几位哲学教授。[1]这种影响直接反映在他的诗歌对存在进行的理性思考。他和摩尔一样，也不借助概念体系。他通过诗歌形式进行思考，形式提供了诗歌大于自身的内涵，其不可破坏的完整性，无论多么锐利的评论都无法穷尽。史蒂文斯有时"被定义为一个形式主义者"[2]，形式对他而言，从来不是中立或自然的，相反在诗歌创造中扮演了重要作用。

史蒂文斯对形式的观点带有悖论："我在诗歌中的目的是……抵达并表达，不依托任何特别的定义……每个人都认识到那是诗歌。因为我有写出它的需求。我倾向于漠视形式……形式中本质的事物是自由运用任何一种形式。一种自由的形式不会确保自由……因此，我猜，结果才会变成我相信自由而漠视形式。"[3]不过，史蒂文斯为自由确立了一个限度。1936年，史蒂文斯在哈佛做了题为《诗歌中的非理性因素》（"The Irrational Element in Poetry"）的演讲。他说："你可以按照你喜欢的任何一种形式创作诗歌……但并非没有人介意……你是自由的，但你

---

[1] Bart Eeckhout, "Stevens and Philosophy," in *The Cambridge Companion to Wallace Stevens*, ed. John N. Serio (Cambridge: Cambridge University Press, 2007), p. 104.

[2] Stefan Holander, *Wallace Stevens and the Realities of Poetic Language* (New York: Routledge, 2008), p. 9.

[3] Marianne Moore, "On Wallace Stevens," in *The Complete Prose of Marianne Moore*, ed. Patricia C. Willis (New York: Viking Penguin Inc., 1987), p. 583.

的自由必须与其他人的自由共鸣。"[1]形式是自由的，但形式也必须具备人与人之间的可通约性，一种形式必须能抵达他人。这就如同德里达所说的，"言语应当不仅仅是某个人的言语，它应当溢出所谓的说话主体而趋向他者。"[2]

史蒂文斯依托于自由形式的思考，不可能呈现摩尔似的格言风格。他的思考灌注于创作行为本身，在他的诗歌中，语言本体和诗意无法分离。他的诗歌最突出地体现了这样一个观点：诗歌是大于语言之物，诗歌作品（形式）具有本体论地位，它不是一个容纳着意义的容器，如同理论话语那样，一旦意义被抽离，容器就可以被抛弃。诗歌的意义即是容器本身，诗歌语言不可能被翻译成任何别的形式，它必须保持自身。

摩尔和史蒂文斯的诗歌都有一定的阅读难度，这是现代诗歌的普遍特征之一。在这一点上，他们与艾略特的观点一致。艾略特认为，诗歌必须是艰涩的，以对应复杂、多元的现代社会："这种多样性和复杂性，作用于精细的感受力，必然会产生多样而复杂的结果。诗人必然会变得越来越具涵容性、暗示性和间接性，以便强使——如果需要可以打乱——语言以适合自己的意思。"[3]从浪漫主义到现代诗歌，诗性从语言的表层逐渐渗透到语言的深处。

摩尔通过克制制造了诗歌的"难解性"，史蒂文斯则通过抽象与变形制造诗歌的"难解性"。《朝向最高虚构的笔记》第一部分标题是"它必须抽象"，第二部分标题是"它必须变形"。这种

---

[1] Wallace Stevens, "The Irrational Element in Poetry," in *Wallace Stevens: Collected Poetry and Prose*, eds. Frank Kermode and Joan Richardson (New York: The Library of America, 1997), p. 789.

[2] 雅克·德里达：《书写与差异》，张宁译，生活·读书·新知三联书店，2001，第166页。

[3] T. S. 艾略特：《玄学派诗人》，载于王恩衷编译《艾略特诗学文集》，国际文化出版公司，1989，第32页。

抽象与变形是艾略特所说的"打乱语言"的方式之一。

"抽象"(abstract)一词源于拉丁文动词"abstrabere",原意是"抽离",指的是从实体抽离概念的思考过程。对于史蒂文斯而言,"抽象"意味着剥除文明的烟雾,抛弃各种概念体系:

抛弃它就像抛弃另一种时间之物,
就像早晨抛弃陈旧的月光和残破的睡眠。[1]

抽象之后,我们才能获得新生:

诗更新生命因而我们分享片刻,
第一理念……它满足信仰
在一个无罪的开端

将我们——插上无意识的意志之翼——
　送达一个无罪的终点。[2]

史蒂文斯的抽象不提供新的阐释系统,它提供新的观看、体验和开端。史蒂文斯的抽象与摩尔的还原有重叠,但比摩尔的还原更为彻底。他不是为了抵达对物的直观认识,而是要让人与物交融,重返一种懵懂天真的存在状态,"我们是模仿者。云是教师"。

变形则与抽象相应,是一种重塑自我的能力,让人变成一个

---

[1] Wallace Stevens, "Notes toward a Supreme Fiction," in *Wallace Stevens: Collected Poetry and Prose*, eds. Frank Kermode and Joan Richardson (New York: The Library America, 1997), p. 330.

[2] Wallace Stevens, "Notes Toward a Supreme Fiction," in *Wallace Stevens: Collected Poetry & Prose*, pp. 330-331.

"直率的种类","诗人只有看见自己的想象成为其他人头脑中的光时才算实现了自己"[1]。

抽象与变形意味着流动。史蒂文斯全心认同一种过程诗歌,他对秩序的定义就是变化,诗人的形式必须同时呈现世界的流动和精神的流动。在史蒂文斯的诗歌中,时间维度清晰可见,过去、此刻、未来、清晨、傍晚、深夜等在诗歌中交替往复,诗歌内部如同一个"虚空之地",被时间的流逝性充实。因此,史蒂文斯的诗不是固定的,其中呈现的现实和对现实的回应都是动态的。在这一点上,我们可以看到爱默生对他的影响。爱默生偏爱不完美胜过完美,他对现实的理解,不是提供一种严格结构的真理,而是要"从流动中瞥见真理"[2],史蒂文斯对此心领神会。

流动性塑造了史蒂文斯诗歌难以捉摸的本质,希利斯·米勒为此评价他创作了"一种飞逝的诗歌,其中每一个句子即时开始即时结束。不是与其他部分相互作用的固定机器,相反,每一个意象重述了一个时刻的存在和消失"[3]。在诗歌中,史蒂文斯是狂放的,他暗中释放自己的非理性冲动,毫无歉疚。这种非理性混杂了强烈的力比多冲动,或者说性隐喻。"这是一种作为即兴行动的欲望,一种具有行动感的诗歌,总在出发、停顿、改变方向、修改词汇、锻炼语言、起草诗稿并将所有这一切过程当作最终的事情来做,因为无法获得最终的圆满……"[4]史蒂文斯明确

---

[1] John N. Serio, "Introduction," in *The Cambridge Companion to Wallace Stevens*, ed. John N. Serio (New York: Cambridge University Press, 2007), p. 2.

[2] David M. LaGuardia, *Advance on Chaos: The Sanctifying Imagination of Wallace Stevens* (Hanover: University of New England, 1983), p. 12.

[3] David M. LaGuardia, *Advance on Chaos: The Sanctifying Imagination of Wallace Stevens*, p. 125.

[4] 安德鲁·杜波伊斯、弗兰克·兰特里夏:《沃莱斯·史蒂文斯》,载于萨克文·伯科维奇主编《剑桥美国文学史》第5卷,马睿、陈贻彦、刘莉等译,中央编译出版社,2009,第77—78页。

表达过对弗洛伊德的认同,他说:"世界的伟大人物之一是弗洛伊德,他给予了非理性一种合法性,更重大的影响则来自马拉美和兰波。"[1]

其次,摩尔的理性表现在对精确性的追求。她把精确性归之为想象的产物,借助语言呈现:"无论如何,精确是想象之事;它关涉措辞,关涉因抵制惰性而被激发的刚健措辞。"[2]在唐纳德·霍尔的访谈中,摩尔说她最初想研究医学:"对我来说,其精确、有节制的论述、枯燥的证明逻辑以及绘图和鉴别,激发了——至少涉及——想象。"[3]这句话暗示了摩尔对想象力的理解别出一格,想象力与科学理性的格物方式密切相连。她甚至在科学家与诗人之间找到了相似性:"诗人和科学家难道没有相似性吗?两者都愿意浪费精力,都苛待自己,这是两者的力量所在。两者都专注于线索,都必须缩小选择余地,必须追求精确。"[4]

摩尔最早创作的诗就呈现出对准确性的关注,比如《斟酒人》("To My Cup-Bearer")[5]一诗中,摩尔拘谨地推进交谈似的诗句,努力不让诗意溢出词语。从开始写诗,她就不喜欢故

---

[1] Milton J. Bates, *Wallace Stevens: A Mythology of Self* (Berkeley & Los Angeles: University of California Press, 1985), p. 129.

[2] Marianne Moore, "Feeling and Precision," in *The Complete Prose of Marianne Moore*, ed. Patricia C. Willis (New York: Viking Penguin Inc., 1987), p. 397.

[3] "Marianne Moore, The Art of Poetry," Interviewed by Donald Hall, *Paris Review* (Summer-Fall 1961). http://www.theparisreview.org/interviews/4637/the-art-of-poetry-no-4-marianne-moore.

[4] "Marianne Moore, The Art of Poetry," Interviewed by Donald Hall, *Paris Review* (Summer-Fall 1961).

[5] Marianne Moore, "To My Cup-Bearer," in *The Poems of Marianne Moore*, ed. Grace Schulman (New York: Penguin Group Inc, 2003), p. 9.

弄玄虚，要在"不牺牲语言的暗示性"[1]前提下保证诗歌的明晰。词语应实用而准确，与物对应，因为没有物就没有词。她说，一个作者可以为了强调而颠倒词序，但不应为了照顾节奏而颠倒。文学不过是将特点赋予日常话语，让这种话语仍旧保持平常性。[2]这种观点接近詹姆斯的看法："词，被说出或被表达，是我们所拥有的最坚硬的精神元素。它们不仅可迅速地复活，而且比我们其他任何经验能更轻易地复活为实际的感觉。"[3]

作为诗人，史蒂文斯当然赞同词语的重要性，只是他对词语抱有不羁的态度。他的词语风格更接近伍尔芙对词的认知：词语仇恨有用，仇恨盈利，它们仇恨在公开场合被演说。简而言之，它们仇恨任何将它们固定于一种意义或者将它们限定于一种态度的事物，因为它们的本性是变化。也许这是它们最惊人的特质，它们需要去变化。因为它们试图捕获的真理是多面的，它们也必须通过多面性来传达真理……因为这种复杂性，这种向不同的人传达不同意义的力量，它们幸存下来。[4]史蒂文斯要求词语变化、词意的发散，避免将现实凝固为概念。变化不止限于词形、词性或词义，更重要的是词与物对应关系的变化，借助词语诞生的物必须是新的。诗歌的词语不是描述事物，而是创造新事物，

---

[1] Helen Vendler, "Marianne Moore," in *Marianne Moore: Modern Critical Views*, ed. Harold Bloom (New York: Chelsea House Publishers, 1987), p. 80.
[2] Marianne Moore, "Idiosyncrasy and Technique," in *The Complete Prose of Marianne Moore*, ed. Patricia C. Willis (New York: Viking Penguin Inc., 1987), p. 509–510.
[3] David M. LaGuardia, *Advance on Chaos: The Sanctifying Imagination of Wallace Stevens* (Hanover: University of New England, 1983), p. 76.
[4] Laurence Stapleton, "On Collected Poems", in *The Critical Response to Marianne Moore*, ed. Elizabeth Gregory, (Westport: Praeger Publishers, 2003), p. 158.

"诗人的词语是没有这种词语就不会存在的事物的词语。"[1]

在史蒂文斯的诗歌中，词承载着物，没有词，物就不存在。词语剥除装饰（他偏爱"裸体""裸女"或者"如其所是的物"），甚至词语作为一种中介本身都是被剥除的对象，借助新的词语或者词语在句法结构中的新意以更新物的世界。德勒兹说："创造句法、风格，这就是语言的生成——不存在词语的创造，也没有在句法效果之外具有价值的新词，这些新词正是在句法效果中得以发展。"[2]史蒂文斯正是如此，通过句法创造赋予词新的意义，借此建构新的物质秩序，以摆脱现实的丑陋和平庸。词语"确立精神高于物的审慎而重要的地位"[3]。

在评论意象派诗歌时，史蒂文斯总是表现出认同，他看到了意象对词语中介的清除作用。史蒂文斯的诗和意象派诗歌有差异，但并无根本的分歧。意象也是史蒂文斯诗歌的特征之一。他的《雪人》、《垃圾场上的人》（"The Man on the Dump"）、《我叔叔的单片眼镜》（"Le Monocle de Mon Oncle"）、《星期天的早晨》、《我们的气候之诗》（"The Poems of Our Climate"）、《对两只梨的研究》（"Study of Two Pears"）等诗，都是在构建视觉意象。米歇尔·贝纳莫（Michel Benamou）指出，是绘画结构支撑并实现了史蒂文斯具有戏剧性冲突力量的诗，这些也是他最好的作品。[4]然而，我们更不能忽视的是音乐结构在史蒂文斯

---

[1] Wallace Stevens, "The Noble Rider and the Sound of Words," in *Wallace Stevens: Collected Poetry and Prose*, eds. Frank Kermode and Joan Richardson (New York: The Library of America, 1997), p. 663.

[2] 吉尔·德勒兹：《批评与临床》，刘云虹、曹丹红译，南京大学出版社，2012，第11页。

[3] David M. LaGuardia, *Advance on Chaos: The Sanctifying Imagination of Wallace Stevens* (Hanover: University of New England, 1983), p. 34.

[4] Michel Benamou, *Wallace Stevens and the Symbolist Imagination* (Princeton: Princeton University Press, 1972), p. 14.

诗歌中的支撑作用。对史蒂文斯而言，诗歌首先是词语，而词语在诗歌中，首先是声音。"让词语表达我们的思想和情感——我们确定，这种思想和情感是我们体验到的全部真理，而没有幻想。这种不断深化的需求让我们去倾听词语——当我们听到它们时，爱它们，感受它们，让我们去寻找它们的声音，为了一种结局，一种完美，一种不可更改的颤动，只有最敏锐的诗人才有力量去创造它们。"[1]即使在他最鲜明的视觉画面中，在形式或形状的冲突中，音乐意象构成的张力也随处可见。比如《我们的气候之诗》中，清水、碗、花与光线的摩擦发出的清冷音响；《雪人》中悬挂的、长短交替的音符似的冰凌；《作为字母C的喜剧》（"The Comedian as the Letter C"）本身的音乐剧特征。史蒂文斯实现了沃尔特·佩特（Walter Pater）的经典表述："所有艺术通常渴望达于音乐的状态。"[2]

史蒂文斯最灵敏的是对声音的共鸣，他是一个听者。外在世界，某件事或某个客体，在史蒂文斯这里激发的常常是声音的回应。《并非物的理念而是物本身》（"Not Ideas About the Thing But theThing Itself"）一诗触动他的是鸟鸣，是音符似的阳光，最后汇聚成盛大的交响乐。《弹蓝色吉他的人》的灵感来源于毕加索的画，但史蒂文斯让画中的老乐手在诗歌中奏响了吉他的琴弦，史蒂文斯仿佛沉浸在音乐的演奏之中，用语言模仿了音乐艺术，把具象的、静态的、沉默的、平面的、必须在时间中凝固的文字，变形为一种抽象的、动态的、有声的、立体的、即兴的创作。他的第一本诗集名为《簧风琴》，他的《看

---

[1] Wallace Stevens, "The Noble Rider and the Sound of Words," in *Wallace Stevens: Collected Poetry and Prose*, eds. Frank Kermode and Joan Richardson (New York: The Library of America, 1997), p. 662.
[2] 沃尔特·佩特：《文艺复兴：艺术与诗的研究》，张岩冰译，广西师范大学出版社，2000，第152页。

黑鸟的十三种方式》，黑鸟如同五线谱上的音符在不停跳跃。这些都是音乐意象。

史蒂文斯的想象也与词语的音乐性相关联。他常常运用自创词、古词、外来词，以此增加音乐性，突破词的字面意义。诗歌带来的愉悦首先是词语的声音带来的愉悦，声音激发我们的无意识联想、直觉思维，使诗歌的词语大于语义而边界模糊。美国黑人艺术家默里（Albert Morray）将史蒂文斯以及巴赫（Johann Sebastian Bach）、贝希伯爵（Count Basie）、葛饰北斋（Hokusai）、托尔斯泰（Leo Nikolayevich Tolstoy）和海明威（Ernest Miller Hemingway）等艺术家的语言特点总结为：词语丧失了对于语法的重要性。[1]这意味着词语的声音效果淡化了语义逻辑，意象冲突代替了概念的论辩，词意的无边界增强了诗性，事实上是用非理性的激情对抗理性和传统信仰，用想象拯救形而上学——艾略特将包含了理性与非理性的想象直接定义为一种形而上学，这是一种可以穿透真理的力量。"只有一部分意义可以通过释意来传达，因为是人始终处于意识的边缘，一旦越出这一边缘，语言便无能为力，而意义却仍然存在。"[2]非理性力量撕裂理性在诗歌中的逻辑呈现，才会有诗意涌动，被遮蔽的事物得以去蔽。这种非理性不是疯狂，而是诗歌照亮意识边缘之外的黑暗领域的力量所在。

因此，对史蒂文斯而言，想象是一种逻辑的奇迹，超越了理性与非理性的对立，它精致的语言是超越于分析的计算。想象是一种能让我们在反常中感知到正常、在混乱中感知到秩序的力

---

[1] Paul Devlin, "Albert Morray and Visual Art," in *Albert Murray and the Aesthetic Imagination of a Nation*, ed. Barbara A. Baker(Tuscalo-osa: University of Alabama Press, 2010), p. 71.
[2] 张隆溪：《道与逻各斯——东西方文学阐释学》，江苏教育出版社，2006，第242页。

量。想象不等同于反常或者混乱，就像自由不等同于对自由的滥用。想象能够让人们窥见深远的风景。在想象借助词语实现的过程中，旧的象征体系（即二元对立的体系）消融。在这个意义上，史蒂文斯与海德格尔所谓"语言是存在的家"是契合的。

四、想象与现实

摩尔和史蒂文斯的想象都不曾遗忘现实，但他们对想象与现实关系的理解有极大差异。

摩尔在文章中提出了"直率的创作"（straight writing）这一概念。所谓直率的创作是指不矫揉造作，也不与常识发生冲突。[1]创作与生活保持一致，这是一种真诚。她将在生活中看到的、激发她兴趣的琐碎之物带入诗歌，"我们可以肯定地认为，摩尔创作的每首诗几乎都可以追溯到一个艺术体、她欣赏过的一幅画、她收藏的一张明信片，甚至她亲自临摹的一幅素描……"[2]只是，这些事物进入诗歌时，经过了"想象"这道工序，变成了"想象的写实"。"想象"作为处理生活素材的方式，在摩尔这里意味着克制、迂回、抽象，意味着去除素材携带的个体经验特征。

舒尔曼认为，在摩尔早期创作阶段，她如同隐士般的生活状态构成了一个理想背景，让她的诗歌可以更好回应日常生活和普通事物。在后来的创作生涯中，她的主题在变化，但她亲近的始

---

[1] Marianne Moore, "Idiosyncrasy and Technique," in *The Complete Prose of Marianne Moore*, ed. Patricia C. Willis (New York: Viking Penguin Inc., 1987), pp. 509–510.

[2] Erickson Darlene Williams, *Illusion is More Precise than Precision: The Poetry of Marianne Moore* (Tuscaloosa and London: The University of Alabama Press, 1992), p. 46.

终是同类事物——孤僻低调的动物或者古老怪异的器皿。她对于诗歌的美学探索与她对生活的好奇心是一致的,她希望通过理解具体事物来理解当代现实。[1]摩尔认同奥登在牛津大学就职演讲中提出的观点:"唯有一件事是所有诗歌必须做到的,那就是诗歌必须尽其所能赞美存在,就像它赞美偶然事件一样。每首诗植根于想象的敬畏。"[2]奥登的这段话帮助摩尔解决了为什么写作的问题。因此,摩尔虽然理解史蒂文斯诗歌对逃避主义的向往、"想象不可能的可能性"的洞察力、实施"音乐的报复"的诱人效果,但她否定逃避的合理性,也抵触史蒂文斯过于放纵的诗行之美。摩尔"拒绝创造史蒂文斯似的虚构、变形的超验之物"[3],坚持直率的现实特征。

史蒂文斯对现实则抱着冷漠态度:"悲剧感笼罩着世界,诗人所拥有的,不是一种解决办法而是对它的防御。"[4]诗歌是对现实的防御,或者说,诗歌与现实是对峙的两端。

史蒂文斯当然也拥有自己的生活,他告诉朋友,他喜欢莱茵酒、优质奶酪、菊苣、书以及最高虚构,但史蒂文斯对待世俗生活的态度却未必如兰瑟姆在评论他的《诗选》(*Collected Poems*)时所说的那样,是在"为一种基于高贵性的世俗文化辩护,他认为这是我们所能拥有的最好文化,也是可实践的文化……"[5]史

---

[1] Grace Schulman, *Marianne Moore: The Poetry of Engagement* (Urbana & Chicago: University of Illinois Press, 1986), pp. 13-32.

[2] Marianne Moore, "Idiosyncrasy and Technique," in *The Complete Prose of Marianne Moore*, ed. Patricia C. Willis (New York: Viking Penguin Inc., 1987), pp. 506-507.

[3] Taffy Martin, *Marianne Moore: Subversive Modernist* (Austin: University of Texas Press, 1986), pp. 90-93.

[4] Marianne Moore, "On Wallace Stevens," in *The Complete Prose of Marianne Moore*, p. 581.

[5] Milton J. Bates, *Wallace Stevens: A Mythology of Self* (Berkeley & Los Angeles: University of California Press, 1985), p. 266.

蒂文斯严格区分了他的世俗生活和作为诗人的创作活动。世俗的工作维持了生活的物质条件和体面，而诗歌提供了精神救赎的意义。他在哈佛的演讲中说，人们需要在诗歌中重新聚合精神的力量，因为他们被日常琐事和对未来的不确定所占领。"在任何社会，诗人应该是那个社会的想象的说明者……越是现实生活，越需要想象的刺激。"[1]他的观点有时带有黑色幽默：想象在生活中的运用比在艺术和文学中更有意义；想象穿透了生活；想象是生活的调节剂，正如轮回转世是死亡的调节剂。

史蒂文斯从未尝试过反抗生活，尽管谋生并不美好——它无法让人亲近伟大的事物，但却是一种必需。他在信中说："在这个世界上有一份工作对我来说是万幸之一。"[2]他安于自己作为保险公司副总裁的身份。这份工作为他的生活带来约束和规律，也让他摆脱金钱的困扰获取一定的自由。他去世前说，假如他可以度过追求学术的一生，他或许不会写诗，因为职业化地写作（诗）或者教授写作，是令人厌倦的，右手不知道左手的工作，反而更好，假如两只手亲近，那么写诗的手就会被签收支票的手玷污。显然，史蒂文斯享受在两个截然相反的领域不停转换身份的人生。

作为诗人的史蒂文斯低调地隐身在自己的日常身份之后，摩尔对此的评价是，史蒂文斯的生活"完美驳斥了生活必须是疯狂的这一看法"[3]，这一评价也适用于摩尔自己。

如何在诗歌中处理想象与现实的关系，是史蒂文斯思考的核心命题。他的第一部诗集《簧风琴》就始于对这一命题的思考。

---

[1] Milton J. Bates, *Wallace Stevens: A Mythology of Self* (Berkeley & Los Angeles: University of California Press, 1985), p. 193.

[2] Milton J. Bates, *Wallace Stevens: A Mythology of Self*, p. 157.

[3] Marianne Moore, "On Wallace Stevens," in *The Complete Prose of Marianne Moore*, ed. Patricia C. Willis (New York: Viking Penguin Inc., 1987), p. 580.

这部诗集的第一首诗《尘世轶事》("Earthy Anecdote")虚构了两种动物之间的逃避与阻拦游戏：

> 每当雄鹿们咔嗒咔嗒
> 越过俄克拉荷马州，
> 一只火猫就在路上生气。
> ……
> 雄鹿们咔嗒咔嗒。
> 火猫不停地跳跃，
> 跳到右边，跳到左边，
> 并且
> 在路上生气。
>
> ——华莱士·史蒂文斯《尘世轶事》[1]

这首诗拥有一种过于轻盈、透明和游戏的腔调，很难去追踪其中的深意或者雄鹿和火猫的象征意义，我们不妨将之读成一个天赋诗人在创作初期带有直觉性的练习之作，但雄鹿与火猫这一对相爱相杀的动物指向了史蒂文斯诗歌中一组关键性的对立概念：想象与现实。正如雄鹿与火猫的跑与拦并非猎物与猎人之间的生死追杀，而是相互现形、相互认证的身份游戏，想象与现实，在史蒂文斯的诗歌中也不是决然对立、彼此排斥的，而是相互促生、相互成就的。

在《高贵的骑手与词语的声音》一文中，史蒂文斯结合具体的艺术作品讨论了想象和现实的关系。他在文中列举了三个关于

---

[1] Wallace Stevens, "Earthy Anecdote," in *Wallace Stevens: Collected Poetry & Prose*, eds. Frank Kermode and Joan Richardson (New York: The Library of America, 1997), p. 3.

马的视觉作品，说明在不同时代的不同作品中，想象和现实所占的比重会有变化。

史蒂文斯指出，华盛顿拉法耶特广场的雕像是"幻想的产物"。他吸收了柯勒律治的观点以区分想象和幻象：幻象是一种心理活动，它基于选择而非意志将事物聚集在一起，而想象是一种意志的产物，意志是心理存在的原则，会在自我认知中努力实现自我。因此，幻象是在联想所提供的客体中进行选择的一种练习，"必须接受它所有的、按联想规则产生的既定材料"[1]。这种选择不是出于当下或者紧随其后产生的缘由，而是早已固定下来的缘由。幻象是因循守旧、缺乏创新的联想，其中既没有想象也没有现实在场；想象则是驾驭物的可能性的心智活动，它是实践性的，不是思考性的，包含着理性衡量和打破常规的创造。想象也是解构性的，它溶解、分散、消耗，为了重新创造，它将经验变形，而不仅仅干扰它。

想象不是对现实的理想化，想象是诗人的自我抽象，也是对现实的抽象。想象可以将某种东西带入现实，因此想象中包含一种想象形式组合的"非现实"元素，这种非现实表现为这一事实：想象解放我们的意识。这种非现实，"这种难以置信的、它内在固有的诗"[2]，是兴奋感和艺术中的辉煌，是它创造并吐露的灿烂的、富有创造性的气息。想象是我们把不真实灌注于真实的才能。

希利斯·米勒用解构主义诗学观将史蒂文斯的这些观点概括为一种"活力"，这种"活力"体现在模仿（mimesis）、解蔽

---

[1] Wallace Stevens, "The Noble Rider and the Sound of Words," in *Wallace Stevens: Collected Poetry & Prose*, eds. Frank Kermode and Joan Richardson (New York: The Library of America, 1997), p. 648.

[2] Wallace Stevens, "Imagination As Value," in *Wallace Stevens: Collected Poetry and Prose*, p. 735.

（aletheia）和创造性（creation）三个层面。模仿，即指诗歌的结构对应于现实的结构；解蔽或者揭示，假定现实——如其所是的事物——最初被隐藏着，但也许在诗歌中显现了；最后，诗歌是创造而不是发现，假设文本之外一无所有，意义随着语言，在语言的相互关系中产生。[1]希利斯·米勒在此暗示了史蒂文斯的逃避主义倾向。

文德勒倾向于将史蒂文斯的逃避主义理解为对纯粹诗学的积极找寻，因为史蒂文斯本人并不否认自己的逃避心理。他认为自己诗歌中的逃避并非贬义，诗歌的过程在心理学上是一个逃避现实的过程，指的是诗歌对现实的防御和超越，这与诗人及其想象必须立足于现实并不矛盾。在史蒂文斯看来，贬义上的逃避主义是指想象不紧附于现实之处。1940年写给西蒙斯（Hi Simons）的信中，史蒂文斯强调想象与现实的密不可分："除了现实，想象没有其他来源，脱离了现实它不再有任何价值……没有事物存在于想象之外，或者，不会以某些形式存在于现实之中。因此，现实等于想象，想象等于现实。"[2]诗歌是想象与现实作为平等事物的相互依存，这种平衡保证了高贵。假如想象不附着于真实，它必然会丧失活力。当它附着于不真实并强化不真实时，它最初的效果也许是惊人的，却会导致高贵的失落。这种高贵很难定义，也不应该被定义，它表现为颤动、运动和变化。高贵是美的抗辩，它不是精神加于人性之上的一种技巧，而是一种内在的暴力，保护我们抵制外在的暴力。史蒂文斯哀叹美国诗歌的堕

---

[1] Stefan Holander, *Wallace Stevens and the Realities of Poetic Language* (New York: Routledge, 2008), p. 58.
[2] David R. Jarraway, "Stevens and Belief," in *The Cambridge Companion to Wallace Stevens*, ed. John N. Serio (Cambridge: Cambridge University Press, 2007), p. 197.

落，指的正是这种高贵的缺席。[1]

史蒂文斯追求纯诗，却没有陷入绝对的唯美主义之中。他在大学阶段就写过："为了艺术而艺术，是轻率的，无价值的……美是力量。认为艺术是孤独的，超然的，为了感性而感性，不是为了保存灵感或思想，仅仅是为了艺术的艺术，这对我来说简直是胡说八道，仿佛是最不可原谅的垃圾。艺术必须配置其他事物；它必须是世界体系的一部分。如果它在那个系统中发现了一个位置，它会同样发现一种神职和关系，作为它恰到好处的附件。"[2]

想象与现实关系的失败常常来自现实的压力，这种压力指的是"一个或数个外在事件施加给意识的压力"[3]，使得意识不得不排斥任何冥想的力量。这种压力，最突出的莫过于战争，他在《莫扎特，1935》（"Mozart, 1935"）一诗中描述了这种现实压力：

诗人，请就座钢琴前。
弹奏此刻，它的嚯—嚯—嚯，
它的嘘—嘘—嘘，它的瑞克—啊—呢克，
它嫉妒的哄笑。

假如他们向屋顶扔石头，
在你弹奏琶音时，

---

[1] Wallace Stevens, "The Noble Rider and the Sound of Words," in *Wallace Stevens: Collected Poetry and Prose*, eds. Frank Kermode and Joan Richardson (New York: The Library of America, 1997), pp. 664–665.

[2] Milton J. Bates and Wallace Stevens, *A Mythology of Self* (Berkeley & Los Angeles: University of California Press, 1985), p. 30.

[3] Wallace Stevens, "The Noble Rider and the Sound of Words," in *Wallace Stevens: Collected Poetry and Prose*, p. 654.

那是因为他们正从楼梯
运下一具衣衫褴褛的躯体。
请就座钢琴前。

过去清澈的纪念品，
嬉游曲；
未来轻盈的梦，
明朗的协奏曲……
雪正在飘落。
击打尖锐的弦。

是声音，
不是你。是的，是
愤怒恐惧的声音，
这纷扰的痛苦之声。

是冬天的声音，
仿佛飓风的呼号，
借助它，悲伤被释放，
被遣散，被赦免，
在星空般的抚慰中。

我们可以回到莫扎特。
他还年青，而我们，我们已衰老。
雪正在飘落，
街道充斥哭声。

请就座,你。[1]

置身于1935年的莫扎特不得不与一个贫困、动乱的现实对峙,现实以固化的苦难形态要求莫扎特弹奏,而他却无能为力;现实是贫穷、混乱、痛苦,是被扔到屋顶的"石头"、被搬下楼梯的尸体,是落下的雪和冬天的呼号,莫扎特是超然的钢琴家、清澈的古典纪念品,是明亮的奏鸣曲,是飞扬的、轻快的、年青的、不及物的;现实与想象遭遇,要求音乐家弹奏,表达如其所是的现实,实施一种直接的社会义务,"一百万个人"站上和弦,而音乐家无法与他们共鸣。

莫扎特和1935年贫困现实之间的对抗,不是莫扎特(或诗人)的失败,它首先是现实的失败,是现实的贫困威胁着要摧毁自由,将人类生活降低为类似于动物似的本能冲动,逻各斯和语言之间关联性的匮乏,这种匮乏,使诗人变得不合时宜。

史蒂文斯一方面认为艺术的诗性想象应该介入现实,想象是意识到"如其所是的事物"的环境压力而采取的积极行动。另一方面,史蒂文斯坚持,一首诗,就像人类,无法承受太多现实——至少它不能将太多现实带入纯诗的领域。一旦一首诗轻快的本质蒸发,它现实的残余就更像是值得同情的迟钝,"世界上没有什么东西比昨天的政治诗歌更无意义"[2]。诗歌的抽象性,作为一种深化意义的能力,是艺术的"自治权",物质和经济安全是艺术"自治权"的前提。在任何混乱时代,诗人的身份都具有合法性,哪怕它只能弹奏此时此刻,哪怕它在空间上只愿"就

---

[1] Wallace Stevens, "Mozart, 1935," in *Wallace Stevens: Collected Poetry and Prose*, eds. Frank Kermode and Joan Richardson (New York: The Library of America, 1997), p. 107.

[2] Milton J. Bates, *Wallace Stevens: A Mythology of Self* (Berkeley & Los Angeles: University of California Press, 1985), p. 192.

座于钢琴前";它在时间上只愿指向"过去"和"未来",哪怕它带来的唯有星星似的抚慰和"想象的松鸦",而不是消灭饥饿和哭泣的面包,它仍然是"沦陷在／泥沼中"的人们唯一的梦。它创造的是时间的面包,此所谓"真实的石头"。艺术作为虚构之物必然超越时代现实。

整体而言,史蒂文斯对诗人及诗歌抱有一种乐观的态度,他认为战争以及其他危机,比如传统的解构、反智主义倾向等带来的现实压力足以终结并开启想象史上的一个新时代。想象的特点之一就在于,它总是处在一个时代的结尾,它也总会让自己附着于一种新的现实。没有一种新想象,只有一种新现实,"现实是如其所是的事物……它是其自身内部的丛林"[1],越是在怀疑的时代,艺术的创造越重要,"艺术与生活的关系在一个怀疑的时代是最重要的,对上帝的信仰缺席之后,精神转向它自己的创造物并审视它们,不只是从美学的视角出发,而且因为它们所揭示的,因为它们所证实和证伪的,因为它们所给予的支撑。"[2]一个可能的诗人必须能够反抗或逃避最后这一程度的现实压力——即战争加于人的肉体和精神上的暴力。在《诗和画的关系》中,史蒂文斯写道:"现代的现实是一种破坏的现实,在其中我们的启示不是信仰的启示,而是我们自己的力量珍贵的预兆。"[3]现实压力既是时代也是个体的艺术性格最后的决定性因素。拥有非凡想象的个体可以依赖自己的直觉,激发他的精神力量,摆脱现实压力,《莫扎特,1935》《弹蓝色吉他的人》以及《垃圾场上的

---

[1] Wallace Stevens, "The Noble Rider and the Sound of Words," in *Wallace Stevens: Collected Poetry and Prose*, eds. Frank Kermode and Joan Richardson (New York: The Library of America, 1997), p. 658

[2] Milton J. Bates, *Wallace Stevens: A Mythology of Self* (Berkeley & Los Angeles: University of California Press, 1985), p. 30.

[3] David M. LaGuardia, *Advance on Chaos: The Sanctifying Imagination of Wallace Stevens* (Hanover: University of New England, 1983), p. 38.

人》描述的正是拥有非凡想象的强者诗人。评论家斯蒂芬·霍兰德（Stefan Holander）由此认为，不应简单地将史蒂文斯的最高虚构理解为"真理价值的匮乏"[1]；作为一个逃避主义者的创造力，最高虚构也是一个认知框架，建立了诗歌和现实之间的相似性，或者说它建构了另一种现实。

史蒂文斯在《学术三章》中，从相似性角度探讨了联结想象和现实的具体途径：诗歌通过隐喻和词语建立了与现实的等式，"现实是诗歌指涉的核心"[2]。诗歌的隐喻和词语不是模仿，它是变形，是"类似"。这种相似性，并非摩尔那种细节的真实性，而是一种抽象的、带有形而上学特征的抽象性，一种宏观的对应。

史蒂文斯用诗性的雄辩为想象的相似性定义："他们的词语已经造就了一个超越世界的世界，以及一种适合那种超越的生活。这是借助比喻的次要效果得以实现的超越，也是借助诗人对世界的感受以及他诗歌的主题音乐的主要效果得以实现的超越，是所有这些类比整合在一起的想象动力学。因而诗歌成为并且就是一种由现实的独特部分组成的、超越性的类似之物，被诗人对世界的感觉即他的态度所创造，当他介入并干预那种感觉的表象时。"[3]

相似性是诗歌认识（realization）的起点，认识即实现，认识即是将现实事物（real things）变成另一种现实。"不是艺术家，而是生命——诗人和画家的时间和经验——创造或揭示了现

---

[1] Stefan Holander, *Wallace Stevens and the Realities of Poetic language* (New York: Routledge, 2008), p. 7.

[2] Wallace Stevens, "Three Academic Pieces," in *Wallace Stevens: Collected Poetry and Prose*, eds. Frank Kermode and Joan Richardson (New York: The Library of America, 1997), p. 686.

[3] Wallace Stevens, "Effects of Analogy," in *Wallace Stevens: Collected Poetry and Prose*, pp. 722–723.

实。"[1]艺术家的任务是在现实世界中发现可能的艺术作品,然后将它提炼出来,因而吉他手弹奏吉他即是弹奏现实,画家作画和诗人作诗都是一种实现,他们"创造了我们不断转向它却并不了解它的世界"[2],这个诗歌的世界必然区别于我们所生活的世界。

史蒂文斯用这种相似性标准审视摩尔的诗歌对现实的操作。在评价摩尔的诗歌《他"消化硬铁"》时,史蒂文斯指出,在这首诗中,摩尔从始至终都没有直接说出诗歌主体的名字,这是史蒂文斯对这首诗发生兴趣的起点。

史蒂文斯以百科全书知识为切入点开始分析这首诗,在一定程度揭示了摩尔和他自己诗歌的差异。摩尔的诗歌不是对现实事物的描述,而是对描述的描述,她的物——鸟、兽、植物等来自各种文本资源,她的创作,如同用艺术形式的光照亮事物,赋予事物以生命,如她在《当我购买图画时》一诗中所说的:"无论何种事物,/它必须'被深入事物生命之中的尖锐目光所照亮';/它必须承认创造它的精神力量。"[3]就这点而言,摩尔和史蒂文斯的方向是相反的。史蒂文斯总是将有生命的物进行抽象、变形之后,写入诗歌,而摩尔常常将物的概念、抽象的文字描述变成诗歌中有生命的物。

史蒂文斯指出了摩尔的鸵鸟与百科全书的鸵鸟之间的区别。《大不列颠百科全书》对鸵鸟的记录是客观的:"处于困境时,鸵鸟的脚步极为轻快,能高效地使用它的腿。几只雌鸟将蛋产在一

---

[1] Wallace Stevens, "About One of Marianne Moore's Poems," in *Wallace Stevens: Collected Poetry and Prose*. eds. Frank Kermode and Joan Richardson (New York: The Library of America, 1997), p. 703.

[2] John N. Serio (ed.), *The Cambridge Companion to Wallace Stevens* (New York: Cambridge University Press, 2007), p. 3.

[3] Marianne Moore, "When I Buy Pictures," in *Observations* (New York: The Dial Press, 1924), p. 57.

个巢中,晚上雄鸟孵蛋,白天雌鸟轮流换班。"[1]

摩尔则运用细节、措辞、反讽以及观察建立了区别于百科全书的事实:

……凭借
羽毛、蛋和雏鸟而珍贵的他,
曾被当作一种骑兽,怎么可能尊敬
演员似的藏在鸵鸟的皮肤下,用右手
移动脖子假装活着,
用左手从一只袋子里掏出稻谷撒在地上的人……[2]

鸵鸟也许因此被诱捕并被杀死!

……他,
站着巡哨时,
滑稽的小鸭头在他巨大的脖子上转动,
敏感如罗盘指针,

以S形的路径搜寻,
整理好后背铅灰色皮肤上的绒毛。[3]

摩尔的鸵鸟依托于百科全书的事实,却比之拥有更多生动的

---

[1] Wallace Stevens, "About One of Marianne Moore's Poems," in *Wallace Stevens: Collected Poetry and Prose*, ed. Frank Kermode and Joan Richardson (New York: The Library of America, 1997), p. 700.

[2] Marianne Moore, "He 'Digesteth Harde Yron'," in *The Poems of Marianne Moore*, ed. Grace Schulman (New York: Penguin Group Inc., 2003), p. 243.

[3] Marianne Moore, "He 'Digesteth Harde Yron'," in *The Poems of Marianne Moore*, p. 243.

细节，这种"体型庞大、翅膀小巧，/跑动无比迅捷，机敏的鸟"因其个性摆脱了和它同等大小的鸟儿灭绝的命运，也因其难看的、"硬铁"似的外表，摆脱了人们驯养它的企图：

> 被虔诚展示的蛋，
> 是一枚鸵鸟蛋，
> 　正如丽达那只孵化了
> 卡斯托和帕罗克斯的蛋。可能比这一只
> 衔泥建窝，
>
> 　涉过湖水或大海
> 　只露出头来的鸟儿
> 更适合中国的草地，
> 它在那里吃草，作为奉献给
> 　喜爱怪鸟的皇帝的礼物……[1]

摩尔的鸵鸟由此从一种现实转向另一种现实。《百科全书》中的现实是孤立事实组成的现实，而摩尔关于鸵鸟的现实是个人的现实，是一种美学的综合，即有意味的现实，由她独特的阅读、观察、有意义的经验碎片等组成，是"一种广泛的包容而非一种防御或一种逃避性的创造"[2]。它具备三个特征：其一是抽象，尽可能抽离我们周围虚幻、不确定的事实，与由我们的精神而非感觉所领会的事物建立关联。这首诗有一种异常忠于事实的外表，但它终究是一种抽象。其二是摩尔个人现实的"外来和异

---

[1] Marianne Moore, "He 'Digesteth Harde Yron'," in *The Poems of Marianne Moore*, ed. Grace Schulman (New York: Penguin Group Inc., 2003), p. 244.
[2] Taffy Martin, *Marianne Moore: Subversive Modernist* (Austin: University of Texas Press, 1986), p. 62.

质"性。它不完全为我们所熟知，它从外面撞击我们，它不能完全融化在我们自身的思想观念之中。其三是摩尔独特的语言和观察，首先是具有反讽意味的文字，然后是愉悦的观察。[1]这种个性特征，可以让各种形式的理性解释戛然而止。

在这篇评论的第二部分，史蒂文斯回忆了他1948年参观宾夕法尼亚州图尔佩霍肯地区（Telpehocken）泽勒（Zeller）家族居住地的见闻。他描述了这个家族的族徽和日常生活之地："他们的现实，由可见的和不可见的组成。"[2]他描述了一个"坚定的老派路德会教友"，在这个教友的带领下参观了当地一座古老的圣三一教堂。他总结道："不可能与时间和经验在此创造的现实产生任何有效的分离，渗透其中的荒凉仿佛某种最终的事物。"[3]然后，史蒂文斯从眼前荒凉、呆板的风景转向他在摩根（Morgan）图书馆看到的书，那些书与宾州阴郁的墓地形成强烈对比，并且将颜色和生气赋予了那片荒凉贫瘠的现实。

史蒂文斯的这一段描述最直观地流露出他的逃避主义特质。他在荒凉风景与书籍的对比中，认为书籍可以覆盖前者，并且赋予前者以意义。他借此推崇摩尔在诗歌中掌控不可掌控的现实的能力，那种鸵鸟般"消化硬铁"的能力，正如摩尔能在骆驼—麻雀平凡而难以理解的特点中发现权力。

在文章的第三部分，他回到摩尔的诗，继续按照逃避主义的观点阐释这首诗。史蒂文斯认为摩尔创造了他所谓的可以识别的现实，"消化硬铁"的能力是一种变形的力量，变形的目的在于

---

[1] Wallace Stevens, "About One of Marianne Moore's Poems," in *Wallace Stevens: Collected Poetry and Prose*, eds. Frank Kermode and Joan Richardson (New York: The Library of America, 1997), p. 700–702.

[2] Wallace Stevens, "About One of Marianne Moore's Poems," in *Wallace Stevens: Collected Poetry and Prose*, p. 704.

[3] Wallace Stevens, "About One of Marianne Moore's Poems," in *Wallace Stevens: Collected Poetry and Prose*, p. 705.

创造一个超越尘世的世界，在这种超越性中，生活得以可能。

显然，史蒂文斯想将摩尔的诗歌纳入自己的诗歌理念体系，却忽视了摩尔和他在处理现实时最根本的差异。摩尔"消化硬铁"——所谓硬铁，在这首诗中是指这种鸟的外表和生命所包含的无可辩驳、相互冲突、有时令人惊奇的事实——的能力有一个重要前提，即保持事实的"原味"和真实。摩尔对事实的"消化"过程依赖诗歌形式、去除自我经验、克制与还原等方法，让事实变得更加清晰。她坚持威廉斯极为推崇的"事实坚硬的边界"，在"事实中发展她自己的阐释能力"[1]。史蒂文斯和摩尔一样热爱事物，尤其是松树，太阳，雪等，摩尔说他可以被称为"松树的代言人"[2]，他也赞成爱默生的观点，"现实不是它是什么。它由它能被整合进其中的许多现实组成"[3]，然而，史蒂文斯诗歌中的现实事物常常变形成了"超越性的类似之物"，消融了"事实坚硬的边界"。

五、想象与自我

文德勒在《史蒂文斯和抒情的发言者》（"Stevens and the Lyric Speaker"）一文开头对摩尔与史蒂文斯进行了简单比较。她指出，在摩尔的诗歌中，我们偶尔可以听到摩尔自己的声音，比如她在《诗》中说："我，也不喜欢它。"而在史蒂文斯的诗歌中，我们几乎完全听不到他个人的声音，史蒂文斯很少用第一人

---

[1] Taffy Martin, *Marianne Moore: Subversive Modernist* (Austin: University of Texas Press, 1986), p. 81.

[2] Marianne Moore, "On Wallace Stevens," In *The Complete Prose of Marianne Moore*, ed. Patricia C. Willis (New York: Viking Penguin Inc., 1987), p. 583.

[3] David M. LaGuardia, *Advance on Chaos: The Sanctifying Imagination of Wallace Stevens* (Hanover: University of New England, 1983), p. 15.

称，几乎不涉及个人事件，甚至刻意避免诗歌中发言者的存在。[1]文德勒在这个问题上明显存在偏误。一方面，摩尔诗歌中第一人称的"我"常常并不真正指向作为诗人的摩尔自己，这个"我"始终带有泛指的意义；另一方面，史蒂文斯貌似毫无自我声音的诗歌中，自我却是一种强大的、阴影般的存在。史蒂文斯在文章中多次表明，诗歌应公开它的作者，"精神的主要特征，是经常描述它自己"[2]，诗歌是诗人建构个性的过程，要反映作为个体的他的物质和精神元素。在1943年的一次讲座中，史蒂文斯明确指出，诗歌要呈现作为男子汉诗人的年轻形象。他本人作为诗人的气质，亦符合雪莱对诗人的描述。雪莱说，诗歌的创造者是"那种帝王似的人物，其王冠被不可见的人性遮蔽着"[3]。当史蒂文斯说想象是"最高虚构"时，他赋予诗人的正是一种王者气度，是从天而降的"胡安"，与伦勃朗在自己的画作《在画室里的艺术家》（"The Artist in His Studio"）中呈现的那个茫然、渺小、不知所措的画家形象形成鲜明对照。

　　史蒂文斯抱有变革美国诗歌的雄心，他曾在给未婚妻的信中表达对美国诗歌的失望："我独自参观了国家研究院。经过色彩繁杂的展览厅时不觉耳目一新。但那些图片，一幅接着一幅，却很难再使人精神振奋……艺术家们一定如同诗人们一般变得愚蠢至极。一个热爱色彩、形式，热爱土地和人民的人对这些垃圾会

---

[1] Helen Vendler, "Stevens and the Lyric Speaker," in *The Cambridge Companion to Wallace Stevens*, ed. John N. Serio (Cambridge: Cambridge University Press), p. 133.

[2] Milton J. Bates, *Wallace Stevens: A Mythology of Self* (Berkeley & Los Angeles: University of California Press, 1985), p. 92.

[3] Wallace Stevens, "The Figure of the Youth as Virile Poet," in *Wallace Stevens: Collected Poetry and Prose*. eds. Frank Kermode and Joan Richardson (New York: The Library of America, 1997), p. 669.

怎样做呢？"[1]他对于诗歌的探索常常围绕他的雄心进行。他的第一本诗集《簧风琴》即呈现了非凡的语言天赋，一个年轻"男子汉诗人"的明朗意象、非比寻常的想象力和近乎神启似的直觉。同时，这本诗集潜在的问题亦是明显的。约翰·古尔德·弗莱彻（John Gould Fletcher）分析，从1913年到1923年十年间，史蒂文斯这位最优秀的美国诗人已经成为过早幻灭的唯美主义者，缺乏精神和道德的方向；他的个人现实与陈腐、平庸的日常现实分道扬镳了，导致在《作为字母C的喜剧》中所表达的个性崩溃。弗莱彻预言，"史蒂文斯先生……未来必定面临一种清醒的邪恶选择：要么拓展他的领域去纳入更多的人类经验，要么放弃书写。《簧风琴》是一种不允许后续的升华。"[2]从依赖个性到个性崩溃，是史蒂文斯经历的一个过程。在后来的创作中，他的确像弗莱彻预言的那样，逐渐从个性呈现转向了更为宏大的人类经验。

与时代的潮流方向一致，史蒂文斯拒绝了对"中心"的期待。他在《雪人》中暗示，那个站在中心的听者只能面对本质性的虚无，而爱默生所谓的"一个人是自然的中心"[3]在他看来不过是一种危险的中心幻境，史蒂文斯用一只干枯的"坛子"嘲讽这种幻境。然而，史蒂文斯从始至终没有消除一个男性的"人类自我"，一种强力意志，就像哈罗德·布鲁姆指出的那样，"对史蒂文斯来说，'人类自我的选择'建构了一种强大的肯定，表明

---

[1] Holly Stevens (ed.), *Letters of Wallace Stevens* (New York: Alfred A.Knopf, 1966), p. 116.

[2] Milton J. Bates, *Wallace Stevens: A Mythology of Self* (Berkeley & Los Angeles: University of California Press, 1985), p. 122.

[3] David M. LaGuardia, *Advance on Chaos: The Sanctifying Imagination of Wallace Stevens* (Hanover: University of New England, 1983), p. 23.

他拒绝依赖神圣自我"[1]。他没有像艾略特那样,在坚持非个人化的同时求助于上帝建立"神圣自我"身份,他坚持面对无神的个体生命现实,坚持"借助自己的想象力为他自己赎回一个世俗的天堂"。[2]

在这样的前提下,史蒂文斯将现代诗歌的特征归之为"间接的自我中心主义"(indirect egotism)。他引用亨利·福西隆(Henri Focillon)的话来解释这种间接的自我中心主义:"人类意识永远追寻着一种语言和风格。承认意识的存在同时也承认了形式的存在。哪怕远远够不上定义和明晰,形式、方法和关系也存在着。头脑的主要特征是持续不断地描述自身。"[3] "间接的自我中心主义"体现在诗人的自我肯定与自我抽象,在《高贵的骑手与诗歌的声音》中,史蒂文斯强调,现代诗人对自我作为一个诗人的衡量,亦即是衡量他将自我及现实进行抽象的能力;他通过他的想象完成这种抽象,没有"间接的自我中心主义"就没有诗歌。这种间接的自我中心主义比艾略特的非个人化理念更贴近现代诗人的实际创作状态,诗人的自我——难以根除的主体意识,在他们的诗歌中是必然的在场。

这种自我抽象,类似于阿伦特所谓的"去感觉化"(de-sensing)。阿伦特借助厄尔普斯(Orpheus)和欧律狄刻(Eurydice)的故事指出,欧律狄刻的消失,说明为了思考,为了创造出小说中的想象人物,叙述者必须"去感觉化","创造性的想象可以操纵能见世界的素材,但必须先将它们去感觉化,使它们挥发、将

---

[1] David M. LaGuardia, *Advance on Chaos: The Sanctifying Imagination of Wallace Stevens* (Hanover: University of New England, 1983), p. 23.

[2] David M. LaGuardia, *Advance on Chaos: The Sanctifying Imagination of Wallace Stevens*, p. 26.

[3] Wallace Stevens, "The Figure of the Youth as Virile Poet," in *Wallace Stevens: Collected Poetry and Prose*, eds. Frank Kermode and Joan Richardson (New York: The Library of America, 1997), p. 671.

它们消灭"[1]。欧律狄刻可见肉体的消失预示着她将变成一个故事的叙述者。

史蒂文斯的自我在诗歌中即是一个强大的"去感觉化"的叙述者,只是这个叙述者并不能保持一种坚定的叙述立场,他处于摇摆之中。史蒂文斯说,诗人永远关心两种想象理论。第一种理论,想象作为他内在的一种力量,与其说想任意地毁灭现实,不如说想让现实为其所用。他开始感觉到,他的想象并不完全属于他自己,而是属于一种更大、更强有力的想象,努力得到这种想象是他的追求。因为这个原因,他继续向前,如瓦莱里那样,生活在,或者努力生活在意识的边缘。这产生了边缘性的、潜意识的诗歌。第二种理论,想象作为他内在的一种力量,对现实有如此的洞察,让他作为诗人完全可以处于意识的中心。这会产生,或者应该产生一种核心的诗歌。[2]这段论述揭示了诗人是将自己交付世界还是忠于自我的两难处境。总之,"孤独是我们生命状况中较常见的标记,我们如何使这孤独住满人?"[3]史蒂文斯诗歌中"去感觉化"的我因为"我是我全部遭遇的一部分"而超越了狭隘的自我主义,又因为永远后退的"世界边缘"而获得了一种无限和崇高。在他的诗歌中,他不断呈现"自我"的突围。诗集《簧风琴》开篇的《尘世轶事》描写的雄鹿和火猫是一个开端,第二首诗《对天鹅的抨击》("Invective Against Swans")持续了这个方向:

---

[1] 朱莉亚·克里斯蒂瓦:《汉娜·阿伦特》,刘成富等译,江苏教育出版社,2006,第98页。
[2] Wallace Stevens, "Effects of Analogy," in *Wallace Stevens: Collected Poetry and Prose*, eds. Frank Kermode and Joan Richardson (New York: The Library of America, 1997), pp. 712–713.
[3] 哈罗德·布鲁姆:《如何读,为什么读》,黄灿然译,译林出版社,2015,第71页。

灵魂，哦雄鹅们，飞过公园，
远离风的纷争。

来自落日的一阵青铜雨，标示
夏天的死亡，这是时间忍受的，

就像一个人涂写倦怠的遗嘱，
包含了金色的怪癖和帕福斯似的漫画，

把你们的白羽毛馈赠月亮，
把你们冷漠的移动交付空气。

瞧，已排着长长的队列，
乌鸦们用它们的污垢为雕像敷油。

而灵魂，哦雄鹅们，孤独地飞越
你们冰冷的战车，飞向天空。[1]

  雄鹅们与乌鸦的斗争，如同渴望越过世界边缘的自我与封闭的自我之间的冲突，最后以雄鹅们的飞离、超越结束。这种离开，预示了史蒂文斯对自我的探索。"诗人必须从与他相关的一切事物中清除僧侣体，必须朝着可信的方向持续前进。他必须从

---

[1] Wallace Stevens, "Invective Against Swans," in *Wallace Stevens: Collected Poetry and Prose*, eds. Frank Kermode and Joan Richardson (New York: The Library of America, 1997), pp. 3-4.

现实事物中创造他的非现实。"[1]想象通过为现实世界赋予秩序而创造了新的现实，所以，假如没有诗歌，垃圾场只是垃圾场，有了诗歌，垃圾场也能具备诗性，成为"非现实"。因而，史蒂文斯的创作过程，变成了希利斯·米勒所描述的："一个男人从与人类、自然和上帝貌似真实的和谐中堕落，进入碎片化的轶事、冷漠的自然和消失的神组成的现实中。然后他描写了诗人补偿性的努力，想成就一种飞翔，将想象与新的现实神圣地结合起来。"[2]

可见，史蒂文斯并没有将诗人—自我推上神坛，他对此充满了犹疑和谨慎。在《朝向最高虚构的笔记》一诗的第三部分第三节中，他写道："一个死去的牧羊人从地狱带来庞大的合唱队／吩咐羊痛饮"[3]，他让想象或者最高虚构成为信仰的替代，但也反复强调高贵，即现实与想象之间的平衡。作为诗人，他最终要与客观世界共生性地在场。

布鲁姆把史蒂文斯的"自我抽象"（或"去感觉化"）定义为缩减（reduction）[4]，缩减之后再进行自我重建，同时建构诗歌中抽象的现实，以此取代真实。他列举了《士兵之死》一诗说明史蒂文斯的自我从缩减至重生的升华过程：

---

[1] Wallace Stevens, "The Figure of the Youth as Virile Poet," in *Wallace Stevens: Collected Poetry and Prose*, eds. Frank Kermode and Joan Richardson (New York: The Library of America, 1997), p. 679.
[2] J. Hillis Miller, *Poets of Reality* (Cambridge: The Belknap Press of Harvard University Press, 1965), p. 282.
[3] Wallace Stevens, "Notes toward a Supreme Fiction," in *Wallace Stevens: Collected Poetry and Prose*, p. 346.
[4] Harold Bloom, "Reduction to the First Idea," in *Critical Essays on Wallace Stevens*, eds. Steven Gould Axelrod and Helen Deese (Boston: G. K. Hall & Co., 1988), p. 85.

生命缩短，死亡如期而至，
如同在秋季。
战士倒下。

他没有变成三天的名人，
借助自己的分离，
请求庆典。

死亡是绝对的，没有纪念碑，
如同在秋季，
当风停歇，

当风停歇，在天空，
云，依旧去往，
它们的方向。[1]

"缩减"体现了史蒂文斯"自我消融"的意志，他渴望消除中介，回到"第一理念"，"诗更新生命因而我们分享片刻／第一理念……"史蒂文斯设想"第一理念"在本质上是先于人的，"有一个泥泞的中心，在我们呼吸之前。／有一个神话，在神话开始之前"，诗歌从这个混沌的中心产生：

这首诗由此涌现：我们住在
不属于我们自己的地方，甚至，不是我们自身，

---

[1] Wallace Stevens, "The Death of a Sldier," in *Wallace Stevens: Collected Poetry and Prose*, eds. Frank Kermode and Joan Richardson (New York: The Library of America, 1997), p. 81.

哪怕有被纹饰的日子它也是艰难的。[1]

去除中介之后，意识与事物的原始关联得以恢复，布鲁姆认为第一理念"总是包含着优先性，是最早看见的意思"[2]。这种看，这种对视觉的刷新，在史蒂文斯的诗歌中反复出现。

视觉，作为感官能力之一，在古希腊哲学中受到抑制乃至否定，哲学家德谟克利特以及悲剧中的俄狄浦斯王都刺瞎了自己的眼睛。前者是为了放弃感官的诱惑和片面性，睁开心灵之眼，后者是为了惩罚自己的愚钝和过错。对视觉的否定象征着自我摆脱肉体—物质性的存在以服从于心灵、灵魂、理性等概念。在史蒂文斯这里，对视觉的刷新包含了相反的意图。他不否定看，但希望去除看与对象之间的语言中介，达成最直接的看，以恢复人作为肉体—物质与心灵统一体的完整存在。在《雪人》一诗中，史蒂文斯透过雪人这个形象具体描述了这种完整状态：拥有冬天的情怀，置身于冰雪之中，与外在世界合二为一，以肉体在场的形式感受寒冷，期盼遥远的一月阳光，其实质是"忘我"。"雪人"消融于雪的物质形式之中，成为"寒冷的、无修辞的风景"的一部分，抵达海德格尔似的无蔽状态。那个与世界疏离、执着于自我的"听者"是史蒂文斯想摆脱的。这个听者，让我们想起柏拉图的"洞穴人"："一些人从小就住在这个洞里，但他们的脖子和腿脚都捆绑着，不能走动，也不能扭过头来，只能向前看着洞穴的后壁。"[3]柏拉图认为这些洞穴人被困于物质世界，他们必须

---

[1] Wallace Stevens, "Notes Toward a Supreme Fiction," in *Wallace Stevens: Collected Poetry and Prose*, eds. Frank Kermode and Joan Richardson (New York: The Library of America, 1997), p. 332.

[2] Harold Bloom, "Reduction to the First Idea," in *Critical Essays on Wallace Stevens*, eds. Steven Gould Axelrod and Helen Deese (Boston: G. K. Hall & Co., 1988), p. 85.

[3] 柏拉图：《柏拉图全集·国家篇》，王晓朝译，人民出版社，2003，第510页。

走出洞外，摆脱物质世界才能看见"真实"，即理念。在这首诗中，史蒂文斯颠覆了柏拉图的逻辑，他将囿于理念世界的听者视为洞穴人，鼓励这个听者回归雪人的物质性。

在雪人的看中，史蒂文斯恢复了视觉的物质意义，身体不再是一种重负，而是一种必要的在场，是存在的支撑，透过身体感受才能建立与世界的关联。如此，雪人对世界的欣赏与凝视确立的不是一种外在性，而是一种还原和圆满，是身心二元对立模式的消解。

在他最后一本诗集《岩石》（*The Rock*）的最后一首诗《并非物的理念而是物自身》中，史蒂文斯描写了物我交融的审美境界，诗歌中的"我"进入了春天，进入了自然的大合唱之中，理性消融，归于生命原初的激情。

在这首诗中，因为第一声鸟的啼叫，所有的身体感官被唤醒，置身于一个充满生机的世界：

冬天即将结束时，
三月，外面一声瘦削的啼叫
就像他内心的一道声音。

他知道自己听见了它，
一只鸟的啼叫，在拂晓前后，
早春三月的风中。

太阳六点升起，
不再是雪地上一种破败的光荣……
它本该在外面。

它并非来自睡眠褪色的纸艺

空阔的腹语……
太阳正从外面降临。

那声瘦削的啼叫——它是
一个唱诗班成员,其C音先于合唱。
它是这宏大太阳的一部分,

被合唱的复调环绕,
依旧遥远。就像
对现实的全新认知。[1]

史蒂文斯在这首诗中特别强调两个词:"瘦削"(scrawny)和"外面"(outside)。虽然这两个词在汉语中的呈现有些笨拙,但这两个词于这首诗是重要的。"外面"强调身体之外,暗示物的召唤,一种外在的启示。"瘦削"的啼叫则包含了肉体感受,这是携带季节特征的声音,是一个行将衰老者感知到的声音,也是"事实的声音"[2]。鸟的啼叫作为一种外在性,不可能被占有,但它是触发,是引领,是合唱之前的C音,是与"枯萎着进入真理"(叶芝的诗句)的老年相伴而生的对现实的清澈认知,因而,它又是新的、早春的声音。

听到这道声音的"我",内心如冰层乍然开裂,仿佛《雪人》中那个丧失了物质形体、囿于理念世界的"听者"突然听到了来自物质世界的鲜活声音;仿佛冥府中的欧律狄刻归来,听到了厄

---

[1] Wallace Stevens, "Not Ideas About the Thing But the Thing Itself," In *Wallace Stevens: Collected Poetry & Prose*, eds. Frank Kermode and Joan Richardson (New York: The Library of America, 1997), p. 451.
[2] 威廉·詹姆斯:《实用主义:一些旧思想方法的新名称》,陈羽纶、孙瑞禾译,中国青年出版社,2013,第34页。

尔普斯的热烈呼唤,并做出了回应。这个"我",这个听者,这个"洞穴人",欣然接受物的灌注,摆脱理念的束缚,以雄浑质朴的合唱回荡天地之间,获得了自己的肉体形式,与"雪人"合二为一。人的全部感官和物质体验被恢复、被尊重,词语中介消除,人和自然之间的障碍消融,他找到超越自我感觉的"普遍感觉",他就是全部的虚无与实有,与万物合一。

史蒂文斯的问题在于,他始终未能真正放下"我",获得雪人物我合一的生命体验,摩尔敏锐地指出了他诗歌中如影随形的唯我主义,其表现为他诗歌中"自我消融"的意愿与作为阳刚诗人的大写的"我"——"间接的自我中心主义"之间无法消除的悖论。在《人的环境》《双冠蜥》《跳鼠》等诗中,摩尔对史蒂文斯有直接的回应和对话,坚持将他描述为"胡恩"而不是"雪人"。如同法国象征主义者喜爱的青须公,他住在一个静止、异域、理想的永恒宫殿,渴望像顶峰一样矗立在大海的中心。他的想象"有可能危险地突破它的疆界,沉迷于俗艳的色彩和音乐,从而牺牲生命本身"[1];他的渴望有可能像电梯一样,是一种机械装置而丧失了情感的真诚,"模仿向上 / 飞行——什么也成就不了"[2];他拒绝接受现实的混乱,只愿意拥抱虚构的幻象,他的想象轻易就会蜕化成一种静态、傲慢的唯我论[3]。"我是我漫步其中的世界,我所见/所听、所感无不来自我自己。"[4]这个带

---

[1] Robin G. Schulze, *The Web of Friendship: Marianne Moore and Wallace Stevens* (Ann Arbor: The University of Michigan Press, 1995), pp. 31–32.
[2] Marianne Moore, "Picking and Choosing," in *Observations* (New York: The Dial Press, 1924), p. 55.
[3] Robin G. Schulze, *The Web of Friendship: Marianne Moore and Wallace Stevens*, pp. 31–32.
[4] Wallace Stevens, "Tea at the Palaz of Hoon," in *Wallace Stevens: Collected Poetry and Prose*, eds. Frank Kermode and Joan Richardson (New York: The Library of America, 1997), p. 51.

有强力意志的自我形象在史蒂文斯的诗歌中随处可见，哪怕在《并非物的理念而是物自身》这首追求物我同一的诗中，我们仍然可以感受到一个强大的叙述者、一个"自我"主宰着诗歌的进程，交融是被描述、被向往的一种理想状态，而非诗人当下的沉浸体验。这种自我的诡计，在艾略特的诗歌中同样可以看到，他的非个人化主张其实融合了男性的傲慢和自我表达的强烈冲动。

  摩尔完全理解这些男诗人在写作中对自我——权威中心位置的深深眷念，理解他们在诗歌中对这个位置无意识的维护：

> 人注视着大海，
> 挡住了和你一样对它拥有权利的人观看的视角，
> 渴望站进事物的中心是人类的天性。[1]

  摩尔嘲笑史蒂文斯这些诗人"渴望站进事物的中心"的野心。她认为："你无法站进这样的中心：／大海所提供的，只是一座精致的坟墓。"[2]在她自己的诗中，她不仅不让自我、不让人类学意义上的人处在中心位置，反而揭示了人普遍性的胆怯：

> 一种哺乳动物；他坐在自己的栖息地，
> 穿着毛料衣服，厚重的鞋。被恐惧追逐，他，总是
>   因黑夜来临而受挫，绝望，遗憾于
>   未竟的事业……[3]

---

[1] Marianne Moore, "A Grave," in *Observations* (New York: The Dial Press, 1924), p. 60.
[2] Marianne Moore, "A Grave," in *Observations*, p. 60.
[3] Marianne Moore, "The pangolin," in *The Poems of Marianne Moore*, ed. Grace Schulman (New York: Penguin Group Inc., 2003), p. 226.

对人性的深刻理解以及对另类生命的肯定性认同，在摩尔这里转化为一种谦逊姿态，就像她在评论史蒂文斯时最关注的是史蒂文斯的独特性，甘愿被史蒂文斯的语言征服，干脆直接引用史蒂文斯的句子或词语代替她进行陈述，这与史蒂文斯总是用自己的概念给她下定义的强势姿态相异——史蒂文斯最关注的是摩尔的诗歌与他的呼应。用塔菲·马汀的话说，他总是希望发现一个"与华莱士·史蒂文斯有着异乎寻常关系"[1]的女诗人，将摩尔纳入自己的诗学范畴。

摩尔也和史蒂文斯、艾略特等人一样重视诗人的个性，强调个性与创作的紧密关联，但她对于这种关联性的理解和处理方式与史蒂文斯傲慢的青须公、艾略特的全知旁观者有着本质区别。摩尔小心翼翼地站在诗歌之外，坚持还原性地呈现诗中刻画对象的生命形态，她不在诗歌中确立代言人，而是在描写对象身上挖掘某种行为或品德的楷模。她将个性呈现为处理素材的风格、技法、语言形式，拒绝自我在诗歌中显形。这种省略自我的想象让对象摆脱了客观性和被动性，成为全新的浪漫主体，就像《一条章鱼》一诗中那样，雪的荒原容纳了众多生命，携带了生动而丰富的想象，最终变成了一种自我延伸似的生物，展现了自在的活力和美。可以说，摩尔的物（对象），真正实现了史蒂文斯寄望于雪人的自在性与完满性，想象与物质同构，摆脱了"一个本质上贫苦的世界意象"[2]。

---

[1] Taffy Martin, *Marianne Moore: Subversive Modernist* (Austin: University of Texas Press, 1986), p. 62.

[2] Stefan Holander, *Wallace Stevens and the Realities of Poetic Language* (New York: Routledge, 2008), p. 53.

结　语

在创作生涯中，摩尔始终在进行明智而深刻的探索。

她的独身为自己的诗歌创作提供了一个相对独立的生存平台；她变色龙似的隐忍、谦逊，对普遍性表达以及诗歌想象原则的维护，使她能够专注于挑战自我创作的限度，努力提升自己的技艺。摩尔对个体经验、情感、形式与语言的克制，对引语、对话形式的互文性运用，以及反复地修订和注释，体现了摩尔的诗歌野心——希望摆脱个体狭窄的经验自我，建立与传统的关联，将自己写入大写的诗学传统，而她也实现了这一点。在和她有过交集的女诗人博根、毕肖普以及当代女诗人格雷厄姆等身上，我们可以看到摩尔的影响以及美国现代女性诗歌的代际传承和发展。

摩尔回避了身份的建构问题。她不认同文学传统中男性作家确立权威的方式，也不认同立足于"自我"的书写方式对始终被排除在历史、文化语境之外的女诗人而言是唯一的出路；她淡化了作者作为单一、权威的抒情发言者的创作模式，也警惕女性的客体身份；她对于物具有超强的兴趣，欣赏现代城市生活以及现代技术带来的各种景观、产品，但她拒绝成为欲望的主体或被动的消费者；她在诗歌中以独特而细致的观察视角还原性地书写各种各样的客体，又让这些客体不可能为人所攫取；她不是通过树立自我的权威来确保主体性，而是通过对写作过程的高度控制展现自己的主体性。这种通过书写取得的作品成就比任何一种论战似的文本批评更有效地实施了女性主义的性别立场。

摩尔的诗歌专注于与他者（人、物或者理念）的他性相遇，以一种迂回的方式去把控并影响世界，在浪漫主义诗歌之后恢复了语言与物之间深切的关联；她的诗歌接纳各种文本碎片，借此与文学传统、与现实、与其他作家构成对话，在交流中重构了传统；她强调诗歌的客观性立场，追求诗歌语言的明晰性与暗示性、表达与沉默之间的平衡；她坚持诗歌对社会的意义，在一个价值体系趋于崩溃的时代坚持了一种正统的道德模式；她创造了兼具形式革新意义和形而上学思辨色彩的非个性化诗歌，让女性诗歌相对摆脱了性别的魔咒，延展了应有的宏阔与渊深。

摩尔因而确立了女性写作的正面榜样，为女性写作群体提供了一份有说服力的成功案例：如何以自身的写作成就和写作风格逐渐渗透并修正既有的文学传统。她对当代诗人，尤其是女诗人的影响将一直持续下去，构成诗歌的"未来"之一。

参考文献

1. Adrienne Rich, "When We Dead Awaken: Writing as Revision," in *Lies, Secrets, and Silence: Selected Prose, 1966–1978* (New York: Norton, 1979), pp. 33–49.

2. Alicia Ostriker, *Stealing the Language: Emergence of Women's Poetry in American* (Boston: Beacon Press, 1986).

3. Andrew Epstein, *Beautiful Enemies: Friendship and Postwar American Poetry* (New York: Oxford, 2006).

4. Andrew J. Kappel, "Presenting Miss Moore, Modernist: T. S. Eliot's Edition of Marianne Moore's Selected Poems," *Journal of Modern Literature* 19.1(1994), pp. 129–151.

5. Andrew Lakritz, *Modernism and the Other in Stevens, Frost, and Moore* (Gainesville: University Press of Florida, 1996).

6. Andrew Motion, *Philip Larkin: A Writer's Life* (London: Faber & Faber, 1993).

7. Andrew Swarbrick, *Out of Reach: The Poetry of Philip Larkin* (Basingstoke: Macmillan, 1995).

8. Ann K. Hoff, "Owning Memory: Elizabeth Bishop's Authorial Restraint," *Biography*, 4 (2008), pp. 577–594.

9. Anne Shifrer, "Iconoclasm in the Poetry of Jorie Graham," *Colby Quarterly* 31.2(1995), pp. 142–153.

10. Archie Burnett (ed.), *The Complete Poems of Philip Larkin* (London: Faber & Faber, 2015).

11. Bartholomew Brinkman, "Scrapping Modernism: Marianne Moore and the Making of the Mdoern Collage Poem," *Modernism/Modernity* 18.1 (2011), pp. 43-66.
12. Bernard Engel, *Marianne Moore* (New York: Twayne Publisher, 1964).
13. Bernard F. Engel, *Marianne Moore* (East Lansing: Michigan State University Press, 1989).
14. Besty Erkkila, *The Wicked Sisters: Women Poets, Literary History, and Discord* (Oxford: Oxford University Press, 1992).
15. Bonnie Costello, "Marianne Moore and Elizabeth Bishop: Friendship and Influence," *Twentieth Century Litterature* 4(1983), pp. 130-149.
16. Bonnie Costello, "Marianne Moore and the Old Masters," *Genre* 45.1 (Spring 2012), pp. 57-86.
17. Bonnie Costello, "Vision and Mastery in Elizabeth Bishop," *Twentieth Century Literature* 4(1983), pp. 351-370.
18. Bonnie Costello, Celeste Goodridge and Ctistanne Miller(eds.), *Selected Letters of Marianne Moore* (New York: Alfred A. Knopf, 1997).
19. Bonnie Costello, *Elizabeth Bishop: Questions of Mastery* (Cambridge: Harward University Press, 1991).
20. Bonnie Costello, *Marianne Moore: Imaginary Possessions* (Cambridge: Harvard University Press, 1981).
21. Bonnie Costello, *Women and Language in Literature and Society* (Westport: Praeger Publishers, 1980).
22. Brett Candlish Millier, "Modesty and Morality: George Herbert, Gerard Manley Hopkins, and Elizabeth Bishop," *The Kenyon Review* 11(1989), pp. 47-56.
23. Brett Candlish Millier, *Elizabeth Bishop: Life and the Memory of It*

(Berkeley: University of California Press, 1993).

24. Carl Smeller, "William's Portrait of a Lady," *Explicator* 62.3 (2004), pp. 159-160.

25. Catherina Cucinella, *Poetics of the Body* (New York: Palgrave Macmillan, 2010).

26. Catherine Paul, *Poetry in the Museums of Modernism: Yeats, Pound, Moore, Stein* (Ann Arbor: University of Michigan Press, 2002).

27. Charles Darwin, *The Annotated Origin: A Facsimile of the First Edition of on the Origin of Species* (Cambridge: Harvard University Press, 2009).

28. Charles Tomlinson (ed.), *Marianne Moore: A Collection of Critical Essays* (Eaglewood Cliffs: Prentice-Hall, 1969).

29. Christopher Ricks, *T.S. Eliot and Prejudice* (Berkeley: California University Press, 1988).

30. Craig S. Abbott, *Marianne Moore: A Descriptive Bibliography* (Pittsburgh: University of Pittsburgh Press, 1977).

31. Cristanne Miller, "Distrusting: Marianne Moore on Feeling and War in the 1940s," *American Literature* 80.2, (June 2008), pp. 353-379.

32. Cristanne Miller, "Marianne Moore and the Women Modernizing New York," *Modern Philology* 98.2 (Nov 2000), pp. 339-362.

33. Cristanne Miller, *Marianne Moore: Questions of Authority* (Cambridge: Harvard University Press, 1995).

34. D. J. Enright (ed.), *Poets of the 1950's: An Anthology of New English Verse* (Tokyo: Kenkyusha, 1955).

35. David Kalstone, *Becoming a Poet: Elizabeth Bishop with Marianne Moore and Robert Lowell* (New York: Farrar, Strauss, Giroux, 1989).

36. David Kellogg, "'Desire Pronounced and / Punctuated': Lacan and the Fate of the Poetic Subject," *American Imago* 52.4 (1995),

pp. 405-437.
37. David M. LaGuardia, *Advance on Chaos: The Sanctifying Imagination of Wallace Stevens* (Hanover: University of New England Press, 1983).
38. David Young, *Six Modernist Moments in Poetry* (Iowa City: University of Iowa Press, 2006).
39. Deborah Pope, *A Separate Vision: Isolation in Contemporary Women's Poetry* (Baton Rouge: Louisiana-State University Press, 1984).
40. Donald Hall, *Marianne Moore: The Cage and the Animal* (New York: Pegasus, 1970).
41. Edmund Wilson, "Wallace Stevens and E. E. Cummings," *New Republic* 38(March 1924), pp. 102-103.
42. Edward Craig, *Routledge Encyclopedia of Philosophy* (London: Routledge, 1998).
43. Elaine Showalter(ed.), *The Vintage Book of American Women Writers* (New York: Vintage, 2011).
44. Elisabeth W. Joyce, "The Collage of 'Marriage': Marianne Moore's Formal and Cultural Critique," in *Mosaic* 26.4 (1993), pp. 103-118.
45. Elizabeth Bishop, "Miss Marianne and Edgar Allen Poe," *Quarterly Review of Literature* 4.2(1948), pp. 132-134.
46. Elizabeth Bishop, *Elizabeth Bishop: Poems, Prose, and Letters*, eds. Robert Giroux and Lloyd Schwartz (New York: The Library of America, 2008).
47. Elizabeth Bishop, *One Art: Letters*, ed. Robert Giroux (New York: Farrar, 1994).
48. Elizabeth Bishop, *The Collected Prose*, ed. Robert Giroux (New York: Noonday, 1984).
49. Elizabeth Gregory (ed.), *The Critical Response to Marianne Moore*

(Westport: Praeger Publishers, 2003).

50. Elizabeth P. Perlmutter, "A Doll's Heart: The Girl in the Poetry of Edna St. Vincent Millay and Louise Bogan," *Twentieth Century Literature* 23.3 (Oct.1977), pp. 157−179.

51. Ellen Levy, *Criminal Ingenuity: Moore, Cornell, Ashbery, and the Struggle between the Arts* (New York: Oxford University Press, 2011).

52. Eloise Arnold Whisenhunt, *"It Is a Privilege to See So Much Confusion": Marianne and Revision* (A Thesis Submitted for the Degree of Doctor of Philosophy at the University of Alabama, 2009).

53. Emile Zola, "Naturalism in the Theatre," in *Documents of Modern Literary Realism*, ed. George J. Becker (Princeton: Princeton University Press, 1963).

54. Emma Kimberley, *Ekphrasis and the Role of Visual Art in Contemporary American Poetry* (A Thesis Submitted for the Degree of Doctor of Philosophy at the University of Leicester, 2007).

55. Erickson Darlene Williams, *Illusion Is More Precise than Precision: The Poetry of Marianne Moore* (Tuscaloosa and London: The University of Alabama Press, 1992).

56. Eugene Sheehey and Kenneth Lohf, *The Achievement of Marianne Moore, a Bibliography, 1907−1957* (New York: The New York Public Library, 1958).

57. Evan Kindley, "Picking and Choosing: Marianne Moore among the Agonists," *English literary history* 3(2012), pp. 685−713.

58. Frances Dickey, "Parrot's Eye: A Portrait by Manet and Two by T. S. Eliot," *Twentieth Century Literature* 52.2(2006), pp. 111−144.

59. Gary Lane, *A Concordance to the Poems of Marianne Moore* (New York: Haskell House, 1972).

60. George W. Nitchie, *Marianne Moore: An Introduction to the Poetry*

(New York: Columbia University Press, 1969).

61. Giorcelli Cristina, Cristanne Miller and Shira Wolosky(ed.), "*Twentieth-Century American Women's Poetics of Engagement. Special issue*", Source: *Revue d'etudes Anglophones* 12(Spring 2002), pp. 9-47.

62. Goodman Nelson, *Language of Art* (Indianapolis: Hackett, 1976).

63. Goodridge Celeste(ed.), *Hints and Disguises: Marianne Moore and Her Contemporaries* (Iowa: University of Iowa Press, 1989).

64. Grace Schulman, *Marianne Moore: The Poetry of Engagement* (Urbana & Chicago: University of Illinois Press, 1986).

65. Vicki Graham, "Into the Body of Another: Mary Oliver and the Poetics of Becoming Other," *Papers on Language and Literature* 30.4 (1994), pp. 352-373.

66. Greg MClaren, "'Some Presence Inevitably Shows through': Harold Stewart's Haiku Versions," *Australian Literary Studies* 22.4 (2006), pp. 460-470.

67. Elizabeth Gregory, *Quatation and Modern American Poetry: 'Imaginary Gardens with Real Toads'* (Houston: Rice University Press, 1996).

68. Harold Bloom (ed.), *Marianne Moore: Modern Critical Views* (New York: Chelsea House Publishers, 1987).

69. Harold Bloom, *Poetry and Repression: Revisionism from Blake to Stevens* (New Haven: Yale University Press, 1976).

70. Heather Cass White(ed.), *A-Quiver with Significance: Marianne Moore 1932-1936* (Victoria: ELS editions, 2008).

71. Hillis Miller and Wallace Stevens: *The Poet and His Critics* (Chicago: Library of Congress Cataloging in Publication Data, 1978).

72. Holly Stevens (ed.), *Letters of Wallace Stevens* (New York: Alfred A. Knopf, 1966).

73. J. Douglas Porteous, *Nowhereman*, http://www.philiplarkin.com/

pdfs/essays/nowhere_man_dporteous.pdf.

74. J. Hillis Miller, *Poets of Reality* (Cambridge: The Belknap Press of Harvard University Press, 1965).

75. James Booth, *Philip Larkin: Writer* (New York: St. Martin's Press, 1992).

76. James Longenbach, "Jorie Graham's Big Hunger," in *Jorie Graham: Essay on the Poetry*, ed. Thomas Gardner (Madison: Univeristy of Wisconsin Press, 2005), pp. 82–101.

77. James Longenbach, *Modern Poetry after Modernism* (New York: Oxford University Press, 1997).

78. Jaqueline Ridgeway, "The Necessity of Form to the Poetry of Louise Bogan," *Women's Studies* 5(1977), pp. 137–149.

79. Jay Parini and Brett C. Millier (eds.), *The Columbia History of American Poetry* (New York: Columbia University Press, 1993).

80. Jean Garrigue, *Marianne Moore, Pamphlets on American Writers 50* (Minneapolis: University of Minnesota Press, 1965).

81. Jeanne Heuving, *Omissions Are Not Accidents: Gender in the Art of Marianne Moore* (Detroit: Wayne State University Press, 1992).

82. Jeanne Larsen, "Lowell, Teasdale, Wylie, Millay, and Bogan," in *Columbia Literary History of the United States*, ed. Emory Elliott (New York: The Columbia University Press, 1988), pp. 203–232.

83. Jeredith Merrin, *An Enabling Humility: Marianne Moore, Elizabeth Bishop, and the Uses of Tradition* (New Brunswick: Rutgers University Press, 1990).

84. Joanne Feit Diehl, *Elizabeth Bishop and Marianne Moore: The Psychodynamics of Creativity* (Princeton: Princeton University Press, 1993).

85. Joanne Feit Diehl, *Elizabeth Bishop and Marianne Moore: The Psychodynamics of Creativity* (Princeton: Princeton University Press, 1993).

86. John D. Caputo, *Deconstruction in a Nutshell* (New York: Fordham University Press, 1997).
87. John Deway, *Individualism: Old and New* (New York: Capricorn Books, 1962).
88. John Keats, *The Letters of John Keats*, vol.1., ed. H. E. Rollins (Cambridge: Harvard University Press, 1958).
89. John M. Slatin, "The Forms of Resistance: Syllabics and Quotation," in *The Critical Response to Marianne Moore*, ed. Elizabeth Gregory (Westport: Praeger Publishers, 2003), pp. 93–103.
90. John N. Serio (ed.), *The Cambridge Companion to Wallace Stevens* (New York: Cambridge University Press, 2007).
91. Jordan Tracy, "'Come, We Can Go in': Ekphrastic Thresholds in A. E. Stallings and Jorie Graham," *Arizona Quarterly: A Journal of American Literature, Culture, and Theory* 70.3 (Autumn 2014), pp. 55–85.
92. Jorie Graham, *By Herself: Women Reclaim Poetry*, ed. Molly Mcquade (Saint Paul: Graywolf Press, 2000).
93. Jorie Graham, (ed.), *The Earth Took of Earth: A Golden Ecco Anthology* (New York: Ecco Press), 1996.
94. Jorie Graham, *From the New World* (New York: Harper Collins Publishers, 2016).
95. Jorie Graham, *Never* (Manchester: Carcanet, 2002).
96. Jorie Graham, *Swarm* (New York: The Eco Press, 2000).
97. Joseph Parisi (ed.), *Marianne Moore: The Art of a Modernist Master* (Ann Arbor: University of Michigan Research Press, 1990).
98. Kathleen Spivack, "Conceal/Reveal: Passion and Restraint in the Work of Elizabeth Bishop," *Massachusetts Review* 46.3 (Sep2005), pp. 496–510.

99. Kay Ryan, "Poetry in Review," *Yale Review* 2 (2004), pp. 164–177.

100. Kirsten Hotelling Zona, *Marianne Moore, Elizabeth Bishop and May Swenson: The Feminist Poetics of Self-restraint* (Ann Arbor: The University of Michigan Press, 2002).

101. Kirstin Hotelling Zona, "'An Attitude of Noticing': Mary Oliver's Ecological Ethic," *Interdisciplinary Studies in Literature and Environment*, 18.1 (Winter 2011), pp. 123–142.

102. Kit Fan, "Imagined Places: Robinson Crusoe and Elizabeth Bishop," *Biography* 1 (2005), pp. 43–53.

103. Laurence Stapleton, *Marianne Moore, The Poet's Advance* (Princeton: Princeton University Press, 1978).

104. Letter from Elizabeth Bishop to Moore, The Rosenbach Museum and Library.

105. Linda Leavell, "'Frightening Disinterestedness': The Personal Circumstances of Marianne Moore's 'Marriage'," *Journal of Modern Literature* 31.1(2007), pp. 64–79.

106. Linda Leavell, "Marianne Moore, the James Family, and the Politics of Celibacy," *Twentieth Century Literature* 2(2003), pp. 219–245.

107. Linda Leavell, *Holding On Upside Down: The Life and Work of Marianne Moore* (New York: Farrar, Straus & Giroux, 2013).

108. Linda Leavell, *Marianne Moore and the Visual Arts* (Baton Rouge: Louisiana State University Press, 1995).

109. Linda Leavell, Miller Cristanne and G. Schulze Robin, *Critics and Poets on Marianne Moore: "A Right Good Salvo of Barks,"* (Lewisburg: Bucknell University Press, 2005).

110. Litz. Walton and A. Christopher MacGowan(ed.), *The Collected Po-*

ems of William Carlos Williams, Vol. 1. (New York: New Directions, 1986).

111. Louis Untermeyer, "Poetry or Wit," in *The Critical Response to Marianne Moore*, ed. Elizabeth Gregory (Westport: Praeger Publishers, 2003), pp. 47-50.

112. Louise Bogan, *A Poet's Prose: Selected Writings of Louise Bogan with the Uncollected Poems*, ed. Mary Kinzie (Athens: Swallow Press, 2004).

113. Louise Bogan, https://www.best-poems.net/louise_bogan/index.html.

114. Margaret Dickie, Thomas Travisano, *Gendered Modernisms: American Women Poets and Their Readers* (Philadelphia: The University of Pennsylvania Press, 1996).

115. Margaret Holley, *The Poetry of Marianne Moore: A Study in Voice and Value* (Cambridge: Cambridge University Press, 2009).

116. "Marianne Moore, The Art of Poetry," Interviewed by Donald Hall, *Paris Review* (Summer-Fall 1961), http://www.theparisreview.org/interviews/4637/the-art-of-poetry-no-4-marianne-moore.

117. Marianne Moore, *A Marianne Moore Reader* (New York: The Viking Press, 1961).

118. Marianne Moore, *The Complete Prose of Marianne Moore*, ed. Patricia C. Willis (New York: Viking Penguin Inc., 1987).

119. Marianne Moore, *Observations* (New York: The Dial Press, 1924).

120. Marianne Moore, *The Complete Poems of Marianne Moore* (New York: Macmillan Publishing Co., 1967).

121. Marianne Moore, *The Poems of Marianne Moore*, ed. Grace Schulman, (New York: Penguin Group Inc., 2003).

122. Marie Borroff, *Language and the Poet* (Chicago: University of Chica-

go Press, 1979).

123. Mary Oliver, *A Poetry Handbook: A Prose Guide to Understanding and Writing Poetry* (Orlando: Houghton Mifflin Harcourt Publishing Co., 1994).

124. Matthew Schoesler, "Pound's Portrait d'une Femme," *Explicator* 65.3(2007), pp. 162−164.

125. Maud Ellman, *The Poetics of Impersonality: T.S. Eliot and Ezra Pound* (Cambridge: Harvard University Press, 1987).

126. Maurice J. O'Sullivan, "Native Genius for Disunion: Marianne Moore's 'Spenser's Ireland'," *Concerning Poetry* 7.1(Fall 1979), pp. 42−47.

127. Melissa Feuerstein, "For Want of a Door: Poetry's Resistant Interiors," *Comparative Literature* 2(2012), pp. 207−229.

128. Meyer Schapiro, "Rebellion in Art," in *America in Crisis*, ed. Daniel Aaron (New York: Alfred A. Knopf, 1952), pp. 205−206.

129. Michael John King (ed.), *Collected Early Poems of Ezra Pound* (New York: New Directions Publishing Corporation, 1982).

130. Michel Benamou, *Wallace Stevens and the Symbolist Imagination* (Princeton: Princeton University Press, 1972).

131. Michel Foucault, *The Order of Things: An Archaeology of the Human Sciences* (London & New York: Routledge, 2005).

132. Milton J. Bates, *Wallace Stevens: A Mythology of Self* (Berkeley & Los Angeles: University of California Press, 1985).

133. Charles Molesworth, *Marianne Moore: A Literary Life* (New York: Atheneum Macmillan Publishing Company, 1990).

134. Mordon Dauwen Zabel(ed.), *The Art of Travel: Scenes and Journeys in America, England, France and Italy from the Travel Writings of Henry James* (New York: Doubleday & Company, 1958).

135. Pamela White Hadas, *Marianne Moore: Poet of Affection* (New York: Syracuse University Press, 1977).

136. Paula Bennett, *My Life a Loaded Gun: Female Creativity and Feminist Poetics* (Boston: Beacon Press, 1986).

137. Peggy Samuels, "Verse as Deep Surface: Elizabeth Bishop's New Poetics, 1938–39," *Twentieth-Century Literature* 52.3 (2006), pp. 306–329.

138. Phillip L. Marcus, "'I Knew That Underneath Mr. H and I Were Really a Lot Alike': Reading Hemingway's The Old Man and the Sea with Elizabeth Bishop's 'The Fish'," *The Hemingway review* 33.1 (Fall 2013), pp. 27–43.

139. Phyllis Rackin, *Shakespeare and Women* (Oxford: Oxford University Press, 2005).

140. Rachel Blau DuPlessis, "No Moore of the Same: The Feminist Poetics of Marianne Moore," *William Carlos Williams Review* 14.1 (Spring 1988), pp. 6–32.

141. Rae Annon Fairlie, "The Hidden Meanings of Marianne Moore," http://www.public.coe.edu/~theller/English/struthers/RFairlie.pdf.

142. Richard Aldington, "Modern Poetry and Imagists," *Egoist* 1 (1914), pp. 202.

143. Richard Bradford, *First Bordom, Then Fear: The Life of Philip Larkin* (London: Peter Owen, 2005).

144. Richard Swigg, *Quick, Said the Bird: Williams, Eliot, Moore and the Spoken Word* (Iowa City: University of Iowa Press, 2012).

145. Richard Tillinghast, "Elizabeth Bishop: Driving to the Interior," *The New Criterion* 27.8 (April 2009), pp. 15–20.

146. Rita Felski, *The Gender of Modernity* (Cambridge: Harvard University Press, 1995).

147. Robert Frost, *The Poetry of Robert Frost*, ed. Lathem, Edward Connery (New York: Holt Rinehart and Winston, Inc., 1969).
148. Robin G. Schulze, "How Not to Edit: The Case of Marianne Moore," *Textual Cultures* 2.1 (2007), pp. 119–135.
149. Robin G. Schulze, "Marianne Moore's 'Imperious Ox, Imperial Dish' and the Poetry of the Natural World," *Twentieth Century Literature* 44.1 (Spring 1998), pp. 1–33.
150. Robin G. Schulze, *The Web of Friendship: Marianne Moore and Wallace Stevens* (Ann Arbor: The University of Michigan Press, 1995).
151. Robin Riley Fast, "More, Bishop, and Oliver: Thinking Back, Re-Seeking the Sea," *Twentieth Century Literature* 39.3 (Fall 1993), pp. 364–649.
152. Rochelle Rives, *Modernist Impersonalities: Affect, Authority, and the Subject* (New York: Palgrave Macmillan, 2012).
153. Roghayeh Farsi, "Chaos/ Complexity Theory and Postmodern Poetry: A Case Study of Jorie Graham' 'Fuse'," https://us.sagepub.com/en-us/nam/open-access-at-sage.
154. Sabine Sielke, *Fashioning the Female Subject* (Ann Arbor: Michigan University Press, 1997).
155. Sandra Gilbert and Susan Gubar, *No Man's Land*, vol. 1: The War of the Words (New Haven: Yale University Press, 1988).
156. Sharon Cameron, *Impersonality: Seven Essays* (Chicago: University of Chiacgo Press, 2006).
157. Sheila Kineke, "T.S. Eliot, Marianne Moore and the Gendered Operations of Literature Sponsorship," *Journal of Modern Literature* XXI.1 (Fall 1997), pp. 121–136.
158. "Silence and Miss Homans," https://moore123.com/tag/silence/ September 2, 2011.

159. Stefan Holander, *Wallace Stevens and the Realities of Poetic Language* (New York: Routledge, 2008).

160. Stephen Cushman, *Fictions of Form in American Poetry* (Princeton: Princeton University press, 1993).

161. Steven Gould Axelrod and Helen Deese (eds.), *Critical Essays on Wallace Stevens* (Boston: G. K. Hall & Co., 1988).

162. Susannah L. Hollister, "Elizabeth Bishop's Geographic Feeling," *Twentieth Century Literature* 3 (2012), pp. 399−438.

163. Susanne L. Wofford (ed.), *Case Studies in Contemporary Criticism: William Shakespeare "Hamlet"* (New York: St. Martin's Press, Inc., 1994).

164. Suzanne Juhasz, "'Felicitous Phenomenon': The Poetry of Marianne Moore," in *Naked and Fiery Forms: Modern American Poetry by Women, A New Tradition* (New York: Harper, 1976), pp. 33−56.

165. T. M. C. Stubbs, "'Irish by descent': Marianne Moore," Irish writers and the American-Irish, http://ora.ouls.ox.ac.uk/objects/ uuid: bf87b5ea-4baa-4a46-9509-2c59e738e2a1 /datastreams / THE-SI.

166. T. S. Eliot, *On Poetry and Poets* (New York: Farrar Straus & Cudahy, 1957).

167. T. S. Eliot, *The complete Poems and Plays 1909-1950* (London: Faber & Faber, 2004).

168. T. Adorno, *The Adorno Reader* (Malden: Blackwell, 2000).

169. Taffy Martin, *Marianne Moore: Subversive Modernist* (Austin: University of Texas Press, 1986).

170. Tambimuttu (ed.), *A Festschrift for Marianne Moore's Seventy−Seventh Birthday* (New York: Tambimuttu and Mass, 1964).

171. Terry Whalen, "'Strangeness Made Sense': Philip Larkin in ire-

land," *Antigonish-Review* 10.7(1996), pp. 157-169.

172. Thelma Z. Lavine, "Pragmatism and the Constitution in the Culture of Modernism," *The Culture of Modernism* 20.1(1984), pp. 1-19.

173. Thomas Gardner, "An Interview with Jorie Graham," *Denver Quarterly* 26. 4 (1992), pp. 79-104.

174. Thomas Gardner, "Jorie Graham: The Art of Poetry LXXXV," *The Paris Review* 16.5 (2003), pp. 52-97.

175. Tijana Stojkovic, *"Unnoticed in the Casual Lihgt of Day": Philip Larkin and the Plain Style*(New York and London: Routledge, 2006).

176. W. J. T. Mithcell, "Ekphrasis and the Other," *South Atlantic Quarterly* 91(Summer 1992), pp. 695-719.

177. W.H. Auden, *Making, Knowing, and Judging* (Oxford: The Clarendon Press, 1956).

178. W.B.Yeats, *The Collected Poems of W.B.Yeats* (Hertfordshire: Wordsworth Poetry Library, 2008).

179. Wallace Stevens, *The Palm at the end of the Mind* (New York: Vintage Books, 1990).

180. Wallace Stevens, *Wallace Stevens: Collected Poetry & Prose*, eds. Kermode Frank and Joan Richardson (New York: The Library of America, 1997).

181. William Blake, "The Sick Rose," In *The Selected Poems of William Blake*, ed. Bruce Woodcock (Ware: Wordsworth Editions Ltd., 1994).

182. William Carlos Williams, *The Autobiography of William Carlos Williams* (New York: New Directions, 1967).

183. William K. Wimsatt and Cleanth Brooks, *Literary Criticism: A Short History*(Chicago: The University of Chicago Press, 1957).

184. Zac Schnier, "Between 'Location' and 'Things': Barbara Guest, American Pragmatism, and the Construction of Subjectivity," *Canadian Review of American Studies* 45.3(2015), pp. 453-374.

185. 爱德华·W.萨义德:《世界·文本·批评家》,李自修译,三联书店,2009。

186. 爱德华·萨丕尔:《论语言、文化与人格》,高一虹等译,商务印书馆,2002。

187. 奥斯瓦尔德·斯宾格勒:《西方的没落》,吴琼译,上海三联书店,2006。

188. 彼德·琼斯编:《意象派诗选·原编者导论》,裘小龙译,漓江出版社,1986。

189. 柏拉图:《柏拉图全集》,王晓朝译,人民出版社,2003。

190. 戴维·洛奇编:《二十世纪文学评论》,上海译文出版社,1987。

191. 德里克·沃尔科特:《写平凡的大师:菲利普·拉金》,王敖译,http://www.impactchina.com.cn/shige/yinxiang/2013-04-24/20274.html。

192. 狄德罗:《狄德罗哲学选集》,汪天骥等译,商务印书馆,1959。

193. E.霍布斯鲍姆、T.兰格:《传统的发明》,顾杭、庞冠群译,译林出版社,2004。

194. 方向红:《Unheimlichkeit:幽灵与真理的契合点——德里达"幽灵"概念的谱系学研究》,载于《现代哲学》2006年第4期,第72—77页。

195. 福楼拜:《通讯录》(二),载于奥尔巴赫《摹仿论:西方文学中所描绘的现实》,吴麟绶等译,百花文艺出版社,2002。

196. 傅浩:《英国运动派诗学》,译林出版社,1998。

197. H.帕格森:《创造进化论》,王离译,新星出版社,2019。

198. 哈罗德·布鲁姆:《影响的焦虑》,徐文博译,江苏教育出版社,

2006。

199. 哈罗德·布鲁姆:《误读图示》,朱立元、陈克明译,天津人民出版社,2008。

200. 哈罗德·布鲁姆等:《读诗的艺术》,王敖译,南京大学出版社,2010。

201. 哈罗德·布鲁姆:《如何读,为什么读》,黄灿然译,译林出版社,2015。

202. 汉娜·阿伦特:《人的境况》,王寅丽译,上海人民出版社,2009。

203. 赫兹列特:《泛论诗歌》,载于古典文艺理论译丛编辑委员编《古典文艺理论译丛》第1册,人民文学出版社,1962。

204. 黑格尔:《精神现象学》,贺麟、王玖兴译,商务印书馆,1997。

205. 胡戈·弗里德里希:《现代诗歌的结构——19世纪中期至20世纪中期的抒情诗》,李双志译,译林出版社,2010。

206. 胡塞尔:《逻辑研究》II,倪梁康译,上海译文出版社,2006年。

207. I. A. 瑞恰兹:《T. S. 艾略特的诗歌》,李鸥译,载于《外国文学》1997年第4期,第81—83页。

208. 吉尔·德勒兹:《批评与临床》,刘云虹、曹丹红译,南京大学出版社,2012。

209. 济慈:《济慈诗选》:查良铮译,人民文学出版社,1958。

210. 杰弗里·哈特曼:《荒野中的批评》,张德兴译,天津人民出版社,2007。

211. 康乃尔·韦斯特:《美国人对哲学逃避:实用主义的谱系》,董山民译,南京大学出版社,2016。

212. 莱维纳斯:《有:没有存在者的存在》,孙向晨译,载于童庆炳等编《文化与诗学》第1辑,上海人民出版社,2004,第154—161页。

213. 雷内·韦勒克:《现代文学批评史》第5卷,章安祺、杨恒达译,中国人民大学出版社,1991。

214. 里尔克:《玫瑰集》,何家炜译,参见http://www.zuimeici.net/arti-

cle/189004.html。

215. 李永平编选:《里尔克精选集》,北京燕山出版社,2005。
216. 李健:《论作为跨媒介话语实践的"艺格敷词"》,载于《文艺研究》2019年第12期,第40—51页。
217. 陆建德编:《批评批评家——艾略特文集·论文》,李赋宁、杨自伍等译,上海译文出版社,2012。
218. 陆建德主编:《传统与个人才能:艾略特文集·论文》,卞之琳、李赋宁等译,上海译文出版社,2012。
219. 迈克尔·安·霍利:《回视:历史想象与图像修辞》,王洪华译,重庆大学出版社,2016。
220. 尼采:《查拉斯图特拉如是说》,尹溟译,文化艺术出版社,2003。
221. 尼克斯·帕斯特吉亚迪斯:《雅克·朗西埃导读:为审美与政治提供的喘息空间》,王长亮译,载于金惠敏主编《差异》第8辑,河南大学出版社,2015。
222. 欧文·白璧德:《卢梭与浪漫主义》,孙宜学译,河北教育出版社,2003。
223. 乔治·布莱:《批评意识》,郭宏安译,广西师范大学出版社,2002。
224. 让·斯塔罗宾斯基:《镜中的忧郁:关于波德莱尔的三篇阐释》,郭宏安译,华东师范大学出版社,2012。
225. 萨克文·伯科维奇主编:《剑桥美国文学史》第5卷,马睿、陈贻彦、刘莉等译,中央编译出版社,2009。
226. 舒丹丹:《生活在别处》,重庆大学出版社,2010。
227. 苏珊·桑塔格:《沉默的美学》,黄梅等译,南海出版公司,2006。
228. 孙向晨:《面对他者》,上海三联书店,2008。
229. 唐荫荪编:《英国现代诗选》,查良铮译,湖南人民出版社,1985。
230. 特雷·伊格尔顿:《二十世纪西方文学理论》,伍晓明译,北京大学出版社,2007。
231. 特里·伊格尔顿:《文学阅读指南》,范浩译,河南大学出版社,

2015。

232. 瓦尔特·本雅明:《迎向灵光消逝的年代》,许绮玲、林志明译,广西师范大学出版社,2004。

233. 王寅丽:《"沉思生活"与"积极生活"——阿伦特对传统政治哲学的批判》,载于《华东师范大学学报》2006年第7期,第57—62页。

234. 王恩衷编译:《艾略特诗学文集》,国际文化出版公司,1989。

235. 威廉·詹姆斯:《实用主义:一些旧思想方法的新名称》,陈羽纶、孙瑞禾译,中国青年出版社,2013。

236. 维特根斯坦:《哲学研究》,李步楼译,商务印书馆,2002。

237. 沃尔特·佩特:《文艺复兴:艺术与诗的研究》,张岩冰译,广西师范大学出版社,2000。

238. 伍蠡甫:《西方古今文论选》,复旦大学出版社,1984。

239. 夏尔·波德莱尔:《浪漫派的艺术》,郭宏安译,上海译文出版社,2011。

240. 谢谦:《庞德:中国诗的"发明者"》,载于《读书》2001年第10期,第74—79页。

241. 雅克·德里达:《书写与差异》,张宁译,生活·读书·新知三联书店,2001。

242. 以赛亚·伯林:《浪漫主义的根源》,吕梁等译,译林出版社,2018。

243. 约瑟夫·布罗茨基:《文明的孩子》,刘文飞、唐英烈译,中央编译出版社,1999。

244. 约翰·杜威:《确定性的寻求——关于知行关系的研究》,傅统先译,上海人民出版社,2005。

245. 张隆溪:《道与逻各斯——东西方文学阐释学》,江苏教育出版社,2006。

246. 郑敏:《英美诗歌戏剧研究》,北京师范大学出版社,1982。

247. 朱莉娅·克里斯蒂娃:《主体·互文·精神分析——克里斯蒂娃复旦大学演讲集》,祝克懿、黄蓓编译,生活·读书·新知三联书店,

2016。
248. 朱莉娅·克莉斯蒂娃:《妇女的时间》,载于张京媛主编《当代女性主义文学批评》,北京大学出版社,1992。
249. 朱莉亚·克里斯蒂瓦:《汉娜·阿伦特》,刘成富等译,江苏教育出版社,2006。
250. 朱立元:《当代西方文艺理论》,华东师范大学出版社,2005。

玛丽安·摩尔作品年表

The Accented Syllable, Albondocani Press, 1969 (first appeared in Egoist, October, 1916).

Poems, Egoist Press, 1921, published with additions as Observations, Dial, 1924.

Selected Poems, introduction by T. S. Eliot, Macmillan, 1935.
Pangolin, and Other Verse: Five Poems, Brendin, 1936.

What Are Years and Other Poems, Macmillan, 1941.
Nevertheless, Macmillan, 1944.
(Co-translator) A. Stifter, *Rock Crystal*, Pantheon, 1945.

Collected Poems, Macmillan, 1951.
Predilections (essays and reviews), Viking, 1955.
(Translator) *Selected Fables of La Fontaine*, Faber, 1955, revised edition, Viking, 1964.
Like a Bulwark, Viking, 1956.
Letters from and to the Ford Motor Company, Pierpont Morgan Library, 1958 (first appeared in New Yorker, April 13, 1957).
(Compiler with others) *Riverside Poetry Three: An Anthology of Student Poetry*, Twayne, 1958.

Idiosyncrasy and Technique: Two Lectures, University of California Press, 1958.

O to Be a Dragon, Viking, 1959.

A Marianne Moore Reader, Viking, 1961.

Eight Poems, illustrations by Robert Andrew Parker, New York Museum of Modern Art, 1962.

The Absentee: A Comedy in Four Acts (play based on Maria Edgeworth's novel of the same name), House of Books, 1962.

(Contributor) *Poetry in Crystal,* Spiral Press, 1963.

Puss in Boots, The Sleeping Beauty, and *Cinderella* (retelling of three fairy tales based on the French tales of Charles Perrault), illustrated by Eugene Karlin, Macmillan, 1963.

Occasionem cognosce, Stinehour Press, 1963.

The Arctic Ox, Faber, 1964.

A Talisman, Adams House, 1965.

Dress and Kindred Subjects, Ibex Press, 1965.

Le mariage..., Ibex Press, 1965.

Poetry and Criticism, privately printed, 1965.

Silence, L. H. Scott, 1965.

Tell Me, Tell Me: Granite, Steel, and Other Topics (poetry and prose), Viking, 1966.

Tippoo's Tiger, Phoenix Book Shop, 1967.

(Contributor) A. K. Weatherhead, *The Edge of the Image,* University of Washington Press, 1968.

The Complete Poems of Marianne Moore, Macmillan, 1967, Penguin, 1981.

Selected Poems, Faber, 1969.

(Contributor) *Homage to Henry James,* Appel, 1971.

Unfinished Poems, P. H. and A.S.W. Rosenbach Foundation, 1972.

The Complete Prose of Marianne Moore, edited by Patricia C. Willis, Penguin, 1986.

The Selected Letters of Marianne Moore, edited by Bonnie Costello, Knopf (New York, NY), 1997.

Becoming Marianne Moore: The Early Poems, 1907–1924, University of California Press (Berkeley, CA), 2002.

The Poems of Marianne Moore, edited by Grace Schulman, Viking Penguin, 2003.

索 引

A

《爱尔兰之现状》（"A View of the Present State of Ireland"）266

《奥林匹亚》（"Olympia"）299

A. M. 霍曼斯（霍曼斯，A. M. Homans）65、66

阿德莱德·克拉珀西（Adelaide Crapsey）79

阿多诺（Theodor Wiesengrund Adorno）50

阿尔伯特·戈尔皮（Albert Gelpi）23

阿尔弗雷德·克林堡（克林堡，Alfred Kreymborg）1、8

阿鲁巴岛（Aruba）168

阿伦特（Hannah Arendt）47、48、49、388

埃德华·托马斯（Edward Thomas）215

埃德蒙·伯克（Edmund Burke）67、68、213

埃德蒙·威尔逊（Edmund Wilson）356

艾德丽安·里奇（里奇，Adrienne Rich）23—24、26、28、91

艾肯（Conrad Aiken）28

艾丽西亚·奥斯特里克（奥斯特里克，Alicia Ostriker）28、29、112、185

艾略特（T. S. Eliot）2、3、7、9、12、18、19、20、23、28、29、37、46、47、49、50、51、52、58、59、63、64、70、72、84、90、92、93、112、115、116、122、123、162、206、235、251、259、260、274、275、276、278、287、295、296、297、298、299、300、302、

303、308、309、310、313、
316、317、318、319、324、
325、327、328、329、332、
333、334、338、340、341、
346、349、362、363、369、
388、397、398

艾米丽·迪金森（迪金森，
Emily Dickinson）
13、26

艾萨克·牛顿（Isaac Newton）
293

爱德华·马奈（马奈，Edouard Manet）
298、299、300、301、303、
319

爱德华·萨丕尔（萨丕尔，
Edward Sapir）
82、83、84、258、261

爱德华·萨义德（Edward Said）
42

爱德华·托普塞尔（Edward Topsell）
30

爱伦·坡（Edgar Allan Poe）
13、135、227

爱默生（Ralph Waldo Emerson）
56、123、364、385、387

安德鲁·艾普斯坦（艾普斯坦，Andrew Epstein）
116、122

安德鲁斯大主教（Lancelot Andrewes）
63

奥登（W. H. Auden）
85、168、274、371

奥格登纪念堂（Ogden Memorial Church）
5

奥斯卡·王尔德（Oscar Wilde）
272

B

《保持倒立：玛丽安·摩尔的生活和作品》（Holding On Upside Down: The Life and Work of Marianne Moore）
34

《北方船》（The North Ship）
274

《北美评论》（North American Review）
209

《被埋葬的生命》("The Buried Life")
302

《被你喜欢是一种灾难》("To Be Liked by You Would Be a Calamity")
101

《被想象的世界……既然我们是贫穷的》("The World Imagined...Since We Are Poor")
347

《被逐出伊甸园的亚当和夏娃》("The Expulsion of Adam and Eve")
235、245

《彼特》("Peter")
6、86、171、353

《表面》("The Surface")
255

《别处的意义》("The Importance of Elsewhere")
265、276、280、284、286

《别碰我》("Noli Me Tangere")
248

《冰激凌皇后》("The Emperor of Ice-Cream")
348、352

《病玫瑰》("The Sick Rose")
158

《波洛克与绘画》("Pollock and Painting")
250

《补墙》("Mending Wall")
196

《不公正的园艺》("Injudicious Gardening")
225、232

《不信任：玛丽安·摩尔1940年代的情感和战争观》("Distrusting: Marianne Moore on Feeling and War in the 1940s")
35

《不信任美德》("In Distrust of Merits")
63

《不信者》("The Unbeliever")
161、188

《布莱克》("Blake")
159

巴赫金（Mikhail Bakhtin）
195

班扬（John Bunyan）
13

邦妮·科斯特洛（科斯特洛，Bonnie Costello）
22、27、30、33、34、51、147、182、186、221

保拉·本尼特（Paula Bennett）
185

保罗·克利（Paul Klee）
146

保罗·利科（利科，Paul Ricoeur）
222、223

鲍威尔（A. E. Powell）
344

贝多芬（Ludwig Van Beethoven）
293

贝尔法斯特女王大学（Queen's University of Belfast）
272

本纳德·F. 恩格尔（恩格尔，Bernard F. Engel）
21、62、153

本雅明（Walter Benjamin）
60、138、145、146、204

彼特拉克（Francesco Petrarca）
321-322

毕肖普（Elizabeth Bishop）
6、7、10、14、27、84、128、135、161、162、163、164、165、166、167、168、169、170、171、172、173、175、176、178、179、180、181、182、185、186、187、188、190、191、192、193、194、259、281、354、399

波德莱尔（Charles Pierre Baudelaire）
46、47、72、79、82、

波士顿体育师范学校（Boston Normal School of Gymnastics）
65

伯科维奇（S. Bercovitch）
345

博林根奖（Bollingen Prize）
10

布莱尔（Winifred Bryher）
1、17、75、290、291

布莱克默（R. P. Blackmur）
9、10、28、29、77、91、93、217、349

布里克曼（Bartholomew Brinkman）
36

布林莫尔学院(Bryn Mawr College)
1、4、5、11、59、116

布鲁克林海军基地(Brooklyn Navy Yard)
9

布罗茨基(Joseph Brodsky)
71、85、87、130、149

C

《草地上的午餐》("Picnic on the Grass")
299

《忏悔录》(Les Confessions)
163

《朝向最高虚构的笔记》("Notes toward a Supreme Fiction")
126、341、342、347、362、391

《尘世轶事》("Earthy Anecdote")
373、389

《沉默》("Silence")
64、67、130、186、265

《沉默的坦率》("Reticent Candor")
64

《沉睡闭锁我的心灵》("A Slumber Did My Spirite Seal")
316

《穿山甲》("The Pangolin")
54、85、151、161、229

《穿山甲及其他的诗》(The Pangolin and Other Verse)
10

《创造进化论》(Creative Evolution)
201

《创作,认知和判断》("Making, Knowing, and Judging")
168

查尔斯·毛罗恩(Charles Mauron)
60

查尔斯·莫尔斯沃思(莫尔斯沃思,Charles Molesworth)
28、29、33、323

查尔斯·汤姆林森(Charles Tomlinson)
22

查理斯·拉姆(Charles Rahm)
293

查塔姆（Chatham）
5

茨维塔耶娃（Marina Ivanovna Tsvetayeva）
149

D

《大象》（"Elephants"）
135

《单独的十四行诗》（"Single Sonnet"）
106

《但丁于我的意义》（"What Dante Means to Me"）
70

《当我购买图画时》（"When I Buy Pictures"）
131、381

《灯塔》（The Lantern）
52

《等待早餐》（"Waiting for Breakfast"）
275

《抵达，离去》（"Arrivals, Departures"）
280

《抵达》（"Arrival"）
280

《地图》（"The Map"）
172

《对两只梨的研究》（"Study of Two Pears"）
367

《对那种忍耐施咒》（"Conjuries That Endure"）
347

《对天鹅的抨击》（"Invective Against Swans"）
389

达·芬奇（Leonardo Da Vinci）
34、128、151、152、229、236

大卫·帕金斯（David Perkins）
23

大卫·杨（David Young）
37

丹尼斯·奥苏利文（Denis O'Sullivan）
266

得克萨斯大学奥斯汀分校（University of Texas at Austin）
22

429

德·昆西（De Quincey）
42

德朱娜·巴恩斯（Djuna Barnes）
287

邓斯·司各特（Duns Scot）
261

狄德罗（Denis Diderot）
42、137

迪尔（Joanne Feit Diehl）
27

迪兰·托马斯（Dylan Thomas）
221、274

笛福（Daniel Defoe）
163

笛卡尔（Rene Descartes）
44、235

第一理念（first idea）
126、127、363、392、393

蒂斯代尔（Sara Teasdale）
102、105

丢勒（Albrecht Durer）
34、219、220

杜普莱西斯（Rachel Blau-DuPlessis）
28、29

杜威（John Dewey）
117、118、119、171、172、197、201

多恩·伯恩（Donn Byrne）
266

E

《俄瑞斯忒亚》（Oresteia）
251

《鹅》（"The Geese"）
255

《扼杀多余生命》（Left-over Life to Kill）
103

F

"291"画廊（291 Gallery）
1

《F. H. 布拉德雷哲学中的认知与经验》（Knowledge and Experience in the Philosophy of F. H. Bradley）
328

《法兰西的孔雀》（"To the Peacock of France"）
136、225

《坟墓》（"A Grave"）
8、133、162、284

非个人化(impersonality)
46、47、49、50、58、90、112、113、162、328、346、388、397

菲利普·拉金(拉金,Philip Larkin)
265、272、273、274、275、276、277、278、279、280、281、284、285、286、289、293、294

菲利普·利特尔(利特尔,Philip Littell)
212

菲利普·马库斯(马库斯,Philip Marcus)
169

费伯与费伯出版社(Faber & Faber)
9

费诺罗萨(Earnest Fenollose)
122

弗朗·欧布莱恩(Flann O'Brien)
272

弗林特(F. S. Flint)
121

弗洛伊德(Sigmund Freud)
6、27、44、83、116、291、293、365

符号态(semeion)
83、253、259

福柯(Michel Foucault)
236、238

福楼拜(Gustave Flaubert)
45、46

福希斯(Eduard Fuchs)
204

G

《高贵的骑手和词语的声音》("The Noble Rider and the Sound of Words")
351、373、388

《告诉我,告诉我:花岗岩、钢铁及其他主题》(*Tell Me, Tell Me: Granite, Steel, and Other Topics*)
10

《给一个单身汉的忠告》("Counseil to a Bachelor")
207

《根基》("Radical")
131

431

《古巴医生》（"The Cuban Doctor"）346

《古斯塔夫·克里姆特的两幅画》（"Two Paintings by Gustav Klimt"）251

《孤独的人》（"Man Alone"）104

《关于沉默的笔记》（"Some Notes on Silence"）239

《关于华莱士·史蒂文斯》（"On Wallace Stevens"）347

《关于诗人的散文风格》（"On the Prose-Style of Poets"）213

《关于一幅肖像画》（"On a Portrait"）299

《观察》（*Observations*）
8、9、11、17、30、56、65、76、81、100、188、231

《光谱原色时代》（"In the Days of Prismatic Color"）124、135、227

高汉姆·B.蒙森（Gorham B. Munson）8

戈帝耶（Théophile Gautier）322

格拉斯哥大学（Glasgow University）72

格雷戈里·瓦尔德斯（Gregorie Valdes）173

格雷格·麦克拉伦（Greg Mclaren）80

格林威治村（Greenwich Village）7、8、9、18、292

格特鲁德·斯泰因（Gertrude Stain）287

古德里奇（Celeste Goodridge）27—28

古根海姆奖金（Guggenheim Fellowship）10

国家图书奖（National Book Awards）
10

H

《哈姆雷特》（"Hamlet"）
49

《何谓岁月》（"What Are Years"）
10、18、80、137

《赫拉克勒斯的劳作》（"The Labors of Hercules"）
81

《黑暗的夏季》（*Dark Summer*）
94

《猴子》（"The Monkeys"）
81

《护身符》（"A Talisman"）
133、231

《花岗岩与钢铁》（"Granite and Steel"）
227、228

《幻象》（"A Vision"）
169

《簧风琴》（*Harmonium*）
346、368、372、387、389

《婚姻》（"Marriage"）
18、133、134、210、216、217、290、291、292

哈德逊（W. H. Hudson）
13

哈里·兰瑟姆人文研究中心（Harry Ransom Humanities Research Center）
22

哈里特·门罗诗歌奖（Harriet Monroe Poetry Award）
10

哈罗德·布鲁姆（布鲁姆，Harod Bloom）
6、13、26、28、41、42、85、124、206、293、387、391、393

哈特·克莱恩（克莱恩，Hart Crane）
8、13、28、227、228

海伦·文德勒（文德勒，Helen Vendler）
20、25、375、385、386

何塞·加西亚·维拉（Jose Garcia Villa）
60

赫恩斯坦·史密斯（Herrnstein Smith）
228

433

黑格尔（Friedrich Hegel）
235、295

亨利·布克莱德（Henry McBride）
63

亨利·福西隆（Henri Focillon）
388

亨利·怀特曼（Henry Whitman）
118

亨利·丘齐（Henry Church）
339、342

亨利·詹姆斯（Henry James）
4、13、66、67、68、93、293

亨利森（Robert Henryson）
68

后结构主义（Poststructuralism）
27、44、260

后现代主义（Postmodernism）
32

胡戈·弗里德里希（Hugo Friedrich）
81、89

胡克（Sidney Hook）
161

胡塞尔（Edmund Husserl）
118、173

胡桃山高中（Walnut Hill School）
164

互文性（intertextuality）
26、195、204、206、207、221、222、234、238、239、270、336、399

华盛顿·欧文（Washington Irving）
293

华兹华斯（William Wordsworth）
123、163、276、316、357、358

怀特（Heather White）
35

惠斯亨特（Eloise Arnold Whisenhunt）
36

霍布斯鲍姆（E. J. Hobsbawn）
238

J

《矶鹞》（"Sandpiper"）
162、178

《寄居在鲸鱼中》（"Sojourn in the Whale"）
265、266、270、284、288

《尖塔修理工》（"The Steeple-jack"）
161、219、230、336

《九桃盘》（"Nine Nectarines"）
86、141

基韦斯特（Key West）
169

吉尔曼（Benjamin Ives Gilman）
138、209

吉尼（Louise Imogen Guiney）
102

济慈（John Keats）
42、45、46、182、199、200、302、316、318

加里·莱恩（Gary Lane）
23

间接的自我中心主义（indirect egotism）
388、396

简·格里圭（Jean Garrigue）
21

杰克森·波洛克（J. Jackson Pollock）
235、239、250

金德利（Evan Kindley）
36

净化说（catharsis）
72

K

《坎伯当的榆树》（"The Camperdown Elm"）
59

《看的辩证法》（"The Dialectics of Seeing"）
60

《看黑鸟的十三种方式》（"Thirteen Ways of Looking at a Blackbird"）
348、368

《科学怪人》（Frankenstein）
332

《克鲁索在英格兰》（"Crusoe in England"）
161、167、168、178

《库勒和巴里利，1931》（"Cool and Ballylee, 1931"）
45

卡莱尔（Carlisle）
4、5、11

卡罗琳·伯克（Carolyn Burke）
287

卡明斯（E. E. Cummings）
28

卡佩尔（Andrew Kappel）
30

卡西尔（Ernst Cassirer）
116

凯蒂·洛凯姆（Katie Louchheim）
110

凯丽·托马斯（托马斯，Carey Thomas）
4

凯瑟琳·保罗（Catherine Paul）
141、209

凯瑟琳·斯皮瓦克（Kathleen Spivack）
164

凯特琳·托马斯（Caitlin Thomas）
103

康德（Immanuel Kant）
44、235

康拉德（Joseph Conrade）
13

考文垂市（Coventry）
279

柯克伍德城（Kirkwood）
3

柯勒律治（Samuel Taylor Coleridge）
42、374

科菲尔德·塞耶（Scofield Thayer）
292、347

克雷格·戈登（Craig Gordon）
13

克雷格·史蒂文斯·阿伯特（阿伯特，Craig Stevens Abbott）
24、34

克里斯蒂娜·米勒（Cristanne Miller）
27、33、34

克里斯蒂娃（Julia Kristeva）
26、82、83、84、195、248、250、258、261、333

克里斯托夫·瑞克斯（Christopher Ricks）
319

克林斯·布鲁克斯（Cleanth Brooks）
9、47

克伦威尔·霍尔精神疗养院（Cromwell Hall）
106

克洛岱尔（Paul Claudel）
178

客观对应物（objective correlative）
49、115、123、129、131、133

肯尼斯·伯克（Kenneth Burke）
9

肯尼斯·罗和福（Kenneth Lohf）
21

跨媒介互文性（intermedial intertextuality）
238

L

《垃圾场上的人》（"The Man on the Dump"）
367、380

《拉封丹寓言》（*The Fables of La Fontaine*）
10

《浪漫主义的根源》（*Roots of Romanticism*）
43

《类比的效果》（"Effects of Analogy"）
336

《离别之言》（"Words for Departure"）
99

《离去之诗》（"Poetry of Departures"）
280

《礼节》（"Manners"）
176、186

《理解》（"Knowledge"）
98、99

《炼金术士》（"The Alchemist"）
104

《六节诗》（"Sestina"）
176

《鲁滨孙漂流记》（*Robinson Crusoe*）
163、168

《路易丝·博根：一幅肖像》（*Louise Bogan: A Portrait*）
101

《罗马喷泉》（"Roman Fountain"）
106、107

《旅行问题》（*Questions of Travel*）
167

拉康（Jacques Lacan）
44、250

莱斯特大学（University of Leicester）
272

莱维托芙（Denise Levertov）
37

兰德·贾雷尔（Randall Jarrell）
91

兰瑟姆（John Crowe Ransom）
9、10、22、28、371

浪漫主义（Romanticism）
42、43、44、45、46、49、85、89、112、117、228、259、298、340、341、343、344、345、359、362

劳伦斯·吉尔曼（Lawrence Gilman）
209

劳伦斯·斯泰普顿（斯泰普顿，Laurence Stapleton）
24、25

雷蒙德·霍顿（Raymond Holdon）
94

雷尼·马格利特（Rene Magritte）
236

里尔克（Rainer Maria Rilke）
155、156、157、158、159、227

里奇韦（Jaqueline Ridgeway）
106

里斯（Lizette Woodworth Reese）
102

理查德·阿尔丁顿（Richard Aldington）
1、309

理查德·霍华德（霍华德，Richard Howard）
28、29、293

理查德·威尔伯（威尔伯，Richard Wilbur）
204、361

理诗（Logopoeia）
20

立体主义（Cubism）
32、315

琳达·莱维尔（Linda Leavell）
32、291

卢卡·西诺莱利（Luca Signorelli）
235

卢梭（Jean Jacques Rousseau）
42、44、163

鲁斯·褒曼（Ruth Bowman）
280

路易丝·博根（博根，Louise Bogan）
10、89、92、93、94、95、96、97、98、100、101、102、103、104、105、106、107、108、110、111、112、113、114、390

伦勃朗（Rembrandt）
63、386

罗宾·G. 舒尔茨（舒尔茨，Robin G. Schulze）
27、28、31、34、35、335、346、355

罗伯特·菲格尔斯（Robert Fagles）
251

罗伯特·弗罗斯特，（弗罗斯特，Robert Frost）
28、79、116、196、197、260

罗伯特·洛威尔（洛威尔，Robert Lowell）
84、98、162

罗伯特·麦克尔蒙（麦克尔蒙，Robert McAlmon）
15、290、291

罗哈耶·法西（Roghayeh Farsi）
251

罗森巴赫博物馆暨图书馆（罗森巴赫图书馆 Rosenbach Museum & Library）
22、24、209、210、230

罗塔·德·马切朵·索雷思（Lota de Macedo Soares）
165

439

M

《马耳他的犹太人》(The Jew of Malta)
302

《玛丽安·摩尔,参考指南》(Marianne Moore, A Reference Guide)
34

《玛丽安·摩尔,诗人的发展》(Marianne Moore, The Poet's Advance)
24

《玛丽安·摩尔,与意义一起微颤:玛丽安·摩尔1932—1936》(A-Quiver with Significance: Marianne Moore 1932-1936)
35

《玛丽安·摩尔:评论文集》(Marianne Moore: A Collection of Critical Essays)
22

《玛丽安·摩尔:诗歌引论》(Marianne Moore: An Introduction to the Poetry)
21

《玛丽安·摩尔:一种描述性的文献目录》(Marianne Moore: A Descriptive Bibliography)
24

《玛丽安·摩尔:一种文学生活》(Marianne Moore: A Literature Life)
33

《玛丽安·摩尔》(Marianne Moore)
21

《玛丽安·摩尔的成就,一份文献目录、1907—1957》(The Achievement of Marianne Moore, A Bibliography, 1907-1957)
21-22

《玛丽安·摩尔和古老的大师们》("Marianne Moore and the Old Masters")
34

《玛丽安·摩尔和现代纽约的女人们》("Marianne Moore and the Women Modernizing New York")
34

《玛丽安·摩尔和现代性文化》(Marianne Moore and the Cultures of Modernity)
35-36

《玛丽安·摩尔和一首希伯来（新教）预言诗》（"Marianne Moore and a Poetry of Hebrew〔Protestant〕Prophecy"）
35

《玛丽安·摩尔散文全集》（*The Complete Prose of Marianne Moore*）
33

《码头老鼠》（"Dock Rats"）
56、226

《猫头鹰的三叶草》（*Owl's Clover*）
347

《没有天鹅这般精致》（"No Swan So Fine"）
106、109、110

《玫瑰而已》（"Rose Only"）
154、227

《玫瑰》（*Les Roses*）
155

《每当我害怕》（"When I have fears"）
302

《美的终结》（*The End of Beauty*）
235

《迷迭香》（"Rosemary"）
139

《麋鹿》（"The Moose"）
161、162、176、179、182

《摩尔读物》（*A Marianne Moore Reader*）
21

《摩尔书信选》（*The Selected Letters of Marianne Moore*）
33

《莫扎特，1935》（"Mozart, 1935"）
376、379

M. L. 罗森塔尔（M. L. Rosenthal）
23

马克思（Karl Marx）
197、331

马拉美（Stephane Mallarme）
124、365

马里昂·斯特罗贝尔（Marion Strobel）
17

马萨乔（*Massaccio*）
235、245

441

马萨诸塞州（Massachusetts）
3、93、164

马修·阿诺德（阿诺德，Matthew Arnold）
302、303、318、327

玛格丽特·安德森（Margaret Anderson）
16

玛格丽特·霍莉（霍莉，Margaret Holley）
11、13、30、31、136、221、225

玛丽·雪莱（Mary Shelley）
332

玛利亚·埃奇沃思（Maria Edgeworth）
266

迈克尔·安·霍利（Michael Ann Holly）
237、314

麦克米兰出版社（Macmillan Publishing Co.）
9、295

梅·史文森（May Swenson）
54

梅兰妮·克莱因（克莱因，Melanie Klein）
27

梅里亚·巴罗夫（Marie Borroff）
23

梅林（Jeredith Merrin）
30、353

门罗（Harriet Monroe）
10、17

弥尔顿（John Milton）
211、312

米莱（Edna St-Vincent Millay）
185

米娜·罗伊（罗伊，Mina Loy）
18、79、323、324

米切尔（W. J. T. Mitchell）
237

缅因州（Maine）
93

摩尔数字档案网（Marianne Moore Digital Archive）
34

莫里哀（Moliere）
128、136、225

默兰（Victorine Louise Meurent）
299

默里（Albert Morray）
369

N

《那些不同的手术刀》（"Those Various Scalpels"）
296、297、310、330、358

《纽约》（"New York"）
8、54、135、223

《纽约客》（New Yorker）
11、94

《纽约时报》（New York Times）
15

《纽约书评》（New York Review of Books）
64、347

《纽约太阳报》（New York Sun）
209

《纽约周刊》（New York）
11

《女人和鹦鹉》（"Woman with a Parrot"）
299

《女士像》（"Portrait of a Lady"）
296、303、306

《女士肖像》（"Portrait d'une Femme"）
296、303、329

《女性对诗人的影响》（"Feminine Influence on the Poets"）
215

尼采（Friedrich Wilhelm Nietzsche）
44、49、62、278

诺斯罗普·弗莱（Northrop Frye）
343

女权主义（Feminism）
23、25

O

《哦，愿化身为龙》（O to Be a Dragon）
10

P

《批评家与鉴赏家》（"Critics and Connoisseurs"）
17、126、229

443

《评论选集——随笔，诗歌》
(Selected Criticism—Prose, Poetry)
95

《普鲁弗洛克及其他观察》
(Prufrock and Other Observations)
309

帕格森（Henri Bergson）
44、201

帕梅拉·怀特·哈达斯（Pamela White Hadas）
23

帕斯卡尔（Blaise Pascal）
352、353

庞德（Ezra Pound）
7、12、13、18、20、28、37、49、50、66、76、80、91、92、121、122、159、265、274、275、278、287、296、297、298、303、305、306、309、310、313、316、317、319、320、324、325、329、332、334、340、341

培德莱克·科拉姆（Padraic Colum）
266

培根（Francis Bacon）
13、88

佩吉·塞缪尔（Peggy Samuels）
171

佩吉·詹姆斯（Peggy James）
4、13、116

皮耶罗·德拉·弗朗西斯卡（Piero della Francesca）
235、247

拼贴法（collage method）
32、221

蒲柏（Deborah Pope）
113

普拉斯（Sylvia Plath）
15、162

普拉西德湖区（Lake Placid）
5

普利策诗歌奖（Pulitzer Prize for Poetry）
10、235

Q

《乔治·摩尔》（"George Moore"）
225

《桥》（"The Bridge"）
227、228

《侵蚀》（*Erosion*）235

《勤劳是施魔法，正如进步是飞翔》（"Diligence Is to Magic as Progress Is to Flight"）132

《情感的努力》（"Efforts of Affection"）27、191

《情感和精确性》（"Feeling and Precision"）68、70、78

《秋天的极光》（*The Auroras of Autumn*）347

《去教堂》（"Church Going"）272

《权威问题》（*Questions of Authority*）27

乔丽·格雷厄姆（格雷厄姆，Jorie Graham）193、234、235、238、239、240、241、243、244、245、248、249、250、251、252、253、256、257、258、259、260、261、399

乔叟（Geoffrey Chaucer）68

乔伊斯（James Joyce）49、359

乔治·W. 尼奇（George W. Nitchie）21

乔治·布莱（George Bly）71

乔治·格罗兹（George Grosz）282

乔治·赫伯特（George Herbert）14

乔治·摩尔（George Moore）128、225、226、265、272

去感觉化（de-sensing）388、389、391

R

《然而》（*Nevertheless*）10

《人的环境》（"People's Surroundings"）52、135、396

445

《人蛾》("Man-Moth")
161

《日内瓦医生》("The Doctor of Geneva")
346

《融合》("Fuse")
251、252

瑞安(Kay Ryan)
37

瑞恰兹(I. A. Richards)
300

S

《三个旅人观看一场日出》("Three Travelers Watch a Sunrise")
345、346

《山毛榉树林》("Beech Forest")
251

《善与恶的理念》("Ideas of Good and Evil")
223

《善抓老鼠的,狮子》("Well Moused, Lion")
347、348

《少受欺骗者》(The Less Deceived)
272

《圣·塞波尔克罗》("San Sepolcro")
245

《圣母玛利亚分娩》("The Madonna del Parto")
235

《圣尼古拉斯》("Saint Nicholas")
52

《诗》("Poetry")
11、15、17、68、74、86、137、223、322、336、385

《诗歌与宗教的阐释》(Interpretations of Poetry and Religion)
342

《诗和画的关系》("The Relations between Poetry and Painting")
336、379

《诗集》(Poetry)
1、8、9、18

《诗刊》(Poetry)
1、16、17、121

《诗全集》(The Complete Poems of Marianne Moore) 21

《诗选》(Collected Poems by Wallace Stevens) 371

《诗选集》(SeLected Poems by Marianne Moore) 9、11、19、87、122、231、336

《时尚芭莎》(Harper's Bazaar) 11

《史蒂文斯和抒情的发言者》("Stevens and the Lyric Speaker") 385

《世界的组成部分》(Parts of a world) 347

《事物运行的方式》("The Way Things Work") 245

《双冠蜥》("The Plumet Basilisk") 52、81、396

《睡眠之岸上的木槿》("Hibiscus on the Sleeping Shores") 346

《斯宾塞的爱尔兰》("Spenser's Ireland") 161、167、265、266、267、270

《死亡的身体》(Body of This Death) 94、106

《死者复活》("Resurrection of the Dead") 235

萨福（Sappho） 103

塞克斯顿（Anne Sexton） 162

塞尚（Paul Cezanne） 162

桑德拉·M.吉尔伯特（吉尔伯特，Sandra M. Gilbert） 26、27、113

桑塔格（Susan Sontag） 119、127、173

桑塔亚纳（George Santayana） 116、212、293、342、361

莎士比亚（William Shakespeare） 211、317、322

史蒂芬·库什曼（Stephen Cushman）
72、73

史蒂文斯（华莱士·史蒂文斯，Wallace Stevens）
6、7、10、12、17、18、19、20、28、37、64、76、79、80、87、91、115、116、124、126、127、130、144、197、198、199、202、227、235、256、259、260、287、335、336、337、338、339、340、341、342、343、345、346、347、348、349、350、351、352、353、354、355、356、357、359、360、361、362、363、364、366、367、368、369、370、371、372、373、374、375、376、378、379、380、381、384、385、386、387、388、389、390、391、392、393、394、395、396、397、398

弑父情结（patricide complex）
6

舒尔曼（Grace Schulman）
9、10、20、160、370

述行性（performativity）
89

司维格（Richard Swigg）
37

斯宾格勒（*Oswald Spengler*）
193

斯宾塞（Edmund Spenser）
167、266、267、270

斯蒂芬·霍兰德（Stefan Holander）
380

斯蒂芬·克莱恩（Stephen Crane）
13

斯皮策（Leo Spitzer）
237

斯皮瓦克（Gayatri Chakravorty Spivak）
27

斯特拉文斯基（Igor Fedorovitch Stravinsky）
77

苏格拉底（Socrates）
43、44、48、222、223

苏珊·巴克-莫斯（Susan Buck-Morss）
60

苏珊·古巴（Susan Gubar）
26、27

苏珊·斯图尔特（Susan Stewart）
144

苏珊娜·尤哈金（Suzanne Juhasz）
23、24、28、221

索邦神学院（Sorbonne）
234

T

《弹蓝色吉他的人》（"The Man with the Blue Guitar"）
356、368、379

《他"消化硬铁"》（"He 'Digesteth Harde Yron'"）
209、354、381

《他者》（Others）
1、8、56、159、231、335

《他制作这座屏风》（"He Made This Screen"）
61

《泰晤士报·文学副刊》（The Times Literary Supplement）
64

《坛子轶事》（"Anecdaote of the Jar"）
198、343

《田纳西州的六月》（"Tennessee June"）
256

《挑拣和选择》（"Picking and Choosing"）
135、229

《跳鼠》（"The Jerboa"）
19、396

塔菲·马汀（马汀，Taffy Martin）
32、33、91、224、398

唐纳德·霍尔（Donald Hall）
8、23、84、128、350、365

图尔佩霍肯地区（Telpehocken）
384

托马斯·布朗（Thomas Browne）
13、30

托马斯·哈代（哈代，Thomas Hardy）
13、274、275、276、278

托马斯·加德纳（Thomas Gardner）
238

托马斯·特拉赫恩（Thomas Traherne）293

W

《文学批评简史》（Literary Criticism: A Short History）47

《文学评论季刊》（Quarterly Review of Lierature）10

《我的声音并不骄傲》（"My Voice Not Being Pround"）106

《我们的气候之诗》（"The Poems of Our Climate"）367、368

《我叔叔的单片眼镜》（"Le Monocle de Mon Oncle"）367

《乌鸦》（"The Raven"）135

《无主之地》（No Man's Land）113

《午餐后的航行》（"Sailing after Lunch"）345

《物质主义》（Materialism）250

瓦尔特·惠特曼（惠特曼，Walt Whitman）13、121、221、227

瓦莱里（Paul Valery）160、369

威利斯（Patricia C. Willis）33

威廉·布莱克（布莱克，William Blake）13、158、159、223、224

威廉·詹姆斯（William James）116、117、118、123、127、161、198、199、202、203、342

威廉姆·赫兹列特（赫兹列特，William Hazlitt）213、344

威廉斯（William Carlos Williams）7、12、18、20、37、84、135、153、233、287、296、298、303、306、308、309、310、313、316、320、329、330、334、338、385

韦尔斯利学院（Wellesley College）
65

韦姆萨特（William K. Wimsatt）
47

唯我主义（solipsism）
49、113、396

维多利亚·巴赞（巴赞，Victoria Bazin）
35、36、60、61、79、115

维吉尼亚·伍尔芙（伍尔芙，Virginia Woolf）
92、289、293、366

维京出版社（The Viking Press）
21

维科（Giambattista Vico）
41、42

维维燕（Vivien Haigh-Wood）
298、319、328

我思故我在（I think; therefore, I am）
44

沃尔夫林（Heinrich Wolfflin）
237

沃尔特·佩特（Walter Pater）
368

沃伦（Warren Moore）
1、3、5、56、137、295

沃威克郡（Warwick Shire）
279

X

《希腊古瓮颂》（"Ode on a Grecian Urn"）
199

《想象的所有物》（*Imaginary Possessions*）
22

《想象作为价值》（"Imagination as Value"）
336、343

《向云层致辞的方式》（"On the Manner of Addressing Clouds"）
346

《向政府致敬》（"Homage to a Government"）
273

《像一根芦苇》（"Like a Bulrush"）
190、191

《像一座堡垒》(*Like a Bulwark*)
10

《肖像》("Portrait")
111

《小评论》(*The Little Review*)
16

《小蜥蜴》("Little Lizard")
52

《心灵和七弦琴》("The Heart and the Lyre")
103

《新共和政府》(*New Republic*)
212

《新娘》("The Bride")
251

《新手》("Novices")
135

《星期天的早晨》("Sunday Morning")
341、367

《雄鸡》("Roosters")
186

《序曲》(*The Prelude*)
163

《选集》(*Collected Poems by Marianne Moore*)
10、11

《学术三章》("Three Academic Pieces")
336、380

《雪人》("The Snow Man")
346、367、368、387、393、395

西尔克（Sabine Sielke）
26、90

西蒙斯（Hi Simons）
375

西苏（Helene Cixous）
26、289

希利斯·米勒（Hillis Miller）
356、364、374、375、391

鲜明的细节法（luminous detail）
305、306、320

现代派（Modernism）
20、23、37、49、121、221

现象学（phenomenology）
118

肖瓦尔特（Elaine Showalter）
37、317

消极感受力（negative capability）
46、182

萧伯纳（George Bernard Shaw）
13、128、136、225、265

新罕布什尔州（New Hampshire）
93

新批评（New Criticism）
23

休姆（Thomas Ernest Hulme）
43

雪莱纪念奖（Shelley Memorial Award）
10

亚当·基希（Adam Kirsch）
257

亚里士多德（Aristotle）
72、157、201

Y

《1990年最好的美国诗人》(The Best American Poetry of 1990)
257

《岩石》(The Rock)
394

《妖女无情》("La Belle Dame Sans Merci")
316

《一场永不终结的战争》("There is a War That Never Ends")
347

《一个高调又年长的女基督徒》("A High-Toned Old Christian Woman")
341

《一个拉制的埃及鱼形玻璃瓶》("An Egyptian Pulled Glass Bottle in the Shape of a Fish")
85、135、335

《一个浪漫女人的墓志铭》("Epitaph for a Romantic Woman")
98、99

《一个有分量的诗人》("A Poet That Matters")
336

《一条章鱼》("An Octopus")
8、54、66、81、133、201、210、217、398

《一位女士的肖像》("Portrait of a Lady" by T.S.Eliot)
296

《一位勇敢的艺术大师》("A Bold Virtuoso") 347

《一种分离的愿景：当代女性诗歌中的孤独》(A Separate Vision: Isolation in Contemporary Women's Poetry) 113

《意念》("Mind") 253

《英格兰》("England") 12、81、133、150、229

《优弗伊斯，或才智的解剖学》(Euphues, or The Anatomy of wit) 210

《游行队伍经过》("The March Past") 273

《友谊之网：玛丽安·摩尔和华莱士·史蒂文斯》(The Web of Friendship: Marianne Moore and Wallace stevens) 335

《鱼》("Fish" by Marianne Moore) 54、56、76、80、81、87、133、160、161、168、169、171、230、336

《鱼》("The Fish" by Elizabeth Bishop) 161、168、169、170

《与奇迹相关》("Concerning the marvelous") 138

《语言与神话》(Language and Myth) 116

《援军》("Reinforcement") 54、56、133、201

洋基体育场（Yankee Stadium) 11

耶鲁大学藏书馆（Beinecke Rare Book and Manuscript Library at Yale University) 22

叶芝（William Butler Yeats) 45、96、97、160、169、197、223、224、228、235、265、272、274、275、278、298、395

伊格尔顿（Terry Eagleton) 203

伊莱亚斯·盖革（Elias Geiger) 209

伊丽莎白·巴蕾特（巴蕾特 Elizabeth Barrett Browning）
232

伊丽莎白·弗兰克（Elizabeth Frank）
101

伊丽莎白·格雷戈里（Elizabeth Gregory）
34、210

伊利格瑞（Luce Irigaray）
26、287

伊沃·文特斯（Yvor Winters）
17、87

以赛亚·伯林（Isaiah Berlin）
43

艺格敷辞（Ehphrasis）
234、235、236、237、238、239、245

意象派（Imagism）
1、20、43、110、121、122、124、259、306、309、367

影响的焦虑（anxiety of influence）
6、26、206、260

尤金·希亥（Eugene Sheehey）
21

约翰·M. 斯拉汀（斯拉汀, John M. Slatin）
33、75、79

约翰·贝杰曼（John Betjeman）
276

约翰·贝里曼（John Berryman）
98

约翰·古尔德·弗莱彻（John Gould Fletcher）
387

约翰·黎利（John Lyly）
210

约翰·里德尔·沃纳（John Riddle Warner）
3

约翰·利德盖特（John Lydgate）
250

约翰·沃森（John Watson）
58

约翰·西亚迪（John Ciardi）
205

约瑟夫·卡罗尔（Joseph Carroll）
340、351

运动派诗歌（The Movement）272

Z

《在场的理由》（"Reasons for Attendance"）279

《在村子里》（"In the Village"）163

《在等候室》（"In the Waiting Room"）168

《在画室里的艺术家》（"The Artist in His Studio"）386

《在岁月中遥望》（"Long Sight in Age"）280

《在渔房》（"At the Fishhouse"）162、174、176

《斟酒人》（"To My Cup-Bearer"）365

《植物与幽灵的混血儿》（Hybrids of Plants and of Ghosts）234

《纸鹦鹉螺》（"The Paper Nautilus"）6、191

《致军事进步》（"To Military Progress"）54

《致玛丽安·摩尔小姐的邀请函》（"Invitation to Miss Marianne Moore"）188

《致一台蒸汽压路机》（"To a Steam Roller"）17、76、85、202、209、358

《致一条变色龙》（"To a Chameleon"）52、81

《致一只墙壁里的老鼠》（"To an Intra-Mural Rat"）100

《致一只作为奖品的鸟》（"To a Prize Bird"）136、225

《秩序观》（Ideas of Oder）347

《重读音节》（"The Accented Syllable"）347、355

《自我主义》(Egoist)
1、16、231、232、331、346

《作为阿波罗和达芙妮的自画像》("Self-Portrait as Apollo and Daphne")
239、243、245

《作为字母C的喜剧》("The Comedian as the Letter C")
368、387

《作于威斯敏特斯桥上》("Composed upon Westminster Bridge")
357

詹姆斯·朗艮巴赫（James Longenbach）
260

詹姆斯·罗素·洛厄尔（James Russell Lowell）
351

詹姆斯·萨顿（James Sutton）
273

詹姆斯·索普（Jim Thorpe）
5

珍妮·荷尤文（荷尤文，Jeanne Heuving）
25、28、29、218、325

珍妮·拉森（Jeane Larsen）
105

郑敏
121

芝加哥纽伯瑞图书馆（Newberry Library in Chicago）
22

自白派（Confessional Poetry）
98、162、163、192、259

自然主义（naturalism）
30、45、175

自治（autonomy）
49

最高虚构（Supreme Fiction）
341、342、343、356、357、371、380、386、391

左拉（Emile Zola）
45

左拉（Kirstin H. Zona）
37